Vorwort

Liebe Leserinnen, liebe Leser,

haben Sie Lust auf eine historische Reise in die „Belle Époque" Ende des 19. Jahrhunderts?

So schön, wie es der Name der Epoche vermuten lässt, war die Zeit in dieser zur preußischen Rheinprovinz gehörenden Region an der Sieg sicherlich nur für einige wenige Menschen, während sie für andere einen sehr harten Alltag bedeutete. Mag auch die damalige Zeit nicht mit den Vorzügen einer freien und demokratischen Gesellschaft gesegnet gewesen sein, so bietet die Vergangenheit doch immer wieder Inspiration für illustre Geschichten, die uns das Leben der Menschen von früher näherbringen können.

Eine dieser Geschichten halten Sie vor sich in den Händen. Von wo auch immer Sie diese Reise hier beginnen, ein wenig „gedankliche Wegzehrung" möchte ich Ihnen vorab mitgeben, um Sie vor falschen Vorstellungen zu bewahren:

Die Geschichte sowie alle tragenden und damit näher ausformulierten Charaktere sind in ihrer Gesamtheit frei erfunden. Jede Ähnlichkeit mit heute lebenden Personen ist rein zufällig.

Dieser Roman stellt also keine historisch-wissenschaftliche Abhandlung dar, sondern kümmert sich vielmehr darum, fiktive Geschehnisse so abzubilden, wie sie hätten stattfinden *können*.

Ich habe mich darum bemüht, historische Rahmenbedingungen möglichst korrekt einzuhalten, erhebe jedoch nicht den (vermessenen) Anspruch darauf, dass dies in allen Details gelungen ist.

Die Schauplätze sind größtenteils historisch stimmig, mit wenigen Ausnahmen: Den Lindenhof und das Café in Herchen habe ich aus künstlerischen Gründen erfunden. (Cafés wie die „Löwenburg“ oder das „Roseneck“ wurden etwas später erbaut.)

Auch das in dem Roman geschilderte Verbrechen ist (zum Glück) Fiktion.

Wahr ist jedoch, dass es das Hotel Glasmacher gegenüber der katholischen Kirche gab, in dem wohlhabende Städter wie die Künstler des Düsseldorfer Malkastens Ende des 19. und zu Beginn des 20. Jahrhunderts gerne residierten. Um diese Zeit pries der Baedecker-Reiseführer Herchen als schönsten Luftkurort des Siegkreises.

Auch die „Villa Lequis“ gab und gibt es in Herchen. Hier soll die Bürgermeistertochter Johanna Alberty den berühmten Komponisten Engelbert Humperdinck (Märchenoper „Hänsel und Gretel“) empfangen haben. Humperdinck selbst widmete ihr eine Polka.

Historisch belegt sind ebenso die Sedan-Spiele, die Ende des 19. Jahrhunderts in Herchen stattfanden und von dem Dramatiker Edmund Henoumont sowie dem Maler Albert Lüdecke aus Düsseldorf organisiert wurden.

Im Nachwort erfahren Sie mehr zu meiner Recherche.

Nun haben Sie sich aber hoffentlich erst einmal ein gemütliches Plätzchen im Schein Ihrer Petroleumlampe gesucht und sind neugierig auf Ihre Reise in eine vergangene Zeit ...

Stefan Läer

Die Rheinprovinz zur Zeit Clarissas:

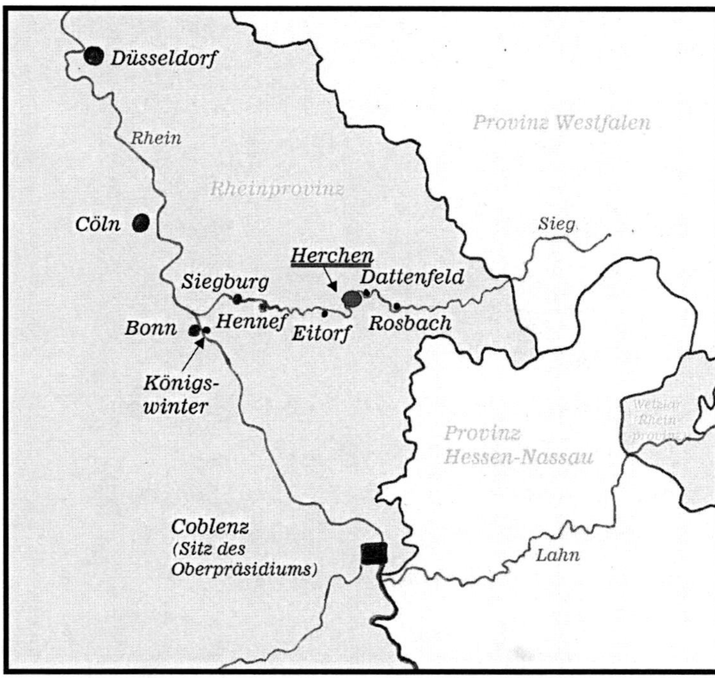

Zur Zeit Clarissas gehörte die Rheinprovinz zu Preußen. Hauptspielorte des Romans sind Herchen und Düsseldorf. Weitere erwähnte Städte und Orte sind eingezeichnet. (eigene Erstellung)

Personen

August Reben: Düsseldorfer Künstler

Albert Fuchs: Herchener Polizeisergeant

Julia Müller: Bedienung im Café Herchen und im Lindenhof, Freundin von Clarissa Fuchs

Dr. Ludwig Werner: Dorfarzt aus Eitorf

Carl Friedrich Hohnquad: Herchener Bürgermeister

Ernst Mohrenkamm: Herchener Bestatter

Johanna Fuchs: Frau von Albert Fuchs, Mutter von Clarissa Fuchs

Clarissa Fuchs: Tochter von Albert und Johanna Fuchs

Gustav Adler: Düsseldorfer Künstler

Carl Turmhardt: Düsseldorfer Künstler

Johann Doebelin: Düsseldorfer Künstler

Eva Buchner: Bedienung im Hotel Glasmacher

Hauptmann Edmund Henoumont, Albert Lüdecke: Organisatoren des Herchener Sedan-Spiels

Greta von Salvy: Adelige aus Königswinter

Herr Culmus: Oberbürgermeister von Düsseldorf

Gernot Schulte: Posthalter in Herchen

Alois Domscheit: evangelischer Pfarrer in Herchen

Jean-Claude Bastian: Vorsitzender der Vinzenz-Konferenz St. Antonius in Düsseldorf

Herr Winkler: Polizeidezernent in Düsseldorf

Rudolf Muering: Kriminalkommissar, Sonderermittler aus Düsseldorf

Mitglieder des Düsseldorfer Denkvereins

Bertha: Schwester von Johanna Fuchs, Tante von Clarissa Fuchs mit ihren beiden Töchtern Jacobine und Christine

Elsa Brückmann: junge Dame aus Werfen

Herr von Nelles: Nachbar von Greta von Salvy in Königswinter

Herr Monheim: Polizeibeamter in Königswinter

Professor Egon Wolf: Düsseldorfer Künstler

Albrecht Schneider: Kommissar der Düsseldorfer Polizei

Wächter im Schwurgericht Bonn

Vorsitzender Richter des Schwurgerichts Bonn

Für Herchen,
das schöne Dorf im Siegtal

Prolog

Der Gedanke an den Tod durchbrach die Idylle seines Seins. Die Symbolik, der er sich in diesen Momenten ausgesetzt fühlte, erschien einfach zu übermächtig, als dass er diesem Gedanken hätte widerstehen können: Alles Irdische war endlich. Das Tageslicht begann bereits so sehr zu schwinden, dass sich die Umrisse seiner Staffelei in nicht mehr als eine schwarze Silhouette vor dem dunkelnden Himmel verwandelten und die Leinwand leichenblass hervortrat. Aus den schwarzen Büschen ertönte nicht ein Vogellaut und auch Gesang und Harfenspiel, wie man sie auf den Höhen rund um Herchen je nach Laune des Windes an manchen Abenden hören konnte, drangen nicht bis an diesen abgelegenen Ort der Stille. Es lag schon eine Kühle in der Luft, die vom nahen Ende des Sommers kündete. Die schönen Tage in Herchen waren gezählt. Einige seiner Kollegen waren bereits abgereist und auch sein Aufenthalt in der Sommerfrische des Siegtals würde morgen endgültig der Vergangenheit angehören, wenn er heimkehren musste in seine Heimatstadt.

Für den letzten Abend hatte er sich etwas ganz Besonderes vorgenommen. Schon große Künstler vor ihm hatten einen Mondaufgang gemalt, aber gewiss noch niemand an diesem ganz und gar einzigartigen Ort. Schon vor Tagen hatte er sich diesen Felsvorsprung über der Sieg ausgeguckt, von dem aus sich der herrlichste Blick über das Tal bis hin zu den gegenüberliegenden Bergkämmen bot, den er sich vorstellen konnte. Wenn der über die Kämme erhobene Blutmond sich im silbernen Wasser des Flusses spiegelte, war ihm sein Meisterwerk sicher. Ein Mondaufgang am Meer konnte nicht anmutsvoller sein. Sogar gegenüber dem großen Vater Rhein hatte der Siegfluss den Vorteil seiner engeren, wilderen Natur, die die Berge näher zusammenrücken ließ und dem Tal ein Gefühl beinah paradiesischer Geborgenheit verlieh. Nein, an diesem Abend wollte er nicht unten mit den anderen sein, sondern still für sich, umkränzt von dem edelsten aller Gedanken, dem sich ein irdisches Wesen wie der Mensch imstande war hinzugeben: der Freude über die Einheit der Natur.

Doch dieser schöne Gedanke hatte nicht lange gewährt. Mit dem Gefühl der Sehnsucht allein hatte er rechnen müssen, damit konnte er leben. Aber nachdem sich auch Schwermut und Traurigkeit eingeschlichen hatten, überfiel ihn nun ein Gedanke, den er am liebsten mit einigen Gläsern Wein in der Geselligkeit der Gaststube hinweggespült hätte. Waren Geschöpfe nicht wie Marionetten, die dem Spiel der Natur machtlos ausgeliefert waren? Der Tod bedrohte den Menschen überall, auch auf dem besten aller Erdflecken. Der Tod hatte ohne Zweifel etwas Einschneidendes, Unbarmherziges, das den Menschen von dieser Welt und den irdischen Verbindungen zu seinen Liebsten abschnitt. Aber musste das Leben nicht endlich sein, um den Menschen zu erlösen, nachdem sein Sommer, nachdem sein Tag vorüber war? Musste es nicht einen Schäfer geben, der schlussendlich seine Schäfchen nach Hause rief? Vor dem Tod selbst musste einem Menschenwesen nicht bange sein, einzig vor dem Weg dorthin. Er dachte an Menschen, die ihr Leben lang in Kerkern eingebuchtet waren, an verschiedenste Folter- und Hinrichtungsmethoden, mit denen der Mensch die Möglichkeit hatte, sein Dasein als eine grausame Qual zu spüren. In solchen Fällen kam es einem Segen gleich, wenn der Henker seine Arbeit vollzogen und die Pein ihr Ende gefunden hatte. Nein, diese Menschen konnten unmöglich Augen haben für die Schönheit dieser Schöpfung. Doch er, er wollte nicht sterben, solange er die Schönheit dieser Welt genießen konnte. Das konnte er, solange er ein freier Mann war. Er hatte sich nichts zu Schulden kommen lassen.

Er hoffte auf ein Zeichen, einen Hoffnungsschimmer am Horizont, der den Mondaufgang ankündigen würde. Sobald die ersten Strahlen des Mondes über den Horizont schienen, würde er die Laterne entzünden, um sich ein wenig Licht für sein Meisterwerk zu verschaffen. Das Licht würde seine gewiss unbegründeten trüben Gedanken vertreiben und ihm seine Fassung zurückbringen.

Doch es war zunächst ein Geräusch, das ihn seinen Gedanken entriss. Hinter ihm hatte etwas in den Büschen geraschelt. Erschreckt fuhr er herum, konnte jedoch im Zwielicht nichts erkennen. ‚Ich bin die Geräusche des Waldes als Stadtmensch noch immer nicht gewohnt', schalt er sich. Eigentlich hatte die ungewöhnliche Stille zuvor etwas Beunruhigendes gehabt. Schließlich war es doch sogar sehr wahrscheinlich, dass irgendwo ein Vogel oder eine Maus durch das Geäst huschte. Dennoch konnte er sich nicht helfen, dass ihn alles beunruhigte, was er nicht sehen konnte. Was, wenn doch keine Maus, sondern ein wildes Tier hinter ihm stand? Es hieß zwar, dass Wölfe und Bären vor Jahren schon vertrieben worden waren, doch selbst ein Wildschwein konnte einem Menschen gefährlich werden. Was, wenn sich eine Natter langsam zu ihm schlängelte? Hinzu kam, dass niemand wusste, wo genau er sich befand, und er verfluchte sich, diesen abgelegenen Ort ausgewählt zu haben. Es raschelte wieder. Nervös huschten seine Augen zwischen dem weiten Blick über das Tal und dem nahen Gebüsch hinter seinem Rücken hin und her. Ich muss die Laterne endlich entzünden, schoss es ihm durch den Kopf, das Licht vertreibt das Tier mit Gewissheit. Doch dazu kam es nicht mehr. Aus dem Augenwinkel erkannte er eine Person hinter sich, die ihm im nächsten Moment an die Kehle griff.

I

Julia Müller lächelte, als sie Albert Fuchs erkannte. Der Sergeant des Dorfes hatte auch an diesem morgendlichen Sonnabend seinen Platz auf der Außenterrasse des Cafés eingenommen, wie immer mit wohl gestutztem Schnäuzer, gepflegtem schwarzem Haar und in dunkelblauer Polizeiuniform. Nur seine Mütze hatte er vor sich auf den Tisch gelegt.

„Guten Morgen Herr Sergeant, darf ich Ihnen wieder einen Kaffee bringen?“, begrüßte sie ihn. „Guten Morgen Fräulein Müller, sehr gerne. Bei so einem schönen Morgen brauche ich ihn eigentlich gar nicht, um wach zu werden, aber er schmeckt bei Ihnen einfach vorzüglich.“

Julia lächelte verlegen. „Das freut mich. Sie haben recht, der Morgen ist wirklich ganz wunderschön und nicht zu kalt für September.“

Tatsächlich füllte sich die Außenterrasse des direkt an der Siegpromenade gelegenen Cafés zunehmend, was zum einen an dem spätsommerlichen Wetter und zum anderem am Sonnabend lag. Nicht nur Beamte wie Albert Fuchs, sondern auch wohlhabende Leute aus den Städten am Rhein zählten in diesen Tagen zu den Gästen. Der Sergeant war der Vater von Julias bester Freundin Clarissa, ein anständiger und umgänglicher Mann, der trotz seiner vorherigen Dienstzeit als Unteroffizier Mensch geblieben war.

Seit zwei Monaten arbeitete Julia neben ihrem Dienst im Lindenhof auch im Café Herchen, was sie glücklich machte. Als einheimische Bewohnerin des kleinen Dorfes Herchen an der Sieg hatte sie sich zunächst einige Jahre mit bäuerlichen Hilfstätigkeiten auf dem elterlichen Hof verdingt. Während des stetigen Aufstiegs Herchens als Sommerfrische für die wohlhabende Stadtbevölkerung, insbesondere für Künstler des Düsseldorfer Malkastens, hatte sie jedoch immer mit einem Auge auf die gastronomischen Entwicklungen des Ortes geschielt und sich schließlich für die Tätigkeiten im Dienst der Familie Wehrmeyer empfohlen, die neben dem Café auch den Lindenhof besaßen, der nur wenige Schritte entfernt lag. Während der Lindenhof mit seiner gutbürgerlichen Schlichtheit zu überzeugen wusste, war das Café ganz im Stile des Historismus mit Rundtischen, zahlreichen Spiegelflächen und barocken Verzierungen ausgestaltet. Mit ihrer Einstellung im Alter von 18 Jahren hatte sie sich einen Traum erfüllt. Sie liebte ihre Tätigkeit. Nicht nur die besseren Arbeitszeiten und der Lohn im Vergleich zu dem einfachen bäuerlichen Leben boten ihr Vorteile – durch ihren täglichen Umgang mit Einheimischen und Reisenden wurde sie immer zuverlässig mit den Neuigkeiten aus dem Dorf, aus dem Reich und sogar aus dem Ausland versorgt, die ihren Alltag abwechslungsreich und spannend hielten. Die Reisenden brüsteten sich immer damit, die besten Geschichten über die neuesten Errungenschaften der Wissenschaft und Technik preiszugeben, sodass Julia auf eine nicht unerhebliche Bildung für ein 18-jähriges Mädchen kam. Um einen möglichst adretten Eindruck zu hinterlassen, achtete sie stets auf eine strahlend weiße hochgeschlossene Bluse, die ihr als Arbeitsuniform diente, und einen ordentlichen Dutt, der ihr dunkelblondes Haar zähmte.

Mittlerweile kannte sie die Gewohnheiten ihrer Stammgäste. Zusätzlich zum Kaffee brachte sie Fuchs noch die morgendliche Ausgabe der Kölnischen Zeitung, die zu den meistgelesenen und bestinformierten Zeitungen des Reiches zählte. „Ein frisch dampfender Kaffee mit Zucker und den neuesten Nachrichten. Bitte sehr!“

„Vielen Dank, Fräulein Müller.“ Fuchs nickte zufrieden. Der Kaffee vollendete sein morgendliches Glück.

„Herr Sergeant?“ Fuchs schreckte auf. Während er in das Schwarz seiner Kaffeetasse geschaut hatte, war ihm entgangen, dass Julia noch immer (oder schon wieder?) an seinem Tisch stand und nervös mit ihren Händen spielte. „Entschuldigen Sie bitte, aber im Haus gibt es ein wenig Ärger. Würde es Ihnen etwas ausmachen, mir zur Seite zu stehen?“

Fuchs schaute überrascht. „Ärger am frühen Morgen? Wer macht denn sowas?“

„Ein paar Auswärtige. Sie sind angeblich im Hotel Prinz Carl in Eitorf untergebracht und haben sich wohl im Hotel Glasmacher die Nacht um die Ohren geschlagen. Heute Morgen um sieben kamen sie hier im Café an.“

„Da soll mal einer sagen, hier wäre nichts los. Aber sicher stehe ich Ihnen zur Seite, Fräulein Müller.“

Mit einem Ruck erhob sich Fuchs und folgte der Kellnerin über die Terrasse in den Innenbereich des Cafés, beobachtet von den neugierigen Blicken der feinen Gesellschaft. Er brauchte nicht lange zu suchen, um den berüchtigten Tisch zu finden, an dem drei Männer sehr hitzig diskutierten. Einen besonders heruntergekommenen Eindruck machten sie ihm nicht, trugen sie doch alle Hemden mit Schleifen und Sakkos darüber. „... wirst jetzt der armen Dame die Zeche zahlen, Willy!“, rief einer der drei, der von hagerer Gestalt war.

„Du weiß‘ ssselbst, dass ich dann kein Geld mehr hab‘, um na‘h Eitorf su fahr‘n!“, erwiderte der Angesprochene, ein überaus dicker Mann mit wenigen weißen Haaren auf dem Kopf.

„Ich hab dir schon tausendmal gesagt, du sollst zu Fuß geh‘n!“

„Su Fuß kann ich nimmer“, jammerte der Dicke. „Du has‘ mir versprochen, die Seche su sahlen.“

„Und du hast mich einen Sozialisten genannt, nur weil ich gesagt habe, dass es mir schnuppe ist, ob das Sozialistengesetz ausläuft oder nicht."

„Leute, haltet den Mund!", erschallte plötzlich die Stimme des dritten. „Seht mal, wer da steht!" Schlagartig wurde es still am Tisch, als die Männer die Anwesenheit des Sergeanten bemerkten. Alle Augen richteten sich auf Fuchs.

„Meine Herren, das sind wirklich interessante Gespräche. Hätten Sie Interesse, dieses Gespräch bei mir auf der Wache in Eitorf fortzuführen?", fragte Fuchs, ohne auch nur einen Bruchteil seiner Gelassenheit zu verlieren, die er sich im Laufe seiner Herchener Jahre erworben hatte. Die kleine Gemeinde im Siegtal war wirklich kein Ort der Verbrecher. Bankerutt, Nachbarschaftsstreitigkeiten oder Landstreicherei waren die häufigsten Delikte, zu denen ein Sergeant gerufen wurde. Selbst Schlägereien, Körperverletzungen oder Verbrechen wider die Sittlichkeit wie Ehebrüche kamen hier recht selten vor. Die einzige Großfahndung, an der Fuchs beteiligt gewesen war, beschäftigte sich mit einem Einbruch in die kaiserliche Postagentur in der Nachbargemeinde Dattenfeld, bei der die Wechselkasse, Socken, ein Stück schwarzer Sammet und Geld aus dem Arbeitsspind im Wert von 102 Mark und 22 Pfennigen geraubt worden waren. Vor zwei Jahren war das gewesen.

Obwohl er seine Tätigkeit als Polizeisergeant sicherlich nicht als aufregend bezeichnen konnte, war er doch zufrieden mit seinem Beruf, der ihm, seiner Frau und seiner inzwischen 18-jährigen Tochter Clarissa das tägliche Brot sicherte, ohne dass er sich größerer Gefahr aussetzen musste. Die Männer vor ihm am Tisch beeindruckte er allein durch sein Auftreten, seine stämmige Gestalt und seine Größe.

„Nichts für ungut, Herr Wachtmeister, wir haben keinerlei Interesse an der Fortführung dieses Gesprächs. Unser Mitstreiter ist ein wenig durcheinander, aber er wird sich umgehend fassen und seinen Kaffee bezahlen, nicht wahr, Willy?"

Der Mittlere warf dem Dicken einen eindringlichen Blick zu, der ihn davor warnte, jetzt ein falsches Wort zu sagen. Der Dicke nickte mit einer servilen Geste. „Bitte verseihen Sie, Herr Wachtmeister, ich werde sssofort bei dem gnädigen Fräulein bezahlen. Aber könne Se mir helfen, wie ich na'h Eitorf komme?"

„Immer die Sieg abwärts, das können Sie nicht verfehlen. Oder über den Berg, das geht noch schneller. Lassen Sie sich aber nicht mehr erwischen. Wer sich dem Spiel, Trunk oder Müßiggang zu sehr hingibt, der landet schneller im Bau, als Sie gucken können. Außerdem hat Fräulein Müller gewiss genug Arbeit für Sie in der Küche übrig. Haben Sie noch Fragen?"

„Nein, Herr Wachdmeister."

„Dann einen schönen Tag noch." Fuchs warf Julia einen vielsagenden Blick zu und machte kehrt.

Jetzt freute sich Fuchs auf den ungestörten Genuss seiner Zeitung und seines Kaffees.

Doch schon nach seinen ersten Schritten auf der Außenterrasse wurde er erneut behelligt. „Ist etwas passiert, Herr Sergeant?", rief ihm eine dunkle Frauenstimme entgegen. Die zugehörige Dame saß zusammen mit einer Freundin an einem Tisch und blies den Rauch ihrer Zigarette in die Luft wie eine Dampflok im Siegtal. Sie war die Ehefrau eines reichen Industriellen aus dem Ruhrgebiet und verbrachte regelmäßig die Sommermonate in Herchen. Sie trug einen Nachnamen, der so gar nicht zu ihrer äußeren, etwas rundlichen Erscheinung passte, wie Fuchs fand. „Guten Morgen Frau Belweide, es gab nur ein paar Trunkenbolde, die etwas anderer Meinung waren als wir, wenn es um die Bezahlung des morgendlichen Kaffees geht. Wir haben uns jedoch auf eine Meinung verständigt."

„Wie aufregend! Sagen Sie, was steht heute bei Ihnen an, Herr Sergeant?" Sie zwinkerte ihm zu.

„Nun, ich werde mir einige Verbrecher hier vorknöpfen", lachte Fuchs.

„Oh, Sie sind so ein mutiger Mann." Fuchs lächelte. Auch wenn er nicht wusste, ob die bisweilen zu Übertreibungen neigende Dame ihre Worte völlig ernst meinte, fasste er sie zumindest als ein halbes Kompliment auf. Insgeheim hätte er sich gewünscht, solche Worte einmal von seiner Gattin zu hören. Doch er wollte sich nicht beklagen, schließlich war Johanna ihm eine treue und fleißige Ehefrau, die auch nach Jahren nichts von ihrer Attraktivität eingebüßt hatte.

Sein Lächeln erstarb, als er daran dachte, wie sein Tagesablauf tatsächlich aussehen würde: Nach einer ausführlichen Studie seiner Zeitung würde der aufregendste Teil des Sonnabends bereits hinter ihm liegen. Einer kurzen anschließenden Promenade und einem guten Mittagessen zu Hause würde der Rückzug an seinen Schreibtisch folgen, an dem er sich die Akten mit Bauanträgen der Gemeinde in Ruhe anschauen und auf deren Einklang mit dem Fluchtliniengesetz prüfen wollte. Zum Abschluss würde er den Tag mit Frau und Tochter vor dem Haus ausklingen lassen und vielleicht noch den einen oder anderen Apfel ernten.

Fuchs schüttelte sich. Jetzt wurde es wirklich Zeit für seinen Kaffee, bevor ihn noch mehr Menschen über sein Leben nachdenken ließen. Er gehörte zu den Menschen, die unruhig wurden, wenn sich ihre gewohnten Tagesabläufe etwas verzögerten. Sein Kaffee schmeckte gut, obwohl er nur noch lauwarm war. Seine Zeitung nahm das zum Monatsende auslaufende Sozialistengesetz als Anlass für eine Bestandsaufnahme der innenpolitischen Sicherheitslage des

Reiches, indem die Politik von Bismarcks Nachfolger Leo von Caprivi in den höchsten Tönen gelobt wurde. Caprivi habe Sinn für die Realität bewiesen, indem er das Reich durch ein versöhnendes Bündnis aller Parteien ohne Umsturzgelüste stabilisieren wolle. Das auslaufende Sozialistengesetz gegen die gemeingefährlichen Bestrebungen der Sozialdemokratie sei angesichts des wachsenden Selbstbewusstseins der Arbeiter nicht mehr zeitgemäß, der Kampf gegen die Sozialisten nur durch eine Verbesserung der sozialen Lage der Arbeiterschaft zu gewinnen, um eine Revolution zu vermeiden. Auch Caprivis wirtschaftsliberaler Kurs mit der Abkehr von Schutzzöllen und der geplanten Ausarbeitung von Handelsverträgen mit anderen Staaten wurde gelobt.

Fuchs nahm seine Tasse zur Hand und blinzelte in die einzelnen Sonnenstrahlen, die zwischen den sanft vom Wind bewegten Weidenblättern am Siegufer hin- und hertanzten. Dann nahm er den letzten Schluck Kaffee zu sich und verzog seine Miene. Jetzt war sein Kaffee endgültig kalt. In diesem Moment ertönte hinter ihm eine hysterische Frauenstimme, eine Mischung aus Keuchen und Kreischen, die ihm durch Mark und Bein fuhr. Erschreckt wandte er sich um. „Herr ... Wachtmeister ... Sie müssen mitkommen ...“ Die Frau, ihrem schlichten, dunklen Rock mit Bluse und Kopftuch nach zu urteilen eine Bäuerin, stützte sich mühsam an seinem Tisch ab, sodass er ihren Atem spüren konnte. Sie hatte offensichtlich einen weiten Lauf hinter sich. Nur wenige Momente später folgten ihr zwei elegant gekleidete Herren, die ebenfalls völlig atemlos an seinem Tisch aufschlugen und ihre Zylinder in den Händen trugen. Eine Einheimische, die von zwei edlen Herren verfolgt wurde ... Fuchs traute seinen Augen nicht angesichts des skurrilen Anblickes, der sich ihm bot. „Sind die beiden hinter Ihnen her, werte Dame?“ Die Frau schüttelte vehement den Kopf, noch unfähig, ein weiteres Wort herauszubringen.

„Nun beruhigen Sie sich doch. Setzen Sie sich erst einmal ..."

„Wir haben eine Leiche in der Sieg gefunden!"

Fuchs starrte die Frau an und spürte, wie sich sein Magen zusammenzog. „Eine Leiche? Um Gottes Willen!"

„Ja, Herr Wachtmeister, bitte entschuldigen Sie unseren peinlichen Aufzug, aber die Frau hat recht!", drängte sich nun einer der beiden Herren nach vorne. „Bitte, Sie müssen mitkommen! Es ist einer von uns!"

Fuchs benötigte einen Augenblick, um zu verstehen, dass die Herren dem Malkasten angehörten, dem großen Künstlerverein aus Düsseldorf, der eine kleine Kolonie in Herchen begründet hatte. „Ein Künstler?"

„Es ist August Reben!"

„Sie meinen den berühmten Landschaftsmaler? Das ist doch nicht möglich!"

„Doch, Herr Wachtmeister! Nun kommen Sie mit und schauen Sie sich den Toten an!", drängte der andere Maler.

Fuchs erhob sich und rief Fräulein Müller zu, die sich besorgt zu der kleinen Gruppe gesellt hatte. „Ich zahle später, Fräulein Müller." Dann folgte er den Dreien.

II

Die kleine Gruppe, die über die Promenade siegaufwärts hastete, bildete einen augenfälligen Kontrast zu ihrer Umgebung. Allein deren Zusammensetzung aus einer Bauersfrau, einem Sergeanten und zwei Düsseldorfer Künstlern war imstande, den Herren und Damen in feinen Aufzügen, die dort ihren Morgenspaziergang vollführten, einige erstaunte Blicke abzutrotzen. Umso merkwürdiger musste ihnen die Tatsache erscheinen, dass die Bäuerin die Gruppe anführte und sich die edlen Herren völlig ungeniert im Eilschritt hinter ihr herbewegten. Normalerweise herrschte vornehme Ruhe auf dem Spazierweg, auf dem die Damen neben ihren eleganten Ehemännern die neuesten Kleider mit schmalen Röcken, Hüten und Sonnenschirmen zur Schau trugen. Doch jetzt wandten sie ihre Köpfe und starrten erschreckt der merkwürdigen Gruppe nach. Die Herren vergaßen vor Verblüffung sogar, ihre Hüte zu ziehen.

„Guten Tag die Herren und die Dame“, begrüßte sie schließlich ein älterer Herr, der seinen Wohlstand durch eine etwas untersetzte Taille zum Ausdruck brachte, „wohin so eilig des Weges?“

„Ein Toter!“, rief die Bäuerin im Vorbeilaufen lauter, als es Albert Fuchs lieb war. „Sscht!“, ermahnte Fuchs sie. „Das muss doch noch nicht das ganze Dorf wissen!“

„Ja, warum denn nicht?“

„Wir können jetzt keinen Aufruhr gebrauchen. Wir müssen zunächst schauen, wie es dazu kommen konnte, bevor wir Gerüchte in die Welt setzen.“

„Aber dass wir einen Toten gefunden haben, ist doch kein Gerücht. Wieso sollen die Leute das nicht wissen?“

„Ich will ihn mir erst einmal anschauen und dabei kann ich keine 100 Leute gebrauchen, die um den Fundort herumstehen.“

„In Ordnung, Herr Wachtmeister, ich werde nichts mehr erzählen.“

Die Nachricht von dem Fund des Toten machte dennoch schneller die Runde, als es Fuchs erwartet hatte. „Herr Wachtmeister, gut, dass wir Sie treffen! Wir haben einen Toten ...“, stürmte eine weitere Einheimische auf ihn zu. Es handelte sich um Frau Weber, die Frau des örtlichen Schmiedes, die ihr feuerrotes Haar üblicherweise sehr penibel unter ihrem Kopftuch versteckte. Es hielt sich das Gerücht im Ort, dass sie Angst habe, dass man sie für eine Hexe halten und für ein mögliches Unglück zur Rechenschaft ziehen konnte, sollte sie ihr Haar einmal nicht vollständig bedecken. Doch heute Morgen hatte sie sich offensichtlich keine große Mühe damit gegeben, denn eine Haarsträhne schaute aus ihrem Kopftuch hervor und fiel sogar bis auf ihre Schultern hinab. „Man hat mich bereits informiert“, antwortete Fuchs, während sie sich zu der Bäuerin gesellte. Gemeinsam setzten sie den Weg fort und passierten die Sieg auf Höhe des Nordportals des Herchener Eisenbahntunnels, der sich am anderen Ufer des Flusses befand. Etwas weiter siegaufwärts erkannte Fuchs auf der gegenüberliegenden Seite schon die eichenbewachsene Felsformation, die sich zwischen dem Fluss und der Bahnstrecke auftürmte. Hinter den Felsen machte die Sieg einen Bogen um die am Fuße der Anhöhe gelegene Kuhweide, die im Volksmund „Katzenstein“ genannt wurde. Hier ließen die Bauern aus dem benachbarten Ort Röcklingen ihre Kühe grasen.

Fuchs beschlich ein ungutes Gefühl. Am Katzenstein sollte angeblich der Geist eines Mannes spuken, der einen französischen Soldaten am Ende der Napoleonischen Kriege erschlagen hatte und nun sein ruheloses Unwesen trieb, erzählte man sich. Sicherlich handelte es sich um ein Volksmärchen, das einer Überprüfung in der Wirklichkeit gewiss nicht standhalten würde. Aber ein mulmiges Gefühl blieb dennoch, wenn er sich vorstellte, dass in der Nähe ein Mensch zu Tode gekommen war. Dass die Leiche nicht weit entfernt liegen musste, wurde Fuchs klar, als die Bäuerin und Frau Weber sich einen schmalen Pfad durch hohe Ufergras in Richtung Sieg bahnten. Schließlich gelangten sie an das Ufer, das durch den niedrigen Wasserstand nach dem Sommer eine schmale, trockene Steinbank freigab. Dort lag der Tote hinter einem Haufen wild gestikulierender Männer, Bürger wie Kurgäste gleichermaßen. Von Geheimhaltung konnte also keine Rede mehr sein.

„Bei Gott, wie kann jemand inmitten dieser Idylle seinen Tod finden?“, fragte Fuchs die Männer.

„Gut, dass Sie kommen, Herr Sergeant! Wir wissen noch nicht viel. Der Körper weist gleich vier Einschusslöcher und starke Kopfverletzungen auf. Die Kopfverletzungen hat er sich sehr wahrscheinlich durch einen Sturz zugezogen. Woher die Schüsse kommen, ist noch unbekannt. Ich habe ihn soeben für tot erklärt.“ Dorfarzt Doktor Ludwig Werner stand das Entsetzen ins Gesicht geschrieben, dessen Blässe sich bis auf seinen spärlich behaarten Kopf ausbreitete. Er musste zufällig in der Nähe gewesen sein, als die Leiche gefunden wurde, denn normalerweise versah Werner seinen Dienst im benachbarten Eitorf etwas weiter siegabwärts. Ein Menschenleben konnte er hier jedoch nicht mehr retten.

„Bitte lassen Sie mich den Leichnam einmal inspizieren und treten Sie alle einen Schritt zurück.“ Fuchs klang nicht scharf, aber bestimmt und erzielte damit die gewünschte Wirkung. Nach und nach wichen die etwa ein Dutzend Leute und gaben den Blick frei auf August Reben.

Fuchs zitterte, als er sich über den Leichnam beugte. Reben lag auf dem Bauch, die Arme nach hinten verdreht. Die Ärmel seines braunen Sakkos waren blutdurchtränkt. Auf seinem Hinterkopf klaffte eine riesige Platzwunde, aus seinem Mund lief noch Blut heraus. Fuchs schluckte. ‚Ein Verbrechen ...', schoss es ihm durch den Kopf. Er winkte Doktor Werner zu sich heran. „Herr Doktor, gibt es Zeugen davon, wie er zu Tode kam?"

Werner schüttelte den Kopf. „Nicht, dass ich wüsste. Bislang hat sich noch niemand gemeldet. Frau Lange hat Reben heute Morgen im Fluss gesehen. Der Körper hatte sich an einem Stein verfangen, sodass er nicht weiter abwärts trieb." Werner deutete auf die Bäuerin, die Fuchs und die anderen hergeführt hatte. Die Frau schluchzte beim Anblick des Künstlers. „Sie hat dann Hilfe geholt und mit vereinten Kräften konnte Reben geborgen werden."

Fuchs sah fassungslos auf den leblosen Körper des Künstlers hinab. „Die Einschusslöcher sind auf der Vorderseite?" Werner nickte. „Wurde irgendetwas Auffälliges in der Nähe gefunden? Die Waffe vielleicht?"

„Leider bislang nicht, Herr Wachtmeister." Frau Lange schluchzte lauter. „Gehen Sie nach Hause, Frau Lange, und schonen Sie Ihre Nerven. Dieser Ort ist nichts für zarte Gemüter wie Sie", sagte Werner beschwichtigend und wies ihr mit dem ausgestreckten Arm den Weg. Noch ehe sie gehen konnte, wandte sich Fuchs an sie. „Warten Sie, Frau Lange, geben Sie mir doch noch bitte eine Auskunft: Sie haben Reben als Erste gesehen. Können Sie mir bitte den genauen Ort nennen?" Er zog ein Stofftaschentuch aus seiner Uniform hervor und reichte es ihr.

„Vielen Dank, Herr Wachtmeister ...“ Sie schniefte einmal laut, dann fuhr sie mit gebrochener Stimme fort: „Dort drüben an dem Stein hing er fest, fast vollständig umspült vom Wasser.“ Sie deutete auf einen kleinen Felsen unweit des gegenüberliegenden Ufers. „Ich vermute, dass er etwas weiter aufwärts von der Felswand hinabgestürzt ist. Bei Gott, wie kann so etwas geschehen?“ Sie verneigte sich ehrfürchtig vor dem Toten und schlug das Kreuz. „Bitte, Herr Wachtmeister, tun Sie Ihr Möglichstes, um diesen Fall aufzuklären, im Namen der Gerechtigkeit Gottes, die höher ist, als der menschliche Verstand fassen kann.“

„Das verspreche ich Ihnen. Vielen Dank für Ihre Hilfe, Frau Lange. Sie dürfen jetzt gehen.“

Gemeinsam mit Frau Weber, die tröstend den Arm um sie legte, machte die Bäuerin kehrt. Fuchs nutzte die Gelegenheit und musterte die verbliebenen Dorfbewohner und Künstler. „Meine Herren, ich werde nun erst den Leichnam und dann den Fundort untersuchen und muss Sie alle bitten zu gehen, es sei denn, Sie können mit aussagekräftigen Hinweisen zu den Umständen des Todes von August Reben dienlich sein. Ansonsten gehen Sie bitte in die Wirtschaft und trinken einen Schnaps auf den fürchterlichen Schreck. Ich werde später hinzukommen und Ihnen die Neuigkeiten berichten.“ Die Männer murmelten und grummelten, erkannten jedoch schnell die Lage und machten sich zum Abgang bereit. Nach Lachen war niemandem zumute.

Bevor auch Doktor Werner gehen konnte, packte ihn Fuchs am Ärmel seines Mantels und zog ihn zu sich heran: „Sie bleiben hier. Sie sind Mediziner, ich kann Ihre Hilfe gut gebrauchen. Wir ermitteln jetzt wegen Mordes.“

Werner starrte ihn aus unbewegten Augen heraus an. „Sind Sie sich sicher, dass es ...?“

„Ja. Vier Schüsse im Leib bringt sich kaum jemand selbst bei." Bei dem Gedanken lief es Fuchs eiskalt den Rücken herab. Mit einem Mordfall hatte er in allen seinen Dienstjahren noch nie zu tun gehabt. „Sagen Sie, weiß der Bürgermeister schon Bescheid? Bei den Umstehenden habe ich ihn nicht gesehen ..."

„Hohnquad befindet sich auf Jagdreise im Rosbacher Wald. Sie wissen, er ist ziemlich eng mit Pappenstiel." Fuchs seufzte ein wenig sarkastisch. Da passierte in Herchen ein Mord und der Bürgermeister befand sich auf Pirsch. Doch, um ehrlich zu sein überraschte es ihn nicht wesentlich, denn Carl Friedrich Hohnquad war für sein in wichtigen Kreisen nicht gerade ungewöhnliches Freizeitvergnügen bekannt und wurde hinter vorgehaltener Volkshand von einigen unanständigen Zeitgenossen als „De Sau" bezeichnet. Auch sein Rosbacher Amtskollege Pappenstiel war ein derart närrischer Jäger, dass seine Bürger bereits munkelten, er regiere eher den Wald als das Dorf.

„Dann müssen wir eben alleine für Gerechtigkeit sorgen", sagte Fuchs. „Packen Sie mal mit an!" Werner benötigte einen Augenblick, um dem sehr tatendurstigen Sergeanten zu folgen, griff dann jedoch gleichermaßen beherzt und sanft zu, wie nur ein gelernter Arzt es vermochte, sodass sie Reben schonend umdrehen konnten. Der Körper des Toten fühlte sich kalt an; die ersten Strahlen der Septembersonne waren noch zu schwach, um ihn aufzuwärmen. Fuchs erschrak, als er in die leeren Augen des Künstlers sah, ließ sich jedoch nichts anmerken. Das ehemals weiße Hemd Rebens unter dem aufgeknöpften, braunen Sakko bot gleichwohl keinen angenehmeren Anblick: Der ganze Bauch des Toten mit den vier Einschusslöchern bestand aus einer einzigen Blutlache. Der mutmaßliche Mörder hatte ganze Arbeit geleistet. Fuchs kratzte sich am Kinn. „Sagen Sie mal, Herr Doktor, Sie haben Reben aus dem Fluss gezogen, richtig?"

„Ja, wieso fragen Sie?"

„Ich dachte es mir, da Sie direkt bei der Leiche standen und offenbar zufällig in der Nähe gewesen sein mussten, versehen Sie doch normalerweise Ihren Dienst in Eitorf."

Werner runzelte die Stirn. „Worauf möchten Sie hinaus? Sie meinen doch nicht etwa, dass ...?"

„Keine Sorge, ich stelle Sie nicht unter Tatverdacht, seien Sie beruhigt. Ich möchte nur alles wissen, was Sie wissen. Mit wem haben Sie die Leiche aus dem Fluss gezogen?"

„Mit Mörs, dem jungen Gerber. Ich versehe nämlich zufällig nicht nur meinen Dienst in Eitorf, sondern versorge auch die Gemeinde Herchen, wie Sie wissen. Ich wollte gerade nach der kleinen Tochter von Mörs schauen. Sie ist vor drei Tagen zur Welt gekommen und ein sehr schmächtiges Kind. Ich stand gerade am Kindsbett, als Frau Weber hereinplatzte und rief, ich müsse unbedingt mitkommen."

„Und die Künstler? Wie haben die reagiert?"

Werner zuckte mit den Schultern. „Ich hatte noch keine Gelegenheit, mit ihnen zu sprechen. Aber wie ich sie so anschaute, standen sie einer Ohnmacht nahe. Wenn seinesgleichen stirbt, ist man doch aus ihrer Sicht eine Spur getroffener, als wenn es ein Einheimischer wäre, möchte ich annehmen."

„Soso ... Na immerhin sind sie eben recht klaglos von Dannen gezogen, als ich sie wegschickte." Fuchs wusste, dass er sobald wie möglich mit den Künstlern ins Gespräch kommen musste. Doch zunächst war es seine Aufgabe, den Tatort nach verdächtigen Gegenständen zu untersuchen. „Haben Sie schon in die Sakko- und Hosentaschen geschaut, Herr Doktor?"

„Nein, bislang noch nicht."

„Vielleicht finden wir etwas Interessantes ...“

„Sie meinen einen Abschiedsbrief oder so etwas?“

„Ich glaube nicht an einen Selbstmord. Vier Schüsse in den Bauch setzt man sich für gewöhnlich nicht, wenn man sich selbst von dieser Welt verabschieden möchte. In dem Fall zielt man wohl eher auf den Kopf.“

„Aber mit diesen neuartigen Revolvern könnte man sich doch theoretisch vier Schüsse innerhalb kürzester Zeit setzen, oder?“

„Theoretisch vielleicht. Aber könnte man anschließend auch noch von einem Felsen springen?“

Werner zuckte mit den Schultern. „Und wenn er zuerst gesprungen ist und sich dann erschossen hat? Immerhin ist der Felsen nicht so hoch, dass man einen Sturz unter keinen Umständen überleben könnte.“

Fuchs kratzte sich am Kinn, während er zu der steilen, nur sporadisch begrünten Felswand aufsah. „Wir müssen in alle Richtungen ermitteln, Herr Doktor. Ich dachte jedenfalls eher an ein Tagebuch oder ein kleines Zeichenheft, das wir in Rebens Tasche finden könnten. Künstler tragen so etwas schon einmal gerne bei sich.“

Das Einzige, das Fuchs in Rebens Hosentasche fand, war jedoch eine vom Wasser völlig aufgeweichte und bis auf ein paar Pfennige wohl unbrauchbare Geldbörse. Die Sakkotasche war leer. Fuchs betrachtete den Toten noch einmal sehr intensiv. Er wusste, dass Reben hier nicht ewig herumliegen konnte. Es wurde höchste Zeit, den Bestatter zu rufen, um den Körper an einem kühleren Ort als auf dem sich in der Sonne bald aufheizenden Steinbett aufzubahren und den Zersetzungsprozess hinauszuzögern. In der Hoffnung, nichts übersehen zu haben, sagte er schließlich zu Werner: „Würde es Ihnen etwas ausmachen, Mohrenkamm zu holen? Ich will mich in der Zeit nach der Waffe umsehen."

Der Arzt staunte nicht schlecht. Er hatte Fuchs' Arbeit bisher immer zu schätzen gewusst, aber eine so gründliche Ermittlung hätte er dem Sergeanten nicht zugetraut. „Keineswegs, ich bin schon unterwegs. Aber sagen Sie: Sie haben doch nicht etwa vor, in der Sieg nach der Waffe zu suchen? Es ist an der Stelle nicht ungefährlich und Sie können dort nicht bis auf den Grund sehen."

„Genau das habe ich vor. Ich muss zunächst in der Sieg suchen, bevor ich mich in die Büsche droben auf dem Felsen schlage."

„Herr Sergeant, denken Sie an die Loreley."

„Ich denke, eine hübsche Jungfrau ist dort oben wohl kaum zu finden. Außerdem liebe ich meine Frau." Fuchs lachte etwas freudlos. Zu sehr saß ihm der Schreck in den Gliedern, als dass er sich ganz dem Scherz hingeben konnte. Aber irgendwie musste er nun mit der Situation umgehen, ob er wollte oder nicht.

Werner klopfte ihm auf die Schultern. „Das ist jetzt mein Ernst. Bitte, passen Sie auf sich auf. Zwei Tote an einem Tag können wir nicht gebrauchen."

III

Als der Bestatter kam, stand Fuchs noch mit beiden Beinen im Fluss. Den Fund einer Tatwaffe hatte der Sergeant nicht zu verkünden: Wie von Werner vorausgesagt, fehlte ihm der Blick auf den Grund, den ihm die aufgewühlte Erde verwehrte. Hinzu kam, dass er sich nur so weit in den Fluss begab, dass ihm das Wasser bis zu den Oberschenkeln reichte, um sich nicht unnötig in Gefahr zu begeben. Das Flussbett bestand aus groben, glitschigen Steinen, auf denen ein falscher Schritt schon ein Abrutschen zur Folge hatte, das angesichts der starken Strömung in dem Drittel des Flusses, das dem gegenüberliegenden Ufer näher war, verheerende Konsequenzen haben konnte. Doch gerade dieses Drittel rund um den Felsen, an dem man Reben gefunden hatte, interessierte ihn. Mit Akkuratesse ließ er seine Augen an dem Steilhang hinaufwandern, an dem der Künstler mutmaßlich abgestürzt war. An dem blanken Felsgestein konnte sich keine Tatwaffe verfangen. Auch in den Pflanzenbüscheln der kleinen Felsvorsprünge erkannte Fuchs nichts Auffälliges. Es gab natürlich mehrere Möglichkeiten ihres Verbleibes: So konnte die Waffe nicht nur in die Sieg gefallen sein, sondern auch oben auf dem Felsen liegen ... Oder der Täter hatte die Waffe mitgenommen und verschwinden lassen.

Plötzlich vernahm er eine Stimme hinter sich, die ihn vor Schreck mitten im Fluss das Gleichgewicht gekostet hätte. „Suchen Sie etwas, Herr Sergeant?" Als er sich umwandte, sah er Ernst Mohrenkamm neben Doktor Werner und zweien seiner Gehilfen am Ufer stehen, einen Wagen samt Sarg im Schlepptau. Mohrenkamm war ein kleingewachsener Mann von beinahe zierlicher Statur, der das Schreinerhandwerk exzellent beherrschte. Seinerzeit hatte er Fuchs bei dessen Hausbau in allen Belangen unterstützt und stets eine Lösung für jedes Problem gefunden. Auch die herrliche Veranda aus Holz entstammte der Architektur und dem Geschick Mohrenkamms. Jetzt kam Mohrenkamm als Bestatter wieder.

Fuchs deutete auf Reben. „Ich suche die Waffe, deren Patronen August Reben viermal getroffen haben."

Mohrenkamm schüttelte den Kopf. „Ein Mord in Herchen ... So etwas habe ich noch nicht erlebt." Dass Mohrenkamm schon so einige Jahre auf dem Buckel hatte, verrieten seine wenigen und kurzen grauen Haare und sein gegerbtes Gesicht. „Doktor Werner hat mir gesagt, ich soll ihn abholen. Ich bringe ihn in meinen Keller, wenn es recht ist? Soll ich schon irgendetwas mit ihm machen oder möchtest du ihn dir nachher noch einmal ansehen?"

„Bring ihn in den Keller, das ist gut. Du kannst ihm auch schon die Kleidung abnehmen. Ich würde ihn mir gerne später ansehen, vielleicht entdecken wir noch mehr an ihm als die Schusswunden und die Platzwunde am Kopf."

„Ist gut." Mohrenkamm gab seinen Gehilfen das Zeichen, den Toten in den Sarg zu überführen.

„Ach, Herr Mohrenkamm? Seien Sie bitte so freundlich und informieren Sie meine Frau, warum ich heute nicht zum Mittagessen komme."

„Sie wird es sicherlich schon wissen. So etwas bleibt im Dorf nicht lange geheim. Aber ich mache trotzdem einen kurzen Abstecher zu ihr. Die zwei Burschen hier werden mir in der Zeit schon nicht mit der Leiche abhauen, oder?" Er lachte dunkel.

„Dankeschön."

Da die Suche nach der Waffe in der Sieg fruchtlos geblieben war, begaben sich Fuchs und Werner auf den Weg zu dem Felsvorsprung nahe dem Katzenstein, um dort in den Büschen am Felsen mit ihrer Suche fortzufahren. Tatsächlich hatten sie alsbald den Beweis dafür, dass dies der Ort war, von dem August Reben abgestürzt war: Nach einigen Kratzern an ihren Händen bargen sie eine Staffelei aus den Brombeersträuchern, die gleich neben einer noch weißen Leinwand und einer Palette lag. Auch eine Laterne fanden sie vor, die unversehrt auf einer kleinen, ebenen Steinfläche stand. Der Maler musste offensichtlich noch vor seinem ersten Pinselstrich überrascht worden sein. „Der Laterne nach zu urteilen sieht es ganz danach aus, als hätte sich Reben schon gestern Abend diesen Platz hier ausgesucht“, schloss Fuchs. Der Fund der Gegenstände am Tatort verschreckte und bestärkte ihn zugleich. Es schauderte ihn, wenn er daran dachte, dass hier an dieser Stelle ein Mensch einem heimtückischen Verbrechen zum Opfer gefallen war. Doch nach der Entdeckung der Malutensilien des Künstlers konnte sich Fuchs nicht nur des Tatortes sicher sein, sondern sich auch die berechtigte Hoffnung machen, das Corpus delicti schnellstmöglich zu finden.

„Herr Sergeant, da ist jemand!“, riss ihn der Ruf Ludwig Werners plötzlich aus seiner Grübelei. Fuchs zuckte zusammen. Die Stimme des Doktors klang tonlos und entbehrte jeder Regung eines Gefühls. Werner stand nur wenige Schritte vor ihm, genau auf der Stelle, die das Felsgestein am blankesten zeigte und wo eine falsche Bewegung tödlich enden konnte. In dunkler Vorahnung griff Fuchs in die Seite, in der er den Kolben seines Revolvers fand, während er sich Werner vorsichtig näherte. Dieser bedeutete ihm jedoch mit ausgestreckten Handflächen, dass er die Situation offensichtlich falsch eingeschätzt hatte. „Ruhig, Herr Sergeant, es sind nur eure Frau und eure Tochter.“ Werner deutete mit dem Finger nach unten ins Tal, wo Fuchs Johanna und Clarissa erkannte, die am Ufer unweit des Ortes standen, an dem August Reben noch vor wenigen Minuten gelegen hatte, und heftig zu ihm hinaufwinkten.

„Ihre Mahlzeit, Herr Papa!", schrie Clarissa so laut, dass ihre Stimme an dem Gestein widerhallte.

Nach Essen war ihm beileibe nicht zumute. Doch der Schreck saß ihm noch zu sehr in den Gliedern, als dass er sich dagegen wehren konnte, und so bedeutete er seinen beiden Damen mit einer matten Handbewegung, dass sie ihm das Essen nach oben bringen durften.

„Machen Sie das nie wieder, Herr Werner!", funkelte er den Dorfarzt an. „Ich habe mich halb zu Tode erschreckt."

„Bitte verzeihen Sie, das war nicht meine Absicht." Werner klang ehrlich. Auch wenn er menschlich bisweilen als etwas hölzern galt, hielt Fuchs ihn doch für eine gute Seele, die sich einen solch makaberen Scherz in dieser ernsten Situation niemals mit purer Absicht erlaubt hätte. „Schon gut, lassen Sie uns weitersuchen."

Johanna und Clarissa fanden ihren Mann und Vater an dem Steilhang wieder, wo er sich mit einer Hand an dem Ast einer jungen Eiche festhielt. „Herr Papa, was ist geschehen?", fragte Clarissa besorgt und zupfte nervös an einem ihrer langen dunkelbraunen Bauernzöpfe.

„Wir haben es wohl mit einem Mord zu tun ... Aber du brauchst dich nicht zu fürchten, Clarissa. Wir werden den Mörder finden und zur Rechenschaft ziehen. Mehr erzähle ich heute Abend. Wir sind noch mittendrin in der Arbeit."

„Albert, pass bloß auf dich auf", ermahnte ihn Johanna.

„Keine Sorge, ich gebe schon auf ihn acht", schaltete sich Doktor Werner ein, der hinter dem Busch einer jungen Hainbuche hervortrat. „Aber dem Geruch nach habt ihr ein feines Mittagessen mitgebracht, das hätte ich auch gerne.“ Werner lachte.

„Puttes mit Backpflaumen und Apfelkompott. Die Kartoffelernte ist gut dieses Jahr“, erklärte Johanna. „Ihr dürft euch gerne eine Portion abfüllen, Herr Doktor. Ich bin mir jedoch sicher, dass Ihre Frau Sie ebenfalls bald verköstigen wird. Die Geschichte hier macht vor keinem Haus Halt.“ Johanna bedeutete Clarissa, den Korb mit der Mahlzeit abzustellen. „Nehmt euch, solange es noch dampft. Wir wollen nicht weiter stören.“

„Aber Frau Mama, die Herren suchen gewiss etwas. Können wir ihnen nicht behilflich sein? Ein Mord ist hier noch nie passiert“, protestierte Clarissa.

„Das kommt überhaupt nicht infrage. Wir wollen uns nicht in Angelegenheiten einmischen, für die wir nicht zuständig sind. Du machst dir in dem Gebüsch nur das Kleid kaputt und so üppig ist der Verdienst deines Herrn Papa auch nicht, als dass er dir sofort ein neues kaufen könnte.“

„Aber wenn ich doch achtgebe ...“

„Ab nach Hause! Von einem beinahe erwachsenen Mädchen wie dir erwarte ich ein wenig mehr Vernunft.“

Nur widerwillig sah Clarissa ein, dass ihre Mutter recht hatte. Es war nicht sehr klug, ihr taubenblaues Lieblingskleid aufs Spiel zu setzen. Also folgte sie ihrer Mutter.

Kurze Zeit später rückte auch Friederika Werner mit einer warmen Mahlzeit an und brachte ihrem Mann frische Reibekuchen mit Apfelmus oder „Rievkooche met Appelkumpott“, wie sie im Dialekt genannt wurden.

Die Stärkung tat Ludwig Werner spürbar gut; so konnte er sich nach dem Essen wieder voller Eifer in die Büsche schlagen. Zusammen mit Fuchs durchwühlte er jeden Brombeerstrauch, jedes Farnblatt, jeden Grashalm, den sie erreichen konnten, was angesichts des gefährlichen Steilhanges nicht überall gegeben war. Doch von der Tatwaffe fehlte weiter jede Spur. Während sich Werner diesmal sehr kühn bis tief in den Hang hineinwagte, zog Albert Fuchs seine Kreise immer weiter um den mutmaßlichen Tatort. Den Blick Richtung Boden gewandt schritt er den kleinen Pfad bis auf die Höhe des Eisenbahntunnels ab in der Hoffnung, irgendwo im Gras eine Waffe oder einen anderen verdächtigen Gegenstand zu finden.

Voller Faszination hatte er in der Zeitung gelesen, dass es bereits in vielen großen Städten des Reiches eine Kriminalpolizei gab, die solche Verbrechen nach dem Berliner Vorbild mittels einer eigens dafür eingerichteten Mordkommission sehr professionell untersuchte. Bisher war es eher üblich gewesen, den Tatort nach einem Verbrechen sofort aufzuräumen, was allerdings wichtige Spuren und somit potenzielle Beweismittel vernichten konnte, wie er gelernt hatte. Die aufstrebende Wissenschaft des Kaiserreiches mischte auch auf diesem Gebiet mit. Aber dass er selbst eines Tages in einem Mordfall in Herchen würde ermitteln müssen, hätte er nicht für möglich gehalten. ‚Ich muss für die Gerechtigkeit kämpfen und den Täter überführen', dachte er grimmig.

Ein schmatzendes Geräusch unter seinem rechten Fuß riss ihn plötzlich aus seinen Gedanken. Offenbar hatte er den Fuß zu weit vom Pfad weg in das mittelhohe Gras gesetzt und war in eine nur schwer vorhersehbare Pfütze getreten. Er fluchte. Doch dann entdeckte er etwas, das sein Herz höherschlagen ließ: Vor seinem Fuß, ein wenig zwischen den Grashalmen versteckt, so dass er auf den ersten Blick kaum zu erkennen war, hatte jemand seinen Fußabdruck mitten in den Schlamm gesetzt. Es handelte sich um einen Morast, den die vergangenen sonnigen Tage noch nicht getrocknet hatten. Fuchs stockte der Atem. Wer hatte hier seinen Abdruck hinterlassen? Dem Absatz zufolge rührte der Abdruck von einem Herrenstiefel, dessen Profil ein recht feines Rautenmuster auszeichnete und dessen Spitze in die entgegengesetzte Richtung wies. Theoretisch konnte dieser von allen Stiefeln mit Absatz stammen, doch eine Sohle mit Rautenmuster kam – sofern er es einzuschätzen vermochte – längst nicht bei allen Stiefeln vor. Viele Stiefel, wie sein eigener, wiesen eine glatte Sohle ohne ein bestimmtes Profil auf. Natürlich konnte auch August Reben selbst den Abdruck hinterlassen haben. Da er sich die Leiche des Künstlers später ohnehin noch einmal anschauen wollte, konnte er diese Frage bei der Gelegenheit beantworten. Zudem hielt es Fuchs für die beste Lösung, nachher oder spätestens morgen früh an diesen Ort zurückzukehren und den Abdruck vorsichtig auszugraben.

Er sah sich um in der Hoffnung, noch weitere Spuren zu entdecken, hatte damit jedoch keinen Erfolg.

Als er schließlich zu Werner an den Steilhang zurückkehrte, meinte er: „Ich habe den ganzen Weg abgesucht, aber die Waffe bleibt verschwunden. Dafür habe ich einen Fußabdruck im Morast gefunden, den ich nachher oder morgen ausgraben möchte. Ich bitte Sie jedoch, dieses möglicherweise nicht unbedeutende Detail noch nicht preiszugeben, um zu verhindern, dass die Leute anfangen, ihre Schuhe zu verstecken."

Werner zog die Augenbrauen hoch. „Das ist beachtlich. Ich gratuliere. Von mir erfährt niemand ein Wort, das ist doch Ehrensache!"

„Haben Sie etwas Interessantes gefunden?"

Der Doktor schüttelte den Kopf, während er seine Hände sauberklopfte. „Es kann ja auch sein, dass der Täter seine Waffe wieder mitgenommen hat."

„Das ist wahrscheinlich“, bekräftigte Fuchs. „Ich schlage vor, wir unterbrechen unsere Suche. Ich wollte mir den Toten noch anschauen und mit den Düsseldorfern sprechen, bevor sich der Tag dem Ende neigt. Die Kunstgegenstände hier sollten wir aber mitnehmen.“

Mohrenkamm hatte die Leiche auf einer Pritsche im Keller seiner Werkstatt aufgebahrt. Albert Fuchs fröstelte nicht nur aufgrund der niedrigen Temperaturen, die hier herrschten. Der Anblick eines Toten, der nicht freiwillig aus dem Leben geschieden war, sorgte dafür, dass sich seine Haare unter der Uniform aufstellten. Es roch nach Blut. Bis auf die weiße Leinenunterhose lag August Reben splitterfasernackt auf dem Rücken, was das ganze Ausmaß seiner Verletzungen ungeschönt offenbarte. Fuchs war während seiner Dienstzeit in der preußischen Armee durchaus zur Härte erzogen worden, doch angesichts dieser schockierenden Wunden spürte er sein inneres Gleichgewicht wanken. Der Bauch des Künstlers bestand aus Blut und Eingeweiden. Die Schrecken des Krieges hatte Fuchs bislang nicht miterleben müssen, da seine Dienstzeit glücklicherweise zwei Jahre nach dem Ende des Krieges gegen die Franzosen begonnen hatte. Doch genau so stellte er sich den Krieg vor: den Körper des Menschen zerstörend, Leben zerstörend, Gutes zerstörend.

Fuchs kämpfte gegen eine aufsteigende Übelkeit an. Reiß dich zusammen, ermahnte er sich selbst, aber sein Körper war anderer Meinung: Binnen Sekunden breitete sich ein Schwindel in ihm aus, sodass der Raum um ihn herum zu schwanken begann. Schweiß trat ihm aus allen Poren. ‚Ich muss hier raus, bevor ich das Bewusstsein verliere‘, dachte er und schleppte sich zur Kellertreppe, die er Stufe um Stufe heraufkroch.

„Um Gottes Willen, Herr Fuchs!“, rief plötzlich eine Stimme über ihm. Als er aufschaute, erkannte Fuchs Mohrenkamms Gesicht, das verschwommen über ihm schwebte, als käme es aus einer anderen Welt. „Kommen Sie, ich helfe Ihnen hinauf.“ Fuchs spürte die warme Hand des Bestatters, die er dankbar ergriff. Mit letzter Kraft raffte er sich auf und erklomm schließlich die obersten Stufen der steinernen Treppe. Mohrenkamm klopfte ihm auf die Schulter und führte ihn in die Kaffeeecke seiner Werkstatt, die aus einem kleinen Rundtisch und zwei Holzstühlen bestand. Mohrenkamm reichte ihm ein Glas Wasser, das er in mehreren Zügen leerte. Erleichtert stellte er fest, dass sich sein Sichtfeld langsam wieder vervollständigte. „Sind Sie gestürzt?“, fragte Mohrenkamm und sah ihn mit seinen durchdringenden braunen Augen an.

„Ich ... weiß nicht genau. Ich erinnere mich nicht mehr.“

Mohrenkamm machte eine wegwerfende Geste. „Schon gut. Bei vielen Leuten spielt der Körper bereits verrückt, wenn sie eine unverletzte Leiche sehen.“

„Das glaube ich gern. Können Sie mir etwas über Reben erzählen? Ist Ihnen irgendetwas an seinem Körper aufgefallen?“, bemühte sich Fuchs darum, rasch das für ihn sehr unangenehme Thema zu wechseln.

„Eine Platzwunde am Kopf, zwei Schüsse auf Herzhöhe, zwei weiter unten, etwas hellere Totenflecken, die an ungewöhnlichen Stellen auftreten. Das wären die wesentlichen Unterschiede zu den sonst üblichen Leichen.“

„Moment ...“, sagte Fuchs und zog sein schwarzes, etwas abgegriffenes Protokollheft mit Ledereinband aus der Tasche seines Überrocks. Schnell ließ er seinen Stift über das Papier fliegen, um die Worte niederzuschreiben, die der Bestatter ihm mitgeteilt hatte. Die Protokollführung hatte er bislang vernachlässigt.

„Wissen Sie, wie lange Reben bereits tot ist? Wir haben eben eine Laterne auf dem Felsvorsprung gefunden, von dem er wahrscheinlich gestürzt ist."

Mohrenkamm kratzte sich am Kinn. „Sie meinen, dass Reben schon seit gestern Abend tot ist?"

„Davon gehe ich aus. Sonst hätte er sich keine Laterne mitgenommen. Wir haben außerdem seine Staffelei, eine Leinwand und Malfarben an der Stelle gefunden."

„Die Totenstarre setzt gerade erst richtig ein. Normalerweise passiert das ein, zwei Stunden nach dem Tod. Bisher war sie nur an einigen wenigen Stellen ausgeprägt. Vielleicht hat er heute Morgen in der Dämmerung gemalt?"

„Das können wir natürlich nicht ausschließen. Im Grunde stelle ich mir einen romantischen Künstler jedoch eher im Abendlicht vor. Ich hoffe, seine Kollegen können mir heute Abend ein bisschen mehr über ihn verraten. Vielleicht setzt die Totenstarre auch später ein, weil er im Wasser gelegen hat?"

„Ich habe bisher zum Glück noch niemandem aus dem Wasser fischen müssen. Aber er hat sich kalt angefühlt."

„Sagen Sie, wo haben Sie seine Kleider abgelegt?"

„Die habe ich in den Schrank gehängt."

„Unten im Keller, nehme ich an?" Mohrenkamm nickte.

„Die würde ich mir gerne noch anschauen."

„Sie sind aber sehr gründlich, das muss man Ihnen lassen. Als hätten Sie schon immer mit Mordfällen hier auf dem Land zu tun gehabt."

„In immer mehr Städten im Reich entstehen Kriminalpolizeien. Warum nicht eines Tages auch in Siegburg?"

Mohrenkamm lachte. „Ich halte gar nichts mehr für unmöglich. Die neuen Zeiten sind nichts mehr für mich. Aber wenn man solche Morde aufklären kann, bin ich trotzdem dafür. Sind Sie denn sicher, dass Sie wieder in den Keller gehen können?“

Fuchs erhob sich. „Ja, es geht schon. Es war nur ein vorübergehender Anfall. Ich bleibe auch nicht lange unten.“

„Darf ich Sie begleiten? Nicht, dass Sie umkippen und Ihnen da unten niemand helfen kann.“

Fuchs hob abwehrend die Hände. „Nein, keine Sorge. Diesmal wird es mir nicht passieren. Ich bleibe nicht lange. Geben Sie mir drei Minuten.“

„Na gut. Aber wenn Sie in fünf noch nicht wieder hier sind, gehe ich nach Ihnen schauen.“

Fuchs nickte, dann griff er nach der Laterne und stieg erneut hinab in das Dunkel. Mit klopfendem Herzen betrat er wieder jenen Raum, der ihn noch vor wenigen Minuten beinahe das Bewusstsein gekostet hätte. Der beißende Geruch nach Blut stieg ihm in die Nase. Ihm würde nicht viel Zeit bleiben, ehe die Übelkeit in ihm hochsteigen würde. Doch so lange brauchte er nicht. Um genau zu sein interessierte ihn nur ein Detail. Er bemühte sich, nicht zu der Pritsche zu sehen, sondern wandte seinen Blick direkt der Wand auf der rechten Seite zu, an der der Schrank stand, den Mohrenkamm gemeint hatte. Die Tür stand bereits einen großen Spalt weit offen, sodass Fuchs sie nur ein wenig anstoßen musste, um sie vollständig zu öffnen. Der erste Bügel sprang ihm sofort ins Auge. Mohrenkamm hatte den roten Schal des Künstlers um das braune Sakko gelegt. ‚Eine auffällige Kleidung, selbst für einen Künstler‘, dachte Fuchs. Auf den Bügeln daneben befanden sich das blutdurchtränkte, an einigen Stellen noch crèmefarbene Hemd, Unterhemd sowie die braune Hose. Alle Kleidungsstücke Rebens waren feucht und rochen nach einer Mischung aus Blut und Siegwasser. Fuchs senkte seinen Blick zu Boden und erkannte die Schuhe Rebens, ebenfalls braunfarbene, halbhohe Stiefel, deren Schnallen mit metallisch glänzenden Knöpfen verziert waren. Er fühlte die ersten Anzeichen aufsteigender Übelkeit und beeilte sich, die Schuhe umzudrehen. Das Profil war entscheidend. Einen Moment später wusste Fuchs, dass nicht Reben den Fußabdruck im Morast am Tunnel hinterlassen hatte, wie er an den ausgeprägten, parallel verlaufenden Linien des Profils erkannte. Rasch stellte Fuchs den Stiefel ab, lehnte die Schranktür an und stieg hastig die Kellertreppe hinauf, da er bereits einen Schwindel verspürte. Dennoch schaffte er es diesmal in einem Zug bis nach oben.

„Sie sind ja wieder so bleich, Herr Fuchs", begrüßte ihn Mohrenkamm, der ihn offensichtlich bereits erwartet hatte. „Haben Sie etwas Interessantes gefunden?"

„Nicht direkt ...", antwortete Fuchs, hatte aber keine Lust, Mohrenkamm in seine Entdeckung im Morast einzuweihen. Mit dem Verweis auf die Dringlichkeit seiner weiteren Ermittlungen verabschiedete er sich daher schnell, jedoch nicht ohne den Bestatter zu bitten, demnächst die Tür zum Keller abzuschließen. Er hatte ein ungutes Gefühl, wenn ein Ermordeter unbewacht im Keller lag.

IV

Als Albert Fuchs das Hotel Glasmacher betrat, schlug ihm ein entsetzlicher Lärm entgegen. Im großen Speisesaal, der zu dieser Abendstunde gut gefüllt war, erzählten, scherzten, lachten und rauchten die Kurgäste, während sie dem Wein reichlich zusprachen. Fuchs erkannte die beiden Künstler wieder, die ihn am Vormittag auf der Terrasse des Cafés abgefangen und ihn zu August Reben geführt hatten. Sie saßen zusammen mit drei weiteren Kollegen an einem Tisch direkt am Fenster und wirkten so, als hätten sie mehr als einen Schnaps auf den Schreck getrunken. Das kam ihm nicht ungelegen, denn Angetrunkene redeten oft mehr und sprachen nicht selten die Wahrheit aus. Fuchs kannte ihre Gesichter und hörte die Namen dieser in der Kunstwelt auch weit über das Reich hinaus berühmten Leute immer wieder, wusste Gesichter und Namen jedoch nicht einander zuzuordnen, da sie stets nur vorübergehend in Herchen weilten und nicht die einzigen illustren Gäste des Ortes waren. Auch Musiker, Schriftsteller, Rittmeister, Kaufmänner, Bankiers, Notare, Anwälte und andere reiche Städter suchten das Land regelmäßig als Sommerfrische auf. Es hieß, dass sie den Geruch der Herchener Gerberei als Inbegriff der Landromantik besonders schätzten. Sie tranken und feierten zwar ordentlich, wussten sich jedoch meist zu benehmen und bedurften nur selten einer polizeilichen Intervention.

Die Künstler bemerkten Fuchs erst, als dieser sich vor dem einzigen freien Stuhl am Kopfende des Tisches aufbaute.

„Guten Abend, Herr Sergeant", begrüßte ihn einer der beiden Herren, die er vom Morgen kannte. Von den Aufzügen her unterschied er sich kaum von seinen Tischgenossen, die nicht ganz so auffällig wie August Reben gekleidet waren, sondern schwarze Sakkos zu schwarzen Schleifen oder Krawatten über weißen Hemden trugen. Er schätzte die Herren auf ein mittleres Alter, nur einer der sechs trug sein aufwallendes graues Haar zur Schau. Den Herrn, der ihn begrüßt hatte, schätzte Fuchs auf höchstens dreißig, er hatte aalglatte schwarze Haare und ein freundliches Gesicht. „Können Sie uns schon Neues berichten?"

Noch ehe Fuchs etwas erwidern konnte, setzte der zweite Herr hinzu: „Kommen Sie, setzen Sie sich doch zu uns und trinken Sie ein Gläschen mit."

Fuchs schwenkte seine blaue Mütze zur Begrüßung. „Guten Abend, meine Herren." Nachdem er sich niedergelassen hatte, zog er sein Protokollheft hervor und blätterte darin, bis er die richtige Seite gefunden hatte. „Wir haben die Stelle auf dem Felsen inspiziert, von der aus Herr Reben den Hang hinunter und ins Wasser gestürzt ist ... oder gestürzt wurde, um es besser zu beschreiben. Wir haben eine Staffelei mit Leinwand, eine Palette, Farben und eine Laterne gefunden, die darauf schließen lässt, dass Herr Reben auf diesem Felsen gestern Abend noch gemalt hat. Weiß einer der Herren von diesem Unternehmen?"

Nach einem Moment des Zögerns, den Fuchs auf den Alkohol zurückführte, hoben alle sechs ihre Hand. „Mir hat er nur gestern Abend gesagt, dass er nicht zu Glasmachers mitkomme, weil er noch etwas malen wolle. Wohin er dazu ging, hat er nicht gesagt. Er war recht workarg, man bekam nicht viel aus ihm heraus. Die anderen wissen auch nicht mehr", sagte der Mann, der Fuchs gegenübersaß und einen langen schwarzen Bart trug.

„Zum Malen ist er nicht mehr gekommen, denn die Leinwand war noch weiß", bemerkte Fuchs lakonisch, während er sich bemühte, die Aussage des Künstlers aufzuschreiben. „Wie heißen Sie?", fragte er.

„Carl Turmhardt mit *dt.*“

„Vielen Dank. Was heißt, er war wortkarg? Hat er sich in letzter Zeit verändert oder war er schon immer so?“

„Seit er den ersten Tag an die Akademie gekommen ist, war er schon immer so. Aber er war immer höflich, freundlich und hilfsbereit, wenn man ihn um Rat gefragt hat.“

„Hatte er irgendwelche Feinde?“

Turmhardt schüttelte den Kopf. „Nicht, dass ich wüsste. Er war ein stiller Charakter, hat nie so viel den Mund aufgerissen. Wir sind sehr bestürzt, dass es ausgerechnet ihn getroffen hat. Ich kann mir nicht vorstellen, dass er Feinde hatte.“

Nach und nach schüttelten auch die anderen ihre Köpfe. Seit seiner Ankunft hatte die Lautstärke am Tisch deutlich abgenommen und kam nun einer Atmosphäre näher, die der Sergeant für einen Trauerfall angemessen hielt. Obwohl er den Alkoholgeruch der Künstler wahrnahm, fühlten sich seine Sinne nicht mehr so überfordert an wie in dem Moment, als er die Tür zur Gaststätte betreten hatte.

„Guten Abend, Herr Sergeant“, überfiel ihn plötzlich eine zuckersüße Stimme von hinten. Als er aufsah, blickte er in das lächelnde Gesicht von Eva Buchner. Sie hatte blondes lockiges Haar und es hieß, dass die berühmten Rheinländer besonders auch ihrer Bedienung wegen gerne in das traditionelle Hotelrestaurant einkehrten. Auch Fuchs fand sie zweifelsohne sympathisch, weil sie mit ihrem sonnigen Gemüt normalerweise alle trüben Gedanken in einem Augenblick vergessen machen konnte. Nur heute Abend machten es ihr die Umstände schwer und Fuchs meinte, dass er in ihrem Gesicht eine Spur Betroffenheit wiederfand. „Was haben Sie uns zu berichten? Wie kann so etwas Schreckliches in Herchen passieren?“ Ihre Mundwinkel bewegten sich ganz langsam nach unten, bis ihr Lächeln vollständig erstarb. Fuchs konnte sich nicht daran erinnern, Eva Buchner einmal nicht lächelnd gesehen zu haben.

„Leider kann ich Ihnen heute nichts Gutes berichten, Fräulein Buchner. Wir wissen nur, dass August Reben tot ist, aber nicht warum. Er war ein häufiger Gast bei Ihnen, oder?"

Eva Buchner fuhr sich nervös durch ihre Haare und nickte. „Ja, das war er. Glauben Sie, hier treibt sich ein Mörder herum?"

„Das will ich nicht hoffen, aber wir können es auch nicht ausschließen. Ich glaube allerdings nicht, dass er es auf Sie abgesehen hat."

„Ich dachte eigentlich auch nicht, dass es jemand auf einen stillen Kerl wie August Reben abgesehen hat."

Fuchs schwieg betroffen, da Eva Buchner recht hatte. „Ja, das haben wir wohl alle nicht gedacht ... Ich habe nachher noch eine Frage an Sie, würde aber gern erst einen Schluck trinken."

„Wir haben Weißwein und Rotwein."

„Das ist zuvorkommend von Ihnen. Mir genügt ein Glas Weißwein und Wasser im Nachgang."

„Sehr gerne." Die Miene der jungen Dame erhellte sich ein wenig, blieb jedoch mit einer gewissen Nachdenklichkeit behaftet.

Keine zwei Minuten später hatte Fuchs ein Glas Weißwein von der Sieg vor sich stehen, das er sich normalerweise schmecken ließ. Doch heute Abend waren seine Sinne unempfänglich für den Reiz des Weines. Dennoch befand er es für klug, zumindest ein Glas mitzutrinken, um den Künstlern das Gefühl zu geben, dass er einer von ihnen war. Er erhoffte sich Antworten auf seine Fragen.

„Hat jemand von Ihnen gestern Abend Schüsse gehört?", fragte er in die Runde.

Nach und nach schüttelten alle Künstler den Kopf. „Wir waren alle hier bei Glasmachers wie fast jeden Abend. Von uns hat niemand Schüsse gehört", erklärte der Herr, der ihn begrüßt hatte und seinen Namen Gustav Adler zu Protokoll gab. „Aber hören Sie sich um in diesem Hause, ich möchte darauf wetten, dass es Leute gab, die trotz der einsetzenden Frische draußen saßen und etwas gehört haben."

„Ich habe etwas gehört!", rief plötzlich eine Frau, die mit einigen anderen Gästen hinter ihn an den Tisch getreten war. Auch die anderen Gäste waren inzwischen auf Sergeant Fuchs aufmerksam geworden. „Es gab eine ganze Salve von Schüssen, die auf unheimliche Weise am Felsgestein widerhallten. Elsa und ich dachten, da hätte wohl ein Jäger sein Ziel verfehlt und dann nachgeschossen. Doch als man uns heute Mittag von den Schüssen auf August Reben erzählte, lief es uns eiskalt den Rücken hinab." Die vornehm gekleidete Dame deutete auf ihre ebenso gut betuchte Freundin, die eifrig nickte.

Fuchs nippte nachdenklich an seinem Wein. Die Erklärungen der Damen hielt er für plausibel. „Um welche Stunde herum haben Sie die Schüsse gehört?"

„Das muss zur blauen Stunde gewesen sein, vielleicht um acht Uhr?", vermutete die Dame.

„Sofern tatsächlich gestern Abend niemand gejagt hat, ist das der Tatzeitpunkt. Das deckt sich mit unseren Erkenntnissen, dass Herr Reben schon seit gestern Abend tot ist, aber erst heute Morgen gefunden wurde. Ist Ihnen sonst irgendetwas Verdächtiges aufgefallen?" Die Damen schüttelten den Kopf.

„Haben Sie Schreie gehört, Schritte oder das Getrappel von Pferdehufen zu ungewöhnlicher Stunde?"

Wieder schüttelten die Damen den Kopf. „Nein, nichts Ungewöhnliches. Wir haben nur ab und zu die Stimmen von

Leuten aus dem Dorf gehört, die zu später Stunde wie wir noch draußen im Garten saßen. Auch einige andere haben die Schüsse gehört, aber ebenso wie wir für die Schüsse eines Jägers gehalten. Einige Einheimische haben schon gespottet, dass der Herr Bürgermeister sicher so seine Probleme mit einem dicken Wildschwein gehabt hätte. Aber nichts hat darauf hingedeutet, dass es die Todesschüsse waren, die wir gehört ..." Die Dame wurde bleich im Gesicht und sank in sich zusammen. Noch bevor sie auf den Boden aufschlagen konnte, gelang es einem umstehenden Herrn, sie aufzufangen. Schnell zog er einen Stuhl heran und setzte sie darauf. „Ein Glas Wasser, schnell!", rief einer der Gäste. Gustav Adler war rasch zur Stelle und flößte ihr das belebende Nass ein, woraufhin sie langsam wieder zu sich kehrte. Albert Fuchs erkannte, dass es möglicherweise keine gute Idee war, die Befragung noch viel länger auszudehnen, zumal sich immer mehr Hotelgäste um den Künstlertisch sammelten und wild durcheinanderredeten. Eine Frage jedoch wollte er noch loswerden.

„Welche Art von Bildern hat Herr Reben gemalt?"

„Reben war ein Landschaftsmaler und als solcher für dieses Fach Lehrer an der Kunstakademie bei uns in Düsseldorf. Seine Bilder zeigen oft romantische Naturszenen von Rhein und Sieg, verwunschene Plätzchen, die meist in ein Dämmerlicht getaucht sind. Auch wenn ich selbst eher auf Federvieh und Genremalerei aus bin, hatte ich doch immer Gefallen an seinen Bildern", erklärte Carl Turmhardt.

„Also hat er sich an einsame, abgelegene Orte begeben und dort gemalt?"

„Ja, so können Sie sich das vorstellen. Kommen Sie gerne morgen mit zu unserem Atelier an der Düsseldorfer Hütte, dann zeige ich ihnen Bilder von ihm. Vielleicht finden Sie dort nebenbei irgendeine Spur, die Ihnen bei der Aufklärung weiterhilft."

„Das ist eine gute Idee. Treffen wir uns um acht Uhr vor dem Hotel?"

„Wenn Sie wünschen gerne, Herr Sergeant."

„Gut. Ich schaue mir jetzt noch Herrn Rebens Zimmer im Hotel an." Entschlossen leerte Fuchs sein Weinglas in einem Zug, notierte die Namen der anwesenden Künstler und der Damen für sein Protokoll, verabschiedete sich von ihnen, kämpfte sich durch ein Dutzend neugierige Gäste hindurch und wandte sich schließlich an Eva Buchner mit der Bitte, ihm August Rebens Zimmer zeigen zu lassen. Trotz des abendlichen Hochbetriebs wollte Eva Buchner nicht darauf verzichten, sich persönlich um seinen Wunsch zu kümmern und meldete sich bei ihrer Kollegin Emma Wahl ab. Mit dem Schlüssel in der Hand kehrte sie schließlich zurück und führte Fuchs durch das Treppenhaus nach oben in den zweiten Stock. Das flackernde Licht von Buchners Laterne ließ die Schatten gespenstisch über den Korridor tanzen. Die weiß gestrichenen Zimmertüren hoben sich deutlich von den mit dunklem Holz ausgekleideten Wänden ab. Vor dem Zimmer mit der Nummer 27 machte sie Halt und öffnete die Tür, während sie die Laterne noch immer in der Hand trug. Fuchs lief ein Schauer über den Rücken, als er Rebens Zimmer betrat. Selbst Eva Buchner schwieg angesichts der drückenden Schwere, die auf diesem Zimmer lastete. Der Raum war schlicht eingerichtet und Fuchs war sich sicher, dass die Künstler nicht des luxuriösen Wohnens wegen nach Herchen kamen. Dennoch enthielt der Raum das Notwendige für einen möglichst angenehmen Aufenthalt: ein weiches Bett mit weißen Daunendecken für die im September einsetzenden kühlen Nächte, einen Nachttisch mit Petroleumlampe, einen Kleiderschrank, einen dunkelgrünen Biedermeiersessel, einen Sekretär, einen kleinen Nähtisch und ein Bild an der lindgrün tapezierten Wand, das einen Hirsch mit einem imposanten Geweih auf einer Lichtung zeigte. Am meisten interessierte sich Fuchs für den Reisekoffer aus braunem Leder, der zwar zugeklappt, jedoch unverschlossen vor dem Bett lag. „Das Zimmer macht einen ordentlichen Eindruck", sagte Fuchs an Eva Buchner gewandt, „haben Sie hier aufgeräumt?"

„Ja, Herr Sergeant. Ich hoffe, es stört Sie nicht? Nachdem wir von der schrecklichen Nachricht gehört hatten, haben wir hier schon einmal klar Schiff gemacht und alle Kleidungsstücke Rebens in den Koffer gelegt. Uns ist dabei nichts Besonderes aufgefallen. Nur ein kleines Skizzenbuch hat Herr Reben hinterlassen. Einige der Künstler, die uns besuchen, sind zwar weltbekannt, aber doch ein bescheidenes und sehr bodenständiges Volk, das allen Überfluss auf Reisen ablehnt."

„Das wirkt beinahe so, als wollten Sie das Zimmer so schnell wie möglich wieder vermieten?"

Eva Buchner schüttelte den Kopf. „Nein, Herr Sergeant. Das Zimmer werden wir in diesem Monat nicht mehr vermieten. Wir möchten zuerst, dass dieses scheußliche Verbrechen aufgeklärt wird. Aber es ist im Moment Abreisezeit. Herr Turmhardt wird morgen zurück nach Düsseldorf reisen und Herrn Rebens Koffer mitnehmen, um ihn den Angehörigen zu überreichen. Deshalb haben wir ihn schon fertiggemacht."

„Welche Angehörigen hat Herr Reben denn? Hat er Familie?"

„Es heißt, dass er nur noch Mutter und zwei Brüder haben soll, von denen einer wahnsinnig ist."

„Und seine Bilder? Ich sehe nur diesen Hirsch an der Wand ..."

„Der stammt nicht von ihm. Das Bild hängt schon dort, seitdem ich denken kann. Ich weiß nicht, wer es gemalt hat, aber wohl keiner der Düsseldorfer."

„Haben Sie hier denn keine Bilder der Düsseldorfer hängen?"

„Doch, sicher hängen hier Bilder aus Düsseldorf", sagte Buchner energisch, „in fast jedem Zimmer. Oft schenken uns die Künstler ein selbst gemaltes Bild. Denken Sie nur an unser riesiges Gemälde mit den Weinbergen unten im Speisesaal. Nur dieses Zimmer hier ist sehr klein und bislang hat sich noch niemand an dem Hirsch gestört, auch Reben nicht. Er war ein sehr zurückhaltender Mensch, hat sich nie über irgendetwas beschwert."

„Und Rebens Bilder? Haben Sie welche in seinem Koffer entdeckt?"

Die junge Dame schüttelte den Kopf. „Nein, es liegt nur sein Skizzenbuch darin. Wenn Sie richtige Bilder sehen möchten, müssen Sie mit nach unten in sein Atelier kommen. Geht das vielleicht später nach Feierabend oder morgen früh? Ich möchte keineswegs unhöflich erscheinen, aber im Moment haben wir Hochbetrieb unten ..."

„Ich verstehe. Herr Turmhardt erzählte mir außerdem, dass es auch Bilder von Reben in dem kleinen Atelier an der Düsseldorfer Hütte gebe. Die wollte ich mir morgen früh sowieso ansehen, dann brauchen Sie mich vorerst nicht hinunterzuführen. Wenn Sie erlauben, würde ich nur rasch einen Blick in seinen Koffer werfen ..."

Eva Buchner hatte recht gehabt: Alles, was Fuchs in dem Koffer fand, waren Ersatzkleider und ein Pflegebeutel, der Utensilien wie einen Kamm, Parfüm sowie eine Zahnbürste mit Schlämmkreide und Campher enthielt. Rechts an der Seite entdeckte er schließlich das Skizzenbuch des Künstlers. Schnell warf er einen Blick hinein und blätterte durch mit Kohle gezeichnete Landschaftsskizzen, aber auch vereinzelte Porträts von Männern und Frauen. Seine Hoffnungen, dass das Buch auch Geschriebenes wie beispielsweise Tageseinträge enthielt, erfüllten sich zunächst nicht. „Ich möchte Ihre

Geduld nicht länger strapazieren. Darf ich das Buch mitnehmen? Ich bringe es Ihnen morgen früh bis acht Uhr wieder."

„Selbstverständlich gerne, Herr Sergeant." Trotz des schummerigen Lichtes erkannte Fuchs die Erleichterung auf Eva Buchners Gesicht, dass er nicht stundenlang an Ort und Stelle in dem Buch versinken wollte, während unten der Laden voller Leute saß.

„Danke. Damit hätte ich dann vorerst genug gesehen." Noch einmal ließ Fuchs seine Augen mit kritischem Blick durch das Zimmer schweifen, als hätte er Sorge, irgendetwas übersehen zu haben. Als er sich zum Gehen wandte, hörte er plötzlich Schritte auf dem Flur, die sich knarzend über den Holzboden bewegten. Im flackernden Licht der Laterne zeichneten sich die Umrisse eines Mannes ab, der sich ihnen in leicht gebückter Haltung näherte. Erst als er wenige Schritte vor ihnen stand, konnte Fuchs sein Gesicht erkennen. Der Mann war alt, hatte einige wenige weiße Haare, die ihm geblieben waren und starrte sie mit leicht verkniffener Miene durch seine Brille an, da er offensichtlich von der Laterne geblendet wurde. Fuchs konnte sich flüchtig erinnern, den Mann eben unten im Speisesaal gesehen zu haben. „Guten Abend, Herr Geheimrat Schellhorn", grüßte Buchner ihn.

„Sind Sie der örtliche Polizeidiener?", fragte er in Richtung Fuchs, ohne die Dame zu beachten.

„Jawohl, ich bin der Sergeant von Herchen. Guten Abend", gab ihm Fuchs betont freundlich zu verstehen.

„Was halten Sie da in der Hand?" Der Finger des Mannes deutete auf Rebens Skizzenbuch.

„Das ist ein Skizzenbuch von August Reben, der gestern Abend an der Sieg ermordet wurde. Können Sie uns etwas über ihn sagen?"

Der Mann lachte aufgesetzt. „Sie hatten eben Gelegenheit, mit den Herren Künstlern am Tisch zu reden. Mehr kann ich Ihnen gewiss nicht sagen, dann trüge ich wohl Eulen nach Athen. Ich kann Ihnen nur berichten, dass ich die relevanten Stellen des Kommissariats und der Behörden in Düsseldorf über den Vorfall informiert habe, damit ordentlich und professionell ermittelt wird. Nicht, dass hier noch ein Weiterer der Unsrigen unsanft zu Tode kommt. Und nun entschuldigen Sie mich bitte." Ohne ein weiteres Wort zu verlieren setzte Schellhorn seinen Weg über den Korridor fort.

Fuchs sah sprachlos zu Eva Buchner hinüber. „Wer war das denn?"

„Ach, das war der alte Herr Geheimrat aus Düsseldorf. Er wird mit den Jahren immer kauziger", antwortete Buchner gelassen.

„Ein ganz schön aufgeblasener Kerl ohne Manieren. Er hat Sie nicht einmal gegrüßt."

„Er macht sich nichts mehr aus jungen Damen, seine besten Jahre hat er hinter sich."

„Sehr auskunftsfreudig schien er mir auch nicht zu sein, das macht ihn für meine Begriffe durchaus verdächtig ..."

„Eigentlich ist er ein sehr korrekter Mensch, der nur ständig mit seinen Kontakten in höchste Düsseldorfer Kreise prahlt. Da kann ich mir schon vorstellen, dass er in diesem Fall direkt aktiv wird und alle Hebel in Düsseldorf in Gang setzt, die Rang und Namen haben, nur um zu beweisen, dass er auch im Ruhestand noch ein brauchbarer Geheimrat ist. Dabei hat er gar nichts mit Verbrechen zu tun, sondern kommt aus dem Finanzwesen."

Fuchs schüttelte den Kopf. „Ich werde sehen, was meine Ermittlungen ergeben. Ihnen sage ich ganz herzlichen Dank dafür, dass Sie mir das Zimmer gezeigt haben. Und nun gehen Sie geschwind an die Arbeit, Ihre Gäste warten auf Sie." Fuchs drückte Buchner eine Münze in die Hand. Ungläubig starrte die Kellnerin auf den Wert der Münze. „Vielen Dank! Das ist ..."

„... angemessen für Ihre Hilfeleistung. Wegen mir hatten Sie einen Personalengpass im Saal, und das zur besten Stunde."

„Aber ich bitte Sie Herr Fuchs, Sie ermitteln in einem Kriminalfall. Da werden Sie schon das Recht haben, sich hier ein wenig umzusehen. Das wäre wirklich nicht nötig gewesen. Kommen Sie, ich begleite Sie nach unten."

Als Albert Fuchs hinaus an die bereits abgekühlte Luft trat, benötigten seine Augen einige Momente, um sich an die Dunkelheit zu gewöhnen. Der Mond schien nicht, doch nach und nach blitzten Sterne auf, die eine klare, aber auch kalte Nacht versprachen. In den Häusern an der Hauptstraße glomm noch das Licht der Öfen, während die auf einer Anhöhe gelegene Kirche in der Finsternis lag.

Mein Gott, wo bist du, dass du solche Verbrechen zulässt? Andererseits, so sagte er sich, waren es die Menschen, die sich immer wieder für Gut oder Böse entschieden. An ihm lag es nun, den oder die Verbrecher zu stellen und der gerechten Strafe zuzuführen. Er spürte die Verantwortung, die er seinem Ort und den Düsseldorfer Künstlern gegenüber trug. Was, wenn er den Täter nicht fand? Was, wenn er versagte? Würde er sein ganzes weiteres Leben mit seinem Versagen hadern? Wer konnte der Mörder sein? Wirklich verdächtig gemacht hatte sich bis jetzt niemand, mit dem er gesprochen hatte. Eva Buchner hatte selbst den kauzigen Geheimrat in Schutz genommen. Fuchs war sich sicher, dass er mehr über das Leben August Rebens herausfinden musste. Gleich morgen früh würde sich ihm die Gelegenheit bieten. Mit aufgewühlten Gefühlen bog er in die Straße hinter der

Post ein, und schon nach wenigen Schritten erreichte er sein Haus, aus dem das warme Licht des Ofens schien. Seine Frau und seine Tochter erwarteten ihn bereits.

„Mein Liebling, ein Glück, dass du zurück bist“, empfing ihn Johanna, die sich neben Clarissa unter eine Wolldecke auf dem Sofa am Ofen gekuschelt hatte und strickte. „Wir haben uns große Sorgen um dich gemacht.“ Johanna stand auf und fiel ihrem Mann in die Arme.

„Wieso sorgt ihr euch?“, fragte er.

„Weil du einem Mörder auf der Spur bist?“, stellte Johanna eine Gegenfrage.

„Der soll sich vorsehen. Ich gehe nicht ohne meinen Revolver aus dem Haus.“

„Gegen einen Hinterhalt nützt auch die beste Waffe nichts. Mir ist gar nicht wohl bei der Sache.“

„Aber Frau Mama, der Herr Papa kann doch mit seiner Waffe umgehen.“ Auch Clarissa war nun aufgestanden und stellte sich zu ihrem Vater.

„Mein junges Fräulein, wirst du wohl still sein?“, tadelte Johanna ihre Tochter scharf. „Es ist eine Katastrophe, die über uns hereingebrochen ist. Einen Mord hat es noch nie hier gegeben und wir alle sollten auf der Hut sein! Sei froh, dass du Hausarbeit machen darfst, statt die Aufgabe deines Vaters zu machen.“ Dann wandte sie sich wieder Albert zu: „Bekommst du denn bald Hilfe von deinen Kollegen?“

„Lass mich eben im Sessel Platz nehmen, dann erzähle ich euch ein bisschen.“

Noch in Uniform ließ sich Albert in dem rotgemusterten Sessel mit Veloursbezug nieder. Auch Johanna und Clarissa nahmen wieder auf dem Sofa Platz. „Ich habe heute Nachmittag ein Telegramm nach Siegburg geschickt und die Herren Landrat und Oberwachtmeister informiert. Ganz Düsseldorf weiß auch schon Bescheid dank Geheimrat Schellhorn." Albert rümpfte die Nase, als er dessen Namen aussprach.

„Das ist doch gut. Also können dich die Düsseldorfer bald ablösen?"

„Das weiß ich nicht. Solange ich nichts höre, bin ich wohl für den Fall zuständig und mache meine Arbeit. Wir dürfen keine Zeit verlieren, solange ein Mörder frei herumläuft."

„Sie überführen ihn doch bestimmt, Herr Papa, oder?" Clarissa sah ihren Vater mit blitzenden Augen an.

„Das will ich doch hoffen. Doktor Werner und ich haben den Tag über den Tatort abgesucht und Rebens Utensilien gefunden. Die Laterne deutet darauf hin, dass die Tat bereits gestern Abend geschehen ist. Ich habe eben noch mit den Künstlern bei Glasmachers gesprochen. Demnach war Reben wohl ein ziemlich zurückhaltender Einzelgänger. Carl Turmhardt erzählte, dass er als Lehrer für Landschaftsmalerei an der Kunstakademie in Düsseldorf gearbeitet hat. Durch sein Naturell bedingt soll er keine Feinde gehabt haben."

„Trotzdem muss ihn jemand umgebracht haben. Ein Unfall oder ein Selbstmord scheiden wegen der Schüsse völlig aus, oder?"

„Richtig. Niemand schießt sich aus Versehen oder absichtlich viermal in den Bauch und stürzt dann von einem Felsen ab. Also das kann ich mir nicht vorstellen. Da müsste er während des Absturzes schon versehentlich oder absichtlich seinen Revolver ausgelöst haben und ich glaube, man ist dann nicht mehr dazu in der Lage, sich noch weitere Schüsse zu setzen."

„Und wenn doch? Wenn er einfach bei einem Selbstmord auf Nummer sicher gehen wollte? Wenn er es irgendwie geschafft hat?", bohrte Clarissa nach.

„Kind ...", schüttelte Johanna den Kopf und wandte sich wieder ihrem Strickzeug zu, um sich zu beruhigen.

Albert kratzte sich am Kinn. „Theoretisch wäre das möglich, ich halte es nur für wenig wahrscheinlich."

„Aber dann müsstest du das Umfeld Rebens genau kennen, um einen Mord für wahrscheinlich anzusehen", wandte Clarissa ein. „Was weißt du über die Akademie in Düsseldorf? War Reben ein weltbekannter Maler?"

„Nicht viel, ich bin schließlich Sergeant und kein Kunstexperte. Wenn mir jemand erzählt, Reben sei Landschaftsmaler gewesen, kann ich mir zumindest vorstellen, dass er sich an einem schönen Abend im romantischen Siegtal auf einen Felsen setzt und einsame Häuschen auf einem Bergsporn oder knorrige Eichen am Fluss zeichnet. Was aber sollte daran verwerflich sein? Wer sollte etwas gegen ein paar harmlose Zeichnungen haben?"

„Bist du sicher, dass er nur Unverwerfliches gemalt hat?"

„Ich bin ja noch in den Ermittlungen. In Rebens Koffer habe ich zum Beispiel ein Buch voller Skizzen entdeckt, das ich mir gleich noch in Ruhe zu Gemüte führen möchte ..."

„O wie aufregend, darf ich es sehen?"

„Hast du denn deine Hausarbeit heute gut gemacht?"

„Aber ja, Herr Papa. Frau Mama hat gewiss keinen Grund zum Klagen, oder?" Clarissa wandte sich hoffnungsvoll an Johanna, die einige Augenblicke lang überlegte.

„An der Hausarbeit habe ich nichts auszusetzen, da geht sie mir mit Fleiß zur Hand. Auch im Garten hat sie mir heute viel bei der Ernte geholfen. Aber seit heute Mittag redet sie von nichts anderem als dem Tod dieses Künstlers und bisweilen hat sie eine so scharfe Zunge, dass ich dem lieben Gott dafür danke, dass der Herr Pastor nicht in der Nähe ist. Du hast es eben gehört."

„Also heißt es ja!" Clarissa strahlte über das ganze Gesicht.

„Aber nur ein paar Minuten. Wenn die Uhr halb zehn schlägt, ist Schluss“, ließ Johanna verlauten.

Clarissa staunte darüber, mit welch augenscheinlicher Leichtigkeit August Reben seinen Kohlestift über das Papier geführt hatte. Zerklüftete Landschaften mit Hügeln und Burgen, aber auch Blumen auf Kornfeldern und brombeerumkränzte Waldlichtungen waren voll geschwungener Formen. Gleichzeitig bewunderte sie die Präzision, mit der der Künstler Details wie die Blüten eines Fingerhuts oder einen Mistkäfer gezeichnet hatte. Sie selbst hatte ebenfalls Kunstunterricht in der Schule genossen und das Zeichnen immer sehr gemocht. Sie lächelte verschmitzt, wenn sie daran dachte, dass sie früher heimlich mit ihrer Freundin Julia die Lehrer der Schule karikiert hatte. Auch wenn sie sich ganz ordentliche Fähigkeiten bei der Zeichnung von Gesichtern bescheinigt hatte, sah sie in Rebens Porträts die vollendete Perfektion, wenngleich sie die abgebildeten Personen ebenso wenig kannte wie ihr Vater. Leider hatte Reben diese – außer seinem Namenskürzel – mit keinerlei Bezeichnungen oder gar Kommentaren versehen, sodass Clarissa und ihr Vater ohne weitere Erkenntnis blieben. Als sie das vielleicht einhundert Zeichnungen umfassende Büchlein fast bis zur letzten Seite durchgeblättert hatten und die Uhr bereits halb zehn schlug, entdeckte Clarissa plötzlich ein Gesicht, das ihr bekannt vorkam.

„Das ist doch Hauptmann Henoumont!“, rief sie erregt. „Edmund Henoumont, der Organisator der Sedan-Spiele!“

Auch ihr Vater erkannte den Mann mit dem Rauschebart leicht wieder, dessen auffälligstes Merkmal seine Augenklappe war, die er seit seiner Verwundung im Kaukasus-Krieg trug und die ihm neben seiner eindrucksvollen Körpergröße den Beinamen „Schrecken des Kaukasus“ einbrachte. Clarissa kannte ihn als eine Persönlichkeit, die mit aller Macht das umsetzte, was ihr in den Sinn kam. So organisierte er gemeinsam mit Albert Lüdecke und den Künstlern des Düsseldorfer Malkastens jährlich am zweiten September, dem Jahrestag der Schlacht von Sedan, zur Erinnerung an den Sieg über Frankreich vor beinahe zwanzig Jahren, die Sedan-Spiele in Herchen. Clarissa erinnerte sich noch gut an den letzten Sedantag vor knapp zwei Wochen, an dem die Künstler ein Theaterstück mit schwimmenden Bühnenbildern und bengalischem Feuer auf der Sieg aufgeführt hatten. Nicht nur die ganze Dorfbevölkerung, sondern auch fremde Leute aus dem gesamten Rheinland wohnten regelmäßig diesem eindrucksvollen Schauspiel bei, zu dem die Eisenbahn sogar Sonderzüge einsetzte. Einige Gäste verließen Herchen erst wieder im Morgengrauen.

„Reben war beim Sedan-Spiel vor zwei Wochen dabei", murmelte Albert, „doch ich kann mich nicht mehr erinnern, in welcher Form er sich beteiligt hat. Ehrlich gesagt wundert es mich nicht, dass er Henoumont gezeichnet hat. Was sollte daran verwerflich sein?"

„Vielleicht hatte auch Henoumont Feinde? Immerhin ist er ein mächtiger Mann ..."

„Hm, das sind alles Mutmaßungen. Ich will versuchen, die Hintergründe besser zu verstehen. Morgen früh gehe ich mit Turmhardt und Kollegen spazieren, da werde ich mehr herausfinden."

„Wohin geht ihr denn?"

„Zur Düsseldorfer Hütte. Dort haben die Künstler ein kleines Atelier eingerichtet."

„Darf ich mitkommen?"

„Das kommt gar nicht infrage!", schaltete sich Johannas strenge Stimme ein, die sich unbemerkt zu ihnen gesellt hatte. „Du gehst mir morgen früh wieder zur Hand und lässt mir die Männer in Frieden. Und nun hat die Uhr geschlagen. Ab ins Bett mit dir!"

„Ach Frau Mama ...", bettelte Clarissa, doch sie wusste, dass sie diesmal nichts gegen die Entschlossenheit ihrer Mutter ausrichten konnte. Diese hatte ihr eben schon mehr erlaubt, als sie erwartet hatte, und sie wusste, dass sie ihre Geduld nicht überstrapazieren durfte, wenn sie sich in Zukunft weitere Freiheiten erhoffte. Clarissa wandte sich mit der Bitte an ihren Vater, sie weiterhin über seine Ermittlungen auf dem Laufenden zu halten, ehe sie sich in ihr Schlafgemach verabschiedete.

„Lass uns auch schlafen gehen, Liebling", forderte Johanna ihren Mann auf, der sich nur mühsam von August Rebens Skizzenbuch lösen konnte. Er wusste, dass er nicht nur diese Zeichnungen, sondern vor allem die Bilder dieses Tages mit ins Bett nehmen würde.

V

Die Nacht verlief besser als erwartet. Albert Fuchs konnte sich an keinen Traum erinnern, mit dem er das am vergangenen Tag Erlebte verarbeitet hätte. Dabei wusste er, dass Träume unberechenbar waren und ihn meistens genau in den Nächten heimsuchten, in denen er am wenigsten mit ihnen rechnete. In diesen Nächten würde ihm niemand helfen können, nicht einmal Johanna, wenn sie neben ihm schlief, denn die Alpträume dieses Verbrechens musste er ganz alleine durchstehen. Er war sich sicher, dass sie bald kommen würden.

Das morgendliche Herchen empfing ihn mit den für die Jahreszeit üblichen Nebelschleiern. Wie ein Tuch, das das Verbrechen vertuschen wollte. *Ein Leichentuch.*

Mit ähnlich trübsinnigen Gedanken fand Fuchs den Weg von seinem Haus zu Glasmachers Hotel, während er einigen Frauen zunickte, die ihre Plumeaus aus den Fenstern heraus entlüfteten. Das Hotel selbst, in dem tagsüber und vor allem abends das Leben pulsierte, lag noch in schlafender Stille. Nur ganz vereinzelt brannte Licht hinter den kleinen Fenstern zwischen den Fachwerkstreben, aber der Großteil des „Grand Hotel d'Herchen", wie es mancher Künstlermund im Überschwang nannte, ruhte sich noch aus von einem spät gewordenen Sonnabend. Ein Spinnennetz am Geländer der kleinen Treppe, die zum Eingang führte, schimmerte matt im Morgenlicht.

Als er das Hotel betrat, wartete Turmhardt bereits im Eingangsbereich, der aus zwei kleinen Sitzecken bestand.

Mit ihm am Tisch saßen Gustav Adler und Johann Doebelin, wie sich der Mann mit dem dichten grauen Haar nannte. Fuchs wusste nicht, ob sie schwiegen, weil er den Raum betreten hatte, oder ob sie schon die ganze Zeit geschwiegen hatten, weil sie sich zu dieser Morgenstunde nichts zu erzählen wussten. Nachdem sie ihm zur Begrüßung zugenickt hatten, fragte Fuchs: „Kommen noch weitere Kollegen von Ihnen oder sind wir komplett?"

„Die anderen schlafen noch und kommen später nach", erklärte Turmhardt knapp. Aus seiner Stimme hörte Fuchs heraus, dass sich die Herren Erle, Neumann und Schwarz offensichtlich am Abend beim Wein übernommen hatten.

„Ist Fräulein Buchner schon im Hause?", fragte Fuchs, woraufhin Turmhardt in Richtung Speisesaal deutete.

„Danke. Ich gehe eben etwas abliefern und bin sogleich bei Ihnen."

Tatsächlich lief Eva Buchner wieder durch den Speisesaal und deckte die Frühstückstische ein, ohne eine winzige Spur von Müdigkeit zu zeigen. Als sie ihn erkannte, hielt sie jedoch abrupt inne und kam auf ihn zu. „Guten Morgen, Herr Sergeant, was gibt es Neues?"

„Guten Morgen, Fräulein Buchner. Na, Sie sind ja wieder fleißig. Ich wollte das Buch von Herrn Reben zurückbringen." Er überreichte ihr das Skizzenbuch und rang sich ein Lächeln ab.

„Konnten Sie etwas Hilfreiches darin finden?"

„Leider nein. Seine Landschaften scheinen auf den ersten Blick unverdächtig und die Porträts habe ich, bis auf das von Hauptmann Henoumont, nicht erkannt."

„Vielleicht kann ich Ihnen helfen, die Gesichter zu benennen?"

„Das ist sehr freundlich von Ihnen. Ich komme gewiss auf Sie zurück. Nun darf ich die Künstler vorne aber nicht länger warten lassen."

„Oh, natürlich!" Buchner machte eine entschuldigende Geste und deutete einen Knicks an.

„Kein Problem. Noch frohes Schaffen!"

„Ihnen auch, Herr Sergeant." In der Stimme ihres letzten Satzes lag eine Mischung aus Angst und Schicksalsergebenheit, die Fuchs frösteln ließ.

Sein Gemütszustand passte zu den kalten morgendlichen Temperaturen, die draußen vorherrschten. Schweigend machten sich die vier Herren auf den Weg, der sie an der dem Hotel gegenüber gelegenen Pfarrkirche der Katholiken mit dem zugehörigen Kirchhof vorbeiführte. Hinter dem Kirchhof schlugen sie eine kleine Straße nach Westen ein, die zunächst etwas bergab unweit der Siegtal-Chaussee dort mündete, von wo aus sie die Umrisse der märchenhaften Villa Lequis, die auf einer Anhöhe emporragte, wegen der Nebelschleier nur erahnen konnten. Ab diesem Punkt entfernten sie sich endgültig von der Hauptstraße, um nach einem kleinen Anstieg einen sehr schmalen Pfad einzuschlagen, der sie geradewegs in den Wald führte. Sie hatten das andere Ende Herchens erreicht, weit weg vom Katzenstein und dem Fundort der Leiche.

Der Wald selbst blieb im Nebel verborgen, sodass sich ihr Blick auf die Buchen- und Eichenstämme, Brombeerranken und Farne links und rechts des Weges fokussierte. Der Pfad selbst war von Blättern bedeckt, von denen einige bereits frisch von den Bäumen gefallen waren. Während die Künstler noch immer schwiegen, grübelte Fuchs, warum sie das taten. ‚Vielleicht lag es an der Stunde', dachte er, und sie waren einfach keine Morgenmenschen. Vielleicht aber drückte der Tod August Rebens derart ihre Stimmung, dass sie kein Wort herausbrachten. Oder sie hatten etwas zu verschweigen.

„Haben Sie alle dort oben Ihre Bilder gemalt? Wissen Sie, ich war schon lange nicht mehr an der Hütte", sagte Fuchs schließlich an Carl Turmhardt gewandt, der die Gruppe vor Fuchs anführte.

„Keineswegs. Ich bin kein Landschaftsmaler. Soweit ich weiß, hat dort nur Reben seine Bilder gemalt. Aber ich bin ein paar Mal mit ihm dort gewesen, es ist ein sehr idyllischer Ort." Turmhardt sprach leise und nuschelte in seinen Bart hinein, sodass seine Stimme gedrückt klang. Darüber hinaus atmete er schwer, da ihn der Anstieg hörbar anstrengte.

„Sagten Sie nicht, dort sei ein Atelier? Verzeihen Sie bitte meine mangelnden Kunstkenntnisse, aber verstehe ich Sie richtig, dass Herr Reben dort auch seine Kunstwerke gesammelt hat?"

„Nun ja, ob man von einer Sammlung sprechen kann, weiß ich nicht. Er hat jedenfalls das eine oder andere Bild in dem Zelt verwahrt. Eigentlich diente es ihm als eine Art Station, in dem er seine Werkzeuge vor dem Wetter schützte und in dem er sich wohl auch schlafenlegen konnte, wenn er abends zu lange gemalt hatte und den Weg zu Glasmachers nicht mehr fand."

Fuchs kratzte sich am Kinn. „Aber sein ursprüngliches Atelier ist unten im Hotel?"

„Ja. Trotzdem ist es hilfreich, dass wir nach dem Atelier an der Hütte sehen. Vielleicht entdecken wir Spuren, die seinen Tod erklären könnten."

„Haben Sie einen konkreten Verdacht?"

„Nein. Aber die Hütte ist nun einmal so etwas wie sein Lieblingsort gewesen. Wie gesagt, er war ein sehr zurückgezogener Mensch. Ich habe keine Ahnung, warum er sterben musste, aber es wäre für uns alle wichtig, seinen Tod aufzuklären."

Der Nebel lichtete sich ein wenig, sodass die Bäume, die sie umgaben, immer deutlicher zu erkennen waren. Offensichtlich hatten sie die Nebelwand durchstoßen und im Tal zurückgelassen.

„Was denken Sie über Herrn Geheimrat Schellhorn?", fragte Fuchs. „Gestern Abend ist er mir als ein äußerst unsympathischer Mann entgegengetreten."

Turmhardt lachte dunkel, aber freudlos. „Den Kontakt mit Schellhorn sollten Sie nicht überbewerten. Er hat eine harte Schale, aber einen weichen Kern. Ein sehr rauer Mensch, aber glauben Sie mir, wenn es um Recht und Gesetz geht, so hält er dieses nicht nur ein, sondern engagiert sich vorbehaltlos für Gerechtigkeit."

„Wie sehr er sich einsetzt, habe ich gemerkt. Er hat ganz Düsseldorf über den Tod Rebens informiert", bemerkte Fuchs sarkastisch, vergaß Schellhorn aber schon im nächsten Moment, da die Düsseldorfer Hütte vor ihnen stand.

Schon auf den ersten Blick sahen sie, dass etwas nicht stimmte. Auf den Bänken der Schutzhütte hatte jemand Farbe verteilt und auch das Zelt, das als kleines Atelier dienen sollte, hatte einen Anstrich erhalten, den man getrost als wahllos bezeichnen konnte. „Bei Gott, wer hat denn hier gewütet?", entfuhr es Turmhardt, als er die Verunstaltungen erkannte.

„Was für eine Schweinerei!", schrie Adler voller Zorn. „Wenn ich den erwische ..."

„Wartet. Lasst uns sehen, ob seine Bilder noch da sind ...", sagte Doebelin, der im Vergleich zu seinen Kollegen etwas gefasster reagierte und seinen Blick auf das sandfarbene, nun mit bunten Farbklecksen übersäte Zelt richtete.

„Geh du nachschauen!", wies Adler Turmhardt an. „Wir passen nicht alle hinein."

Einen Moment lang sah sich Turmhardt um, versetzt in die Erinnerung an jene klaren Tage, an denen er hier mit Reben gestanden und die malerische Landschaft genossen hatte, durch die sich die Sieg schlängelte. Nun verschleierte der Nebel den Blick in die Ferne, August Reben war tot und die Hütte vor ihnen mit Farbe verunglimpft. Er versuchte der Farbe einen Sinn zu geben, konnte aber keine Botschaft in ihr erkennen. Er hatte ein Potpourri aller Ölfarben vor sich, die in wildem Durcheinander die runde Sitzbank sowie das Gerüst der Hütte färbten – ein bisschen mehr rot als orange, gelb, blau, grün, schwarz und weiß. Es war, als hätte jemand mit fremder Sprache zu ihm gesprochen. Turmhardt wandte sich zum Zelt, das ebenso wie die Hütte wahllos übermalt erschien. „Erkennt ihr irgendetwas in diesen Farben?", fragte er.

Auch Doebelin sah sich die Farben an der Hütte nun genauer an, wozu er seine Brille absetzen musste, da er offenbar an Kurzsichtigkeit litt. Schließlich schüttelte er den Kopf. „Nein, darin kann ich nichts erkennen. Wenn wir so etwas Direktor Mörtelwitz vorlegen würden, müssten wir uns an der Akademie nicht mehr blicken lassen."

„Lasst uns in das Zelt schauen!", rief Adler aufgeregt.

Diesmal ließ sich Turmhard nicht länger bitten und öffnete das Zelt, indem er den Stoff, der als Eingang diente, nach oben klappte und auf das Dach legte. Zum Vorschein kamen eine Liegematte mit Kissen und ein kleiner Tisch, auf dem nichts weiter als ein Zettel lag. Auch die Matte hatte jemand mit Farben bemalt, die mutmaßlich aus der Palette stammten, die zu ihren Füßen auf einem Mooskissen lag. Einige Pinsel lagen ebenfalls verstreut herum. „Eine Zerstörung in Reinform!“, rief Turmhardt und trat wie ein Theaterdirektor zur Seite, der soeben sein Schauspiel angekündigt hatte und seinen Zuschauern nun den Blick auf die Bühne freigab. Ungeduldig drängte sich Gustav Adler nach vorne. Er benötigte einige Momente, um das Gesehene zu fassen, ehe ihm die Zornesröte ins Gesicht stieg. „Das ist ein Anschlag auf den gesamten Malkasten! Man will uns von hier vertreiben, das ist gewiss!“

„Was ist mit seinen Bildern? Seht ihr irgendwo Bilder im Atelier?“, fragte Doebelin, der hinter Adler getreten und darum bemüht war, einen Eindruck des Geschehens zu erhaschen.

Adler bückte sich ein wenig und betrat das Zelt, in dem ein hochgewachsener Mann wie er beinahe an die Decke stieß. Die Ecken des Zelts hatte er von außen nicht einsehen können, doch die Bilder Rebens, die er hier vermutete, fand er nicht vor. Lediglich eine leere Staffelei stand vor der linken Zeltwand. Stattdessen weckte der Zettel auf dem kleinen Abstelltisch der gegenüberliegenden Seite seine Aufmerksamkeit. Im ersten Moment dachte er, einen Abschiedsbrief vor sich zu haben, der wiederum dafür gesprochen hätte, dass August Reben freiwillig aus dem Leben geschieden war. Doch die Zeilen, die dort mit tiefschwarzer Tinte auf isabellfarbenem Papier standen, verkehrten diese Vermutung rasch in ihr Gegenteil. Nachdem er die Worte gelesen hatte, nahm er das Papier an sich und trat nach draußen. „Es ist ... unglaublich“, zischte er, während er schweratmend nach Luft rang. „Lest, lest!“

Mit zitternden Händen entfaltete Adler den Zettel, um den sich rasch Turmhardt und Doebelin drängten. Auch Fuchs, der die bisherigen Ereignisse passiv beobachtend hingenommen hatte, versuchte Adler über die Schulter zu schauen, um die offensichtlich in sehr eiliger Kurrentschrift verfassten Zeilen zu lesen, scheiterte jedoch, da Adler den Zettel in seiner Erregung immer wieder bewegte. „Das ist eine Ungeheuerlichkeit!", entfuhr es Turmhardt. „Wie es aussieht, haben wir die schuldige Organisation für das Verbrechen gefasst, Herr Sergeant!" Auch Doebelin nickte vehement.

„Würde einer der Herren vielleicht die Ehre besitzen, mir die Zeilen zum Besten zu geben?", sagte Fuchs.

„Aber natürlich. Seien Sie nur darauf gefasst, dass es keine leichte Kost für Sie wird." Turmhardt holte tief Luft, ehe er das Schreiben verlas. Dabei ging er ausgesprochen langsam vor, als wolle er jedes einzelne Wort im Raum wirken lassen, um ihm absichtlich eine hohe Bedeutung zu verleihen.

„Sehr geehrte Künstler,
Jahr für Jahr müssen wir mit ansehen,
wie Sie durch Ihr nationales Sedan-Spiel
die Gesellschaft des Reiches spalten
und den Geist unserer Gemeinschaft mit Füßen treten.
Wir fordern Sie hiermit auf,
Ihr gemeingefährliches Spiel für immer einzustellen,
um nicht noch mehr Blutvergießen Ihrerseits beklagen zu müssen.
gez. Vinzenz-Konferenz St. Antonius, Düsseldorf"

„Das werden sie bereuen! Sie haben August Reben auf dem Gewissen und bald auch uns, wenn wir uns nicht zur Wehr setzen!", schrie Adler zornerfüllt.

Fuchs hingegen war Turmhardts Worten reglos gefolgt. Er wusste nicht recht, was er von dem Schreiben halten sollte. „Wer ist diese Vinz... ?“

„Vinzenz-Konferenz“, sagte Doebelin. „Das ist eine katholische Gemeinschaft, die den Armen hilft, wenn mich nicht alles täuscht.“ Er wandte sich an Turmhardt, der jedoch mit den Schultern zuckte.

„Sie helfen den Armen? Bist du sicher, Johann?“, fragte Adler ungläubig.

Doebelin nickte. „Ich habe auch noch keinen Umgang mit ihnen gehabt, aber das wurde mal erzählt.“

„So ist das also. Nach außen hin sind sie gute Menschen und geben vor, den Armen zu helfen. Und nach Feierabend ermorden sie Künstler.“ Adler lachte sarkastisch.

„Wie dem auch sei, damit hätten wir die Organisation des Verbrechens ertappt“, schlussfolgerte Turmhardt. „Diese Organisation sollten Sie sich vielleicht einmal genauer ansehen, Herr Fuchs.“

Fuchs kratzte sich am Kinn. „Wir sollten vor allem herausfinden, was genau dieser Organisation an Herrn Reben nicht gepasst hat, dass sie zu einer solch drastischen Methode wie einem Mord griff. *Wenn* sie Herrn Reben ermordet haben, worauf diesem Brief zufolge zumindest einiges hindeutet. Bedenken Sie jedoch, dass sein Name nicht erwähnt wird, nicht einmal das Wort ‚Mord‘.“

„Herr Fuchs, reicht Ihnen denn dieser Brief nicht? Wie viel deutlicher sollte man es noch schreiben?“, fragte Adler ungehalten.

„Wie gesagt, es deutet einiges darauf hin. Ob dieser Brief alleine aber ausreicht, um den Mord an August Reben zu beweisen, wird letztlich ein Gericht entscheiden müssen. Wer weiß, vielleicht bekommen wir durch das eine oder andere

Verhör noch ein zusätzliches Geständnis. Zunächst würde ich gerne mehr über diese Vinzenz-Konferenz wissen. Herr Doebelin, sagten Sie nicht eben, es handle sich um eine katholische Gemeinschaft? Wissen Sie, welcher Konfession August Reben angehörte?"

Doebelin neigte seinen Kopf zur Seite, was Fuchs als nachdenkliche Geste interpretierte. „Eine gute Frage, die Sie da stellen. Soweit ich weiß, war er Katholik."

„Was in Düsseldorf keineswegs eine Selbstverständlichkeit ist, wenn Sie an die preußische Verwaltung denken", erklärte Turmhardt. „Katholiken stellen zwar in der Bevölkerung die Mehrheit, aber in den Amtsstuben werden nach wie vor Protestanten bevorzugt, weil sie angeblich staatstreuer sein sollen. Daran hat auch die offizielle Beilegung des Kulturkampfes zwischen Reich und Vatikan nichts geändert. Nun ja, man geht inzwischen größtenteils friedlich miteinander um, nicht wahr, Johann?"

„Wobei der Herr Direktor einmal ziemlich über die Hus-Bilder eines Kollegen geflucht hat. Aber im Grunde hat Johann recht, zumindest unter Künstlern spielt unsere Konfession höchstens eine untergeordnete Rolle. Nur zu Ihrer Erklärung, Herr Sergeant, ich bin Protestant, während die beiden anderen Herren dem Papst verfallen sind."

„Ich bin auch Protestant. Aber denken wir doch einmal logisch: Wieso sollte eine katholische Gemeinschaft einen Katholiken ermorden?", fragte Fuchs.

„Vielleicht wussten sie nicht, dass Reben katholisch war?", warf Turmhardt ein.

„Ich vermute, dass das Problem eher an anderer Stelle liegt. Diese Organisation scheint einen Hass gegen Ihren gesamten Verein zu pflegen. Einen Hass, der so groß ist, dass sie nicht davor zurückschrecken, Ihnen ganz unverhohlen mit der totalen Vernichtung zu drohen. Wieso aber sollte diese Organisation einen solchen Hass gegen Sie alle pflegen? In dem Schreiben wurde Ihnen vorgeworfen, durch Ihr nationales Sedan-Spiel die Gesellschaft des Reiches zu spalten, indem Sie den Geist dieser Gemeinschaft mit Füßen treten würden. Sind Ihnen irgendwelche Vorfälle im Zusammenhang mit dieser Vinzenz-Konferenz bekannt, Herr Turmhardt?"

Turmhardt schüttelte vehement den Kopf. „Nein, davon weiß ich wirklich nichts. Ich habe nur flüchtig davon gehört, dass es diesen kirchlichen Verein gibt, was sich wahrscheinlich darauf zurückführen lässt, dass es sich um einen Düsseldorfer Verein handelt. Selbst wenn man sich nicht viel aus seinem katholischen Glauben macht, bekommt man doch ein bisschen davon mit, was in der gleichen Stadt passiert. Aber Vorfälle gar feindlicher Art sind uns unbekannt, nicht wahr, meine Herren?" Adler und Doebelin nickten bekräftigend.

„Was sich aber hiermit geändert hätte", brachte Adler hervor, der offensichtlich um seine Beherrschung rang.

„Hm, dann muss es an Ihrem Sedan-Spiel liegen. Vielleicht fühlt sich jemand dadurch vor den Kopf gestoßen?", vermutete Fuchs.

„Wer sollte etwas gegen unser heiliges Sedan-Spiel haben?", brauste Adler auf. „Das ganze Reich kann auf unser Spiel stolz sein! Von überall her strömen die Menschen an unsere schöne Sieg, die Eisenbahn setzt sogar Sonderzüge ein. Unsere Darbietungen sind bis Betzdorf hinüber bekannt. Welch eine Wendung durch Gottes Führung! Der Sedantag hält die Erinnerung an unsere Befreiung aus der Sklaverei fremder Herrschaft aufrecht. Unter Napoleon haben die Franzosen unsere Männer abgeschlachtet und unsere Frauen geschändet! 1870 haben sie uns noch einmal den Krieg erklärt, doch sie haben uns nicht bezwingen können. Wer sollte etwas gegen die Spiele unseres freien Landes haben?"

„Auf französischer Seite könnte man das, gelinde gesagt, anders sehen. Sie wissen, wie sehr die Franzosen diese Niederlagen gedemütigt haben, und wie sehr sie auf Revanche sinnen ..."

„Sie meinen, Franzosen könnten hinter dem Mord stecken?"

„Das will ich so nicht sagen. Wir müssen aber in alle Richtungen denken und vor allem mehr über diese Gemeinschaft herausfinden. Es muss irgendeinen Grund für diesen Hass geben. Es könnte auch sein, dass die Gemeinschaft in den Spielen eine Verherrlichung des Staates sieht, den sie als katholische Organisation ablehnt. Vielleicht wollen sie auch den Kulturkampf wieder zum Leben erwecken ..."

„Auch wir sind zum Kampfe bereit, nicht wahr, meine Herren?", rief Adler und hielt Turmhardt und Doebelin seine Hände hin. Diese zögerten einen Moment, ehe sie die ihren darauf legten.

„So ist es recht!", schrie Adler. „Wir werden sie uns vorknöpfen und am Ende wird sie der Henker aufknüpfen! Lang lebe unser Malkasten!"

VI

Carl Friedrich Hohnquad war ein hochgewachsener Mann mit kräftigem Körperbau, der nicht zuletzt durch seinen imposanten Schnäuzer sowie seinen grünen Jagdhut auffiel, den er selbst im Haus aufsetzte und wohl schon alleine durch seine Erscheinung für einen bleibenden Eindruck bei seinen Mitmenschen sorgte. Sein Wort hatte Gewicht.

„Ich werde meine Kollegen in Düsseldorf darüber in Kenntnis setzen, dass wir gedenken, ihnen ausführlichen Bericht über die Ereignisse in Herchen zu erstatten und uns vor Ort die Gegebenheiten anzuschauen. Insbesondere diese Vinzenz-Konferenz muss wegen des Mordes an August Reben zur Rechenschaft gezogen werden. Ich würde sagen, meine Herren, packen Sie Ihre Siebensachen, denn wir reisen noch heute Abend nach Düsseldorf und beziehen dort unser Quartier." Hohnquad blickte entschlossen in die Runde der Künstler. Adler, Turmhardt und Doebelin nickten zustimmend. Als Hohnquads Blick auf Albert Fuchs fiel, schlug der Bürgermeister seine Faust auf den Tisch.

„Herr Sergeant, Sie bleiben hier und gewährleisten mit allen Mitteln die Sicherheit unserer Bürger. Recht und Ordnung statt Wilder Westen. Haben Sie mich verstanden?"

Fuchs wusste, dass Hohnquad einen Beschluss gefasst hatte, gegen den es jeglicher Widerstand schwer hatte. Der schroffe Befehlston des Bürgermeisters jedoch ärgerte ihn, schließlich befand er sich als Polizeibeamter hinsichtlich des Ansehens in der Gemeinde auf Augenhöhe und bevorzugte es, im Stile eines Kollegen angesprochen und nicht wie ein Untertan herumkommandiert zu werden. Darüber hinaus sollte ausgerechnet er als polizeilicher Ermittler im Mordfall Reben daheim in seinem Dorf bleiben und Däumchen drehen, anstatt eine durchaus reizvolle Reise nach Düsseldorf anzutreten.

„Wenn Sie erlauben, Herr Bürgermeister, würde ich den Kollegen in Düsseldorf ebenfalls gerne Bericht erstatten und in Düsseldorf die Vertreter der Vinzenz-Konferenz befragen. Ist es denn nicht möglich, dass ich mich ein oder zwei Tage vertreten lasse?“

Hohnquad rückte seinen Jagdhut zurecht, dass seine lange Fasanenfeder schaukelte, und kniff die Augen zusammen, sodass es einen Moment lang danach aussah, als überdächte er tatsächlich seine Entscheidung.

„Nein“, sagte er schließlich. „Sie bleiben hier, Fuchs. Ich sehe es ungern, wenn jemand anderes über meine Bürger wacht. Sie sind mit den Gegebenheiten vor Ort bestens vertraut. Sorgen Sie für die Sicherheit der Herchener Bevölkerung, gerade in diesen Zeiten.“

Fuchs‘ Hoffnungen zerbrachen endgültig, als sich keiner der drei Künstler auf seine Seite stellte. Mit einem knappen „Jawohl“ verabschiedete er sich rasch und verließ die Privatgemächer des Bürgermeisters, die ebenso verschroben wirkten wie der mächtigste Mann der Gemeinde selbst. Die Hirsch- und Wildschweinköpfe hingen ebenso unbeweglich an den Wänden des langen Flurs, als wollten sie die Sturheit Hohnquads zusätzlich untermauern. Doch Fuchs hielt seinen eigenen Kopf aufrecht. ‚Dann werde ich eben hier in Herchen meine Forschungen fortsetzen‘, dachte er trotzig. Eigentlich musste er es als Kompliment ansehen, dass der jagende Mann aus dem Rathaus keine auswärtige Polizei in seiner Gemeinde duldete. In diesem Fall jedoch hätte er sich zumindest eine kleine Reise gewünscht.

Während die ersten Sonnenstrahlen draußen auf der Straße sein Gesicht wärmten, dachte er sehnsuchtsvoll an die letzte längere Reise, die er mit seiner Familie an der oldenburgischen Nordseeküste verbracht hatte. Damals hatte Clarissa noch als kleines Mädchen von vier Jahren im Sand gespielt. Johanna und er hatten sich einfach an den Strand gesetzt und das muntere Spiel aus Sonne und Wolken bestaunt. Nirgendwo war der Himmel weiter gewesen ...

Seine Gedanken hielten nicht lange an. Jäh wurde er in die Wirklichkeit zurückgeholt, als er in den Schatten von Glasmachers Hotel eintrat.

„Was ist geschehen, Herr Sergeant?“, fragte Eva Buchner mit einer Mischung aus Besorgnis über die abwesende Miene des Beamten und Neugierde in der Hoffnung, von den Fortschritten der Ermittlungen zu erfahren. Fuchs gab ihr bereitwillig Auskunft, berichtete von ihrem Besuch an der Düsseldorfer Hütte und verschwieg ihr gegenüber auch nicht die Entscheidung Hohnquads, ihm keine Ermittlungsreise nach Düsseldorf zu vergönnen.

„Na kommen Sie mit, dafür zeige ich Ihnen jetzt etwas, das den anderen verwehrt bleibt“, sagte Buchner lächelnd und strich ihm über die Schulter. „Wir lassen uns doch nicht unterkriegen, nicht wahr?“

Zum wiederholten Male wurde Fuchs bewusst, dass Eva Buchner viel mehr war als eine lächelnde Bedienung, der die Männer hinterherliefen. Im Zweifelsfall, so war er sich nun sicher, taugte sie zu einer sehr guten Freundin, mit der man Pferde stehlen konnte.

Schnellen Schrittes führte Buchner ihn die halbgewendelte Steintreppe hinunter in den Keller des Hauses. Fuchs musste einen kurzen Anfall von Panik unterdrücken, als er an den Besuch im Keller Mohrenkamms erinnert wurde. Er beruhigte sich jedoch mit dem Gedanken, dass er diesmal keine übel zugerichtete Leiche zu Gesicht bekommen würde, sondern stattdessen die romantischen Bilder August Rebens.

An den Toiletten bog Buchner nach rechts ab in einen engen, kalten Gang und blieb schließlich vor einer schmalen Holztür stehen. Da sich nur wenig Licht durch die kleinen, vergitterten Kellerfenster seinen Weg bahnte, dauerte es einige Momente, bis Buchner den richtigen Schlüssel an ihrem großen Bund gefunden hatte. Fuchs spürte sein Herz klopfen, während die junge Dame das Atelier öffnete. Zum Vorschein kam ein Raum, der ein unvergleichbar gemütlicheres Ambiente zu bieten hatte als die bisherige Erscheinung des Kellers. Der Boden und auch die Wände waren mit Holz verkleidet, was den Raum insgesamt kleiner wirken ließ, als er sein mochte. Er enthielt einen massiven Schreibtisch mit Stuhl und eine Staffelei. Durch das Kellerfenster schien gedämpftes Licht auf die Bilder, die überall an den Wänden hingen. Der Raum sah ähnlich aufgeräumt aus wie Rebens Hotelzimmer. „Haben Sie hier auch Ordnung gemacht, Fräulein Buchner?“

„Nein, hier nicht. Reben war ein ordentlicher Künstler. Wobei ich mich auch kaum entsinnen kann, wann er hier zuletzt gemalt hat. Meistens war das Wetter gut und er hat draußen gemalt. So sind die Landschaftsmaler nun einmal ...“

„Was hat er denn hier drinnen gemalt?“

„Ich weiß es nicht genau. Ich nehme an, das eine oder andere Stilleben ist hier entstanden. Manchmal fragte er mich nach einer Vase, in die er Blumen stellen wollte, die er von draußen mitgebracht hatte. Mich würde es aber auch nicht wundern, wenn er manches Landschaftsbild einfach aus seiner Erinnerung heraus gemalt hätte. Künstler sind interessante Gesellen.“

„Hat denn jeder Künstler bei Ihnen ein solches Atelier? Ich meine, die Künstler sind doch nur ein paar Tage oder Wochen in Herchen. Was machen Sie den Rest des Jahres mit diesem Raum?"

„Wir haben insgesamt zwei Ateliers eingerichtet, die wir bei Interesse das Jahr über vermieten. Für dieses Atelier hatte Reben eine Art Sonderzugriffsrecht, da er zu der Gruppe der ersten Künstler gehörte, die nach Herchen kamen. Man muss aber dazu sagen, dass die anderen Künstler nie wirklich Wert auf diese Interieur-Ateliers legten. Sie malten entweder draußen oder saßen bei schlechtem Wetter in geselliger Runde bei Spiel und Wein zusammen, während Reben sich für seine Arbeiten lieber zurückzog. Ich persönlich glaube, dass er mit seinem Arbeitseifer etwas mehr zustande gebracht hat als die anderen, aber sagen Sie das bloß nicht weiter."

Fuchs' Blick fiel auf die Bilder an der Wand, die eine bunte Mischung an Motiven darstellten. „Ich nehme an, die Bilder hat auch nicht alle Herr Reben gemalt?"

„Da bin ich offen gestanden überfragt. Aber schauen Sie sich doch gerne die Bilder an, die hier an der Wand lehnen. Die hat alle Herr Reben gemalt."

Fuchs bückte sich, um die Bilder zu begutachten, die Buchner meinte.

Die fünf Kunstwerke bestanden allesamt aus Ölmalereien auf großen Leinwänden, wesentlich größer als die Bilder an der Wand. Das erste Bild zeigte dunkle Gewitterwolken, die sich bedrohlich über einem sonnengelben Kornfeld auftürmten. Fuchs konnte sich nicht vorstellen, dass dieses Bild dazu imstande war, einen katholischen Armenhilfeverein zu erzürnen. Das zweite Bild zeigte eine Abendstimmung über sommerlicher Landschaft, in der an mehreren Orten Lagerfeuer loderten, um die vermutlich Menschen saßen, die er jedoch nicht erkennen konnte. Das dritte Bild nahm eine mächtige Blut-Buche ein, die ihre dicken Äste bis fast an die Ränder der Leinwand ausstreckte. Fuchs kannte den eindrucksvollen Baum, der nahe der Ruine des ehemaligen Zisterzienserinnen-Klosters an der Herchener Siegpromenade wuchs. Auch das vierte Bild hatte August Reben den Königen der Pflanzenwelt gewidmet, indem er den Hain der über zwei Dutzend Eichen im benachbarten Stromberg an der Sieg gekonnt in Szene gesetzt hatte. Fuchs gefielen alle Bilder. Gleichwohl wusste er sich keinen Reim darauf zu machen, was jemand an diesen romantischen Naturgemälden als verwerflich ansehen konnte.

Als er das letzte Bild besah, stockte ihm jedoch der Atem: Der Künstler hatte die grauschwarze Sieg gemalt, in deren Uferbereich ein Stockentenpärchen durch das Wassergras schwamm. Obwohl das Bild viel weiter flussabwärts entstanden war, musste Fuchs unwillkürlich an jene Stelle des Flusses denken, an der Reben den Tod gefunden hatte.

„Wann hat er dieses Bild gemalt?“, fragte Fuchs.

Buchner trat nun näher an ihn heran, sodass er ihr süßes Parfum riechen konnte. Er wusste den Duft nicht genau einzuordnen. Wahrscheinlich hatte ihn ein Gast aus einem fernen Land mitgebracht und ihr geschenkt. „Das kann ich Ihnen nicht sagen. Schauen Sie unten rechts oder auf die Rückseite, vielleicht ist dort ein Datum vermerkt.“

Tatsächlich fand Fuchs den 25.08.90 direkt neben den beiden Initialen des Künstlers, die zu einem „AR“ verbunden waren. Ein Blick auf die Daten der anderen Bilder bewies ihm, dass Reben die davorliegenden Kunstwerke noch eine Spur später, in den allerletzten Augusttagen, gemalt hatte. Demzufolge trug das Bild der Gewitterwolken über dem Kornfeld den 31.08. als jüngstes Datum. Wenn man eine Veranlagung zum Aberglauben hatte, konnte man das Bildnis dieser Unwettervorboten im übertragenen Sinn als den kurz bevorstehenden Tod August Rebens ansehen. Zweifelsohne wohnte diesem Bild etwas Unheimliches inne, das musste

Albert Fuchs zugeben. Doch ein mystisches Zeichen allein war nichts, womit ein Polizeibeamter etwas anfangen konnte. Er wollte herausfinden, warum ausgerechnet Reben von der ominösen Vinzenz-Konferenz ermordet worden war. Einmal mehr ärgerte er sich darüber, dass er nicht selbst nach Düsseldorf reisen durfte.

„Offen gestanden geben diese Bilder hier keinem seiner möglichen Feinde einen Anlass dazu, ihn aus dem Weg zu räumen. Haben Sie sich schon gefragt, warum ausgerechnet er ermordet wurde und nicht ein anderer Künstler?"

Eva Buchner kniete sich neben ihn. „Meinen Sie wirklich, diese Gemeinschaft hat Wert darauf gelegt, dass Herr Reben sterben sollte? Wenn sie das Sedan-Spiel verabscheut haben, könnten sie ihn einfach zufällig ausgewählt haben. Oder aber ... er soll nur der Anfang von etwas sein, was ich mir lieber nicht vorstellen möchte."

Bei diesen Worten durchfuhr es Fuchs eiskalt. Nach dem Fund dieses Schreibens an der Hütte befanden sich alle Künstler, die irgendetwas mit dem Sedan-Spiel zu schaffen hatten, in Lebensgefahr. Reben konnte nur der Beginn einer Serie sein, wenn die Künstler nicht bald erklärten, das Bühnenspiel für immer einzustellen. Umso wichtiger war es, dass er so schnell wie möglich mehr über die Hintergründe erfuhr.

„Wissen Sie, welche Rolle Reben beim Sedan-Spiel hatte? Hat er sich zum Beispiel in besonderer Weise um das Spiel verdient gemacht?"

Buchner schüttelte den Kopf. „Nein, das kann ich Ihnen wirklich nicht sagen. Alle Künstler haben das Spiel mit vorbereitet und ihm entgegengefiebert. Ich wüsste nicht, dass er eine herausragende Stellung gehabt hatte."

„Nun gut, dann belassen wir es vorerst dabei." Fuchs sah, dass er in diesem Atelier mit seinen Ermittlungen nicht vorankam.

„Ach bitte, sagen Sie den anderen Herren nicht, dass ich hier war“, verabschiedete er sich.

Nach einem Heimgang auf direktem Wege war ihm noch nicht zumute. Zu sehr trieben ihn die Gedanken um, wie er die Mörder August Rebens finden sollte, da er nicht nach Düsseldorf reisen durfte. Einen Moment lang dachte er daran, den Landrat in Siegburg zu bitten, ihn doch reisen zu lassen, besann sich jedoch sogleich, dass dies keine gute Idee war, da der Landrat sich mit Gewissheit nicht um die Belange eines Herchener Sergeanten kümmerte und sich im Zweifelsfall auf Hohnquads Seite schlug. Zur Tatenlosigkeit verdammt stand Albert Fuchs zumindest noch der Sinn nach einem frischen Landbier im Lindenhof, ehe er Johanna von seinem Misserfolg erzählen musste.

Am frühen Sonntagabend herrschte noch wenig Betrieb in der kleinen Gaststätte an der Hauptstraße, die vorwiegend von der einheimischen Bevölkerung aufgesucht wurde. Auch Albert Fuchs zählte hier zu den Stammgästen und musste sich nicht erklären, als er Julia Müller über den Weg lief, die gerade drei Biergläser auf einem Tablett in Richtung einer männlichen Kartenrunde balancierte. Als sie ihn erblickte, strahlte sie. „Guten Tag, Herr Sergeant, auf Sie habe ich gewartet!“ Rasch brachte sie den Männern das Bier, ehe sie mit ebenso schnellen Schritten wieder bei ihm war. „Bitte, nehmen Sie Platz, was darf ich Ihnen bringen?“

Fuchs ahnte, dass es Müller unter den Nägeln brannte, seinen neuesten Erkenntnissen über den Fall August Reben zu lauschen. Doch die junge Dame war keineswegs so vermessen, ihre Höflichkeit und Sorge um das leibliche Wohl ihrer Gäste vor Neugierde zu vernachlässigen. „Danke, schon ein einziges Bier täte mir heute gut.“ Er seufzte.

Müller fuhr sich durch ihr dunkelblondes, zusammengebundenes Haar. „Gibt es keine guten Neuigkeiten?“

Fuchs schüttelte den Kopf. „Wir haben zwar eine heiße Spur, der ich aber nicht nachgehen darf ...“ Über seine Erzählung hinweg vergaß Müller zum ersten Mal für einige Minuten ihren Bedienauftrag und wurde erst wieder an ihre Arbeit erinnert, als ein einzelner alter Herr, dessen Gesicht Fuchs nicht erkennen konnte, weil er zur Wand hin saß, sie heranwinkte. „Entschuldigung, ich komme gleich wieder.“

Fuchs freute sich zwar, dass die übrigen Gäste offensichtlich keine Notiz von ihm nahmen und kein Aufhebens um seine Anwesenheit machten, wie dies bei Glasmachers der Fall gewesen war. Allerdings würde er hier auch sicher keine neuen Erkenntnisse gewinnen.

Müller brachte ihm sein Bier. Der köstliche malzige Geschmack, der seinen Gaumen umspielte, vermochte ihn nur wenig aufzuheitern, und so trank er das Bier schneller als gewöhnlich. Nachdem er geendet hatte, überlegte er einen Moment lang, ob er sich noch ein zweites und ein drittes bestellen sollte, entschied sich aber schließlich dagegen. Alkohol vermochte seine Probleme nicht zu lösen und sein Titel als Sergeant gemahnte ihn an sein vorbildliches Verhalten, dem gegenüber er sich verpflichtet sah. Julia Müller drückte er eine Münze in die Hand und wollte sich schon zum Gehen wenden, als ihn die junge Dame aufhielt. „Warten Sie einen Moment, Herr Sergeant ...“

Verdutzt hielt Fuchs inne. „Ja?“

Sie beugte sich zu ihm und verfiel beinahe in einen Flüsterton. „Sie sprachen eben von den Bildern, die Herr Reben gemalt hat ... Vielleicht kann ich dazu etwas beitragen. Ich darf eigentlich keine Geschichten über unsere Gäste erzählen, aber in diesem Fall ... Ich weiß nicht, ob es Ihnen überhaupt weiterhilft. Vielleicht ist es auch bloß eine Belanglosigkeit.“

Sie pausierte einen Augenblick und vergewisserte sich, dass niemand der vier anderen Gäste sie verstehen konnte. Als die drei Spielmänner lauthals über ihren Karten zu lachen begannen, fühlte sie sich sicher genug, um mit der Sprache herauszurücken. „Sagt Ihnen Fräulein Greta von Salvy etwas?"

Fuchs schüttelte den Kopf. „Nein, ich kann mich nicht erinnern, diesen Namen einmal gehört zu haben."

„Kommen Sie, ich sage es Ihnen auf halbem Wege in die Küche."

Fuchs erhob sich und folgte Müller, die schließlich am Scheideweg zwischen Küche und Ausgangstür, auf Höhe des Tresens, stehenblieb. Nervös suchten ihre Augen die Umgebung ab, um sicherzugehen, dass sich niemand in der Nähe befand. „Das Fräulein von Salvy war gleich nebenan im Gästehaus Knollenburg untergebracht und einer der wenigen Gäste von Adel, die sich im Lindenhof blicken ließen. Auf Standesdünkel schien sie nicht viel zu geben. Sie war ein verschrobenes Fräulein, in den meisten Momenten sehr scheu, in anderen wiederum beinahe lebhaft wie ein Kind. Ihr unheimliches Kichern hallt mir noch heute im Ohr ... Was ich Ihnen sagen wollte ... Vor ein paar Tagen, am Abend vor ihrer Abreise, sagte sie mir, dass Herr Reben ihr ein Bild gewidmet hätte."

„Das hört sich interessant an. Wissen Sie, was für ein Bild er ihr gewidmet hat?"

„Leider nicht."

„In welchem Verhältnis standen die beiden zueinander? Ist sie auch eine Künstlerin? Wissen Sie, ob Reben verheiratet war?"

Müller schüttelte den Kopf. „Das weiß ich alles nicht. Wie gesagt, sie war ein etwas verschrobenes Fräulein und ich habe mich nicht getraut, sie nach mehr als ihrem leiblichen Wohl zu fragen."

„Kam sie immer allein?“

„Um genau zu sein war sie nur zweimal zum Mittagessen hier und das ohne Begleitung.“

„Kam sie auch aus Düsseldorf?“

„Nein, sie war von Königswinter.“

„Kennen Sie zufällig ihre Adresse?“

In diesem Augenblick ging die Tür auf. „Nein“, brachte Müller noch hervor, ehe ein stark beleibter Herr eintrat, dem drei weitere Männer folgten – Bauern und Handwerker, die Fuchs nur zu gut aus dem Dorf kannte. „Guten Abend, schönes Fräulein, guten Abend, Herr Sergeant!“, schnarrte der Beleibte, der Meier hieß, ihnen entgegen und zog seinen Hut. „Wenn Sie nicht einen Kriminalfall an der Backe hätten, würde ich Sie geradezu fragen, ob Sie beide es miteinander halten, so zutraulich, wie Sie da stehen.“ Meier lachte laut über seinen eigenen Witz.

Fuchs nutzte die Gelegenheit, um sich geschickt aus der Situation zu befreien. „Haben Sie etwa was beizutragen im Mordfall August Reben?“, fragte er scharf.

Meier schüttelte vehement den Kopf. „Nein, gewiss nicht, Herr Fuchs. Ich komme nur wegen des Essens und der schönen Frauen, das wissen Sie doch.“

Fuchs seufzte. „Ja, das weiß ich.“ Meier drängte sich an ihm vorbei, sodass die anderen Herren ebenfalls eintreten konnten. Als sie die Stube betreten hatten, drückte sich Fuchs an ihnen vorbei, verabschiedete sich flüchtig bei Julia Müller und verließ die Gaststätte. Das Letzte, das er sich nun wünschte, waren irgendwelche zeitraubenden Gespräche mit Leuten, die schlechte Witze rissen. Darüber hinaus war sein Tatendurst dank der Information, die Julia Müller ihm gesteckt hatte, zu neuem Leben erwacht.

Eine Adresse in der Knollenburg zu erfragen sollte dabei nicht das Problem sein. Ebenso wie das renommierte Hotel Glasmacher beherbergte auch die Knollenburg illustre Gäste aus den Städten am Rhein und lag nur wenige Meter entfernt an der Hauptstraße.

Und wenn er die Adresse hatte, würde er nach Königswinter reisen, ob Hohnquad wollte oder nicht.

VII

Gustav Adlers Nerven waren bis zum Zerreißen gespannt. Nervös lief er immer wieder die gleiche Strecke von einem Ende des Foyers zum anderen ab. „Während der Herr Bürgermeister die Zeit mit Belanglosigkeiten verstreichen lässt, befinden wir uns in höchster Lebensgefahr."

Auch Carl Friedrich Hohnquad war aufgesprungen und verschränkte die Arme vor der Brust. Obwohl sie noch nicht sehr lange auf den Düsseldorfer Oberbürgermeister warteten, empfand er es beinahe als Zumutung, dass sie in dieser Situation der unmittelbaren Gefährdungslage nicht unverzüglich vorgeladen wurden. Ohne auch nur einen einzigen Kommentar zu dem vorgelegten Schreiben der Vinzenz-Konferenz abzugeben, hatte Herr Frist, der Sekretär des Herrn Oberbürgermeisters von Düsseldorf, ihnen brüsk ins Gesicht gesagt, dass sich der hohe Herr noch in einer wichtigen Besprechung befinde und sie sich noch ein Weilchen zu gedulden hätten. Was es denn Wichtigeres zu besprechen gäbe als eine freche Morddrohung gegen angesehene Bürger der Stadt, hatte Gustav Adler erwidert. Doch der Beamte hatte nur lapidar bemerkt, dass sie froh sein sollten, dass er sie überhaupt empfange.

„Wir wären doch besser erst zur Polizei gegangen als zu diesen Einschläfern", wetterte Adler.

„Ich fürchte, ein kleines bisschen Geduld müssen wir noch haben", warf Carl Turmhardt ein, der neben Johann Doebelin auf einer weiß gestrichenen Holzbank wartete. „Wir dürfen jetzt nur nicht den Kopf verlieren. Wenn wir die Polizei auffordern würden, die Vinzenz-Konferenz zu durchsuchen, hätte es noch länger gedauert. Der Fisch stinkt vom Kopf her. Die Entscheidungen fallen hier beim Oberbürgermeister. Und Sie haben ja gemerkt, dass wir hier an der richtigen Adresse sind: Der Herr Sekretär hat uns immerhin nicht nach Hause geschickt. Ich denke doch, dass es Herrn Oberbürgermeister interessieren wird, wenn eine kriminelle Vereinigung in seiner Stadt ihr Unwesen treibt. Das, was due Vinzenz-Konferenz geschrieben hat, halte ich sogar für staatsgefährdend."

„Ich rechne auch damit, dass sich der Herr Oberbürgermeister geschmeichelt fühlen wird, wenn wir zuerst zu ihm kommen", stimmte Doebelin zu.

„Wenn er nicht in fünf Minuten hier bei uns im Flur steht, hole ich ihn persönlich aus seiner Besprechung!", rief Hohnquad wenig besänftigt.

VIII

Es schien, als hätte sich das Glück gewendet. Die dunklen Wolken am Horizont nahm Albert Fuchs zwar zur Kenntnis, jedoch überwog die Freude über das Wiedersehen mit Königswinter und dem Rhein jegliche Zweifel daran, dass er möglicherweise nicht mehr trockenen Fußes zurückkehren würde. ‚Wer weiß', dachte er, ‚vielleicht würde ihm Fräulein von Salvy Unterschlupf gewähren.'

Seine Reise nach Königswinter war wunderbar verlaufen. Auch wenn seine Liebe der fortschrittlicheren Eisenbahn galt, hatte er die rasante Fahrt in der Kutsche dank vier starken Zuggäulen durchaus genossen. Mit der Eisenbahn konnte man inzwischen von Herchen auf direktem Wege bis in das frisch nach Cöln eingemeindete Deutz fahren. Nach Königswinter aber war man noch auf die gute alte Pferdekutsche angewiesen, wollte man nicht einen beträchtlichen Teil der Strecke zu Fuß zurücklegen. Am Abend zuvor hatte er die benötigte Königswinterer Adresse aus der Knollenburg erhalten und ein Telegramm an seinen Kollegen in Eitorf geschickt, ihn für die Zeit seiner Abwesenheit zu vertreten. Johanna von der Notwendigkeit seiner Reise zu überzeugen war zwar eine kleine Herausforderung gewesen, die er aber letztlich ebenfalls gemeistert hatte. „Pass bloß auf dein Leben auf, wenn du weiter deine Nase in diese Angelegenheit steckst. Du bist noch zu jung, um zu sterben!", hatte sie ihm flehend hinterhergerufen, als er am frühen Dienstagmorgen das Haus verlassen hatte. Ungefähr dreieinhalb Stunden später hatte er bereits die Posthalterei in Königswinter erreicht. Der Weg von dort an die Rheinpromenade war nicht weit.

Ein Gefühl grenzenloser Freiheit überkam ihn, als er den Rhein erblickte – jenen Fluss, der um ein Vielfaches breiter war als die heimische Sieg und irgendwann auf direktem Wege in die Nordsee mündete, in dessen Richtung der mächtige Wind den grauen Strom und die schaukelnden Dampfschiffe mit aller Gewalt trieb. Die laut kreischenden Möwen des Rheins erzählten sich gewiss das eine oder andere Abenteuer, das sie am Meer erlebt hatten. Aus den mächtigen Lindenbäumen der Promenadenallee wehten Fuchs einige Blätter entgegen, die eine Windböe ihren Kronen entrissen hatte. Fuchs mochte stürmisches Wetter, zumal ihm die Bäume Schutz versprachen und zumindest einen Teil der Böen abfingen. Die Villen zu seiner rechten Seite gehörten den gut betuchten Bürgern und waren überwiegend zur Zeit der Reichsgründung im klassizistischen Stil errichtet worden. Fuchs richtete seine Konzentration jedoch auf die Hausnummern. Als er seinem Ziel immer näher kam, begann sein Herz laut zu klopfen. Was und vor allen Dingen wer erwartete ihn in von Salvys Villa? Eine harmlose Dame, womöglich eine Verehrerin August Rebens? Auf alle Fälle erhoffte er sich mehr Informationen über den Künstler und dessen Zeit in Herchen.

Das Wetter begann nun doch, ihn etwas zu beunruhigen, da sich der Himmel in kürzester Zeit immer weiter verdunkelte. Außer seiner Militärmütze trug er keinen nennenswerten Regenschutz am Leib. So wie es aussah, war er darauf angewiesen, dass Fräulein von Salvy ihm Einlass gewährte. Er würde sie darum bitten müssen. Einige Passanten hasteten an ihm vorbei, dem aufziehenden Ungemach entfliehend.

In dem Augenblick, in dem die Villa von Salvys endlich auftauchte, ließ ein Blitz das Anwesen in grellem Licht aufleuchten und erhellte damit für Bruchteile einer Sekunde den nachtschwarzen Frühmittag. Fuchs zuckte zusammen. Bei Sonnenschein mochte das isabellfarbene, mit einem

Hauch von Zitronengelb vermischte Haus einen adretten Eindruck machen – im Angesicht dieses Unwetters wirkte es wie ein Geisterhaus. Mehrere Anbauten mit Balkonen flankierten einen zentralen Turm. Als sich Fuchs der vorgelagerten Parkanlage näherte, ertönte ein ohrenbetäubender Donner, der ihm durch Mark und Bein ging. Rasch lief er den weißen Holzzaun entlang auf der Suche nach dem Eingangsportal, das sich auf der Rückseite befand. Bevor er die Klinke des Tores hinunterdrückte, hielt er einen Moment lang inne und warf einen Blick auf die Fenster der Villa. Während die Fenster des Turms mit ockerfarbenen Schlagläden verschlossen waren, fand er die übrigen Läden geöffnet vor. Eine Windböe beendete schließlich seine angespannte Starre, indem sie hartnäckig an seiner Mütze zerrte, sodass er sie festhalten musste. Ohne länger zu zögern betrat er den Vorgarten und stand wenige Augenblicke später vor dem Eingangsportal. Durch eine mehrfache Betätigung des Türklopfers machte er angesichts seiner zunehmend misslichen Lage auf seine Anwesenheit aufmerksam. Der Griff seines Revolvers gab ihm Sicherheit, auch wenn er ihn nicht vor dem Sturm schützen konnte. Ein weiterer Blitz zuckte am Himmel, diesmal fast zeitgleich mit einem Donner, der den Erdboden erzittern ließ. Während er wartete, erfassten ihn die ersten dicken Tropfen des Gewittersturms. Er klopfte erneut, während er sein Herz bis zum Hals schlagen hörte. Es war eine Aufregung, die ihm kaum einen Ausweg bot. Wenn ihm doch noch jemand Einlass gewährte, würde er dieses unheimliche Haus zwecks Ermittlung in einem Mordfall betreten müssen. Wenn er hier stehenblieb, würde ihn das Unwetter mit voller Wucht treffen. Selbst der knappe Vorsprung eines Balkons konnte ihn nicht vor dem Regen schützen, da der Wind diesen aus allen Richtungen umtrieb. Die Sekunden verrannen, ohne dass jemand öffnete. Ich kann hier nicht länger warten, schoss es ihm durch den Kopf.

Die Fenster des Anbaus erweckten auch nicht den Eindruck, dass das Anwesen bewohnt war. Dennoch stellte er sich direkt vor das Fenster links des Eingangsportals, in der Hoffnung, dass er irgendwo vielleicht doch einen Kerzenschein erblickte, den jemand angesichts des stark verdunkelten Tages plötzlich entzündet hatte. Aber das Innere der Villa blieb schwarz. Erst in jenem Moment, als ein weiterer Blitz vom Himmel fuhr, gelang es Fuchs, einen flüchtigen Blick auf das Interieur des Zimmers zu erhaschen. Einem großen Schreibtisch nach zu urteilen vermutete er, dass es sich um ein Studierzimmer handelte. Was ihn jedoch weitaus stärker interessierte, waren die Gemälde, die an der Wand hingen. Leider genügte der lichte Moment des Blitzes nicht, um zu sehen, welche Gemälde die Hausherrin aufgehängt hatte. Kurz spielte er mit dem Gedanken, den nächsten Blitz abzuwarten, besann sich aber schnell eines Besseren. Wenn er sich hier draußen weiter aufhielt, wurde er nicht nur nass bis auf die Knochen, sondern spielte schlichtweg mit seinem Leben. Die Bilder konnte er auch später noch begutachten, wenn das Unwetter durchgezogen war. Suchend schaute er sich um. Die Parkanlage bot wenig Möglichkeiten, sich vor einem Gewittersturm solchen Ausmaßes zu verstecken. Die mächtigen, alten Bäume versprachen nur scheinbar Sicherheit, da sie dem Blitz leicht als Einschlagsquelle dienen konnten.

Als der Himmel endgültig seine Schleusen öffnete und die Erde mit einem regelrechten Trommelfeuer aus Wasser bombardierte, wusste er, dass er schnell zu einem anderen Ort laufen musste. Es war das bislang schlimmste Unwetter, das Albert Fuchs erlebte.

IX

Auch eine geschlagene halbe Stunde nach Hohnquads Drohung, den Oberbürgermeister aus seiner Besprechung zu holen, lief Gustav Adler im Foyer auf und ab. Turmhardt und Doebelin saßen noch immer auf der weißen Bank, während Hohnquad nach draußen getreten war, um seine Nerven mit einer Zigarre zu beruhigen. Daher bekam Hohnquad auch nicht mit, als Herr Frist das Foyer betrat und den Herren verkündete, dass der Herr Oberbürgermeister nun bereit sei, sie zu empfangen.

„Aus Sicherheitsgründen muss ich Sie bitten, einzeln mit Herrn Oberbürgermeister Culmus zu sprechen oder eine Person aus Ihrem Kreise zu bestimmen, die Ihr Anliegen stellvertretend vorträgt."

Adler lief rasch nach draußen und holte Hohnquad herein.

„Na, wenn wir einen so gefährlichen Eindruck machen, dann schlage ich vor, dass ich Herrn Culmus unter vier Augen spreche, unter Bürgermeistern gewissermaßen. Ich denke nicht, dass anschließend noch Redebedarf besteht. Sind die Herren Künstler damit einverstanden?", fragte Hohnquad.

Während Adler begeistert nickte, fiel Turmhardts und Doebelins Zustimmung etwas verhaltener aus. Offensichtlich fürchteten Turmhardt und Doebelin das forsche Auftreten Hohnquads etwas, wagten jedoch nicht, Zweifel in die Geschlossen- und Entschlossenheit ihrer Gruppe zu streuen.

Frist führte sie zwei Stockwerke nach oben und machte vor einer mit hübschen Ornamenten verzierten Tür Halt. Turmhardt, Doebelin und Adler wies er drei lederbezogene Stühle in einem kleinen Warteraum direkt neben der Tür zu. Dann klopfte er an und führte Hohnquad in den großen Raum. Ein üppiger Kronleuchter an der Decke und ein dunkler Teppich auf dem Holzparkett verliehen ihm etwas Prunkvolles, während man das Mobiliar – ein paar Regale und ein klotzartiger Schreibtisch – eher zweckmäßig ausgestaltet hatte. Hinter dem Schreibtisch saß Culmus, ein beleibter Mann mit Glatze, der in seinem Stuhl zusammengesunken war und an einer Zigarre zog.

„Ich bringe Herrn Hohnquad zu Ihnen, Herr Oberbürgermeister." Frist empfahl sich und ließ Hohnquad allein zurück.

„Was führt Sie zu mir, Herr Hohnquad?"

„Ein Mord, Herr Kollege. Guten Tag. Ein Mord, der auf heimtückische Weise in Herchen geschah und einen Ihrer Bürger traf, den hochgeachteten und berühmten Künstler August Reben, verübt von einer kriminellen Vereinigung in Ihrer Stadt. Ich denke, darüber sollten Sie Bescheid wissen, Herr Kollege."

„Sie bringen in der Tat keine gute Nachricht. Welche kriminelle Vereinigung meinen Sie denn?" Culmus hatte seine Augen zusammengekniffen, als wisse er nicht recht, was er von Hohnquad halten solle.

„Sagt Ihnen die Vinzenz-Konferenz etwas?"

„Vinzenz ... Vinzenz ... Das sind doch die barmherzigen Katholiken, nicht wahr?" Hohnquad nickte. „Wie kommen Sie denn darauf? Haben Sie Beweise?"

„Hier, lesen Sie!" Hohnquad reichte ihm das Papier mit dem Geständnis.

Culmus las, ohne mit der Wimper zu zucken. „Gemeingefährliches Spiel ... Deshalb haben sie einen ehrbaren deutschen Künstler hingemordet? Was sagt denn die Polizei dazu?"

„Noch nicht viel. Nur ein Herchener Sergeant hat die Leiche bislang begutachtet. Es war uns oberstes Anliegen, zuallererst hier in Düsseldorf bei Ihnen vorbeizuschauen, da Sie die Fäden in der Hand halten und gewiss etwas veranlassen können, um die Mörder Rebens ihrer gerechten Strafe zuzuführen. Mit mir angereist sind drei Künstler der hiesigen Kunstakademie, enge Vertraute Rebens, die in ihrer Wut und Trauer weder ein noch aus wissen und sich nun selbst bedroht fühlen, da sie das Sedan-Spiel gerne im nächsten Jahr fortführen möchten. Da können Sie doch sicher etwas tun, Herr Kollege?"

„Gewiss kann ich etwas tun. Es ist immer gut, wenn Sie mit solchen Anliegen zu mir kommen, da die Polizei bisweilen doch etwas langsam arbeitet und von der Politik manchmal etwas angetrieben werden muss. Allein muss ich sagen, dass die Akademie in vielen Personen eng mit dem Malkasten verwoben ist und der Obrigkeit nicht immer genehm war. Doch sind die meisten Mitglieder heutzutage kaisertreu, sofern ich das beurteilen kann. Ich habe mit Kunst nicht viel am Hut, wissen Sie."

„Sie sind doch gewiss Protestant, Herr Oberbürgermeister?" Culmus nickte.

„Dann müssen Sie doch wissen, welche Gefahr von einer katholischen Vereinigung ausgehen kann!"

„Sicherlich. Welche konkrete Handlung stellen Sie sich vor?"

„Durchsuchen Sie die Vinzenz-Konferenz in Düsseldorf und nehmen Sie die Mörder fest, bevor diese ein weiteres Blutbad anrichten können!"

„Herr Hohnquad, ich werde das Meinige veranlassen. Und nun empfehlen Sie mich bitte."

„Ich danke Ihnen, Herr Kollege. Ich wusste, dass ich mich auf Sie verlassen kann."

X

„Sag mal, hast du eigentlich keine Angst?“, fragte Julia und sah Clarissa mit großen Augen an.

„Ein bisschen vielleicht“, gab Clarissa zu, „aber Mama hat mehr als ich. Ich weiß natürlich, dass sich Papa in Gefahr befindet. Wir wissen alle, dass immer das Schlimmste passieren kann, aber irgendwie ist das so weit entfernt für mich, weil es bisher auch immer gutgegangen ist.“

„Aber bisher hat er doch noch nicht in einem Mordfall ermittelt, sagtest du ...?“

„Nein. Ich vertraue darauf, dass er es schafft und den Mörder findet. Papa ist bewaffnet, so schnell macht ihm niemand etwas vor.“

„Hast du denn keine Angst um dein Leben? Was, wenn sich jemand an euch rächen möchte, weil dein Vater in dem Fall ermittelt?“

„Theoretisch kann alles Mögliche passieren. Was mich viel mehr interessiert ist, wie viel Erfolg Hohnquad und seine Leute in Düsseldorf haben. Ich persönlich bin noch nicht davon überzeugt, dass sie den Mörder tatsächlich dort finden.“

„Warum denn nicht? Das Schreiben dieser Vinzenz-Leute deutet doch ganz darauf hin?“

„Aber wäre das nicht zu einfach? Stell dir mal vor, du wärst die Mörderin und wolltest möglichst ungeschoren davonkommen ... Was würdest du tun?“

Julia musste lachen, schämte sich dessen jedoch rasch und wurde ernst. „Ich als ... Mörderin ... Nun ja, ich würde versuchen, möglichst schnell das Weite zu suchen, an irgendeinen Ort zu gehen, an dem mich niemand kennt."

„Genau *das* würde eine Mörderin tun. Ist Düsseldorf für die Vinzenz-Konferenz ein solcher Ort?"

„Wohl kaum. Es sei denn, man würde in den Untergrund abtauchen."

„Der Meinung bin ich nämlich auch. Ich bin sehr gespannt, was die Herren alles rausfinden. Am liebsten käme ich mit ihnen ..." Clarissa legte träumend den Kopf zur Seite.

„Du spinnst wohl!", rief Julia. „Es reicht schon, dass sich dein Vater in Gefahr begibt. Was sollte ich denn hier ohne dich anstellen?"

„Du könntest dich mit Georg vernügen." Clarissa grinste.

„Sehr witzig. Es ist noch schlimmer geworden, seit sie von unserem letzten Treffen Wind bekommen haben. Meine Mutter lässt keine Minute aus, um mir zu sagen, was für ein Nichtsnutz er sei. Dabei hat er ein so gutes Herz. Sein Vater ist das eigentliche Problem für sie. Georgs Vater ist ein geschickter Handwerker, der seinen Lebensunterhalt mit der Scherenschleiferei verdient, meistens jedoch mit einer Flasche Schnaps in der Hand. Er ist fast nie zu Hause und bringt kaum Geld zu seiner Frau, weil er es versäuft. Georg hilft manchmal bei Fritz Schenker aus, einem angesehenen Uhrmacher in Stromberg. Das rettet ihm und seiner Mutter das tägliche Brot. Er kann sich sogar vorstellen, dort seine Lehre zu machen. Du weißt, bergische Uhrmacher sind weit über die Grenzen des Bergischen Landes bekannt. Meine Mutter sieht trotzdem nur das Schlechte daran. Sie sagt, das sei ja alles schön, aber die bergischen Uhren seien doch viel zu teuer und wären heute nicht mehr gefragt, wegen der billigen Konkurrenz aus dem Schwarzwald. Daran mag etwas sein, aber Georg kann auch schreinern oder ein anderes

Handwerk ausüben, wenn es sein muss. Das Wichtigste ist, dass er gut zu mir ist und das ist er."

„Und was sagt dein Vater dazu?"

„Ach, der stimmt meiner Mutter in allem zu. Da sei ja der Heinrich von der Pulvermühle in Dattenfeld noch besser."

„Was macht denn der Heinrich?"

„Er stellt mir dauernd nach. Noch am Donnerstag hat er an meine Tür geklopft. Meine Eltern hatten ihn eingelassen und da stand er dann mit einem Strauß Margeriten. Der große Schwarzpulverproduzent gab sich als großer Romantiker aus ..." Julia lachte, diesmal ohne Scham.

„Dabei stehst du doch auf Margeriten", stichelte Clarissa.

„Ja, aber deshalb sieht er noch lange nicht gut aus", konterte Julia. „Außerdem verübt er ein gefährliches Handwerk. Es gibt zwar viele Vorsichtsmaßnahmen in der Mühle, um eine Explosion zu verhindern, aber was ist, wenn doch eines Tages alles in die Luft geht? Immerhin haben sie absichtlich eine Wand des Gebäudes sehr dünn gemauert, damit der Druck bei einer Explosion zur Auslassseite entweichen kann. Auf diese Weise wollen sie wohl eine Kettenreaktion verhindern. Das heißt aber ja, dass man sehr wohl mit solchen Explosionen rechnet. Stell dir vor, ich würde ihn heiraten. Ich könnte keine Minute ruhig schlafen ... Nein, da ist mir Georg lieber. Seine schwarzen Haare, seine Hände, sein Gesicht ... Er kann so liebevoll gucken und weiß immer, wovon er spricht. Gerade jetzt wünsche ich mir einfach jemanden, der mich beschützt."

„Sieh an, das Fräulein Müller ist verknallt!" Clarissa lachte.

„Du doch auch. Du willst es mir nur nicht verraten, gib es zu!"

„Ach was, die Männer interessieren ..."

In diesem Moment klopfte es an die Zimmertür. Die beiden Mädchen zuckten zusammen, dass das Bett, auf dem sie saßen, erbebte. Johanna trat ein, mit einer Laterne in der Hand, deren Schein ein von Strenge und Besorgnis gezeichnetes Gesicht beleuchtete. „Clarissa, Fräulein Müller – haben Sie gehört, wie die Uhr geschlagen hat?"

„Ist es schon zehn? Bitte verzeihen Sie, Frau Fuchs, ich werde sofort nach Hause gehen."

„Das meine ich nicht. Bitte bleiben Sie noch ein bisschen. Mein Gatte ist noch nicht zurück, dabei müsste die letzte Kutsche längst angekommen sein. Ich will eben nach der Posthalterei gehen und fragen ... Bitte, bleiben Sie so lange hier bei meiner Tochter."

„Ach du meine Güte, hoffentlich ist ihm nichts passiert! Natürlich bleibe ich noch so lange hier. Passen Sie auf sich auf, Frau Fuchs."

„Was hat Papa denn genau gesagt? Wann wollte er zurück sein?", fragte Clarissa.

„Er murmelte nur ‚wahrscheinlich heute Abend', aber er war ganz in Gedanken. Nun ist es nach zehn und er ist noch nicht zurück."

„Gewiss hat die Kutsche eine Verspätung und er trifft in den nächsten Minuten ein", beruhigte Clarissa sie.

„Ich will es hoffen", sagte Johanna mit tonloser Stimme. Dann wandte sie sich zum Gehen.

Als sie wenige Minuten später zurückkehrte und erneut in Clarissas Zimmer trat, waren Strenge und Besorgnis auf ihrem Gesicht der Verzweiflung gewichen. „Er sagt, er war nicht dabei", brachte sie mit brüchiger Stimme hervor.

„Wer sagt das?", fragte Clarissa.

„Herr Schulte. Die letzte Kutsche ist schon durch. Das heißt, dein Vater wird heute nicht mehr wiederkommen. Dabei ist er doch nur nach Königswinter gereist ..." Eilig wischte sie sich eine Träne von ihrer Wange.

„Nun beruhige dich, Mama. Er hat sich bestimmt ein Zimmer dort genommen, um morgen in aller Frische mit seinen Ermittlungen fortzufahren. Dann wird er zu uns zurückkommen." Insgeheim spürte sie jedoch, wie ihr der Schrecken in die Glieder fuhr.

„Er hat mir nicht einmal ein Telegramm hinterlassen, dass er vor Ort bleibt. Das ist normalerweise gar nicht seine Art. Es muss etwas passiert sein."

So sehr Clarissa ihre Mutter beruhigen wollte, so sehr wusste sie, dass diese vermutlich recht hatte. Gerade in dieser Situation war es mehr als ungewöhnlich, dass ihr Vater über Nacht wegblieb, ohne ihnen eine Nachricht zu schicken.

„Wir müssen wohl die Nacht abwarten", sagte sie schließlich, „heute können wir sowieso nichts mehr unternehmen."

„Kommt ihr noch mit mir an den Kamin?", fragte Johanna.

Clarissa sah Julia fragend an. „Ein paar Minuten kann ich wohl noch bleiben, denke ich. Begleitet ihr mich dann nach Hause, Clarissa? Alleine mag ich um die Uhrzeit nicht mehr gehen, auch wenn es nur zwei Straßen sind."

„Das machen wir. Wir Frauen schaffen das schon!" In Wirklichkeit wusste sie, dass sie heute Nacht kaum ein Auge zutun würde.

XI

Kaum hatte Carl Friedrich Hohnquad den Frühstückssaal betreten, wurde er bereits von einem hageren Hoteldiener abgefangen. „Entschuldigen Sie mein Herr, ich habe die Ehre, Ihnen eine Botschaft des ehrenwerten Herrn Sekretär Frist persönlich zu überbringen.“ Mit einer Verbeugung überreichte er Hohnquad ein Telegramm. „Vielen Dank. Hoffentlich überbringen Sie gute Nachrichten.“

Als Hohnquad wenige Augenblicke später an den Tisch trat, an dem Turmhardt, Doebelin und Adler die erste Mahlzeit des Tages einnahmen, hatte er Gewissheit. Wortlos grinsend überreichte er den Künstlern das Kärtchen, auf dem der Beweis für ihr Glück in unmissverständlicher Maschinenschrift stand.

„Meine Freunde, der Vorsitzende und der gesamte Vorstand dieses Mördervereins sind festgenommen! Es sind einige Franzosen dabei, der Vorsitzende selbst ist ein Franzose“, verkündete er feierlich, nachdem alle drei von der Nachricht Notiz genommen hatten. „Bald schon werden sie ihrer gerechten Strafe zugeführt. Darauf sollten wir uns ein Gläschen Sekt genehmigen.“

„Ha, wir haben es doch gewusst, dass die Franzosen dahinterstecken! Nun haben wir nichts mehr zu fürchten! Sie sind ein wackerer Held, Hohnquad, und das deutsche Volk ist Ihnen Dank schuldig! Sekt ist angemessen!“, sprudelte es aus Adler heraus.

„Die Nachricht ist zweifellos eine gute. Aber ist Sekt am frühen Morgen gestattet?“, fragte Doebelin mit einem Augenzwinkern, denn schon am Vorabend hatten die Männer reichlich dem Düsseldorfer Altbier zugesprochen.

Hohnquad antwortete nicht auf die zweifellos rhetorisch gemeinte Frage, sondern steuerte auf direktem Wege den Hoteldiener an, der ihm das Telegramm gereicht hatte. „Ich hoffe, Sie haben guten Sekt hier in Düsseldorf. Wir hätten gerne eine große Flasche."

Der Mann verzog keine Miene. „Einen Kupferberg aus Mainz kann ich Ihnen anbieten, mein Herr."

„Geben Sie, geben Sie!"

Kurze Zeit später saß Hohnquad mit einem vollen Glas Schaumwein am Frühstückstisch und prostete seinen Kollegen zu, die ebenfalls ein Gläschen mittranken. „Auf die Verhaftung der Katholikenbande!"

„Sagen Sie nicht Katholiken, Herr Bürgermeister. Das klingt so abfällig Herrn Turmhardt und mir gegenüber. Wir sind katholisch getauft und tun trotzdem keiner Fliege etwas zuleide. Es heißt doch in der Botschaft, die Franzosen steckten dahinter. Sagen Sie lieber: Auf die Verhaftung der Franzosenbande, das klingt mir sympathischer", korrigierte ihn Adler inbrünstig.

„In der Tat sollten wir unsere Zunge etwas mäßigen", ergänzte Turmhardt und setzte im Flüsterton hinzu: „Von den Nachbartischen aus werden wir bereits misstrauisch beäugt. Hier in Düsseldorf gibt es viele Katholiken."

„Pardon, ich wollte Ihnen nicht zu nahe treten, meine Herren. Dann auf Deutschland! Auf unser Deutschland und Seine Majestät, den Kaiser!"

„Wir verstehen uns", sagte Adler und klopfte Hohnquad so heftig auf den Rücken, dass diesem beinahe sein Glas entglitten wäre. „Auf Deutschland und den Kaiser, zum Wohle!"

Nur wenige hundert Meter von dem Hotel am Rathaus entfernt war Jean-Claude Bastian in dem schummerigen kleinen Raum erwacht, in den man ihn am Vorabend gesperrt hatte. Durch das unerreichbar hohe, vergitterte Fenster fiel nur wohldosiertes, fahles Morgenlicht, und seine Knochen schmerzten von einer sehr unangenehmen Nacht auf einer Holzpritsche. Er zitterte vor Kälte. Während er die kahlen, grauen Wände seiner Zelle anstarrte, zogen seine Gedanken weiter Kreise um den Grund seiner Verhaftung. Warum hatte man ihn und die anderen in einer Nacht-und-Nebel-Aktion hier in dieses Gefängnis geworfen? Welches Verbrechens klagte man sie an? So sehr er sich auch darum bemüht hatte, den Grund zu erfahren, die beiden Polizisten hatten geschwiegen wie ein Grab. Einer von ihnen hatte ihm sogar eine schallende Ohrfeige verpasst, als er ihm die Frage nach dem Warum zum dritten Mal gestellt hatte. „Das wirst du schon früh genug erfahren, du Bursche!"

Nun saß er hier am nächsten Morgen in seiner Zelle und wartete. Endlose Minuten verstrichen, in denen er sich von Gott und aller Welt verlassen fühlte. Immer wieder bemühte er sich, seine Glieder zu dehnen, in der vergeblichen Hoffnung, dass sie dadurch ihren Schmerz verlören. Er dachte an Piet, Jankow, Melchior und Schneider, die mit ihm von den Polizisten überrascht und in dieses Gebäude verbracht worden waren. Er hoffte, dass es ihnen besser erging als ihm, doch er zweifelte daran. Welcher Verbrechen auch immer man sie bezichtigte, es musste etwas mit dem ganzen Verein zu tun haben. Bastian überlegte, ob er gegen die Eisentür hämmern und damit ein Zeichen setzen sollte, dass er wach war. Dass er lebte! Er wünschte sich sehnlichst, dass endlich jemand kommen und ihn abholen würde. Selbst der Mann, der ihm die Ohrfeige verpasst hatte, war ihm lieber als diese Zelle. Wieder warf er einen Blick auf seine Taschenuhr, die kurz nach neun anzeigte. Er schüttelte den Kopf. Während er die Zeit mit Warten verbringen musste, brauchten die Menschen in Düsseldorf seine Hilfe. Arme, Alte, Behinderte, Arbeiter, Benachteiligte – sie alle waren auf die Tätigkeiten der Gemeinschaft angewiesen.

Guter Gott, ich kenne deine Wege nicht, aber ich bemühe mich, nach deinem Willen zu leben und von der Liebe, die dein Sohn der Welt erwiesen hat, Zeugnis abzulegen vor den Menschen und ihnen beizustehen. Bitte gib mir auch in dieser dunklen Stunde die Kraft, um dieses Werk weiterhin zu vollbringen. Im Namen des Vaters, des Sohnes und des Heiligen Geistes.

Noch während er das Kreuz schlug, hörte er, wie von draußen ein Schlüssel seinen Weg ins Schloss fand und mit einem quietschenden Geräusch umgedreht wurde. Wenige Augenblicke später öffnete sich die massive Tür und die beiden Männer, die ihn am Vorabend hierhin verschleppt hatten, traten ein.

„So du papsttreuer Bursche, jetzt heißt es: mitkommen!", befahl derjenige von ihnen, der ihn gestern geohrfeigt hatte. Noch ehe die beiden ihn packen konnten, setzte sich Bastian freiwillig in Bewegung, woraufhin sie entgegen seiner Erwartung etwas Abstand von seinem Körper hielten. Der Weg führte sie hinaus aus dem Keller durch kahle Gänge zu einem Raum, den die beiden Polizisten nach kurzem Anklopfen betraten und Bastian einen Wink gaben, ihnen zu folgen. In einer schlichten Amtsstube saß ein Mann um die 40 Jahre mit gepflegtem schwarzem Haar und einer Brille mit kleinen runden Gläsern, die ihm ein strenges Antlitz verlieh.

„Winkler mein Name, bitte nehmen Sie Platz", sagte er in einem beinahe freundschaftlichen Ton, den Bastian nicht auf Anhieb zu deuten vermochte und wies Bastian den Stuhl vor seinem Schreibtisch zu. „Ich nehme an, Sie wissen, warum Sie hier sind?“ Seine Stimme nahm an Kälte zu.

Bastian schüttelte den Kopf. „Guten Tag, mein Name ist Jean-Claude Bastian. Weshalb ich hier bin, hoffe ich von Ihnen zu erfahren.“

„Vielleicht hilft Ihnen dieses Schreiben hier weiter.“ Er reichte Bastian ein Stück Papier. „Das haben Sie doch verfasst, nicht wahr?“

Bastian nahm das Papier in die Hände und studierte es mit einem immer deutlicher hervortretenden Ausdruck der Verwunderung. „Im Namen meines gekreuzigten Heilandes“, begann er, noch während er auf das Papier starrte, „wer auch immer dieses Schreiben verfasst hat, hat schwere Schuld auf sich geladen. Seien Sie versichert, dass ich dieses schlimme Stück Papier heute zum ersten Mal in den Händen halte. Woher haben Sie dieses scheußliche Schreiben? Ich habe es nie zuvor gesehen.“

„Das müssen Sie auch nicht gesehen haben, Herr Bastian“, sagte Winkler mit einem süffisanten Lächeln, „es genügt vollkommen, dass Sie es in Auftrag gegeben haben.“

„Ich habe dieses Schreiben nie gesehen und auch nicht in Auftrag gegeben. Unsere Gemeinschaft handelt im Auftrag des heiligen Vinzenz von Paul und hat sich der friedlichen Hilfe der Armen und Kranken verschrieben. Woher haben Sie dieses Schreiben?“

Winkler funkelte Bastian an. „Sie antworten bitte nur auf das, was Sie gefragt werden und stellen keine Gegenfragen, verstanden?“

Bastian nickte, woraufhin Winkler in ruhigem Ton fortfuhr. „In einem kleinen Dorf im Siegtal in der Nähe von Bonn hat es einen fürchterlichen und hinterhältigen Mord an dem Düsseldorfer Künstler August Reben gegeben. In dem gleichen Dorf wurde kurz darauf dieses Schreiben entdeckt, das von Ihrer Organisation unterzeichnet wurde. Finden Sie nicht, dass es etwas ungewöhnlich ist, dass Sie als *Vorsitzender* dieser Organisation jegliche Kenntnis von den Machenschaften in diesem Verein leugnen? Sie wissen, dass Sie die Lüge im Verhör teuer zu stehen kommt? Und denken Sie erst, wenn Ihr heiliger Vinzenz im Himmel von Ihrer Lüge erfährt, dann werden Sie Ihres Lebens nicht mehr froh ..."

Bastian konnte die Anspannung im Raum förmlich spüren und wusste, dass die beiden Polizisten als Wächter noch immer hinter ihm standen, bereit, ihn im Notfall wieder in seine Zelle zu bringen oder Schlimmeres mit ihm anzustellen.

„Ich kann nichts gestehen, das ich nicht begangen habe. Wer auch immer dieses Schreiben aufgesetzt und einen Mord begangen hat, er muss bestraft werden. Aber ich kann Ihnen wirklich nicht sagen, wie es dazu kommen konnte." Er senkte den Kopf, erschüttert über die Vorwürfe, die man ihm machte.

„Sagt Ihnen Herchen etwas?", fuhr ihn Winkler an, sodass Bastian zusammenzuckte.

„Nein. Ich weiß wirklich nicht, was Sie meinen."

„Herchen ist das kleine Dorf, von dem ich eben gesprochen hatte. Viele unserer Künstler fahren dort im Sommer hin und veranstalten das Sedan-Spiel. Das sagt Ihnen doch etwas, oder?"

Bastian zuckte mit den Schultern. „Sedan-Spiele, natürlich. Diese werden jedes Jahr im Reich zum Gedenken an die Schlacht von Sedan begangen."

„Sehr gut. Wie finden Sie denn diese Art von Gedenken, ganz persönlich gesprochen?"

„Ich bin kein sehr politischer Mensch, müssen Sie wissen. Mein Anliegen sind die Schwachen in unserem Lande, denen ich meine Fürsorge versprochen habe. Liebe sei Tat."

„Es heißt, die Vinzenz-Konferenz würde auch Arbeiter unterstützen. Das ist sehr wohl ein politisches Anliegen! Der Sedantag scheint also keine große Bedeutung für Sie zu haben. Ich frage Sie: Wie halten Sie es mit Ihrer Treue zu unserem Kaiser?" Winkler beugte sich nach vorne und verschlang ihn förmlich mit seinen blauen Augen, die beinahe aus den Augäpfeln heraustraten.

„Ich habe nichts gegen den Kaiser. Wir Deutschen sollten uns vor allem durch unsere Taten definieren, durch unsere christliche Nächstenliebe. Wahrer Patriotismus dient dem Wohle aller Menschen."

„Sie sind ein Sozialist und ein Franzose."

„Nein. Ich bin nicht politisch. Ich rufe niemanden zum Aufruhr und stifte niemanden zum Mord an. Solch grässliche Taten widersprechen nicht nur meinem, sondern dem gesamten Menschenbild der Gemeinschaft. Meine Mutter ist Französin und mein Vater Deutscher. Ich kann nichts dafür."

„Herr Bastian, ich hoffe, es ist Ihnen klar, dass dieser Fall von äußerster Brisanz ist. Ihre gesamte verbrecherische Gemeinschaft kann inhaftiert und einen Kopf kürzer gemacht werden, wenn es sich um einen politischen Mord handelt. Alle Anzeichen deuten darauf hin! Ein Angriff auf das nationale Sedanspiel ist kein Kavaliersdelikt, auch wenn er in einem kleinen Dorf erfolgt ist. Es ist ein Verbrechen, das das Reichsamt des Innern interessieren wird. Das ist Hochverrat! Geben Sie doch zu, dass Sie Verbindungen nach Frankreich unterhalten!"

„Unsere Gemeinschaft hat sich in der Nachfolge des heiligen Vinzenz von Paul gegründet, aber wir unterhalten keine

Verbindungen nach Frankreich. Wir sind ein eigenständiger Verein auf dem Reichsgebiet, der sich an das deutsche Vereinsrecht hält. Solche barbarischen Verbrechen wie in diesem Schreiben lehnen wir aus tiefster Überzeugung ab. Ich trage dafür keine Verantwortung und ich kann mir nicht vorstellen, dass eines unserer Mitglieder dazu in der Lage wäre zu morden und mit weiteren Morden zu drohen."

„Glauben Sie, wir haben uns dieses Schreiben nur ausgedacht?" Winkler nahm ihm das Papier aus der Hand. „Irgendjemand wird es wohl geschrieben haben! Aber gut, ich biete Ihnen Folgendes an: Da dieses Schreiben mit dem Namen Ihres Vereins unterzeichnet wurde, sind Sie in der Bringschuld, herauszufinden, wer dieses Schreiben aufgesetzt und August Reben ermordet hat. So lange wie Sie verdächtig sind, bleiben Sie in Untersuchungshaft hier."

„Das ist zu gnädig von Ihnen, Herr Winkler, aber wir haben keine Möglichkeiten, Mörder zu ermitteln, wir sind ein wohltätiger Verein. Wenn mir die Frage erlaubt sei: Wie sollen wir das anstellen?"

„Herr *Polizeidezernent* Winkler für Sie, Herr Bastian!", rief einer der Wächter dazwischen.

Winkler selbst jedoch ignorierte diesen Kommentar, zog seinen Überrock zurecht und lehnte sich entspannt in seinen Sessel. „Das werden wir dann sehen. Während wir mit den Ermittlungen fortfahren, bleiben Sie auf alle Fälle hier. Ach ja: Sollten Sie sich doch kurzfristig zu einem Geständnis berufen fühlen, geben Sie einfach unseren Gendarmen Bescheid." Damit zeigte er den Wächtern an, dass er vorläufig genug hatte, und zündete sich eine Zigarre an. Die Wächter zögerten keinen Augenblick, packten Bastian an den Armen und führten ihn aus dem Zimmer heraus.

XII

Clarissa Fuchs benötigte nur einen Augenblick, um in der Wirklichkeit anzukommen. Ihre Gedanken gaben ihr sofort zu verstehen, dass diese Wirklichkeit eine schreckliche war. Papa ist nicht heimgekehrt, wurde ihr schlagartig bewusst. Wenige Sekunden später meldete auch ihr Körper, dass er aus seinem kurzen, traumlosen Schlaf erwacht war, und ließ ihren Kopf heftig pochen. Sie wusste nicht, wie spät es war, doch sie wusste, dass sie aufstehen musste. Ich muss Papa finden, und wenn ich dafür ans andere Ende der Welt reisen muss!, schwor sie sich.

Trotz ihrer Kopfschmerzen raffte sie sich mit einem Ruck auf und tastete nach ihren Zündhölzern, um Licht zu machen. Ihre kleine Wanduhr zeigte wenige Minuten nach fünf. Nicht mehr lange, dann würde bereits die erste Postkutsche des Morgens heranrollen. Rasch zog sie sich etwas über, um die Toilette im Garten aufzusuchen. Als sie zurückkehrte und die Stube betrat, wischte ihre Mutter bereits die Möbel mit einem Staubwedel ab, sah dabei jedoch alles andere als konzentriert aus, da sie mit automatisierten Bewegungen immer wieder über die gleichen Möbelstücke fuhr und von Clarissas Anwesenheit zunächst keine Notiz nahm.

„Kind, du bist ja schon auf!“, sagte sie mit einer Stimme, die ihre Sorge kaum verbergen konnte.

„Sie sind ja auch auf, Frau Mama. Ich weiß nicht, wie viel ich geschlafen habe, aber mehr als zwei Stunden waren es gewiss nicht.“

„Ich gehe gleich zur Post und frage, ob es Neues gibt. Magst du ein Frühstück?“

„Eine Scheibe Brot würde ich wohl essen. Mehr Hunger hab' ich nicht. Essen Sie gar nichts, Frau Mama?“

Johanna schüttelte den Kopf.

„Wir werden bestimmt heute Morgen eine Nachricht von Herrn Papa empfangen, dass es ihm gutgeht und dass er heute mit seinen Nachforschungen fortfahren kann. Und bis die Mörder von August Reben gefasst sind, wird es nicht mehr lange dauern. Es wird alles gut. Oft ist es nicht so schlimm wie man fürchtet.“

„Ich will es hoffen, Kind. Normalerweise gibt dein Vater immer Bescheid, wenn sich sein Tagesablauf ändert. Aber wahrscheinlich hast du recht und der Mordfall bringt uns eine besondere Situation. Ich habe nur Sorge, dass ihm etwas zustößt. Es gibt bestimmt nicht wenige Schufte, die ihm den Tod wünschen würden.“

„Wenn wir heute Morgen keine Nachricht bekommen, fahre ich nach Königswinter und suche nach ihm.“

„Kind ...“

Als die Bergische Standuhr sechsmal schlug, ließ Johanna Fuchs ihren Staubwedel liegen und kleidete sich an, um die Post aufzusuchen. „Ich komme mit!“, rief Clarissa, die die letzte Viertelstunde damit verbracht hatte, unruhig hin- und herzulaufen. Johanna hatte nichts dagegen.

Draußen war es eine Stunde vor Sonnenaufgang noch stockdunkel, was daran lag, dass sich die Wolkendecke wie schon seit gestern Vormittag weiterhin geschlossen hielt. Auch die schwüle Luft hatte sich trotz des kleinen Gewitters gestern Nachmittag noch nicht verabschiedet. Trotzdem fröstelte es Clarissa und sie schalt sich, dass sie sich in ihrer Aufregung nur für ihr leichtes, hellblaues Sommerkleid ohne Mantel entschieden hatte. Johanna schien es ähnlich zu gehen.

Sie hatten gerade das Gartentor hinter sich geschlossen, als sich ihnen eine große, dunkle Gestalt näherte. Clarissa erkannte Herrn Schulte, den Postmann, den nur noch wenige Schritte von ihnen trennten und der gezielt auf sie zusteuerte. Es gab keinen Zweifel, dass er zu ihnen wollte.

„Frau ... Fuchs ...", grüßte er Johanna und blieb abrupt stehen. Eine große Verunsicherung in seiner Stimme war nicht zu überhören. Sein Gesicht wurde nur schwach von dem Licht seiner Laterne erfasst, sodass die Züge verborgen blieben.

„Bei Gott, Herr Schulte, was ist geschehen?", fragte Johanna entgeistert. Clarissa rutschte das Herz in die Hose, als ihr bewusst wurde, dass etwas Fürchterliches geschehen sein musste. Normalerweise kannte sie Gernot Schulte als einen sehr selbstsicheren Mann, der nicht um Worte rang.

„Ich ... Man hat mich geschickt, um Ihnen mitzuteilen ... Um Ihnen ein Telegramm mitzuteilen ..." Schulte legte eine kurze Pause ein. „Es gab ein grauenvolles Unglück in Königswinter. Es tut mir von Herzen leid, dass ich Ihnen diese Nachricht überbringen muss, aber ich habe keine andere Wahl."

„Guter Gott, was ist mit Albert? Ist er tot?", schrie Johanna und ihr Gesicht verzerrte sich vor Schmerz.

„Ja. Er wurde bei einem schweren Unwetter gestern von einem Baum erschlagen. Man hat uns die Nachricht soeben zugestellt."

Johanna brach in einen heftigen Weinkrampf aus, und sie warf sich in Clarissas Arme, die ebenfalls zu schluchzen begann.

„Mein Gott, mein Gott, wie kannst du so etwas zulassen?", schrie Johanna in den dunklen, jungen Tag hinaus. „Ich hätte ihn nicht ziehen lassen dürfen!"

Schulte wartete geduldig an Ort und Stelle, bis beide den ersten Schmerz überstanden hatten. Dann legte er behutsam den Arm um Johanna und sagte: „Verzeihen Sie die Indiskretion, aber wenn ich etwas für Sie tun kann, lassen Sie es mich wissen. Das Leben stößt uns nicht selten von einem auf den anderen Moment in die Hölle. Es tut mir sehr leid."

„Danke, Herr Schulte. Was soll nur werden ohne ihn?" Sie weinte und drückte Clarissa fest an sich.

„Wie ist es passiert?", fragte Clarissa. „Hier hat es doch nur einmal gedonnert. Warum war er draußen und hat keinen Schutz gesucht?"

„Das Telegramm gibt dazu keine Auskunft. Ich kann Ihnen nur das sagen, was uns das Amt in Königswinter mitgeteilt hat." Der Beamte reichte ihr das Telegramm. „Er soll noch bis heute Mittag nach Herchen überführt werden. Ich gebe Ihnen Bescheid, sobald ich Näheres dazu weiß."

„Ich danke Ihnen, Herr Schulte. Nun wollen wir einige Zeit für uns allein sein. Kommen Sie mit ins Haus, Frau Mama."

„Natürlich, das kann ich verstehen. Sollte ich etwas für Sie tun können, lassen Sie es mich wissen." Mit diesen Worten empfahl sich Schulte, während Johanna und Clarissa in die andere Richtung kehrtmachten.

Eine Stunde später ging die Sonne auf, irgendwo hinter den Wolken, und es begann ein neuer Tag, der seine Unschuld schon verloren hatte. Clarissa saß neben ihrer Mutter auf dem Sofa, auf dem sie immer sehnsüchtig auf die Heimkehr ihres Vaters gewartet hatte, und blickte ins Leere. Sie hielt es für unwirklich, dass ihr Vater diesmal nicht heimkehren würde. Der Moment der Todesnachricht hatte ihre Welt mit einem Schlag zerstört. Sie wusste, dass sie dieses Ereignis in Zukunft für immer begleiten würde. Es war, als hätte ihr jemand einen Dolch mitten ins Herz gestoßen, um sie größtmöglich zu verletzen. Sie hatte ihren Vater immer bewundert, seinen spannenden Beruf, aber mehr noch seine Persönlichkeit, seine Fürsorge und sein ehrliches Interesse daran, was Clarissa glücklich machte.

Bilder ihres gemeinsamen Lebens zogen an ihr vorbei. Ferien an der See, aufregende Ausflüge mit der Pferdekutsche, Fahrten mit der schnaubenden Eisenbahn durch das Siegtal, Spaziergänge, zeitlose laue Sommerabende im Garten, die Apfelernte. Clarissa schmunzelte, als sie sich daran erinnerte, wie sie ihrem Vater vor wenigen Jahren beim Holzhacken geholfen hatte. Er hatte nicht nein gesagt, wie es jeder andere Vater getan hätte, weil sie ein Mädchen war, sondern ihr auf ihre Bitte hin die Axt in die Hand gedrückt und sie einige Hölzer spalten lassen. Johanna hatten sie nichts davon erzählt und Clarissa hatte tagelang aufpassen müssen, dass sie ihre Blasen an den Händen nicht bemerkte. Tränen liefen ihr die Wangen herab, als sie daran dachte. Was würde nun werden, da sie ihren Vater und ihr Vorbild gleichermaßen verloren hatte? Welchen Sinn hatte ihr Leben noch?

Die Herchener gaben ihnen Zeit zur Trauer und ließen sie an diesem Tag, der ihr Leben verändert hatte, größtenteils in Ruhe. Bis auf Frau Bruns, die Nachbarin, die die Schreie Johannas am frühen Morgen gehört hatte, klopfte in den folgenden Stunden niemand bei ihnen an. Erst zwischen zehn und elf pochte es zaghaft an die Tür, als fürchte sich jemand davor, eingelassen zu werden.

„Julia!" Für einen kurzen Augenblick erhellte sich Clarissas Miene, ehe es sie bei dem Gedanken daran schier zerriss, warum ihre Freundin sie um diese Zeit aufsuchte.

„Es tut mir so leid." Julia zögerte nicht lange, ihr in die Arme zu fallen.

„Komm rein."

„Clarissa, was passieren für Sachen? Erst August Reben, jetzt dein Vater."

Clarissa weinte. „Ich weiß es nicht. Wir wissen nichts weiter über die Umstände, als dass er einem Unwetter zum Opfer gefallen ist."

„Gab es in Königswinter gestern ein so schweres Unwetter? Ich hatte in der Zwischenzeit noch keinen Gast, der von dort kam."

„Es gab ja auch hier ein kleines Gewitter, die schwüle Luft ..." Clarissa hielt einen Moment lang inne. „Es ist natürlich ein merkwürdiger Zufall, dass es Papa ausgerechnet während der Ermittlungen getroffen hat. Ich nehme an, es gibt sicher nicht wenige, denen sein Tod gelegen kommt." Sie schluchzte. „Es ist alles meine Schuld. Ich habe ihn auf die Fährte des Fräuleins von Salvy angesetzt."

„Mach dir keine Vorwürfe. Papa hätte es auch an jedem anderen Ort treffen können. Ich werde der Sache nachgehen, sobald sich die Dinge für mich etwas geklärt haben. Im Moment sind meine Gefühle ganz durcheinander."

„Das verstehe ich gut. Gib dir Zeit. Du weißt, ich bin für dich da, wenn du mich brauchst. Ich muss gleich leider wieder zum Lindenhof, das Mittagessen will vorbereitet werden. Wehrmeyer hat mir ein paar Minuten gegeben, als wir von dem Unglück gehört haben."

„Um Gottes Willen, ich darf dich nicht aufhalten."

„Ich komme heute Nachmittag wieder, versprochen! Wir gehen da zusammen durch!"

Clarissa drückte ihre Hand. „Danke."

Kaum zwei Minuten, nachdem sich Julia verabschiedet hatte, klopfte es erneut. Als Clarissa öffnete, blickte sie in das Gesicht von Pfarrer Alois Domscheit, der sie mit bedauernder Miene anstarrte. „Fräulein Fuchs, ich möchte Ihnen mein Beileid aussprechen. Es ist ein Unglück, bei dem wir um Worte ringen. Und doch dürfen wir auch in diesem Unglück auf unseren himmlischen Vater vertrauen, der niemals von unserer Seite weicht." Er legte eine kurze Pause ein. „Fräulein Fuchs, ich bin geschickt worden von Herrn Posthalter Schulte, der mich bat, Ihnen mitzuteilen, dass die Kutsche mit eurem Herrn Vater in wenigen Minuten eintreffen wird."

„Guten Tag, Herr Pfarrer. In wenigen Minuten schon?", rief Johanna mit brüchiger Stimme. Auch sie hatte die Ankunft des Pfarrers bemerkt und war hinter ihrer Tochter an die Tür getreten.

„Guten Tag, Frau Fuchs, auch Ihnen mein aufrichtiges Beileid zu diesem schlimmen Unglück. Ja in der Tat, die Kutsche wird gleich in Herchen eintreffen."

„Oh bitte entschuldigen Sie, Herr Pfarrer, dass wir Sie noch nicht hereingebeten haben. Wir sind etwas durcheinander, müssen Sie wissen ... Niemand hat mit dem Tod meines Gatten gerechnet, er kommt für uns völlig unerwartet. Clarissa, bietest du dem Herrn Pfarrer bitte etwas zu trinken an? Ich will mich rasch gesellschaftsfähig kleiden. Geben Sie mir nur fünf Minuten."

„Frau Fuchs, ich will Ihnen keine Umstände machen ..."

„Kommen Sie, Herr Pfarrer!" Clarissa trat zur Seite und bat Domscheit mit einer einladenden Geste herein. Er zierte sich einen Augenblick, ging dann aber doch auf ihre Einladung ein, da er die beiden Damen in ihrer Traurigkeit auch nicht alleine lassen wollte. Clarissa führte ihn in die Wohnstube und reichte ihm ein Glas Wasser, woraufhin sie selbst in ihr Zimmer verschwand und ihren hellen Morgenrock gegen ein schwarzes Pendant austauschte, sodass sie sich aus dem Haus trauen konnte. Johanna indes hielt Wort und erschien wenige Minuten später zeitgleich mit ihr in der Wohnstube, ebenfalls in ein schwarzes Gewand gehüllt. Um ihren Kopf herum trug sie sogar eine schwarze Mantille, um ihrer Trauer Ausdruck zu verleihen. „Herr Pfarrer, würden Sie die Ehre haben, uns zu begleiten?" Johanna lief eine Träne die Wange hinab, die sie sich eilig mit einem Taschentuch abwischte.

„Selbstverständlich begleite ich Sie, Frau Fuchs."

Clarissa erlebte die kurze Strecke zwischen ihrem Haus und der Posthalterei seltsam entrückt. Mechanisch erwiderte sie die Beileidsbekundungen, mit denen die Menschen sie bedachten, die ihnen über den Weg liefen. Vor dem Gasthof „Siegthaler Hof", hinter dem sich die Pferdestallungen der Posthalterei befanden, hatte sich bereits eine kleine Menschentraube aus Dorfbewohnern gebildet, die durch die Hiobsbotschaft angelockt worden war und ihnen ebenfalls kondolierte. Auch Doktor Werner trat auf sie zu.

„Ich kann es nicht fassen", sagte er, „ich habe mich noch mit ihm um die Untersuchungen zu August Rebens Tod gekümmert und nun ist er auch tot. Reicht denn ein Toter nicht?" Werner wirkte sichtlich erschüttert. Offensichtlich hatte Albert Fuchs ihm tatsächlich etwas bedeutet. Er drückte Clarissas Hand so fest, dass diese die Zähne zusammenbeißen musste, um nicht vor Schmerz aufzustöhnen.

Gernot Schulte stellte sich zu ihnen. „Kommen Sie, ich führe Sie zu ihm. Die Kutsche steht hinten im Hof", sagte er leise an Johanna, Clarissa, Doktor Werner und Domscheit gewandt, während er den anderen Dorfbewohnern bedeutete, ihnen nicht zu folgen.

„Die Frage ist, wie wir weiter verfahren, Herr Doktor", richtete Schulte sein Wort an Werner, als sie den Weg in den Hof zurücklegten. „Den Tod festzustellen ist wohl nur noch eine formale Angelegenheit und die Polizei werden wir in diesem Fall auch nicht benötigen, die Kollegen in Königswinter haben den Leichnam bereits hinreichend untersucht. Es gibt keine Hinweise auf eine absichtliche Herbeiführung des Todes."

„Nun, wenn dem so ist, spricht nichts gegen eine ordentliche Beerdigung. Wir werden Hohnquad informieren müssen, damit er sich um die Polizeistelle in Herchen kümmern kann. Ich denke, Herrn Fuchs können wir an Mohrenkamm übergeben."

Für Clarissa waren die Worte, die der Posthalter und der Arzt wechselten, kaum zu ertragen, und sie musste sich zusammenreißen, um nicht ihre Fassung zu verlieren und ihren Schmerz hinauszuschreien. Als sie den Sarg erreichten, der vor der Pferdekutsche auf einem Holztisch aufgebahrt war, faltete sie ihre Hände. „Mein Gott, warum hast du mir meinen Vater schon genommen?", murmelte sie. Ihre Mutter trat neben sie und ergriff ihre Hand. „Kind, wir müssen jetzt Haltung zeigen, das hätte dein Vater so gewollt", sagte sie.

„Können Sie den Sarg für uns öffnen, Herr Schulte?", fragte Clarissa.

Schulte hielt einen Moment inne. „Ich mache, was Sie wünschen, Fräulein Fuchs. Aber seien Sie darauf vorbereitet, dass es kein schöner Anblick werden wird, der sie erwartet. Denken Sie daran, dass ihn ein Baum erschlagen hat." Er legte eine Hand auf ihre Schulter.

„Kind, willst du ihn wirklich sehen?", fragte Johanna, während ihr Gesicht seine letzte Farbe verlor.

„Ja", sagte Clarissa. „Ich will seinen zertrümmerten Körper sehen. Unser menschlicher Körper ist doch bloß eine Hülle. Eine Hülle, die wir nicht mit in die Ewigkeit nehmen werden."

„Wenn Sie es nicht verkraften, stehen wir Ihnen zur Seite", sagte Schulte in väterlichem Ton. Werner und Domscheit nickten bekräftigend. Dann winkte Schulte Werner zu sich heran und öffnete mit ihm den Deckel.

Für eine lange Sekunde gefror Clarissa das Blut in den Adern, aber sie wusste, dass sie den Anblick ihres Vaters nicht anders hatte erwarten können. Der Baum hatte genau auf den Kopf getroffen. Sie spürte, wie sie am ganzen Körper zu zittern begann. Schnell wandte sie den Blick wieder ab in der Hoffnung, dass sich dieser Anblick nicht in ihr Gedächtnis einbrannte. Sie sah zu ihrer Mutter hinüber und wusste, dass es ihr ähnlich ging.

XIII

Es war keineswegs ein ungewöhnlicher Vorgang, dass sich der Oberbürgermeister selbst zu einer Lagebesprechung im Polizeihauptquartier eingeladen hatte. Diesmal jedoch gab es einen Unterschied im Vergleich zu den vorherigen Besprechungen, der die Mimik des Oberbürgermeisters betraf: Dort, wo man normalerweise Culmus' Gesicht jederzeit gegen eine unbewegliche Maske hätte austauschen können, regten sich nun Züge der Anspannung, die seine Stirn in Falten legte und seine Augen nervös zwischen den Polizeibeamten hin- und herwandern ließ. Fünf Beamte einschließlich des Polizeidezernenten saßen mit ihm an der langen Holztafel, die sich ebenso gut für ein Festbankett wie für eine Lagebesprechung eignete. Culmus und Winkler bekleideten jeweils das Kopfende des Tisches.

„Meine Herren", begann Culmus die Sitzung, „wir sind heute hier, um über das weitere Vorgehen im Fall Reben zu beraten. Wie mir der Herr Polizeidezernent mitteilte, gibt es auch am zweiten Tag nach der Festnahme der Vorstandsmitglieder des Vinzenz-Konferenz noch kein Geständnis der Verdächtigen zu vermelden. Das sind äußerst unerfreuliche Nachrichten." Culmus zog ein Taschentuch hervor und wischte sich den Schweiß von der Stirn.

„Gestern habe ich den Herrn Landesdirektor in Düsseldorf, den Herrn Oberpräsidenten in Koblenz sowie den Herrn Staatssekretär des Reichsamtes des Innern in Berlin über die Sache informiert. Sie alle bitten darum, dass wir den Fall schnellstens aufklären und untersuchen, welche weiteren Morde der Verein plante, ehe ihnen nicht nur wegen Mordes, sondern wegen Hochverrats der Prozess gemacht wird.

Auch wenn es sich bislang nur um einen Mord an einem Künstler handelt und sich die Drohungen des Schreibens bislang ausschließlich gegen den Künstlerverein Malkasten und die Kunstakademie richten, müssen wir untersuchen, ob es auch Planungen für Mordanschläge auf Politiker im Reich, staatliche Beamte oder gar Seine Majestät Wilhelm II. höchst selbst gibt." Ein Raunen ging durch die Reihen der Beamten. „Das Problem ist, dass bislang alle verhafteten Vorstandsmitglieder der Vinzenz-Konferenz jegliche Beteiligung an dem Mord an August Reben bestreiten und vorgeben, keinerlei Kenntnis von dem Drohbrief zu besitzen, der in Herchen am Atelier der Künstler gefunden wurde. Wir müssen unbedingt herausfinden, von wem dieses Schreiben stammt!"

„Auf jeden Fall steht der Name des Vereins unter diesem Schreiben!", ereiferte sich einer der Beamten, der direkt an Culmus' rechter Seite saß. Er trug glattes schwarzes Haar und einen sehr ordentlich gestutzten Bart. „Wenn wir keine Geständnisse haben, müssen wir eben Geständnisse erzwingen!"

„Kruse, woran auch immer Sie dabei denken, das können wir nicht machen!", schaltete sich Winkler ein. „Sie wissen genau, dass wir uns an geltendes Recht halten müssen. Der Alte Fritz hat die Folter vor über hundert Jahren abgeschafft. Versuchen Sie also gar nicht erst auf die Idee zu kommen, derartige Methoden wieder einführen zu wollen, das könnte Sie teuer zu stehen kommen! Wir arbeiten sauber und mit Beweisen, Herr Kommissar."

„Aber wir haben doch das Schreiben als Beweismittel vor Gericht. Ist denn das nicht genug?", mischte sich ein weiterer Beamter ein.

„Das Problem ist, dass wir dieses Schreiben bislang keiner Person zuordnen können. Wir könnten zwar den Verein mit Sicherheit verbieten, aber bestimmt nicht alle Mitglieder inhaftieren. Solange wir keine Beweise hätten, dass wirklich alle Mitglieder an einem Komplott beteiligt gewesen wären, säßen einige unschuldig hinter Gittern. Auch wenn die Tat an August Reben in höchstem Maße verwerflich ist und wir unter erheblichem Erfolgsdruck stehen, dürfen wir nicht die Prinzipien unserer Gesetzgebung über Bord werfen."

„Herr Winkler, Sie haben recht", sagte Culmus, „doch ich bin letztlich derjenige, der den Herren Landesdirektor, Oberpräsident und Staatssekretär Zeugnis ablegen muss. Nicht auszudenken, wenn in den nächsten Tagen ein weiterer, möglicherweise politisch motivierter Mord geschieht. Herr Polizeidezernent, es ist Ihre Pflicht, dies zu verhindern. Es geht um die Ehre der Düsseldorfer Polizei!" Er blickte Winkler fordernd an, der jedoch gelassen blieb.

„Herr Oberbürgermeister, glauben Sie mir, wir arbeiten unter Hochdruck an der Aufklärung."

„Was haben Sie bislang unternommen, außer Verhöre durchgeführt? Haben Sie überprüft, ob die Schrift auf dem Brief der Demagogen möglicherweise mit der eines Vorstandsmitglieds übereinstimmt? Vielleicht mit Bastians selbst?"

„Unsere Leute haben bei der Durchsuchung des Vereins alle Schriftstücke mitgenommen, die sie auftreiben konnten, auch Schriften von Herrn Bastian. Keine der gefundenen Schriften hält einem Beweis stand, wenn man sie mit dem Geständnisschreiben vergleicht. Das allein freilich entlastet die Vereinsmitglieder auch nicht – eine Handschrift ist leicht verstellt. Darüber hinaus ist es möglich, dass ein Vereinsmitglied einer anderen Person den Auftrag für das Schreiben erteilt hat, um eine Überführung per Handschrift unmöglich zu machen."

„Sie meinen, in der Sache ähnlich gesinnte Personen, die keine Mitglieder der Vinzenz-Konferenz sind? Wenn ich Sie richtig verstehe, sollten wir unsere Ermittlungen auf andere Kreise ausweiten?"

„Es könnten auch andere Vereine involviert sein, das will ich nicht bestreiten. Aber wo fangen wir bei der Suche an und wo hören wir auf, Herr Oberbürgermeister?"

„Dort, wo ich es Ihnen sage: Sie werden bitte alle Vereine mit französischen Mitgliedern durchsuchen. Auf diese Weise können wir zumindest herausfinden, ob dem Reich tatsächlich eine Gefahr durch das Ausland droht und ob es entsprechende Verstrickungen gibt, die wir bislang nicht belegen konnten."

„Sie wollen alle Vereine mit Franzosen unter Generalverdacht stellen? Wo sollen alle diese Leute untergebracht werden? Die Zellen sind voll von Mitgliedern der Vinzenz-Konferenz." Winklers Stimme nahm an Schärfe zu. Offenbar konnte er die Pläne des Oberbürgermeisters nicht fassen.

„Lassen Sie sich etwas einfallen, Herr Winkler. Wichtig ist mir nur, dass die Mörder bald überführt sind, damit ich den eingangs erwähnten Herren eine frohe Botschaft verkünden darf. Oder möchten Sie, dass ich Cöln auf den Fall ansetze und Sie vor der ganzen Stadt blamiere?" Auf Culmus' Worte hin folgte ein Aufschrei der Empörung unter den Beamten und auch Winkler ärgerte sich maßlos darüber, dass Culmus seinen politischen Druck einmal mehr auf die Polizei übertrug. Es dauerte einige Momente, bis sich die Unruhe gelegt hatte.

Ein junger Kollege mit auffallenden mittelblonden Haaren, der zur Linken des Oberbürgermeisters saß und während der Debatte bislang geschwiegen hatte, ergriff daraufhin als Erster das Wort.

„Wo wir beim Thema sind, Herr Oberbürgermeister: Da der Mord in der Nähe von Bonn geschehen ist, das meines Wissens nach in den Regierungsbezirk Cöln fällt, stellt sich ohnehin die Frage, ob es nicht sinnvoll wäre, die Cölner Kollegen in diesen Fall mit einzubeziehen. Vielleicht finden sich am Tatort selbst weitere Beweise, die dieser Dorfpolizist übersehen hat. Wir sollten den Tatort einmal professionell begutachten."

„Ein guter Einfall, junger Kollege", lobte Culmus. „Wir müssen in alle Richtungen denken. Allerdings meine ich, dass ein Eingreifen Cölns die Sache nur verzögern würde. Ich bin immer sehr dafür, die Angelegenheiten auf dem kleinen Dienstweg zu lösen und nicht mit der Hilfe Cölns." Einige Beamte lachten.

„Muering, wie wäre es denn, wenn Sie nach Herchen reisen würden? Dann könnten wir die Sache selbst in die Hand nehmen", schlug Winkler vor.

„Ja, das ist eine gute Idee. Dem jungen Kommissar täte die frische Provinzluft bestimmt gut", stimmte der Kollege ein, der neben Muering saß.

Muering räusperte sich. „Ich weiß nicht. Was werden die Cölner dazu sagen?"

„Denen schicke ich ein Telegramm, damit sie Bescheid wissen, dass sie sich um den Fall nicht kümmern müssen, sondern stattdessen eine Zigarre rauchen dürfen. Da werden sie schon nicht nein sagen. Wir müssen ihnen ja nicht auf die Nase binden, dass es sich bei diesem Fall um Hochverrat handelt. Damit ist es entschieden: Muering, Sie reisen so schnell wie möglich in die Provinz!", entschied Culmus. „Die Sitzung ist geschlossen."

XIV

Hartwig Birnbaum fuhr mit der Hand über sein kahles Haupt, das nur an den Seiten einige letzte verbliebene Haare säumten. Er machte sich große Sorgen angesichts der Gerüchte über eine drohende Durchsuchung des Vereins, die seit ein paar Stunden unter den Mitgliedern kursierten, nachdem der gesamte Vorstand der Vinzenz-Konferenz angeblich wegen Hochverrats und Mordes festgenommen worden war. Nicht nur Birnbaum, sondern auch den sechs übrigen Mitgliedern des Düsseldorfer Denkvereins, die sich an diesem Abend in ihrer Vereinsstube versammelt hatten, stand ein gewisses Unbehagen ins Gesicht geschrieben.

„Wenn die Gendarmerie hier auftaucht und auch uns verhaften lässt, betonen wir unsere politische Neutralität und verweisen auf unsere Satzung. Mit den Verbrechen, derer wir angeklagt werden könnten, haben wir nichts zu schaffen. Ich denke aber, dass wir gerade aus politischer Sicht der Obrigkeit dennoch ein Dorn im Auge sein könnten. Darum ist es so wichtig, dass wir gut erklären, wofür unser Verein steht. Wir sind keine Sozialisten, an keinem Kulturkampf beteiligt und auch nicht mit dem französischen Staat im Bunde. Unsere Absicht ist allein der Erkenntnisgewinn aus der philosophischen Debatte heraus."

„Das leuchtet ein, einzig: Wird uns das etwas helfen? Wie oft wurden wir in der Vergangenheit kritisch beäugt und sogar als Ideengeber des Aufruhrs beschimpft?", wandte Joachim Frier ein, ein stattlicher Herr mit dichtem schwarzem Wangenbart.

„Lasst uns versuchen, sie durch Argumente von unserer Unschuld zu überzeugen. Wenn das nichts hilft, heißt es, das Schicksal geduldig zu ertragen und uns Sokrates zum Vorbild zu nehmen. Keine Gewalt, denn davon hat diese Welt genug“, meldete sich Victor Cohet, ein junger, sehr ansehnlicher Mann, zu Wort.

„Aber sollen wir nur unseren Widersachern Gewalt zugestehen und deren Gebrauch für uns selbst ablehnen? Haben wir nicht das Recht, uns zu verteidigen?“, warf Anton Theiß ein, der Birnbaum am anderen Kopfende gegenüber saß.

„Wenn es das Gesetz so vorschreibt, dass man unsere Räumlichkeiten durchsucht, wollen wir uns daran halten. Wir haben nichts zu verbergen. Wenn wir jedoch zu den Waffen greifen, wird die Polizei uns erst recht als Brandstifter ansehen und hart bekämpfen“, sagte Birnbaum.

„Das werden sie von vornherein tun! Aber wenn wir uns nicht wehren, wird es irgendwann zu spät sein!“, hielt Theiß dagegen.

„Ich erkenne nicht die Notwendigkeit, jetzt zu handeln. Wir sollten Ruhe bewahren.“ Birnbaum erhielt zustimmendes Nicken von allen Seiten.

„Haben wir einen Diskurs für heute?“ Birnbaum blickte zu Carl Frantzen, einem zierlichen Philosophen um die dreißig Jahre, der gerade einen Schluck Wasser zu sich nahm. Als er ausgetrunken hatte, begann er mit auffallend leiser Stimme zu sprechen: „Ich möchte heute das Beispiel zur Diskussion stellen von dem Mann, der augenscheinlich alles hat, was er zum Leben benötigt: Eine warme Stube, dass er nicht friert, und genügend zu essen, dass er nicht hungert. Dennoch ist er ein unglücklicher Mensch. Wie bewerten sie das, verehrte Kollegen?“

„Nun, vielleicht ist er gezwungen, seine Stube zu verlassen und in den Krieg zu ziehen?“, mutmaßte Frier.

Frantzen lächelte sanft. „Nein, er darf in seiner Stube sitzen und sein Feld bestellen, solange er will. Niemand zwingt ihn, seine Heimat zu verlassen.“

„Er könnte ein Problem mit seiner Erwartungshaltung haben. Vielleicht erwartet er zu viel von seinem Leben und zerbricht sich darüber den Kopf“, mischte sich Arnold Greinier ein, der neben Frantzen saß.

„Wenn er Zeit hat, sich den Kopf zu zerbrechen, um sich unglückliche Gedanken zu machen, ist er vielleicht ein Geistesmensch. Mag er körperlich zwar wohl versorgt sein mit Mahlzeiten, könnte es ihm aber an geistiger Nahrung mangeln. Das lebenslange Lernen und der Austausch mit Gleichgesinnten ist die Nahrung des Geistesmenschen. Hat er beides nicht, verdörrt er wie eine Blume, die man nicht gießt“, griff Theiß Greiniers Gedanken auf.

„Das sind alles gute Einfälle“, lobte Frantzen. „Woran aber könnte es liegen, dass ihm diese geistige Nahrung fehlt?“

„An der Beschaffenheit der Welt“, meldete sich Emil Schöffes zu Wort, der bis dahin geschwiegen hatte. „Unsere Welt hat einen natürlichen Mangel an allem, was man sich erdenken kann. Sie ist voll von natürlichem Unglück, das alle Menschen gleichermaßen heimsuchen kann: Das Unglück durch Hunger, das Unglück durch Wohnungslosigkeit, das Unglück durch Krankheit und auch das Unglück durch den Mangel an Geistesnahrung.“

„Schöffes hat recht: Der Mensch kann verschiedene Unglücke erfahren. Ein Hungernder wird sagen: Warum beklagt er sich, wo er doch etwas zu beißen hat? Er wird das Klagen dieses Mannes als Undankbarkeit vor dem Herrn brandmarken. Und doch fühlt dieser Mann, dass auch er in Besitz eines

Unglückes ist: den Mangel an Geistesnahrung. Ich möchte die Frage anschließen: Kann der Geistesmensch sein Unglück allein dadurch loswerden, dass er sich einredet, kein Unglück zu besitzen? Unterscheidet ihn diese Möglichkeit vielleicht von derjenigen des Hungerleidenden, der allein durch Einreden seinem Hunger keine Abhilfe schaffen kann? Ich meine: ja. Gerade der Geistesmensch muss dazu in der Lage sein, seine Gedanken zu verändern."

„Sie meinen Suggestion, Herr Kollege. Vielleicht hilft sie uns bald im Kerker. Allerdings frage ich mich, ob es Sinn ergibt, dass wir unsere Welt suggestiv manipulieren, wo wir doch ihre Beschaffenheit als solche akzeptieren müssten. Eine Ablehnung der Akzeptanz der Beschaffenheit der Welt kommt meiner Meinung nach einer Ablehnung des Lebens an sich gleich. Hat uns denn ein Gott so geschaffen, dass wir die Welt, dass wir unser Leben nicht um jeden Preis aushalten könnten? Bislang hat es noch jeder geschafft zu leiden und zu sterben, daran ist noch kein Mensch gescheitert", sagte Cohet.

„Die Welt kann doch nicht auf Leiden und Sterben ausgerichtet sein! Leiden und Sterben sind doch nur die Abfallprodukte unseres Seins. Unser eigentlicher Zweck ist die Freude am Sein!", protestierte Greinier.

„Ich habe nicht gesagt, dass unser Leben auf Leiden und Sterben ausgerichtet sei", korrigierte Cohet. „Ich meine nur, dass wir es ertragen können. Dass wir alles im Leben ertragen können, wenn es sein muss – auch ohne die Manipulation."

Birnbaum ließ seinen Blick durch den Raum wandern, in der Hoffnung, irgendwo an den weißen Wänden etwas zu finden, das sie ermuntern konnte, das Schicksal anzunehmen. In diesen Momenten bereute er beinahe, dass sie bei der Einrichtung ihres Debattierraums auf jeglichen Schmuck, jegliche Bilder großer Philosophen verzichtet hatten, um sich im Diskurs nicht von vorangegangenen Denkern beeinflussen und ablenken zu lassen. Doch jetzt sehnte er sich nach einem Zitat, das ihm und seinen Mitstreitern Halt versprach. Ein lautes Klopfen der Tür beendete seine Gedanken jedoch. Er zuckte zusammen, während es am Tisch schlagartig still wurde.

„Das werden sie sein. Ich gehe schon", sagte Birnbaum mit bebender Stimme und erhob sich. Es bestand kein Zweifel, dass der Anklopfer zu ihnen wollte. Nur sie hatten noch Zutrittsrecht zu der alten, ansonsten verwaisten Kneipe, die ein befreundeter Gastwirt vor zwei Jahren geschlossen hatte.

„Wartet! Lasst sie nicht ein!", rief Theiß. „Lasst uns durch den Hintereingang flüchten!"

Ein aufgeregtes Gemurmel breitete sich unter den Denkern aus. „Wenn wir flüchten, machen wir uns erst recht verdächtig. Früher oder später wird man uns ohnehin festnehmen. Ich sage: Wir bleiben", erwiderte Frier.

„Du kannst ja bleiben, ich gehe. Jede Minute in den Fängen der Gendarmerie ist eine Minute zu viel!"

Theiß sprang auf und wollte in Richtung Tür rennen, als Frier ihn am Ärmel festhielt. Einen Moment lang hielten alle den Atem an. „Theiß, bleib hier! Auch wenn einer von uns flüchtet, wird uns das verdächtig machen! Wir kommen nur zusammen aus dieser Nummer raus!"

Friers Worte wirkten, sodass Theiß stehenblieb und sich widerwillig zurück an den Tisch setzte. In der Zwischenzeit verließ Birnbaum den Raum. An der Tür klopfte es erneut, diesmal noch lauter und länger. Draußen waren fluchende, drohende Männerstimmen zu vernehmen, die unvermittelt lauter wurden. Birnbaum musste die Tür geöffnet haben. Nur wenige Augenblicke später standen die Gendarmen im Raum. Es waren sechs an der Zahl, allesamt mit Karabinern, Degen und Pistolen bewaffnet. „Alle aufstehen und dort in die Ecke gehen!“, befahl ihr Anführer barsch und richtete drohend seinen Karabiner auf die Männer am Tisch. Mit erhobenen Händen und langsam, um durch keine falsche Bewegung zu provozieren, leisteten die Denker der Aufforderung Folge und versammelten sich in der von dem Gendarm angezeigten Ecke des Raumes.

„Durchsucht den ganzen Raum!“, bellte der Anführer schließlich in Richtung seiner Kollegen. Diese ließen sich nicht lange bitten und machten sich sofort an ihre Arbeit. Da der Raum jedoch an Einrichtung und Dokumenten wenig hergab, begutachteten sie Wasser-, Wein- und Biergläser äußerst kritisch und ließen drei philosophische Abhandlungen in ihren Taschen verschwinden.

„Durchsucht auch die anderen Räume dieses Lokals!“, schrie der Anführer, der offensichtlich mit seiner Ausbeute noch nicht zufrieden war.

Doch schon kurze Zeit später kehrten seine Männer mit leeren Händen von ihrer Suchaktion zurück, woraufhin der Anführer einen unflätigen Fluch ausstieß.

„Wir werden eure Verstecke noch finden, ihr Räuber!“, rief er und hob drohend den Kolben seines Gewehres in Richtung der Denker. „Mitkommen, alle Mann!“

XV

Die Tage nach der Todesnachricht ihres Vaters verliefen für Clarissa einsam. Sie hatte sich nicht nur in ihr Haus, sondern auch in sich selbst zurückgezogen. Ein Schleier der Traurigkeit umgab sie und hielt andere Menschen von ihr fern. Der Gedanke, ihren Vater in diesem Leben nie mehr wiederzusehen erschien ihr so unerträglich, dass sie ihr weiteres Dasein als sinnlos betrachtete. In ihrer Verzweiflung dachte sie, dass sie nie wieder glücklich werden könnte, da zeitlebens ein Stück ihres Herzens fehlen würde.

Die Woche über brachte sie hauptsächlich mit Arbeit zu, die ihr zumindest einige lichte Momente bescherte, während der sie nicht ihren trüben Gedanken nachhing. Nur mit ihrer Mutter wechselte sie während der Hausarbeit und der Mahlzeiten ein paar Worte, die sie jedoch meist noch trauriger machten, weil sie die Schmerzen ihrer Mutter in jedem gesprochenen Wort spürte. Wenn sie das Haus verließ, um Wasser, Milch und andere Lebensmittel zu holen, sprach sie mit den Bauern nur ein knappes Grußwort und überreichte ihnen stumm eine Münze gegen ihre Waren. Die Leute wagten nicht, sie anzusprechen und besorgten sich ihre Neuigkeiten rund um den Tod von Albert Fuchs, den Mordfall August Reben und die Nachfolge des Polizeibeamten in Herchen aus anderen Quellen. Eine Ausnahme bildete Alois Domscheit, der am Freitag zu Besuch kam, um mit Johanna und ihr über die am Montag bevorstehende Beisetzung zu reden.

Clarissas Arbeitseifer führte dazu, dass das ohnehin saubere Haus in einen beinahe übertrieben ordentlichen Zustand versetzt wurde. Als ihr bereits am Samstag keine Arbeiten mehr einfielen, die sie noch erledigen konnte, und sie die traurigen

Gedanken im Übermaß quälten, beschloss sie, dass sie am Sonntag aus dem Haus gehen und mit Julia reden musste.

Julia freute sich sehr, sie zu sehen, und führte sie nach einer kurzen Beileidsbekundung durch Frau und Herrn Müller in ihr Zimmer, das sich im Obergeschoss des geräumigen Bauernhauses im Herchener Ortsteil Übersehn, auf der anderen Seite der Sieg, befand.

Um in ihr Zimmer zu gelangen, musste man eine Holzleiter erklimmen. Die Leiter brachte Clarissa auf andere Gedanken, als sie sich unwillkürlich daran erinnerte, wie Julia ihr davon erzählt hatte, dass einer ihrer Verehrer abends beim Absteigen statt auf die letzte Sprosse der Leiter ins Leere getreten und mit einem lauten Knall zu Boden gestürzt war. Zwar hatte er sich glücklicherweise nicht ernsthaft verletzt. Statt sich jedoch geräuschlos aus dem Haus zu schleichen, hatte er seinerzeit Julias Eltern geweckt, die daraufhin peinlichst genau wissen wollten, was zwischen Julia und dem jungen Mann lief. Ein Schmunzeln umspielte Clarissas Lippen. Es fühlte sich wunderbar befreiend an zu schmunzeln. Ihr Verehrer würde es einmal besser haben und nicht in die Verlegenheit geraten, eine Leiter hochzuklettern, um sie zu erreichen. Wenn sie einen Verehrer kennenlernen würde …

Im Moment hatte sie andere Sorgen. Selbst der frisch geflochtene Erntekranz in Julias Zimmer und der Geruch nach Stroh erinnerte Clarissa an ihren Vater und die gemeinsame Apfelernte, sodass ihr Lächeln wieder erstarb.

„Ich bin so froh, dass du zu mir gekommen bist, meine Teure“, begann Julia und setzte eine Teekanne auf den kleinen Tisch, der zwischen ihren Stühlen stand. Auf Clarissas Signal hin schenkte sie ihrer Freundin einen Kräutertee ein. „Es ist ganz wichtig, dass du Zeit für dich allein und für deine Trauer hast. Doch bringt dich vielleicht ein anderer Ort auf andere Gedanken und lässt dich auch nach vorne schauen. Dein Vater ist nun an einem besseren Ort, an dem du ihn eines Tages wiedersehen wirst. Aber jetzt hast du noch dein Leben hier. Du kannst es dir wahrscheinlich nicht vorstellen, aber du wirst wieder fröhliche Stunden auf Erden haben, das verspreche ich dir."

„Danke, Julia. Danke für deine Worte. Ich kann es mir wirklich nicht vorstellen, wie ich glücklich werden soll." Clarissa wischte sich eine Träne aus den Augen.

„Wir alle sind mit dir traurig. Das ganze Dorf hat deinen Vater als einen vorbildlichen Polizisten geschätzt und wird ihm morgen zusammen mit uns einen würdigen Abschied bereiten."

„Ich denke, ich kann erst dann richtig Abschied nehmen, wenn ich an dem Ort war."

„Du meinst dort, wo er ..." Julia blieben die Worte im Hals stecken.

„Ja. Ich muss nach Königswinter reisen, sonst finde ich keine Ruhe."

„Hat sich Hohnquad eigentlich dazu geäußert? Will er den Unfall in Königswinter untersuchen lassen? Immerhin handelt es sich um den Herchener Sergeanten, der dort sein Leben verloren hat."

„Nein, ich habe noch nichts von Hohnquad gehört. Ich nehme an, er ist inzwischen aus Düsseldorf zurückgekehrt?"

Julia nickte. „Am Dienstagabend."

„Seitdem hat er nicht bei uns angeklopft. Vermutlich wollte er uns mit unserer Trauer in Ruhe lassen. Ich weiß noch nicht, ob es eine gute Idee ist, ihn in meine Untersuchung einzubeziehen. Papa konnte ihn nie richtig gut leiden. Gibt es eigentlich etwas Neues im Fall Reben?"

Julia nahm einen Schluck Tee. „Eigentlich ist das passiert, was wir erwartet haben: Hohnquad kam am Dienstag zurück nach Herchen und hat sich damit gebrüstet, in Düsseldorf auf die schnelle Verhaftung von Rebens Mördern gedrungen zu haben. Es deutet alles auf diese Vinzenz-Konferenz hin. Von einem Geständnis hat er aber noch nichts erzählt. Auch von diesem Fräulein von Salvy, von dem ich dir berichtet hatte, hat er nicht gesprochen. Dabei könnte sie der Polizei vielleicht zusätzliche Informationen über August Reben liefern. Die Düsseldorfer Polizei hat inzwischen einen eigenen Ermittler zu uns geschickt, der vor Ort zusätzliches Beweismaterial sichten soll. Ich habe ihn nur einmal ganz kurz gesehen, er turnt ja die meiste Zeit bei Glasmachers herum. Soll ein ziemlich eingebildeter Städter sein."

„Sie haben einen eigenen Ermittler geschickt? Das ist ja interessant. Dann ist es den Düsseldorfern wohl sehr ernst." Clarissa schluckte, als ihr bewusst wurde, dass es seit dem Tod ihres Vaters auch keinen Ermittler mehr in Herchen gab.

„Offensichtlich schon. Du kannst ihn dir ja mal ansehen, wenn du wieder durch die Straßen läufst."

„Ich würde mein Gesicht am liebsten den ganzen Tag im Kissen verstecken."

„Clarissa, ich verstehe dich so gut. Trotzdem darfst du jetzt nicht aufgeben. Du hast dein ganzes Leben noch vor dir! Schau dich an, wie hübsch du bist. Es gibt so viele Kerle, die dich gern zur Frau hätten."

Clarissa lächelte gequält. „Na, wenn du meinst." Julia grinste. „Das weiß ich! Und nun trink doch wenigstens deinen Tee. Er wird dich stärken."

„Ach, wenn ich dich nicht hätte ..." Clarissa tat wie geheißen, nippte an ihrer Tasse und leerte diese schließlich in immer größeren Zügen. Sie spürte, wie sich eine entspannende Wärme in ihr ausbreitete. „Danke für alles, Julia. Dass du in dieser Situation für mich da bist, werde ich dir nie vergessen."

Sie unterhielten sich noch eine Weile, ehe sich Clarissa mit einem Blick auf die Uhr erhob. „Jetzt will ich mich auf den Weg machen und meiner Mutter am Abend vor dem schweren Tag beistehen. Wir sehen uns morgen. Gehab dich wohl!“

Julia stand auf. „Warte, ich geleite dich noch hinaus. Nicht, dass du mir die Leiter hinunterfällst.“

Clarissa lächelte, diesmal ungequält. „Du meinst, genauso wie der Erich?“

Julia kicherte. „Du hast es erfasst!“

XVI

Der Besuch bei Julia hatte tatsächlich dazu geführt, dass Clarissa neuen Mut gefasst und sich vorgenommen hatte, die Beerdigung ihres Vaters mit Tapferkeit zu ertragen. Der Tag, der dort im Wolkengrau heraufdämmerte, war zwar allein wegen des Anlasses dazu verdammt, ein trauriger zu werden. Clarissa wollte ihm dennoch die Chance geben, ihrer Schmerzen Labsal zu sein. Als sie aus dem Haus ging trug sie, wie ihre Mutter, eine schwarze Mantille, die sie sich von Frau Bruns ausgeliehen hatte, sowie ein schlichtes schwarzes Kleid zu festen schwarzen Schuhen, die der unebenen Friedhofserde gewachsen waren.

Es war für sie überwältigend, aber zu gleichen Teilen auch unheimlich mit anzusehen, wie viele Menschen aus dem Dorf und der gesamten Gemeinde aus allen Richtungen und Winkeln zum Friedhof strömten, um ihrem Vater das letzte Geleit zu geben. Diese Menschen vermochten ihre Seele ein wenig zu trösten, wenngleich sie es verabscheute, als Angehörige des Verstorbenen im Mittelpunkt zu stehen. Selbst ihre Tante Bertha hatte zusammen mit ihren beiden Basen Jacobine und Christine, die etwas jünger waren als Clarissa, den weiten Weg aus Bonn auf sich genommen. Clarissa hielt sich nah bei ihrer Mutter, um ihr nötigenfalls beistehen zu können, wenn sie die Fassung verlor.

Beim Anblick des Sarges auf dem Leichenwagen durchfuhr Clarissa ein tiefer Schmerz. Ernst Mohrenkamm und Alois Domscheit traten auf sie zu und schüttelten ihr die Hand. Wenige Minuten vor zehn ertönten die schweren Klänge der Totenglocke aus der evangelischen Kirche zu ihnen herüber, die von Küster Paul von Brunnenhelde geläutet wurde. Als der letzte Ton verklungen war, sprach Alois Domscheit einige einleitende Worte, ehe die Sargträger ihres Amtes walteten und den Sarg in die vorgesehene Aushebung entließen. Während Domscheit dreimal Erde in das Grab warf, verabschiedete er ihren Vater mit den Worten „Erde zu Erde, Asche zu Asche, Staub zu Staub“. Die Endgültigkeit, die in diesen Worten zum Ausdruck kam, ließ Clarissa aufschluchzen. Schnell zog sie ein Taschentuch hervor und wischte sich die Tränen ab. Auch ihre Mutter weinte.

„Mach es gut, Papa“, sagte sie leise, und warf eine rote Rose auf den Sarg. Dann trat sie zusammen mit ihrer Mutter zur Seite, um den anderen Trauergästen die Gelegenheit zu geben, sich von ihrem Vater zu verabschieden. Carl Friedrich Hohnquad war einer der Ersten, die ihnen kondolierten. Für weitere Worte jedoch blieb keine Zeit. Auch Julia musste sich angesichts der langen Schlange an Menschen auf eine knappe Umarmung beschränken. Clarissa bedauerte es, dass sie während der Zeremonie nicht nahe genug bei ihrer besten Freundin sein konnte.

Nach der Beerdigung bewegte sich der Trauerzug hinunter in Richtung der protestantischen Kirche, die auf der anderen Seite der Hauptstraße lag und erst vor wenigen Jahren eingeweiht worden war. In der Kirche durfte Julia immerhin in der zweiten Reihe hinter Clarissa sitzen. Es tat ihr gut, ihre Freundin in ihrem Rücken zu wissen.

Während des Gottesdienstes stiegen die Fragen nach dem Warum wieder in ihr auf und beschleunigten Clarissas Entschluss, den Bürgermeister direkt nach dem Kirchgang auf den Unfall anzusprechen. Nach dem Vaterunser blickte sie hinüber zu Hohnquad, der auf der linken Seite neben seinen

Kollegen in der ersten Reihe stand. Wenn sie schnell genug war, konnte sie ihn abfangen. Als Domscheit den Segen gesprochen hatte, raunte sie ihrer Mutter zu, dass sie eine dringende Bitte an Hohnquad habe und gleich zurück sei. Dann setzte sie ihren Plan um und lief Hohnquad hinterher, der sich bereits zum Gehen gewandt hatte und im Gang wartete. „Herr Bürgermeister, auf ein Wort!“, rief sie und drängte sich entschuldigend an seine Seite. Hohnquad blieb verdutzt stehen. „Fräulein Fuchs“, sagte er verwundert, „sehr gerne. Lassen Sie uns das außerhalb der Kirche besprechen, ja?“

„Selbstverständlich. Ich komme gleich zu ihnen. Vielen Dank.“ Clarissa trat einen Schritt zurück und ließ die hohen Herren der ersten Reihe wieder vor, um ihnen ihre Wichtigkeit nicht streitig zu machen.

„Fräulein Fuchs, Sie sind eine wirklich reizende junge Dame“, sagte einer von ihnen zu Clarissa, „Sie würden gewiss einen guten Sergeanten abgeben, wenn Sie männlich wären. Sie müssen nämlich wissen, dass ich Ihrer Familie die größte Hochachtung zolle und sehr gerne mit Ihrem Vater zusammengearbeitet habe. Mein Name ist Claus Mützel, ich bin ein Kollege aus Eitorf. Vielleicht kennen Sie mich aus den Erzählungen Ihres Vaters.“ Clarissa musterte Mützel von der Seite. Für einen Mann war er nicht besonders groß und sah mittelmäßig aus. Sein Gesicht wirkte zwar sympathisch, aber seine Haare wirkten ihr sehr ungekämmt – so, als wäre er gerade erst aufgestanden.

„Ach tatsächlich? Ja, Vater erwähnte Sie häufig.“

„Ich will keineswegs aufdringlich sein, aber vielleicht möchten Sie sich gleich mit mir ein wenig über Ihren Vater unterhalten. Ich bin sicher, dass ich Ihnen etwas Trost spenden kann.“

„Oh vielen Dank. Zunächst würde ich gerne mit dem Herrn Bürgermeister sprechen und dann sehen wir weiter.“ Clarissa wurde übel, wenn sie an den Leichenschmaus dachte, der sich dem Gottesdienst anschließen würde. Natürlich tröstete es sie, wenn sie Erinnerungen an ihren Vater austauschen konnte. Doch bei Mützel vermutete sie insgeheim eher andere Absichten, sodass ihr die Lust auf ein Gespräch verging. Zu ihrem Leidwesen kam die Menschenschlange im Gang nur langsam voran; selbst Hohnquad war noch nicht über die Stelle unterhalb der Orgel hinausgelangt. Um sich nicht weiter mit den Kollegen ihres Vaters unterhalten zu müssen, ging Clarissa zurück zu ihrer Mutter, die geduldig mit ihrer Verwandtschaft weiter hinten wartete.

„Kind, was machst du für Sachen?“, empfing sie Clarissa.

„Nichts Schlimmes. Ich habe nur den Herrn Bürgermeister um ein Wort vor der Tür gebeten, Frau Mama.“

„Oh, geht es wieder um ...“ Weiter kam sie nicht, denn sie brach in Tränen aus. Jacobine, eine von Clarissas Basen, reichte ihr ein Taschentuch, da Johannas Tücher vom vielen Weinen bereits vollständig durchtränkt waren.

„Mutter, ich will genau wissen, was passiert ist. Erst wenn ich ganz sicher weiß, dass es ein Unfall war, kann ich meinen Frieden finden.“

„Clarissa, nicht hier vor den Leuten“, zischte ihre Mutter. „Ich möchte nicht, dass falsche Gerüchte in Umlauf kommen. Das wäre eine schwere Sünde.“

„Dann reden wir doch hier nicht darüber, sondern erst, wenn wir genau wissen, dass es sich so zugetragen hat, wie es die Behörde in Königswinter schreibt.“

„Kind, hüte deine Zunge.“ Ihre Mutter sah sie bittend, beinahe flehend an. Tatsächlich sprachen sie den Weg aus der Kirche heraus kein Wort mehr miteinander, sondern drückten sich nur als Zeichen ihrer Verbundenheit die Hand. Zu ihrem Glück hielten sich auch Clarissas normalerweise sehr lebhafte und neugierige Basen mit Nachfragen zurück, offensichtlich weil sie wussten, was sie zu Hause erwartete, wenn sie gegen den Willen ihrer Mutter handelten.

Als sie endlich den Vorplatz erreicht hatten, schob sie sich sofort an der Menge vorbei zu Hohnquad, der zwar ausnahmsweise nicht seinen grünen Jagdhut trug, aber aufgrund seiner stattlichen Größe noch immer zu den auffälligsten Menschen vor der Kirche zählte.

„Fräulein Fuchs", begrüßte er sie und bedeutete seinen Kollegen, die ihn in ihren Kreis eingeschlossen hatten, ihn für einen Augenblick zu entschuldigen. Gemeinsam stellten sie sich ein paar Schritte abseits der Trauergemeinde, die mit sich selbst und ihren Schwätzchen beschäftigt war.

„Was kann ich für Sie tun?", fragte Hohnquad und schaute sie erwartungsvoll an.

„Ich würde mich gerne erkundigen, ob Sie noch etwas aus Königswinter gehört haben? Uns wurde per Telegramm nur mitgeteilt, dass es sich um einen Unfall durch einen im Gewittersturm umstürzenden Baum gehandelt habe. Wissen Sie vielleicht mehr?"

Hohnquad kniff die Augen zusammen. „So schreibt es die zuständige Ortspolizeibehörde, ja. So leid es mir tut, aber mehr kann ich Ihnen leider auch nicht berichten."

„Könnten Sie denn noch einmal nachhören, wo genau der Unfall passiert ist? Das würde mir wirklich sehr in meiner Trauer helfen."

„Das kann ich natürlich gerne für Sie tun. Ich werde meinem Kollegen ein Telegramm schicken."

„Auch würde uns sehr interessieren, wie viele Zeugen des Unfalls es gab und ob wir diese gegebenenfalls kontaktieren dürfen. Vielleicht war der Baum bereits vor dem Unwetter morsch und man hätte ihn rechtzeitig beseitigen müssen?"

„Ich sehe, es sind viele Fragen offen. Ich werde gucken, was ich für Sie herausfinden kann. Nur bitte bedenken Sie, so schwer es Ihnen auch fällt: Selbst wenn der Baum bereits zuvor umsturzgefährdet gewesen wäre, was hülfe es Ihnen, wenn Sie sich deshalb ein Leben lang grämen würden. Wir können Dinge, die geschehen sind, nicht mehr ändern."

„Das verstehe ich. Mich plagt nur ein ungutes Gefühl, weil mein Vater zu dem Zeitpunkt des Unglückes gerade mit der Ermittlung des Mordfalls beschäftigt war. Ich kann mir vorstellen, dass ihn nicht jeder gerne lebendig sehen wollte ..."

„Der Mord an August Reben, ja. Im Moment widerfahren uns Herchenern schlimme Dinge. Aber lassen Sie mich Ihnen versichern, dass die Mörder von August Reben bereits im Kerker sitzen und bald ihrer gerechten Strafe zugeführt werden. Sobald wir Namen haben, werde ich dafür sorgen, dass die Untersuchungen auch auf einen Zusammenhang der Tat an August Reben mit dem Tod Ihres Herrn Vaters ausgeweitet werden. Er ist ein wohlverdienter Mann. Unser Herrgott möge ihm die ewige Seelenruhe schenken. Ich hoffe, ich konnte Sie damit zufriedenstellen, Fräulein Fuchs?"

„Besten Dank, Herr Bürgermeister. Ich vertraue auf Ihr Wort. Eine Sache würde mich tatsächlich noch interessieren: Sie sagen, dass die Mörder August Rebens bereits im Kerker sitzen. Hatte einer von ihnen zufällig Kontakt zu einem Fräulein Greta von Salvy aus Königswinter? Sie wissen, dass dies der Grund für meinen Vater war, nach Königswinter zu reisen?"

„Sie fragen mich etwas, Fräulein Fuchs. Es kann schon sein, dass eine Verbindung bestand, aber das weiß ich nicht. Gehen Sie davon aus, dass die Behörden in Düsseldorf jetzt ihrem Beruf nachgehen, nachdem ich sie mit Nachdruck auf die richtige Fährte angesetzt habe. Gehen Sie davon aus, dass die Hauptspur nach Düsseldorf führt, aber nicht nach Königswinter."

„Ich will es hoffen. Normalerweise machte mein Vater nichts, wovon er nicht absolut überzeugt war. Vielen Dank, Herr Bürgermeister."

„Ich empfehle mich." Mit dem Ziehen seines schwarzen Zylinders und einer knappen Verbeugung verabschiedete sich Hohnquad und gesellte sich schnell zurück in den Kreis seiner Kollegen.

Auch Clarissa bahnte sich langsam den Weg zu ihrer Familie, während sie zum ersten Mal an diesem Tag in sich hineinlächelte und Gott für das gute Gespräch mit Hohnquad dankte. Vielleicht war es sinnvoll gewesen, dass sie diesem so gebrandmarkten und traurigen Tag doch eine Chance eingeräumt hatte. ‚Ich muss der Gerechtigkeit zum Sieg verhelfen', dachte sie entschlossen. Dieser Kampf hat gerade erst begonnen. Das ist das Einzige, das ich für meinen Vater und auch für August Reben tun kann.

„Jetzt läufst du mir aber nicht schon wieder fort, Clarissa!" Die Tatsache, dass ihre Mutter sie beim Vornamen rief, zeigte ihr an, dass sie ihre Botschaft todernst meinte. Dabei zog es Clarissa tausendmal vor, mit ihrem Vornamen statt dem sonst üblichen „Kind" angesprochen zu werden – schließlich war sie mittlerweile zu einer bald heiratsfähigen jungen Dame herangewachsen, die durchaus wusste, was sie wollte.

„Keine Sorge, Mutter, ich habe alles erledigt. Jetzt weiche ich nicht mehr von deiner Seite."

Nur wenige Meter entfernt stand Julia mit ihrer Familie und suchte Clarissas Blick. Schließlich erkannte Clarissa ihre Freundin und zwinkerte ihr zu. Langsam näherte sich Julia immer mit Bedacht darauf, dem gesellschaftlichen Anstand zu entsprechen und der Familie des Verstorbenen den Vorrang zu gewähren. Clarissa jedoch half ihr bei der Überwindung ihrer Scheu und winkte sie zu sich heran. „Julia, jetzt wollen wir gemeinsam eine Stärkung zu uns nehmen. Ich möchte, dass du als meine Allerbeste mit uns am Tisch isst. Bevor eine Widerrede kommt: Die kannst du dir sparen. Ich habe alles mit meiner Mutter und der Verwandtschaft besprochen."

Julia lächelte. „Oh, du bist einfach großartig, meine Teure!" Julia hatte sich schon riesig darüber gefreut, dass Clarissa mit Herrn Wehrmeyer ausgehandelt hatte, dass sie am Vormittag und Mittag nicht im Lindenhof arbeiten musste, wenn dort der Leichenschmaus für Albert Fuchs stattfand. Ersatzweise hatten sich zahlreiche Dorfbewohner dazu bereiterklärt, Brötchen für die Trauergäste zu schmieren.

Auch wenn Clarissa schon an so mancher Beerdigung von Menschen aus dem Dorf teilgenommen hatte, fühlte sich die Tradition des Leichenschmauses für sie noch immer fremd an. Direkt nach dem Begräbnis eines geliebten Menschen wieder zu essen, zu trinken und womöglich sogar zu scherzen hinterließ bei ihr auf der einen Seite stets ein ungutes Gefühl, bisweilen sogar ein schlechtes Gewissen dem Verstorbenen gegenüber. Auf der anderen Seite jedoch sah sie ein, dass ein kleines Stück Normalität für die Hinterbliebenen und die Geselligkeit der Dorfgemeinschaft wie Balsam für die Seele sein konnten. Ihr Vater hatte die Tradition sehr gemocht und einmal ihr gegenüber gesagt, dass man den Verstorbenen auch durch heiteres Beisammensein ehren konnte.

Im Lindenhof gab Clarissa darauf Acht, ihre Familie rasch um sich zu scheren, damit Claus Mützel ihr gar nicht erst auf die Pelle rücken konnte. Wie gewünscht setzte sich stattdessen Julia direkt neben sie, sodass ihr Tisch mit sechs Personen bereits voll besetzt war, als Mützel eintrat und eine sichtlich enttäuschte Miene aufsetzte. Im Kreise ihrer vertrauten Menschen schaffte Clarissa ein Mett- und ein Käsebrötchen, während ihre Mutter mit Mühe und Not immerhin ein Käsebrötchen hinunterbrachte. Bertha versuchte zwar herauszufinden, was Clarissa mit dem Bürgermeister nach der Kirche Geheimnisvolles beredet hatte, scheiterte jedoch daran, dass sich Johanna jegliche weitere Konversation über dieses Thema verbat, um die Einheit der Familie zu bewahren. Johanna ging es ohnehin nicht gut, sodass sich Clarissa mit der Zeit Sorgen um ihre Mutter machte.

„Frau Mama, Ihr seid ja noch bleicher als heute Morgen", stellte sie besorgt fest. „Euch ist gewiss nicht wohl, nicht wahr?"

„Ich denke, es ist besser, wenn ich mich ein wenig hinlege." Johanna starrte ihre Tochter aus ihren braunen Augen an, die normalerweise eine mütterliche Wärme ausstrahlten. Diesmal jedoch erkannte Clarissa eine seltsame Leere in ihnen.

„Frau Mama, ich geleite Sie jetzt nach Hause, bevor es zu spät ist. Nicht, dass Sie mir gleich umkippen." Clarissa klang eindringlich und bestimmt.

„Ach Clarissa, ein wenig will ich wohl noch durchhalten. Was macht das für einen Eindruck, wenn die Witwe das Mahl so früh verlässt?"

„Mutter, es geht um Ihre Gesundheit. Bitte, soll ich Doktor Werner holen?" Ludwig Werner hatte sich noch während der Zeremonie auf dem Friedhof kurzfristig entschuldigen lassen, weil er zu einer Hausgeburt im Nachbarort Gerressen gerufen worden war.

„Nein, belästige nicht auch noch unseren Dorfarzt mit meinen Befindlichkeiten. Dann lass uns lieber nach Hause gehen."

Als auch die Verwandtschaft und Julia Johanna darin bestärkten, den Heimweg anzutreten, stand Johanna auf und stützte sich am Tisch ab.

„Bist du sicher, dass du den Heimweg noch schaffst?", fragte Bertha besorgt.

„Ja, es geht schon. Clarissa wird mich begleiten. Euch dreien öffne ich selbstverständlich auch mein Haus, Bertha. Julia, es wäre schön, wenn Sie ebenfalls mitkommen würden. Sie haben doch erst heute Abend Dienst hier, richtig?"

Julia nickte. „Nur wenn es Ihnen keine Umstände macht. Es wäre mir eine Ehre, Sie zu begleiten, Frau Fuchs!"

Während ihres Aufbruchs warfen sie den anderen Trauergästen noch ein paar entschuldigende Worte zu, ehe sie schließlich hinaus in das triste Grau des späten Mittags traten. Johanna wirkte zwar etwas unsicher auf den Beinen, konnte aber gehen. Als sie die Hauptstraße erreicht hatten, drängte sich Julia plötzlich ganz dicht an Clarissa, um ihr etwas zuzuflüstern. „Da vorne kommt er!" Clarissa schaute verdutzt die Straße entlang, bis sie von Weitem auf einen Mann aufmerksam wurde, der eine adrette dunkelblaue Uniform trug.

„Wer ist das?", flüsterte Clarissa zurück.

„Der Kommissar aus Düsseldorf! Sollen wir ihm ‚Guten Tag' sagen?"

„Was tuschelt ihr beiden da?", fragte Johanna, der die Geheimnistuerei der beiden jungen Damen keineswegs entgangen war. Die Freundinnen sahen sich lächelnd an. „Nichts!"

Clarissa überlegte einen Augenblick, entschied sich dann aber gegen Julias Vorschlag, zumal sie in wenigen Schritten nach rechts abbiegen mussten und sie ihre Mutter in deren Zustand nicht alleine lassen wollte.

„Nein, für heute reicht es mir, meine Beste. Jetzt bringen wir Mutter nach Hause. Morgen früh will ich mit den Nachforschungen beginnen."

„Morgen früh? Das trifft sich ausgezeichnet, ich habe morgen Vormittag nämlich frei! Wie wäre es mit einem kleinen Spaziergang durch das schöne Herchen?“ Sie zwinkerte Clarissa verschwörerisch zu.

„Von mir aus gerne.“

XVII

Seit dem Nachmittag befand sich Johanna Fuchs auf dem Wege der Besserung. Den Rest des Tages hatte sie es sich auf dem Sofa bequem gemacht und mit ihrer Schwester das eine oder andere Gläschen Schnaps geleert, während Clarissa Julia unter vier Augen von ihrer Unterredung mit Hohnquad berichtet hatte. Anschließend hatte Julia sich zurück auf den Weg zum Lindenhof begeben, wo die abendliche Schicht auf sie wartete.

Clarissa verspürte wenig Lust daran, sich mit Jacobine und Christine zu beschäftigen, zumal die beiden eine ausgesprochen alberne Phase durchliefen und unentwegt kicherten, während sie sich ausgiebig darüber unterhielten, wie ihre zukünftigen Ehemänner einmal sein sollten.

Da alle anderen beschäftigt waren, fand Clarissa Zeit, um ihre Pläne zu schmieden. Sie interessierte sich nicht nur dafür, was ihrem Vater im Unwetter von Königswinter widerfahren war, sondern auch dafür, was er vor Ort gesucht und möglicherweise über den Mordfall August Reben herausgefunden hatte. So zog sie sich für den Rest des Tages in ihr Zimmer zurück und ging in Gedanken die Informationen durch, die ihr Vater hinterlassen hatte. Dass von Salvy als Bekannte August Rebens der Polizei möglicherweise wertvolle Hinweise geben konnte, hatte Clarissa bislang in ihrer Trauer vernachlässigt. Immerhin hatte Reben dieser Dame angeblich wenige Tage vor seinem Tod ein Bild gewidmet. Clarissa war sich sicher, dass ihr Vater genau dieser Spur nachgegangen war. Vielleicht konnte dieses Fräulein ihr mehr über August Rebens Verbindungen erzählen. Sie musste unbedingt mit ihr sprechen.

Bevor sie jedoch ihre Reise nach Königswinter plante, nahm sie sich zunächst vor, Rebens Atelier an der Düsseldorfer Hütte zu begutachten, wo ihr Vater den verhängnisvollen Brief der Vinzenz-Konferenz zusammen mit den anderen Künstlern entdeckt hatte. Vielleicht fand sie weitere Hinweise, die die anderen bislang übersehen hatten? Außerdem konnte sie dieses Vorhaben wunderbar in einen Spaziergang mit Julia einbinden und mit etwas Glück sogar einen zweiten Blick auf den Kommissar aus Düsseldorf werfen. So konnte sie die Zeit gut nutzen, während sie Hohnquad die Gelegenheit gab, die Information zu beschaffen, wo genau ihr Vater verunglückt war.

Am nächsten Morgen fiel es Clarissa deutlich leichter aufzustehen. Die Entschlossenheit und die klaren Ziele, die sie sich gesetzt hatte, hauchten ihr neues Leben ein. Ihre Mutter gestattete ihr den Spaziergang mit Julia ohne zu zögern und verlangte lediglich, dass sie sich zum Mittagessen wieder im Hause einfinden musste, um am Nachmittag der Hausarbeit nachgehen zu können. Als Julia sie um neun Uhr am Dienstagmorgen abholte, hatten sich die Wolken des vergangenen Tages verzogen und die Sonne erhob sich über die Berge des Siegtals. Clarissa spürte die wohltuende Wärme auf ihrem Gesicht, die für einige Momente ihre Gedanken an den Tod ihres Vaters vertrieb. Mit Blick auf Julias grünen Spazierrock jedoch wurde sie rasch daran erinnert, dass das Tragen dieser Farbe der Bekleidung für sie lange Zeit eine Ungebührlichkeit darstellen würde. Ein wenig befremdet sah sie auf ihren schwarzen Rock mit der gleichfarbigen hochgeschlossenen Bluse hinab. Sie wusste noch nicht recht, was sie von dieser Art der Bekleidung halten sollte. Auf der einen Seite wollte sie der Trauer um ihren Vater Ausdruck verleihen, so wie es die Tradition vorschrieb. Auf der anderen Seite jedoch erinnerte sie die Farbe Schwarz ständig an diese Trauer, die sie beinahe zwanghaft einzuengen drohte.

Auf der Hauptstraße herrschte reger Betrieb. Einige Dorfbewohner grüßten sie im Vorübergehen, während andere sie aus der Ferne neugierig beobachteten. Erst als sie den kleinen Pfad einschlugen, der sie zur Düsseldorfer Hütte führte, waren sie wieder unter sich. Clarissa sog die frische Waldluft so tief ein, wie sie nur konnte. Sie spürte, wie die Natur ihr Trost zu spenden vermochte. Julias Begleitung verlieh ihr zusätzlich Kraft, um den Anstieg zu bewältigen, sodass sie schon nach wenigen Minuten ihr Ziel erreichten – ein Ziel, an dem sie nicht allein waren. „Psst!“, machte Clarissa und hielt abrupt inne, als sie eine Person erkannte, die mit dem Rücken zu ihnen vor einem Zelt stand.

„Was ist ...?“, platzte es aus Julia heraus, die von dem ruckartigen Halt ihrer Freundin so sehr überrascht wurde, dass sie beinahe ihr Gleichgewicht verloren hätte. Statt eine Erklärung abzuliefern, suchte Clarissa hastig die Umgebung nach einem Versteck ab. Doch es war bereits zu spät: Mit schreckgeweiteten Augen starrte sie auf einen jungen Mann, der sich zu ihnen umgewandt hatte und sie ebenso verblüfft ansah, jedoch mit deutlich weniger Angst im Blick als sie. Er trug eine dunkelblaue Uniform wie der Mann, den sie am Vortag auf der Hauptstraße aus der Ferne gemustert hatten. Aus der Nähe hingegen machte er einen noch eleganteren Eindruck auf sie. Seine Züge wirkten fein und passten gut zu seinem vollständig rasierten Gesicht. Die Haare hatte er unter einer preußischen Pickelhaube, die ein goldfarbenes Wappen zierte, versteckt, und seine langen schwarzen Stiefel bildeten mit ihrem Glanz einen starken Kontrast zu dem staubigen Waldboden. An der Seite seiner Uniform trug er ein Gewehr.

„Gott zum Gruße, schöne Damen!“, sagte er mit tiefer, fester Stimme.

„Zum Gruße“, stammelte Clarissa überrascht.

„Das ist er“, raunte Julia, die inzwischen neben sie getreten war, ihrer Freundin zu.

„Guten Tag, Herr Muering. Das ist doch richtig, nicht wahr?“, fragte Julia selbstbewusst.

„Rudolf Muering. Wie ich höre, kennen die Damen bereits meinen Namen. Das erfreut mich sehr. Darf ich mich freundlichst auch nach Ihren Namen erkundigen?“

„Ich heiße Julia Müller.“

„Mein Name ist Clarissa. Clarissa Fuchs.“

„Sehr angenehm. Wissen Sie, ich hatte nicht damit gerechnet, so schöne Damen hier am Ende der Welt anzutreffen. Oder sind Sie beide etwa die zuständigen Waldfeen?“ Muering lachte über seinen eigenen Scherz, während Clarissa Julia einen irritierten Blick zuwarf.

„Das nicht gerade. Wir gucken nur, ob die Sonderermittler aus Düsseldorf Ihre Arbeit auch richtig machen und keine Beweise übersehen“, antwortete Julia kess.

„Soso. Dann haben Sie also von den Umständen des Mordes Kenntnis. Allerdings gibt es nur einen Düsseldorfer Sonderermittler in diesem Fall, und der steht vor Ihnen.“ Muering grinste. „Kriminalkommissar, um genau zu sein. Wissen Sie, ich wurde eigens von Polizeidezernent Winkler und Oberbürgermeister Culmus geschickt, um Beweise im Fall August Reben zu sammeln. Damit leiste ich einen wichtigen Beitrag dazu, die Schuldigen vor Gericht zu verurteilen. Eine so schreckliche Tat, die nicht nur die Damen dieses Ortes in Atem hält, darf sich nicht wiederholen.“

„Das wollen wir doch sehr hoffen. Haben Sie denn schon Schuldige im Visier?“, fragte Julia.

„Aber ja. Der gesamte Vorstand der Vinzenz-Konferenz sitzt bereits in Untersuchungshaft. Darüber hinaus haben wir Mitglieder sämtlicher französischer Vereine in Düsseldorf inhaftiert. Hinter dem Anschlag auf August Reben steckt nämlich der Franzose, müssen Sie wissen. Es ist ein hinterhältiger Anschlag auf unsere Nation, über den bereits kein Geringerer als der Staatssekretär des Reichsamtes des Innern informiert wurde. Nicht zuletzt aufgrund des Geständnisschreibens der Vinzenz-Konferenz, das hier gefunden wurde, besitzt der Fall mittlerweile eine gewaltige politische Brisanz. Ich nehme an, Sie sind beide Herchenerinnen?" Muerings Frage war – entgegen seinem bisherigen stolzen Tonfall – ein wenig abfällig formuliert.

Clarissa und Julia nickten. „Bisher haben Sie aber noch kein Geständnis der in Ihren Augen Schuldigen. Wie lange dürfen Sie die Verdächtigen denn noch festhalten?" Julia brachte ihre Frage ungewöhnlich scharf hervor, dass Clarissa die Luft einsog und aus Sorge vor der Reaktion des Kommissars zusammenzuckte. Doch Muering blieb gelassen.

„Wie ich den Damen bereits mitteilte, bin ich Kriminalkommissar und der Sonderermittler in diesem Fall. Glauben Sie mir, dass ich mein Handwerk verstehe. Bitte haben Sie dafür Verständnis, dass ich Außenstehenden keine Einzelheiten erzählen darf."

„Diese Dame hier", Julia deutete auf Clarissa, „versteht ebenfalls ihr Handwerk. Sie sprechen mit keiner Geringeren als der Tochter von Herrn Polizeisergeant Fuchs, den wir gestern leider zu Grabe tragen mussten."

Eine betretene Stille setzte ein, während der Clarissa am liebsten an Ort und Stelle im Waldboden versunken wäre.

„Das tut mir leid. Von Ihrem Vater habe ich gehört. Er war der Erste, der den Tatort in Augenschein nahm und nach der Tatwaffe suchte. Ein tapferer Mann." Muerings Stimme klang eher wie die eines Staatsmanns, und Clarissa war sich nicht sicher, ob sie überhaupt etwas Mitfühlendes darin erkannte.

„Er ist selbst unter mysteriösen Umständen in Königswinter umgekommen. Angeblich hat ihn während eines Unwetters ein Baum erschlagen. Allerdings befand er sich zu Ermittlungen im Mordfall August Reben vor Ort, sodass sein Tod dem Täter oder den Tätern nicht ungelegen kam." Clarissa standen die Tränen in den Augen, doch sie riss sich zusammen, um sich keine Blöße vor Muering zu geben.

„Gibt es Zeugen dieses Unfalls?"

„Das weiß ich nicht. Wir haben bislang nur ein kurzes Telegramm der Ortspolizeibehörde Königswinter erhalten. Ich habe mir vorgenommen, selbst nach Königswinter zu reisen."

Muering zog die Brauen hoch und starrte sie mit seinen grünen Augen an. „Das ist mutig für eine Dame. Erlauben Sie mir, dass ich mit Ihnen reise, sobald ich die Ermittlungen hier abgeschlossen habe."

„Wie lange haben Sie denn vor, hier zu ermitteln?" Clarissa fasste langsam Mut, nachdem Julia ihr den Weg geebnet hatte.

„So lange, bis ich mir ein umfassendes Bild des Falls vor Ort gemacht und valide Beweise gesammelt habe. Genau kann ich das nicht sagen, die Gespräche mit den Menschen hier verlaufen bislang nicht besonders ertragreich."

„Also sind Sie nicht morgen fertig?"

Muering lachte. „Vermutlich noch nicht. Meine Aufgabe verlangt absolute Gründlichkeit, damit ich den Herrn Staatssekretär am Ende zufriedenstellen kann. Und Sie natürlich auch, meine Damen, damit Sie keine Angst mehr vor der Mörderbande haben müssen."

„Vielen Dank, aber dann ziehe ich es vor, allein zu reisen. Erlauben Sie mir die Frage: Was genau möchten Sie noch ermitteln? Mein Vater hat schon Tatort, Leiche und Atelier untersucht, mit Bekannten des Künstlers gesprochen, das

Schreiben der Vinzenz-Konferenz entdeckt und Rebens Skizzenbuch durchgesehen. Er ist nach Königswinter gereist, um Greta von Salvy aufzusuchen. Sie ist eine Bekannte Rebens und hatte kurz vor dessen Tod Kontakt zu ihm. Die Düsseldorfer Polizei misstraut meinem Vater, nicht wahr?"

„Nein, ganz im Gegenteil, wir sind dankbar für die Vorarbeit, die Ihr Vater für uns geleistet hat. Es geht nun aber vielmehr darum, professionell zu arbeiten. Zunächst schaue ich mir die Orte des Verbrechens noch einmal genau an, ob sich eine Tatwaffe oder ein anderer Beweis finden lässt. Darüber hinaus möchte ich Gästelisten der Herchener Hotels und Unterkünfte zum Zeitpunkt der Tat auswerten und feststellen, welche Verbindungen es nach Düsseldorf und zur Vinzenz-Konferenz gibt. Bislang habe ich versucht, Gespräche mit den Menschen im Ort zu führen. Jedoch will niemand etwas gehört oder gesehen haben, das uns weiterhilft."

Clarissa spürte, wie sich ihr die Stacheln aufstellten. Dass der Kriminalkommissar neue Ermittlungsideen einbrachte, störte sie nicht. Es war vielmehr seine überhebliche Art zu reden, die sie ärgerte. Die indirekte Unterstellung, ihr Vater habe nicht professionell gearbeitet, brachte schließlich das Fass zum Überlaufen und ließ sie aussprechen, was sie sich unter anderen Umständen niemals getraut hätte zu sagen.

„Das ist fein. Ebenso professionell hat mein Vater sein Leben lang gearbeitet. Da ihm nun der Tod dazwischengekommen ist, sind wir hier, um ebenso professionell zu arbeiten." Sie zuckte innerlich ein wenig zusammen angesichts ihres giftigen Tonfalls.

Muering blickte zunächst etwas überrascht infolge von Clarissas Worten, ehe er in ein schallendes Gelächter ausbrach.

„Sie sind ebenfalls Kommissare, meine Damen?", fragte er sichtlich amüsiert.

„Auf jeden Fall kann meine Freundin sehr wohl ermitteln, Herr Kommissar. Wenn Sie das auch können, sind Sie herzlich eingeladen, uns nach Königswinter zu begleiten, um festzustellen, was dort tatsächlich geschehen ist und welche Verbindungen das Fräulein von Salvy nach Düsseldorf hat", erwiderte Julia bissig.

„Fräulein Müller, ich sagte Ihnen doch bereits, dass ich gerne mit Ihnen und Fräulein Fuchs nach Königswinter fahre, jedoch erst, wenn ich meine Ermittlungen in Herchen abgeschlossen habe. Hätte der Herr Oberbürgermeister es für wichtig befunden, in Königswinter zu ermitteln, hätte er mich dorthin geschickt."

„Weiß denn der Herr Oberbürgermeister von ...?", setzte Julia an.

„Ich bitte Sie, meine Damen. Wir können uns gerne zum Abendessen treffen, aber nun muss ich meiner Arbeit nachgehen. Sie sehen, wie schrecklich die Vinzenz-Brüder an diesem Ort gewütet haben." Muering deutete auf die mit Farbe verunstaltete Düsseldorfer Hütte und das Zeltatelier August Rebens.

„Dürfen wir auch einen kurzen Blick in das Atelier des Künstlers werfen?", fragte Clarissa.

Muering kratzte sich mit der Hand am Kinn und überlegte einen Moment. „Sie sind wirklich neugierig, meine Damen. Na kommen Sie, einen Blick will ich Ihnen nicht verwehren. Aber ich dulde keinerlei Einmischung in meine Ermittlungen." Er zwinkerte, und zum ersten Mal bemerkte Clarissa so etwas wie eine milde Freundlichkeit in Muerings Stimme.

„Das ist zu gütig, Herr Kommissar." Julias Sarkasmus war nicht zu überhören. Dennoch nahm sie die Einladung Muerings an und erhaschte zusammen mit Clarissa einen Blick auf den kleinen Tisch, die Liegematte, das Kissen sowie eine leere Staffelei und Pinsel, die sich in alle Ecken des Zeltes verstreuten.

„Sehen Sie, meine Damen. Meine Aufgabe ist es nun, Ordnung in das Durcheinander zu bringen, sprich: Gegenstände zu finden, die hier nicht hingehören und die der Täter hinterlassen haben könnte“, prahlte Muering.

Aufmerksam suchte Clarissa das Innere des Zeltes und den Waldboden darum ab, in der Hoffnung, irgendetwas zu entdecken, das Muerings Interesse wecken und damit dessen unerträglichen Hochmut schmälern konnte. Doch weder sie noch Julia, die offenbar ein ähnliches Ziel verfolgte, wurden fündig. Schließlich gab Julia Clarissa zu verstehen, dass sie gehen wollte.

„Vielen Dank, dass wir Sie kennenlernen durften, Herr Kommissar. Unglücklicherweise müssen wir uns schon wieder auf den Weg machen, da unsere eigene Arbeit ruft.“

Sie wollten sich schon abwenden, als Muering ihnen hinterherrief: „So warten Sie doch einen Augenblick! Vielleicht können Sie mir als Herchenerinnen ein paar hilfreiche Ratschläge für die Kommunikation mit den Einheimischen hier geben? Vielleicht bei einem schönen Essen heute Abend im Hotel Glasmacher?“

Julia rümpfte die Nase. „Freundlichkeit, Herr Kommissar. Probieren Sie es einfach mit Freundlichkeit.“ Dann legte sie Clarissa die Hand auf die Schulter und entschwand mit ihr den kleinen Pfad entlang, auf dem sie gekommen waren.

„Er gefällt dir, nicht wahr?“, fragte Julia, als Muering sie nicht mehr hören konnte. „Du liebelst ihn an. Ich habe es in deinem Gesicht gesehen.“

„Dieser überhebliche Besserwisser soll mir gefallen? Er hat meinen Vater beleidigt und uns ausgelacht!“, wandte Clarissa ein.

„Ja, nett ist er nicht gerade. Aber er gefällt dir.“

„Ich habe wirklich andere Sorgen, meine Beste. Vor allen Dingen möchte ich so schnell wie möglich nach Königswinter fahren, am besten schon morgen früh. Aber zuvor will ich noch Hohnquad einen Besuch abstatten. Vielleicht hat er schon Neuigkeiten für mich.“

„Lass mich wissen, wenn ich dich unterstützen kann. Es wäre mir ein Vergnügen, wenn wir diesem hohen Herrn Kriminalkommissar ein wenig in die Suppe spucken und den Mord selbst aufklären könnten.“

„Danke. Dem Herrn Kriminalkommissar geht es wahrscheinlich in erster Linie um seine Laufbahn. Ich aber will den Mord für meinen Vater und für August Reben aufklären – mir geht es nicht um Ruhm, sondern um Gerechtigkeit. Würdest du mich nach Königswinter begleiten?“

Julia verlangsamte ihren Schritt. „Mit dir nach Königswinter fahren? Glaube mir, nichts würde ich lieber tun. Nur kann ich mir morgen im besten Fall ein paar Stunden Zeit nehmen, nicht aber den ganzen Tag. Nachdem man mir gestern schon so viel Freizeit gewährt hatte, werde ich die nächsten Tage arbeiten müssen. Eine Reise nach Königswinter würde aber einen ganzen Tag in Anspruch nehmen, befürchte ich.“

„Davon gehe ich aus“, stellte Clarissa resigniert fest. Sie sah ein, dass es ihnen wohl kaum gelingen würde, Herrn Wehrmeyer zu überreden, Julia einen gesamten Tag freizugeben. „Doch ich kann nicht anders: Ich muss so schnell wie möglich wissen, wo mein Vater gestorben ist.“

Schweigend folgten sie ihrem Pfad, sodass sie das Säuseln der Blätter im Wind hören konnten. Als sie wieder im Ort angelangt waren, trennten sich ihre Wege: Julia ging in Richtung Lindenhof, um ihren Dienst anzutreten, während Clarissa mit entschlossener Miene das Rathaus ansteuerte.

Einen Tag nach der Beerdigung ihres Vaters hatte der grüne Jagdhut mit der langen Fasanenfeder seinen Platz auf Hohnquads Haupt von dem für Trauerfeiern obligatorischen schwarzen Zylinder zurückerobert. Der Bürgermeister saß an seinem Schreibtisch bei offener Tür, sodass Clarissa ungehindert eintreten konnte. Der Höflichkeit halber klopfte sie an den Türrahmen, um sich anzukündigen.

„Ah, Fräulein Fuchs, Sie sind ja wie bestellt!“, begrüßte er sie mit offensichtlich guter Laune. „Wissen Sie, ich wollte sowieso heute Nachmittag zu Ihnen und Ihrer Frau Mutter kommen, um Ihnen ein paar Neuigkeiten mitzuteilen.“

Clarissa spürte, wie ihr Herz zu klopfen begann. Sie hatte zwar darauf gehofft, aber insgeheim nicht damit gerechnet, schon heute Vormittag Informationen zu den Hintergründen des Todes ihres Vaters oder August Rebens zu erhalten. „Guten Tag ... Herr Bürgermeister!“, stammelte sie überrascht.

„Ich habe Ihre Sache bevorzugt behandelt, weil es mir ein Herzensanliegen ist, Ihr Leid zu lindern und Ihre Situation zu verbessern, nachdem Ihr hoch angesehener Herr Vater auf so schreckliche Art und Weise aus dem Leben scheiden musste. Die Witwenkasse wird Ihrer Frau Mutter monatlich einen Betrag auszahlen, der für Sie beide zum Leben reichen wird. Wenn Sie zusätzlich weiterhin Ihren Garten so fleißig bestellen und die Früchte ernten, die der liebe Gott Ihnen schenkt, wird es Ihnen an nichts mangeln. Ihre Mutter kann dann frei entscheiden, ob sie eines Tages eine erneute Heirat in Betracht ziehen möchte oder nicht. Und Sie, junges Fräulein, müssen sich um eine Mitgift auch keine Sorgen machen, wenn der Richtige Ihnen eines Tages über den Weg läuft.

Diese erfreuliche Botschaft dürfen Sie Ihrer Mutter gerne überbringen. Ich werde ihr in Kürze die Einzelheiten noch persönlich mitteilen."

Hohnquad machte eine Pause, um etwas tiefer Luft zu holen, ehe er fortfuhr. „Des Weiteren darf ich Sie um etwas bitten. Wie Sie vielleicht wissen, hält Ihr Herr Vater hier bei uns im Rathaus noch den Tresor mit seinem Revolver vor. So leid es mir tut, aber wir brauchen den guten Schließschrank demnächst für Herrn Kreisler, der hier als neuer Polizeisergeant eingearbeitet werden muss. Daher benötigen wir den Schlüssel Ihres Vaters, der leider durch ein Missverständnis von Herrn Pauly zu den Habseligkeiten Ihres Vaters gelegt und Ihrer Frau Mutter bereits in der Kiste ausgehändigt wurde."

Clarissas Gedanken überschlugen sich. Der Tresor ihres Vaters! In der ganzen Aufregung und Trauer hatte sie völlig vergessen, dass der Revolver ihres Vaters noch im Rathaus liegen musste. Und dann ein Nachfolger ihres Vaters! Sie spürte, wie ihr Tränen in die Augen traten. Am liebsten hätte sie laut zu weinen begonnen, doch es gelang ihr, sich zusammenzureißen. Ich will nicht hier vor Hohnquad weinen, mahnte sie sich.

Hohnquad entging ihre Instabilität jedoch nicht, sodass er beschwichtigend die Hände hob und sie ihr wie ein Pfarrer bei der Segnung entgegenstreckte. „Keine Sorge, es eilt nicht. Es hat noch ein paar Tage Zeit."

„Danke. Dieser Herr Kreisler aus Eitorf, wird der der neue Sergeant?"

Hohnquad nickte. „Ja. Er ist noch ein blutjunger Mann und war bislang als Gehilfe in Eitorf tätig. Wir werden ihn schonend anlernen."

„Sie sagten eben, Sie hätten ein paar Neuigkeiten für uns. Haben Sie auch schon Auskünfte aus Königswinter erhalten?"

„Noch nicht, gnädiges Fräulein, noch nicht. Aber es steht auf meiner Liste, mich darum zu kümmern."

„Darf ich fragen, wann Sie dies zu tun gedenken?"

„Sie sind ja sehr hartnäckig. Ich denke, noch im Verlaufe des Tages."

„Ich weiß, es ist viel verlangt, aber könnten Sie mich vielleicht umgehend informieren, wenn Sie eine Auskunft aus Königswinter haben? Es ist sehr wichtig."

„Sie haben mein Wort."

Clarissa suchte Hohnquads Blick. Nach einigen Momenten fand sie ihn schließlich, sodass sie sich seiner Aufmerksamkeit sicher sein konnte.

„Was sagen Sie eigentlich dazu, dass Herr Kriminalkommissar Muering hier in Herchen ermittelt? Hat die Düsseldorfer Polizei bei Ihnen um Einverständnis gebeten? Es gibt doch das Gesetz über die Polizei-Verwaltung, das die Zuständigkeiten regelt ..."

„Sie sind gut informiert, Fräulein Müller. Tatsächlich verbitte ich mir Einmischungen in Herchener Angelegenheiten. Gleichwohl ist in diesem Fall ein Düsseldorfer Bürger durch einen politisch motivierten Mord zu Tode gekommen, über dessen Zusammenhänge mit den Verhaftungen von Mitgliedern Düsseldorfer Vereine neben der Vossischen auch die Kölnische Zeitung spekuliert. Alle Beamten wurden zwar angewiesen, das politisch delikate Geständnisschreiben der Vinzenz-Konferenz aus taktischen Gründen zu verschweigen, aber es ist nur eine Frage der Zeit, bis der Inhalt durchsickert. Der Druck der Presse wird weiter wachsen und die Öffentlichkeit darauf bestehen, dass man ihr reinen Wein einschenkt, warum so viele Menschen für einen Mord verhaftet wurden. Berlin ist bereits über den Fall informiert, da sollten wir tunlichst mit den Kollegen aus Düsseldorf zusammenarbeiten.

Man hat uns um Einverständnis gebeten und das Vorgehen auch mit der Bezirksregierung Cöln abgestimmt.“

Clarissa nickte. „Vielen Dank, Herr Bürgermeister.“

„Jederzeit gern, Fräulein Fuchs.“

„Auf Wiedersehen.“

„Auf Wiedersehen, Fräulein Fuchs.“

Clarissa drehte sich um und verließ das Amtszimmer. Sie hatte vorerst genug gehört. Der Tresor!, war ihr erster Gedanke, als sie auf den Flur hinaustrat. Sie wusste, dass er sich in der Schreibstube ihres Vaters befand. Unzählige Male hatte sie ihrem Vater das Mittagessen an den Arbeitsplatz gebracht. Sie zwang sich, ihre Gefühle zu unterdrücken, um sich auf das zu konzentrieren, was sie vorhatte. Ihr war nämlich eine Idee gekommen, die sie mit ein bisschen Glück umsetzen konnte. Die Schreibstube ihres Vaters lag direkt um die Ecke. Ein kurzer Abstecher würde sie nur eine halbe Minute kosten und sich im Zweifelsfall gut erklären lassen, wenn man sie hier entdeckte. Doch das Rathaus schien ihr wenig belebt zu dieser Stunde. Einen kurzen Moment hielt sie inne und lauschte. Durch die offene Tür konnte sie die Vögel draußen zwitschern hören. Der Gang war still und von jenem spärlichen Tageslicht durchflutet, das durch die Tür in das Gebäude fiel. Schnell und leise schritt Clarissa den Korridor entlang und bog nach rechts ab, wo sich – versteckt in einer kleinen Nische – die Schreibstube befand. Ohne anzuklopfen betätigte sie die Türklinke. Mit einem kaum hörbaren Knacken verschaffte sie sich Zutritt und warf einen Blick in das Zimmer. Alles sah so aus, wie sie es in Erinnerung hatte: ein Schreibtisch, ein Stuhl, jede Menge Akten und ... der Tresor, der in der dem Fenster gegenüberliegenden Wand verankert war. Der Blick genügte Clarissa, um zu wissen, dass sich ihr Plan umsetzen ließ: Die Schreibstube war tatsächlich nicht abgeschlossen.

So schnell, wie sie sich eingeschlichen hatte, trat sie den Rückzug an und gelangte unbemerkt aus dem Gebäude.

Draußen fielen die Strahlen der spätsommerlichen Sonne ungewöhnlich warm, beinahe heiß auf ihre Haut und ließen sie den Gegensatz zu ihrem Aufenthalt in dem um einige Grade kühleren Rathaus deutlich spüren. Ihre Gedanken drehten sich um das Gespräch mit Hohnquad und dessen Auswirkung auf ihre Pläne. Fest stand nicht nur, dass die Dienstwaffe ihres Vaters ihr unerwarteterweise neue Möglichkeiten eröffnete. Fest stand auch, dass der überhebliche Sonderermittler Rudolf Muering die uneingeschränkte Rückendeckung Carl Friedrich Hohnquads genoss. Als kleines Mädchen hatte sie immer geglaubt, dass in Herchen nur das geschehen dürfte, was Hohnquad wollte. Doch offensichtlich war es an der Zeit, die Dinge in einem größeren Zusammenhang zu betrachten. So sehr sie der abfällige Kommentar Muerings über die angeblich mangelnde Professionalität ihres Vaters auch ärgerte, so sehr wusste sie, dass Hohnquad keine Wahl hatte. Der Fall August Reben beschäftigte nicht nur mittlerweile die größten und angesehensten Zeitungen des Reiches, sondern drang bis nach Berlin zum Staatssekretär. Clarissa erschauderte. Wenn der Staatssekretär von dem Fall Kenntnis hatte, wusste vielleicht sogar Reichskanzler Leo von Caprivi Bescheid! Ein Mord, der in Herchen geschehen war, schlug Wellen bis in das politische Zentrum der deutschen Hauptstadt. Ihr wurde schwindelig bei dem Gedanken. War die Ermittlung in diesem Fall zu hoch für die Tochter eines einfachen Polizeisergeanten in der Provinz? Nein. Der Tod ihres Vaters spornte sie an. Sie würde, nein sie *musste* so bald wie möglich nach Königswinter fahren, um den Spuren ihres Vaters zu folgen. Auf Hohnquads Nachforschungen zu warten dauerte ihr viel zu lange. Sie wollte endlich wissen, was wirklich passiert war. Morgen früh schon musste sie reisen. Sie hoffte darauf, dass ihre Mutter ein Einsehen haben und ihr die Erlaubnis zur Reise geben würde. Dann würde dieser Muering schon sehen, wie professionell die Tochter eines Gemeindepolizisten arbeiten konnte.

Pünktlich zum Mittagessen traf Clarissa zu Hause ein. Johanna tischte gerade Wirsingeintopf mit geräuchertem Speck auf, als Clarissa sich zu ihr gesellte. „Später hättest du nicht kommen dürfen, mein Kind. Nun lass es dir mal schmecken und erzähle mir, wo du dich heute Morgen herumgetrieben hast."

„Ich bin inzwischen eine junge Dame geworden, Frau Mama. Möchten Sie nicht endlich das ‚Kind' weglassen?"

„Du hast ja recht, du hast ja recht. Dann nenne ich dich fortan nur noch bei deinem Vornamen, wenn dir das lieber ist. Aber nun erzähle!"

„Danke, Frau Mama!" Clarissa füllte sich einen Schlag Eintopf auf ihren Teller. Sie mochte Wirsing nicht besonders gerne, aber er stellte immerhin eine recht günstige Mahlzeit dar, die dank dem Speck etwas angereichert wurde. Trotzdem bekam sie nach beinahe jedem Eintopf Bauchschmerzen.

„Er ist ein sehr eingebildeter Städter, der in dem Mordfall ermitteln darf."

Johanna benötigte einen Augenblick, um zu verstehen, wovon Clarissa sprach. „Du meinst diesen Sonderermittler, den die Düsseldorfer geschickt haben? Habt ihr ihn getroffen?"

„Am liebsten hätte ich ihm einen Fußtritt verpasst, so wie er von Papa gesprochen hat!"

Clarissa erzählte ihrer Mutter von ihrer Begegnung an der Düsseldorfer Hütte und ihrem anschließenden Besuch im Rathaus. Während sie die Nachricht über die Witwenkasse und Kreisler als den Nachfolger im Amt des Herchener Sergeanten erwähnte, verschwieg sie die Waffe im Tresor ihres Vaters. Den Bericht über die Witwenkasse nutzend ließ sie diesem ganz unauffällig den Wunsch folgen, am nächsten Tag nach Königswinter zu fahren. Auf diese Weise hoffte sie, den Widerstand ihrer Mutter so klein wie möglich zu halten.

„Du willst allein morgen nach Königswinter fahren? Das lasse ich nicht zu. Es reicht mir, dass ich deinen Vater verloren habe. Ich möchte nicht auch noch dich verlieren." Johanna standen die Tränen in den Augen.

„Ach Frau Mama, ich werde schon auf mich Acht geben. Es ist mein innigster Wunsch, jenen Ort zu sehen, der meinen Vater das Leben kostete. Nur so kann ich in Ruhe Abschied nehmen und auf Dauer wieder ruhig schlafen. Haben Sie denn kein Bedürfnis danach?"

Johanna konnte nicht mehr an sich halten und weinte, dass die Tränen ihre Wangen hinunterliefen und von ihrem Kinn auf den Teller tropften. „Ich könnte es nicht mit ansehen, Clarissa."

„Schon gut, Frau Mama." Clarissa schloss sie in die Arme.

„Muss es denn wirklich schon morgen sein? Sollen wir uns nicht etwas Zeit geben?"

„Nein. Je mehr Zeit ich verstreichen lasse, desto schlimmer wird es für mich. Es ist fast unerträglich. Ich muss morgen reisen."

„Dann nimm wenigstens Herrn Doktor Werner oder Julia mit. Ich möchte nicht, dass du allein fährst."

Clarissas Miene erhellte sich. „Ich schaue, ob ich jemanden gewinnen kann. Und nun, Frau Mama, essen wir weiter. Der Herr Papa würde nicht wollen, dass wir am Hungertuch nagen." Sie lächelte, um ihrer Mutter Mut zu machen. Johanna nickte stumm und nahm ihren Löffel in die Hand.

Nach dem Essen stürzte sich Clarissa in die Arbeit, die sie dank des Eifers, den sie verspürte, noch schneller erledigte als sonst. Wenn sie Glück hatte, konnte sie noch heute eine Fahrt in der Postkutsche buchen, die sie schon morgen nach Königswinter brachte. Als sie mit Abwasch, Aufräumen und Putzen fertig war und zusätzlich im Garten einen Korb mit Äpfeln gesammelt hatte, wurde sie bei ihrer Mutter vorstellig und fragte, ob sie noch eine Besorgung im Dorf für sie erledigen könne. Doch bevor sie die Lebensmittel kaufte, machte sie Station an der Posthalterei, die ohnehin auf dem Weg lag. Sie musste ein wenig suchen, ehe sie Gernot Schulte fand. Der Posthalter war gerade dabei, eine Portion Hafer an die Pferde im Stall zu verfüttern. Clarissa atmete tief ein, denn sie mochte diesen Stallgeruch. Als Schulte aufsah und Clarissa erblickte, erhellte sich seine Miene.

„Guten Tag, Fräulein Fuchs, was kann ich für Sie tun?"

„Herr Schulte, hätten Sie die Ehre, mir für morgen einen Platz in der Kutsche nach Königswinter zu buchen?"

Schulte sah sie überrascht an und straffte seine Haltung. „Sie möchten nach Königswinter reisen? Dann schaue ich gleich mal auf den Plan, ob noch etwas frei ist. Die Pferdchen sind erst mal versorgt, ich kann sofort schauen. Wenn Sie mir bitte folgen mögen ..." Schulte machte eine einladende Geste und setzte sich in Bewegung.

Clarissa lief ihm rasch hinterher. In der Amtsstube blätterte Schulte durch ein großes Buch, in dem die Besetzungen der Kutschen verzeichnet waren. Dabei murmelte er etwas Unverständliches vor sich hin, während sein Ausdruck ernste Züge annahm. „Morgen, sagten Sie?", ohne aufzuschauen.

„Ja", sagte Clarissa.

„Da ist alles belegt. Ich kann Ihnen übermorgen anbieten, da haben wir noch einen Platz frei." Er blickte auf und starrte Clarissa erwartungsvoll an.

Clarissa hatte Mühe, ihre Enttäuschung über die Absage einer morgigen Reise zu verbergen. Ich bin ein dummes Ding!, schimpfte sie mit sich und ärgerte sich, dass sie sich nicht frühzeitiger um einen Platz gekümmert hatte. Da sie jedoch keine andere Möglichkeit sah, schneller nach Königswinter zu reisen, blieb ihr nichts anderes übrig, als zuzustimmen. Zu ihrer Überraschung stellte Schulte keinerlei Nachfragen dazu, weshalb sie als Dame ohne Begleitung reisen wollte. Nachdem er sie schließlich in sein Buch eingetragen und ihr auch eine Rückfahrt für den Nachmittag organisiert hatte, verflog ihre erste Enttäuschung über die Verschiebung ihres Plans und machte sogar einer leichten Zufriedenheit Platz, wenn sie daran dachte, dass sie soeben ihre erste selbstständige Reise gebucht hatte. Erhobenen Hauptes verließ sie die Posthalterei und besorgte im Ort die Lebensmittel, die sie ihrer Mutter versprochen hatte.

Ihre Mutter ahnte bereits, dass sie den Einkauf dazu genutzt hatte, um sich nach einer Reisegelegenheit zu erkundigen. Dass sie allerdings eine Kutschfahrt auf eigene Faust gebucht hatte, machte sie fassungslos.

„Hast du Herrn Doktor Werner oder wenigstens Julia gefragt, ob sie sich begleiten können?"

„Es war nur noch ein Platz für den Donnerstag frei, für morgen gar nicht mehr. Außerdem müssen die beiden gewiss arbeiten und können nicht einfach einen Tag lang fortbleiben."

„Und du? Brauchst zu nicht zu arbeiten?"

„Frau Mama, ich werde morgens früher aufstehen und abends später zu Bett gehen, um meine Arbeit zu erledigen, wenn es sein muss. Nur bitte lassen Sie mich dorthin fahren, wo die Spuren meines Vaters endeten“, bat Clarissa mit leidenschaftlicher Stimme.

„Es sind viele ungehobelte Männer unterwegs, die es auf alleinreisende Fräulein abgesehen haben. Ich habe große Angst um dich, mein Kind.“

„Ich bin inzwischen eine ausgewachsene Dame, Frau Mama. Auf der Fahrt und in Königswinter werden ständig Leute um mich herum sein, die mir notfalls zu Hilfe kommen können. Es sind nicht alle Menschen so schlecht. Ihr müsst keine Angst um mich haben. Ihr werdet mich wohlbehalten wiedersehen, das verspreche ich euch.“

Johanna sah ein, dass sie ihre Tochter nicht von ihrem Vorhaben abbringen konnte. Clarissa konnte ein fürchterlicher Sturkopf sein und sie musste sich eingestehen, dass sie nicht mehr die Kraft fand, ihr weiterhin zu widersprechen.

Nach dem Abendbrot zog sich Johanna in ihr Zimmer zurück, um wie jeden Abend seit dem Tod ihres Mannes in der Bibel zu lesen, was ihr Trost und Sicherheit gab. Clarissa setzte sich unterdessen auf ihr Bett und ließ ihren Tag Revue passieren. Immer wieder fielen ihre Gedanken ungewollt auf Rudolf Muering zurück. Hatte Julia recht gehabt, dass er ihr gefiel? Nein, rief sie sich zur Ordnung. Muering war ein überheblicher und widerlicher Kerl, der ihren Vater beleidigt und sie selbst verlacht hatte. Vermutlich musste sie nur immerzu an ihn denken, weil sie ihm unbedingt beweisen wollte, dass sie ebenso gut ermitteln konnte wie ihr Vater.

Heute hatte sie bereits eine Menge erreicht, aber eine Sache hatte sie sich noch vorgenommen. Die Kiste. Clarissa hoffte, dass ihre Mutter die Kiste in ihrer Aufregung noch nicht gesichtet hatte. Noch vor der Beerdigung hatte Amtsdiener Pauly die Kiste zu ihnen nach Hause gebracht.

Schwungvoll erhob sie sich von ihrem Bett und öffnete leise ihre Zimmertür. Um keinen Lärm zu erzeugen, streifte sie ihre dunkelgrünen Pantoffeln ab und schlich auf Strümpfen durch den Flur in die heimische Schreibstube ihres Vaters, die im oberen Stockwerk lag. Da sie genau wusste, welche Stufen der Holztreppe laut knarzten, konnte sie diese einfach überspringen und schließlich kaum hörbar in das Arbeitszimmer gelangen. Als sie das Zimmer betrat, überfiel sie ein tiefer Schmerz über den Tod ihres Vaters. Nie wieder würde er an seinem Schreibtisch sitzen. Nie wieder würde es so sein, wie es war. Eine glückliche Zeit hatte ihr jähes Ende gefunden.

Sie bemühte sich, die schrecklichen Gedanken beiseite zu wischen. Ihr Blick fiel auf die kleine Kiste aus dunklem Holz, die neben dem ebenso dunklen Schreibtisch in der Mitte des Raumes stand. Mit zitternden Händen hob sie den Deckel an und legte ihn neben die Kiste. Die Kiste selbst enthielt kleine Kästchen aus Pappe, die neben einigen sorgsam und platzsparend gefalteten Kleidungsstücken aufgestapelt waren. Nachdem sie den Inhalt der Kiste einen Moment lang angestarrt hatte, entnahm sie das oberste Kästchen und öffnete es. Sie konnte es kaum glauben, als ihr ein kleiner Schlüsselbund ins Auge stach. ‚Volltreffer', dachte sie. Neben dem Haustürschlüssel und dem Kellerschlüssel lag auch ein dritter Schlüssel in dem Kästchen, dessen Bart ein wenig größer und gröber war als bei den beiden anderen. Der Tresorschlüssel! Rasch steckte sie den Schlüsselbund in die Tasche ihres Nachthemds, verschloss Kästchen und Kiste und schlich sich so leise, wie sie gekommen war, zurück in ihr Zimmer. Ihre Mutter hatte nichts bemerkt. Sie hatte kein gutes Gefühl dabei, heimliche Sachen zu machen, aber es musste sein. Niemals würde ihre Mutter ihr erlauben, mit der

Schusswaffe ihres Vaters nach Königswinter zu reisen. Aber Johanna hatte recht: Es gab so manchen bösen Menschen da draußen, bei dem man sich mit einem Revolver in der Tasche besser fühlte, wenn man ihm entgegentrat.

Clarissa verstaute den Schlüsselbund in ihrem Nähkästchen auf dem Nachttisch, ehe sie sich auf ihr Bett fallen ließ. Für den Moment war sie zufrieden mit dem, was sie heute erreicht hatte. Gleich morgen früh würde sie den Revolver aus dem Rathaus holen. Allein der Gedanke daran jagte ihr einen wohligen, aber auch bangen Schauer über den Rücken. Schon als Kind hatte sie ihren Vater für den Besitz seines Revolvers bewundert, doch nie hatte sie ihn in den Händen halten dürfen – was wohl auch vernünftig gewesen war, wie sie zugeben musste. Damals hatte sie noch nicht gewusst, wie gefährlich diese Waffe war. Mit angespanntem Blick betrachtete sie den flackernden Schein ihrer Laterne, der die Schatten in wildem Spiel durch das ganze Zimmer trieb. Für den Moment war sie zufrieden, aber sie wollte noch nicht schlafen. Angestrengt überlegte sie, was sie noch anstellen konnte. Lesen wollte sie heute nicht mehr. Das Anstandsbuch, das ihr ihre Mutter kürzlich geschenkt hatte, fand sie schrecklich langweilig. Sie musste sich unbedingt in Zukunft eine spannendere Lektüre beschaffen. Der Bücherschrank ihres Vaters, fiel ihr plötzlich ein. Warum sollte sie nicht ein Buch über die Polizeiarbeit lesen? Dann konnte sie diesem Muering bald die Stirn bieten!

Doch heute Abend wagte sie nicht mehr, das Arbeitszimmer ihres Vaters ein zweites Mal zu betreten. Wenn sie morgen frisch sein wollte, musste sie langsam zur Ruhe finden. ‚Ich könnte noch etwas an meinen Wintersocken stricken', dachte sie, während sich ihre Gedanken wie die Schatten im Zimmer immer wieder um Rudolf Muering drehten.

XVIII

Nach einer unruhigen Nacht erwachte Clarissa um kurz nach fünf und stolperte mit einem Überschwang aus dem Bett, der ihr angesichts des wenig erholsamen Schlafes ziemlich seltsam vorkam. In den ersten Morgenstunden erledigte sie alle Arbeiten, die sie sich vorgenommen hatte, und gönnte sich erst ihr Frühstück, als die Sonne gerade aufging. Das helle Licht passte so gar nicht zu ihrem schwarzen Kleid, das sie anlegte, um das Haus zu verlassen. Sie war fest entschlossen, ihre Trauer in Taten zu verwandeln.

Bevor sie dem Rathaus einen heimlichen Besuch abstatten wollte, schlug sie den Weg ein zu Julia, um ihr von der frisch gebuchten Reise nach Königswinter zu berichten. Angesichts des spätsommerlichen Wetterglücks waren die Menschen in den Straßen eine Spur geschäftiger als sonst und nicht zuletzt trug auch das Lachen der Kinder dazu bei, dass Clarissa sich für einige Momente in einer heilen Welt wiederfand. Als sie jedoch die Hauptstraße kurz vor der Villa Lequis entlanglief, blieb ihre Welt einen Augenblick lang stehen. Ungläubig schüttelte sie den Kopf, nachdem sie Rudolf Muering erkannt hatte, der mit schnellen Schritten auf sie zuhielt.

„Guten Morgen, Fräulein Fuchs!“, begrüßte er sie mit fester Stimme.

Clarissa spürte, wie ihr Herz zu pochen begann. Mit seinen grünen Augen fixierte er sie direkt. „Guten Morgen, Herr Muering“, presste sie hervor, ehe ihr der Atem stockte.

„Wohin des Weges, schöne Dame?“

„Ich ... möchte meine Freundin besuchen." Im nächsten Augenblick schalt sie sich dafür, dass sie Muering bereitwillig ihre Pläne offenbarte.

„Ah, das entzückende Fräulein Müller? Sagen Sie, was machen Ihre Ermittlungen?" Muering zog die Augenbrauen etwas nach oben und setzte ein durchaus charmantes Lächeln auf, das Clarissa unerwartet traf. Unwillkürlich fühlte sie, wie ihre Ohren zu glühen begannen und hoffte inständig, dass sie in diesem Moment nicht auch rot anliefen. Trotz seiner Anziehungskraft hielt sie es für wahrscheinlicher, dass er sich nur aufspielen wollte, als dass er sich wirklich für ihre Nachforschungen im Fall ihres Vaters und August Rebens interessierte.

„Berufsgeheimnis", sagte sie und erwiderte sein Lächeln.

„Wissen Sie, die Arbeit hier ist alles andere als einfach", überging er ihre kesse Antwort und verfiel in einen wehleidigen Tonfall. „Die Menschen hier sind äußerst mundfaul. Erst unter heftigem Protest und Androhung von Strafen haben die Herchener Wirte ihre Gästelisten herausgerückt. Dabei wollte ich nur prüfen, wer sich vor eineinhalb Wochen hier bei Ihnen im Ort aufgehalten hat und nach der Tat abgereist ist. Aber die Herchener sind ein komisches Volk."

„Nun, ich denke, die Glasmachers und Wehrmeyers sorgen sich um ihren guten Ruf, wenn sich herumspricht, dass sie Listen ihrer Gäste mir nichts, dir nichts der Polizei geben." Diesen kleinen Seitenhieb auf Muering konnte sich Clarissa nicht verkneifen, auch wenn sie im nächsten Moment einsah, dass er nicht ganz traf.

„Es geht um die mögliche Deckung staatsgefährdender Personen, das ist kein Kavaliersdelikt. Oder wollen Sie etwa nicht, dass der Mörder gefasst wird?" Muering behielt trotz des ernsten Themas, über das sie sprachen, eine beinahe spielerische Gelassenheit.

„Doch, natürlich. Ich dachte nur, dass Sie die Personen schon längst gefasst hätten. In dem Fall wäre es wohl überflüssig, sich Gästelisten aushändigen zu lassen. Haben Sie denn die Tatwaffe inzwischen gefunden?"

Muering seufzte und seine Miene verfinsterte sich, dass er ihr beinahe leidtat. „Nein. Ich will heute Nachmittag noch einmal den Tatort absuchen."

„Dann wünsche ich Ihnen viel Erfolg", sagte Clarissa und bemühte sich, so gleichgültig wie möglich zu klingen, während sie innerlich kochte. Auf der einen Seite empfand sie Muerings Sturheit als vollkommen untauglich für eine Tätigkeit als Kriminalkommissar. Auf der anderen Seite jedoch war es vielleicht gerade diese Art, die sie anzog. ‚Vielleicht hilft es, wenn ich mit Julia darüber spreche', dachte sie und verabschiedete sich rasch von Muering, ohne ihm noch einmal in die grünen Augen zu schauen.

Julia war gerade damit beschäftigt, den Hof zu kehren, als sie Clarissa erkannte und den Besen sofort an die Hauswand lehnte. „Was ist passiert?", fragte sie ohne Umschweife.

„Ich habe für morgen eine Fahrt nach Königswinter gebucht!", erklärte Clarissa enthusiastisch.

„Oh, das ist doch ganz wunderbar! Ich wünschte, ich könnte mit dir fahren. Reist du allein?"

Clarissa nickte. „Es war nur noch ein Platz frei."

„Dann hoffe ich, dass du befreit zurückkehrst von der Last deiner Seelenqual. Vielleicht ist es gut, ausgerechnet den Ort des Unglücks noch einmal aufzusuchen, um dich von allem zu lösen." Julia hielt einen Moment inne. „Aber da ist noch etwas passiert, richtig?"

Clarissa spürte, wie ihre Ohren wieder zu glühen begannen und hoffte inständig, dass ihre Freundin nicht an deren mutmaßlicher Röte bemerkt hatte, dass sie noch eine Neuigkeit zu erzählen hatte.

„Du hast Muering wieder getroffen, stimmt's?", kam Julia ihr schließlich zuvor.

„Erraten. Jetzt sag nicht, dass ich rot geworden bin?"

„Nein ... höchstens ein kleines bisschen im Gesicht. Aber dein ganzer Körper verrät es mir. Dein Blick ist so komisch entrückt, als wäre er nicht von dieser Erde."

„Ach, nun hör aber auf. Er hat Glasmacher und Wehrmeyer dazu gebracht, ihm ihre Gästelisten auszuhändigen, um den Täter zu finden."

Julia presste die Lippen zusammen. „Das war zu erwarten. Hat er denn jemanden aufgespürt?"

„Das weiß ich nicht. Allerdings will er heute Nachmittag höchstpersönlich noch einmal nach der Tatwaffe suchen."

„Tatsächlich? Er ist aber ein zäher Bursche, mindestens genauso zäh wie du. Weißt du, was wir heute Nachmittag machen?"

Clarissa starrte ihre Freundin fragend an.

„Wir gehen hin und leisten ihm ein wenig Gesellschaft. Er kann unsere Anfeuerung doch sicher gebrauchen, so glücklos, wie er in seinen Tätigkeiten ist." Julia setzte ein spitzbübisches Lächeln auf.

„Bist du verrückt geworden? Ich bin ganz froh, dass er bisher noch keinen Erfolg hatte. Er ist ein aufgeblasener Kauz."

„Das ist er ohne Zweifel. Deshalb will ich ihn auch etwas nervös machen. Mal gucken, wie gut die Nerven dieses Düsseldorfers wirklich sind."

„Was hast du vor?"

„Das wirst du dann sehen. Treffen wir uns heute Nachmittag um drei zum Wäschewaschen an der besagten Stelle?"

„Du willst Wäsche waschen? Aber heute ist Mittwoch ..."

Julia kicherte. „Macht das etwas? Schmutzige Wäsche haben wir doch genug, oder?"

„Ich weiß zwar immer noch nicht, was du vorhast, aber meinetwegen können wir Wäsche waschen. Durch meine Reise morgen kommt mein Tagesablauf sowieso durcheinander", sagte Clarissa achselzuckend. Insgeheim freute sie sich darauf, Muering wiederzusehen.

„Dann machen wir das so. Bis heute Nachmittag!"

Als Clarissa wieder allein durch die Straßen ging, spielten ihre Gedanken verrückt. Vor kaum mehr als einer Woche hatte das Schicksal ihr ihren Vater genommen und sie in tiefe Trauer gestürzt. Erst vor wenigen Tagen hatte sie gelernt, dass sie die Dinge nun selbst in die Hand nehmen musste, um die Hintergründe seines Todes und des Mordes an August Reben aufzudecken. Jene Klarheit wünschte sie sich auch für ihre Gefühle, die Rudolf Muering gehörig durcheinandergewirbelt hatte. Wut, Trauer, aber auch Mut und eine seltsame Spur von Erregtheit, die sie am allerwenigsten zu deuten wusste, folgten immer wieder in so kurzen Abständen aufeinander, dass es sie innerlich beinahe zerriss. Die allgemeine Unordnung ihrer Gefühle verhinderte jedoch, dass sie sich übertriebene Angst vor ihrer nächsten Aufgabe machen konnte, die unmittelbar bevorstand. Erst als sie nach links abbog und das Rathaus vor sich sah, spürte sie, wie sich ihr Herzschlag stark beschleunigte. Noch gestern Abend hatte sie sich ihren Schlachtplan zurechtgelegt, der auch ihre Reaktion enthielt, falls sie entdeckt wurde. Solange bis sie sich am Tresor zu schaffen machte, würde sie behaupten können, nur den Schlüssel zurückzubringen und Abschied von dem Büro ihres Vaters nehmen zu wollen. Wenn sie jedoch auf dem Rückweg aus dem Büro spontan ertappt wurde, hatten ihre Ausreden einen ungleich schweren Stand. In dem Fall konnte sie höchstens erklären, versehentlich den falschen Schlüssel eingesteckt oder einen persönlichen Gegenstand ihres Vaters gesucht zu haben. ‚Wahrscheinlich käme ich trotzdem mit dieser Fabelei weg, da ich als Weibsbild ohnehin für dumm gehalten werde', dachte sie grimmig. Für das Gelingen ihres Plans war es allerdings wichtig, dass sie von keinem der Bediensteten gesehen wurde. „Vater im Himmel, ich bitte dich um deinen Segen für meinen Plan im Namen der Gerechtigkeit", sagte sie leise.

Nervös warf sie einen Blick über die Straße, um festzustellen, wer sie beobachtete. Doch außer ein paar Kindern, die ihre vollen Milchkannen schleppten, und ein paar Dorfbewohnerinnen in der Ferne, die zu einem Tratsch zusammenstanden, war die Luft rein. Langsam und bedächtig trat sie durch die Tür des Rathauses, die zu ihrem Glück bereits offenstand. Ihr Herz schlug mittlerweile so laut, dass sie fürchtete, sich allein dadurch zu verraten. Rasch schlüpfte sie aus ihren Schuhen und setzte ihren Weg durch den Flur auf Strümpfen fort. Im Korridor war niemand zu sehen. ‚Ich bin so töricht', dachte sie einen Augenblick lang, als ihr die Tragweite ihres Handelns bewusst wurde. Wenn mich hier jemand entdeckt, werde ich mir unangenehme Fragen gefallen lassen müssen. Als sie vor der Bürotür stand, fand sie noch immer keinen Hinweis auf irgendeine Menschenseele in der Nähe, nur das Zwitschern der Vögel von draußen war zu hören.

‚Die Vögel könnten meine Rettung sein und meine Geräusche übertönen', dachte sie, während sie ihren ganzen Mut zusammennahm und die Türklinke herunterdrückte. Mit einem leisen Knarzen öffnete sie die Tür. Zu ihrer Erleichterung war der Raum leer. Jetzt musste es schnell gehen. Blitzartig zog sie den Schlüssel aus ihrer Tasche und eilte damit zum Tresor, der sich mit einem leisen Quietschen öffnete. Neben dem Revolver lag eine kleine Pappschachtel mit Patronen darin. Sofort nahm sie beides an sich und ließ Waffe und Patronen in ihrer Ledertasche verschwinden. Ebenso rasch verriegelte sie den Tresor und schlich sich aus dem Zimmer. Zitternd vor Angst blickte sie den Flur entlang, ehe sie die Bürotür schloss. ‚Nur noch wenige Schritte, dann habe ich es geschafft', dachte sie. Kurz vor der Eingangstür zuckte sie plötzlich zusammen, als sie Stimmen hörte, die sich von Hohnquads Büro her näherten. Geistesgegenwärtig schlüpfte sie in ihre Schuhe und trat durch die Tür ins Freie. Draußen bemühte sie sich, das Rathaus so schnell wie möglich hinter sich zu lassen. ‚Glück gehabt', dachte sie und wollte sich nicht ausmalen, was ihr hätte passieren können.

XIX

Clarissa hatte sich kaum von ihrem Schreck im Rathaus erholt, als am Nachmittag bereits die nächste Herausforderung auf sie wartete. Es wurde ihr heiß und kalt, wenn sie daran dachte, Rudolf Muering wiederzusehen. Darüber hinaus verging sie beinahe vor Neugierde, was Julia ausheckte. Wie ihre Augen geblitzt hatten ...

Johanna zeigte sich mehr als verwundert, als Clarissa sie nach ihrer Wäsche fragte, die seit dem Wochenende angefallen war.

„Ja, ich weiß, Frau Mama, heute ist Mittwoch und nicht Freitag, aber ich möchte den Großteil der Wäsche schon heute waschen. Ich mag nicht wegen der morgigen Reise meine Pflichten vernachlässigen“, kam Clarissa ihr zuvor.

„Das ist sehr lobenswert, nur musst du am Freitag wieder in Herchen sein ...“

„Das werde ich auch. Aber ich will heute auch das Wetter nutzen. Wer weiß, ob am Freitag noch die Sonne scheint. Heute trocknet die Wäsche nicht nur rasch, das Weiß bleicht auch schnell.“

„Ich habe fast nur schwarze Wäsche in dieser Woche, Clarissa. Aber nun gut, du musst es wissen. Ich will dir nicht verwehren, heute zu waschen.“

„Danke, Frau Mama. Julia wird mir Gesellschaft leisten.“

„Na, dann quatscht mir aber nicht zu viel.“

„Nein. Wir werden dir saubere Kleider zurückbringen.“

Clarissa suchte den kleinen Waschzuber, das Waschbrett, den Wäscheklopfer, die Bürste und die Seife zusammen und legte die Utensilien mit ihrer Wäsche in den großen Weidenkorb. Johanna brachte ihr ein schwarzes Kleid, ein Kopftuch und ein wenig Unterwäsche. Clarissa hatte den Korb gerade in den Handwagen vor dem Haus verladen, als Julia bereits in einer leichten blau-weißen Bauerntracht und mit einem breiten Grinsen im Gesicht vor ihr stand.

Draußen traf Clarissa beinahe der Schlag angesichts der Nachmittagshitze. Sie war daher froh, dass sie diesmal nicht allzu viel Wäsche zu fahren hatte, zumal ihr allein das Gewicht des Zubers den Schweiß auf die Stirn trieb. Gemeinsam mit Julia hievten sie ihre Wäschewagen die kleine Steintreppe hinunter auf die Siegpromenade.

„Wie ich sehe, hast du auch noch nicht besonders viel Wäsche", sagte Julia gut gelaunt, während sie die Siegpromenade entlanggingen. „Dann haben wir noch etwas Zeit, um die Sonne zu genießen."

„Ganz schön heiß heute", erwiderte Clarissa stöhnend, „da wiegt der Korb mehr als sonst."

„Denk dran, wir wollen den werten Herrn Kriminalkommissar ein wenig ärgern", ließ sich Julia ihre gute Laune nicht trüben und motivierte Clarissa, den kleinen Extraweg flussaufwärts trotz der hohen Temperaturen in Kauf zu nehmen. Clarissa spürte einmal mehr, wie gut ihr Julias fröhliche Art tat, und setzte nun ihrerseits ein Lächeln auf.

„Ich bin schon froh, dass wir nicht in Afrika in einer der Kolonien leben müssen. Dort hätten wir so ein Wetter bestimmt jeden Tag", warf Clarissa ein.

„Och, ich könnte mich daran gewöhnen. Das ist doch schöner als der bittere kalte Winter hier. Der kommt noch früh genug", entgegnete Julia, der die Hitze weniger auszumachen schien, obwohl sich auf ihrer Stirn ebenfalls Schweißtropfen abzeichneten.

„Dann möchte ich lieber nach Helgoland."

Auf der Siegpromenade waren trotz des Kaiserwetters nicht mehr so viele Menschen unterwegs wie sonst, da die meisten prominenten Gäste vom Rhein bereits ihre Siebensachen gepackt hatten – nicht nur wegen des bald hereinbrechenden Herbstes, sondern auch wegen der Angst, die nach dem Tod August Rebens unter den Sommerfrischlern um sich griff, wie Clarissa vermutete. So ernteten sie auf ihrem Weg nicht mehr als einige irritierte Blicke der Dorfbewohner, die sich ungläubig fragten, ob denn schon Freitag sei.

Als sie den abseits der Zivilisation gelegenen Tatort erreichten, jagte Clarissa trotz der Hitze ein eiskalter Schauer über den Rücken. Den Blick zu Boden gewandt, musterten ihre Augen jeden Kiesel des Siegstrandes, als wenn sie befürchteten, irgendwo Blutflecken als Überbleibsel des schrecklichen Mordes zu finden. Doch die Steine waren grau wie immer. Nachdem Julia ihren Handwagen direkt am Wasser abgestellt hatte, tat Clarissa es ihr gleich und erstarrte im selben Augenblick: Auf der anderen Flussseite, etwas oberhalb des Steilhanges, in den Büschen aus Weiden und Erlen, stand ein ihr wohlbekannter Mann. „Da ist er!", zischte sie und fuhr herum zu Julia, die jedoch ganz gelassen blieb.

„Nach deinen Schilderungen heute Morgen hatte ich erwartet, ihn hier anzutreffen. Nur zu. Wir lassen uns nicht stören und breiten in aller Seelenruhe unsere Wäsche aus. Mal sehen, wann er uns bemerkt."

Während Julia ihr Vorhaben bereits in die Tat umsetzte, zögerte Clarissa und lud ihren Handwagen schließlich so langsam aus, als sei sie nicht ganz bei der Sache. Julia unterdessen hatte schnell ihre Seife im Bottich angerührt und in Windeseile ihre Wäsche ausgeklopft, sodass sie diese zur Aufweichung in den vorbereiteten Bottich geben konnte.

Neben Unterwäsche hatte sie im Gegensatz zu Clarissa auch zwei farbige Kleider mitgebracht, um die sie ihre Freundin ein wenig beneidete.

„Ich kann mir gar nicht vorstellen, ein ganzes Jahr lang schwarz zu tragen“, meinte Clarissa.

„Wichtig ist mir vor allem, dass du nicht ein ganzes Jahr lang traurig bist“, erwiderte Julia. „Das wäre ganz bestimmt nicht im Sinne deines Vaters.“

„Recht hast du.“

Clarissa warf immer wieder einen flüchtigen Blick auf das andere Ufer zu Rudolf Muering. Es überraschte sie, ihn hier nur im Hemd und kurzer Hose zu sehen. Er sah beinahe so aus, als wollte er gleich baden gehen. Sie schmunzelte bei dem Gedanken. Als er schließlich in ihre Richtung schaute, wandte sie rasch ihren Blick ab.

„Guten Tag, die Damen! Was machen Sie denn hier?“, rief er lauthals über das rauschende Wasser.

„Wir fangen ein paar Fische! Möchten Sie uns helfen?“, rief Julia mit nicht minder starker Stimme zurück. Clarissa konnte nicht mehr an sich halten und prustete vor Lachen.

„Bist du verrückt geworden?“, raunte sie Julia zu.

„Jetzt hab dich nicht so. Ein bisschen Spaß wird doch wohl noch erlaubt sein, oder? Bleib ganz gelassen und kümmere dich um deine Wäsche. Er wird schon auf uns zukommen.“

Muering setzte eine fragende Miene auf und sah nicht danach aus, als hätte er den Scherz verstanden.

Julia nahm ihre Kleider aus dem Bottich und begann sie zu bürsten, zu klopfen und schließlich über das Waschbrett im Bottich zu reiben. Clarissa tat es ihr nach, kam jedoch nicht ganz so schnell voran wie Julia, da sie zwischendurch immer wieder einen Blick auf die andere Siegseite warf. Als sie geendet hatten, spülten sie die Wäsche in der Sieg.

„Sie waschen Ihre Wäsche in diesem nach Fisch stinkenden Fluss?“, erschallte plötzlich die Stimme von Rudolf Muering über das Wasser.

„Ja, und stellen Sie sich einmal vor, sie wird sogar sauber dabei“, gab Julia schlagfertig zurück.

„Sie müssen wohl noch einiges lernen, bevor Sie gute Hausfrauen werden!“, legte Muering nach.

Julia sah Clarissa empört an. „Hat er das wirklich gerade gesagt?“ Aus ihrer Miene entsprang die für sie typische Kampfeslust, die immer dann auftrat, wenn sie etwas störte. Doch auch Clarissa fühlte sich von Muerings Worten mehr als provoziert, erst recht, wenn sie daran dachte, wie er die Arbeit ihres Vaters entwertet hatte und sie selbst offensichtlich nicht ernst nahm.

Bevor die beiden Damen jedoch etwas erwidern konnten, mussten sie mit ansehen, wie Muering ins Wasser sprang. Ob er freiwillig gesprungen war oder in einem Moment der Unachtsamkeit das Gleichgewicht verloren hatte, vermochten sie nicht zu sagen. Julia war die Erste, die sich aus ihrer Schockstarre löste, ihren Waschbottich stehenließ, ohne zu überlegen ihre Tracht auszog und nur mit Unterwäsche bekleidet ins Wasser stieg. Mit offenem Mund verfolgte Clarissa die Szene und beobachtete, wie Muering gegen die auf seiner Uferseite stärkere Strömung ankämpfte. Zum Glück hatte die Sieg infolge des schönen Wetters der letzten Wochen einen eher niedrigen Wasserstand, sodass Muering sich dank wilder Schwimmbewegungen an Ort und Stelle halten konnte.

„Machen Sie ruhige Züge, Herr Kommissar!“, rief ihm Julia zu, die inzwischen ungefähr in der Mitte des Flusses angelangt war, wo sie noch stehen konnte. „Schwimmen Sie zu mir, auf dieser Seite ist das Wasser stiller!“

Tatsächlich gelang es Muering, durch ruhigere, aber kräftige Züge von der Stelle zu kommen und sich in Julias Richtung zu bewegen, während er nur wenige Schritte flussabwärts trieb. Schließlich erreichte er ihre Nähe, wodurch sie ihm die Hand ausstreckte und ihn zu sich heranzog. Als er mit beiden Beinen einen Halt auf dem steinernen Untergrund fand und laut prustete, konnte sich Julia einen Kommentar nicht verkneifen.

„Jetzt müssen Sie selbst mit diesem nach Fisch stinkenden Fluss vorliebnehmen. Willkommen in Herchen, Herr Kommissar!" Sie lachte.

„Ach Fräulein Müller, ich weiß gar nicht, was ich sagen soll. Etwas Peinlicheres ist mir nie passiert. Ich geniere mich zutiefst ...", stammelte Muering, der sich nun darum bemühte, seinen Oberkörper möglichst tief einzutauchen, da der nasse weiße Leinenstoff seine Haut sichtbar machte.

„Besser geniert als ertrunken, nicht wahr?", gab Julia kühl zurück.

„Bitte, Fräulein Müller, machen Sie das nicht öffentlich. Ich habe am Ufer mein Gleichgewicht verloren und muss zugeben, dass die Strömung auf der Seite doch etwas stärker ist, als ich erwartet hätte. Dennoch wollte ich Sie keineswegs in Verlegenheit bringen, ich hätte mich gewiss auch ohne Sie gerettet."

„Das würde ich an Ihrer Stelle auch behaupten, Herr Kommissar. Aber keine Sorge, ich erzähle nichts weiter. Du auch nicht, Clarissa, oder?" Julia drehte sich um und winkte ihrer Freundin zu, die nur mit dem Kopf schüttelte.

„Die Stelle hier ist zum Glück so abgelegen, dass uns gewiss niemand Weiteres beobachtet hat", sagte Julia augenzwinkernd. „Aber ich würde sagen, eine Erfrischung dürfte uns bei diesem Wetter hochwillkommen sein, oder? Clarissa, komm zu uns, wir baden heute eine Runde!"

Clarissa stand noch immer wie angewurzelt vor ihrem Waschbottich und wusste nicht recht, wie sie mit der Situation umgehen sollte. Das Herz schlug ihr vor Aufregung bis zum Hals. Ihre Freundin war nicht nur schnabelschnell, sondern auch tollkühn, in Unterwäsche einem fremden Mann zur Hilfe zu eilen. Sie spürte, wie ihre Ohren und Wangen zu glühen begannen. Nicht nur für Muering und Julia, sondern auch für sie als Zuschauerin von unerwartet viel nackter Haut war die Angelegenheit mehr als peinlich. Trotzdem fühlte sie eine unheimliche Erregung, wenn sie daran dachte, Julias Angebot einfach anzunehmen und das Vergnügen im Wasser nicht nur ihrer Freundin zu überlassen. Was war schon dabei, sich bei den heißen Temperaturen etwas in der Sieg zu kühlen? Unsicher schaute sie sich um. Es war tatsächlich niemand in der Nähe, der sie beobachten konnte. Die Gelegenheit war einmalig und würde sich ihr vielleicht nie wieder bieten.

„Na los, Clarissa, komm zu uns! Aber mach es besser als ich und leg deine Kleidung ab, bevor du ins Wasser gehst. Sie haben doch nichts dagegen, Herr Muering? Wissen Sie, wir baden im Sommer immer in der Sieg ... natürlich hochanständig."

„Nein ...", brachte Muering mühsam hervor, der selbst nicht wusste, wie er sich verhalten sollte.

Daraufhin fasste sich Clarissa ein Herz und legte ihren schwarzen Rock und ihre gleichfarbige Bluse ab. Dann zog sie sich die Strümpfe aus. Der Gedanke, sich – wie von Julia vorgeschlagen – ganz auszuziehen war verlockend, aber völlig undenkbar. Keinesfalls wollte sie vor einem fremden Mann komplett entblößt dastehen, so wie es nur unzüchtige Damen taten, wie sie aus Erzählungen wusste. Dafür musste sie nun wie Julia sowohl ein nasses Beinkleid als auch ein nasses Hemd in Kauf nehmen. Zitternd vor Erregung tastete sie sich mit ihren Füßen Stein um Stein voran, der Sieg entgegen. Während die Steine des Ufers durch die Hitze unter ihren Sohlen brannten, erlebte sie bei ihren ersten Schritten auf den Kieseln im Wasser eine wohltuende Kühle. Sie spürte die glitschigen Steine unter sich, an denen sie ein wenig abrutschte. Schließlich ließ sie sich fallen und glitt mit ihrem Oberkörper ganz in den Fluss hinein. In diesem Moment spürte sie ein ungeheures Glücksgefühl, einer rauschhaften Leichtigkeit gleich, die sie noch nie erlebt hatte.

Als sie Julia und Muering erreichte, suchten ihre Füße festen Boden und fanden ihn, sodass sie mit ihrem Oberkörper bis knapp unterhalb der Brust aus dem Wasser ragte. Erschreckt und entzückt zugleich betrachtete sie ihre Brustwarzen, die sich nun sehr deutlich unter ihrem nassen, durchscheinenden Hemd abbildeten. Verstohlen warf sie einen Blick auf Julia, deren Busen sich ebenfalls deutlich abzeichnete. Und ... Clarissa stockte der Atem, als sie Rudolf Muerings kräftig gebauten Oberkörper aus der Nähe betrachtete, dessen Konturen sie durch sein eng anliegendes, nicht weniger durchnässtes Hemd gut erkennen konnte.

„Nun denn, da wären wir also“, sagte er mit etwas gefassterer Stimme als zuvor. „Sie sind äußerst nonchalant, meine Damen, das muss ich Ihnen lassen. Aber warum sollten wir uns nicht auf diese Weise ein wenig Abkühlung verschaffen? Das ist doch etwas durch und durch Natürliches.“ Er lachte.

Nach und nach vergaß auch Clarissa einen Teil ihrer Scham und sie begann, das unerwartete Bad zu genießen. Während sie sich im Wasser treiben ließen und ab und an gegenseitig besprenkelten, schien die Zeit stillzustehen. Erst als die Sonne hinter den Bäumen auf der Bergkette am gegenüberliegenden Ufer versank und es zunehmend schattig wurde, fiel Clarissa ihre Pflicht ein.

„Die Sonne geht schon unter und ich werde meiner Mutter erklären müssen, wo ich so lange war", sagte sie.

„Du hast recht, auch ich muss heute Abend noch arbeiten", stimmte ihr Julia zu.

„Das Wasser wird auch langsam kalt", stellte Muering fest. „Zu dumm nur, dass ich keine Wechselkleidung mitgenommen habe."

„Tja, daran können wir leider nichts mehr ändern, Herr Kommissar. Aber die kurze Strecke nach Hause werden Sie schon überleben", meinte Julia.

Clarissa hatte unterdessen das Wasser verlassen und zog ihre schwarze Oberbekleidung notdürftig über ihre nasse Unterwäsche. Dann packte sie ihre Wäsche zusammen und stellte erleichtert fest, dass sie die Wäsche ihrer Mutter vollendet hatte. Da die Sonne im September schon deutlich früher unterging als im Sommer, konnte es noch nicht so spät sein, dass ihre Mutter vor Sorgen über ihr Fernbleiben umkam. Endlich war auch Julia so weit, dass sie aufbrechen konnten.

„Darf ich Sie vielleicht heute Abend zum Essen einladen?", sprach Rudolf Muering Clarissa plötzlich an, kurz bevor er die Siegpromenade verließ, um seinen Weg in Richtung Hotel anzutreten.

„Heute Abend ... Vielen Dank, aber ich muss noch ein paar Sachen zusammensuchen. Ich reise morgen nach Königswinter, wie Sie wissen", antwortete Clarissa etwas kühler, als sie es eigentlich meinte. „Und meine Freundin muss gleich noch arbeiten, nicht wahr?"

„So ist es. Ich gehe gern mit Ihnen in die Gaststätte, aber dann müssen Sie allein am Tisch sitzen", sagte Julia ungerührt und zwinkerte Clarissa zu. „Ein anderes Mal vielleicht."

XX

Am nächsten Morgen erwachte Clarissa mit einem flauen Gefühl im Magen, während vor ihrem inneren Auge die entscheidenden Szenen des gestrigen Tages noch einmal abliefen: Das gemeinsame Bad mit Rudolf Muering in der Sieg und Muerings anschließende Einladung zum Essen, die sie so kühl zurückgewiesen hatte, dass jedes Wort, das sie gesagt hatte, noch Stunden später in ihrem Kopf nachhallte. Bis zu ihrer Antwort auf die Frage Muerings war der Tag für sie wie in einem Bilderbuch verlaufen – und dann hatte sie seine Einladung einfach abgelehnt mit der Begründung, dass sie noch die Sachen für ihre Reise zusammensuchen müsse.

Natürlich entsprach es der Wahrheit, dass Clarissa eine gewisse Zeit am Abend benötigte, um sich Gedanken zu machen, was sie auf ihre Kutschfahrt mitnehmen wollte. Das eigentlich Schlimme an ihrer Antwort war die Tatsache, dass sie die Art und Weise ihrer Ablehnung bereute und sie heimlich gestehen musste, dass sie sich auf ein Abendessen mit dem Kriminalkommissar aus Düsseldorf gefreut hatte. Die Erkenntnis, dass sie sich nach Muerings Anwesenheit sehnte, war erschreckend und faszinierend zugleich für sie. ‚Schlag ihn dir aus dem Kopf', schalt sie sich immer wieder. ‚Er ist ein hoher Beamter und ich bin nur eine einfache Sergeantentochter. Außerdem hat er die Arbeit meines Vaters entwertet und sich über uns lustig gemacht. Er ist ein eingebildeter überheblicher Kauz – daran ändert auch die Tatsache nichts, dass er mit mir zusammen gebadet und mich anschließend zum Essen eingeladen hat.' Clarissa stutzte. Wenn sie ehrlich war, hatte sie sich ihm gegenüber durch ihre Ablehnung ebenfalls ein wenig überheblich gezeigt. Sie hätte ihm zumindest einen anderen Tag vorschlagen können. So aber hatte er ganz traurig geschaut und sich ziemlich wortkarg verabschiedet. Clarissa hoffte inständig, dass sie ihn damit nicht vollends vor den Kopf gestoßen hatte. Julia meinte zwar, dass er sich wieder bei ihr melden würde, aber Clarissa war sich dessen keineswegs sicher. Fest stand an diesem Morgen nur, dass das unbeschreibliche Wechselbad der Gefühle für sie weiterging.

Mühsam versuchte sie, ihre Gedanken zu ordnen. Der Tag ihrer Reise nach Königswinter war gekommen. Sie warf einen Blick auf ihren kleinen Lederkoffer, den sie am Vorabend auf ihren Ankleidestuhl gelegt hatte. Neben einer kleinen Wegzehrung konnte sie darin ihren Regenschirm für alle Fälle und – sie erschauerte ein wenig bei diesem Gedanken – den Revolver ihres Vaters unterbringen. In aller Heimlichkeit hatte sie sich das frisch erworbene Stück gestern Abend einmal genauer angeschaut und die Trommel mit den sechs Patronen aus der Pappschachtel befüllt. Mit zitternden Händen hatte sie die befüllte Trommel in den Rahmen des Revolvers gedrückt und sicherheitshalber ihre Finger vom Abzug der Waffe ferngehalten. Sie hatte wenig Ahnung, wie man den Revolver richtig einsetzte. Nicht einmal ihr Vater hatte bislang mit seiner Waffe einen Schuss auf Menschen abfeuern müssen. Clarissa vermutete, dass sie im Ernstfall den Hebel am Griff der Waffe nach unten drücken und anschließend den Abzug drücken musste, um zu schießen. Sie hoffte, dass es niemals soweit kommen würde. Aber wenn sie sich doch verteidigen musste, gab ihr der Besitz einer Waffe ein sicheres Gefühl.

Ihr Frühstück fiel – der Aufregung geschuldet – mit einer Scheibe Brot äußerst karg aus. Zu allem Überfluss sorgte sie sich auch um ihre Mutter, die Clarissas Aufbruchsstimmung wenig kümmerte. Sie spürte, wie die Trauer Johanna nach wie vor gefangen hielt. Nicht einmal die etwas zu lange Abwesenheit ihrer Tochter gestern Nachmittag hatte sie verwundert. Clarissas launenhafte Schwankungen schien sie nicht zu registrieren. Beim Frühstück aß sie noch weniger als Clarissa: Gerade eine halbe Scheibe Brot mit Schmalz brachte sie herunter.

„Frau Mama, sind Sie sicher, dass ich heute ruhigen Gewissens fahren kann? Ihr wirkt mir noch trüber als in den vergangenen Tagen ..."

„Es geht schon, Clarissa. Fahr und nimm Abschied von deinem Vater. Du bist alt genug, um selbst zu entscheiden, worauf du dich einlässt. Ich komme schon zurecht."

„Ich will heute am frühen Abend wieder bei Ihnen sein, das verspreche ich Ihnen."

Nachdem sie ihre Wegzehrung vorbereitet und in ihrem Koffer verstaut hatte, verließ Clarissa das Haus in erwartungsvoller Stimmung. Der schwarze Mantel, den sie trug, schützte sie vor der morgendlichen Kälte. In der Post musste sie sich noch einige Minuten ihre Zeit vertreiben, ehe die Postkutsche aus der Richtung des benachbarten Dattenfeld eintraf. Doch schließlich kündigte das Posthorn eine edle, schwarz-gelbe Kutsche an, die von vier schwarzen Pferden gezogen wurde. Der Postillion, ein freundlicher älterer Herr, half Clarissa, ihren Koffer zu verstauen und wies ihr einen Platz im Wagen der Kutsche zu. Im Wagen saßen bereits fünf Fahrgäste, zwei Paare und ein Mann, sodass die Kutsche mit ihr bereits vollbesetzt war. Clarissa musterte die Passagiere flüchtig, doch sie erkannte niemanden von ihnen. Zu ihrem Glück gaben sich alle Mitreisenden während der Fahrt angesichts der frühen Uhrzeit ziemlich wortkarg; keiner fragte nach dem Sinn und Zweck ihrer Reise. Am Herchener Bahnhof, der sich wegen des langen Eisenbahntunnels außerhalb des Dorfes in dem kleinen Ort Hammer befand, kam plötzlich Bewegung in die Gesellschaft, da drei Fahrgäste ausstiegen und durch drei andere ersetzt wurden, deren Reiseziele offenbar ebenso wie das ihre noch nicht an die Bahnstrecke angeschlossen waren.

Die zugestiegenen Fahrgäste – ein junges Ehepaar und ein altes Mütterchen – waren etwas lebendiger als die Ausgestiegenen.

„Guten Morgen", begrüßte die junge Dame Clarissa freundlich. Sie konnte kaum älter sein als sie selbst, hatte feine Gesichtszüge und ihre blonden Haare unter einer blauen Haube verborgen. „Wohin sind Sie des Weges, wenn mir die forsche Frage erlaubt ist?"

„Ich fahre nach Königswinter", antwortete Clarissa und fasste vorsichtig Vertrauen, da die Frau sie unentwegt anstrahlte.

„Nach Königswinter? Oh, dann besuchen Sie mit Sicherheit jemand Bekannten dort ...?"

„Es geht leider um einen Trauerfall", sagte Clarissa mit fester Stimme, da sie mit einer derartigen Frage gerechnet hatte.

„Oh, das tut mir leid", sagte die Frau betroffen und senkte ihren Blick.

„Kein Problem, das konnten Sie ja nicht wissen. Wohin fahren Sie denn?"

„Bis Uckerath. Mein treuer Herr Gemahl möchte dort einen Betrieb besichtigen, der zum Verkauf steht. Die Gelegenheit haben Mutter und ich beim Schopf gepackt und wollen meinem Oheim einen Besuch abstatten. Der Gute wohnt ganz allein mit meiner Tante auf dem Hof, die immer mehr vergisst. Beide haben keine Kinder, wollen aber trotzdem lieber dort wohnen bleiben, als den Hof zu verkaufen und zu uns nach Werfen zu ziehen. Tja, einen alten Baum verpflanzt man nicht mehr. Ich dagegen hätte Lust, die ganze Welt zu sehen! Unsere

Welt wird immer verrückter ... Denken Sie nur an die neuen Möglichkeiten des Reisens. Da sind nicht nur das Dampfross und der Heißluftballon, sondern bald gewiss das Automobil. Ach, ich träume davon, einmal im Leben mit dem Dampfschiff nach Amerika zu fahren ... Allerdings möchte ich unsere gute alte Kutsche hier auch nicht missen." Sie lachte auf eine sympathische Art und Weise, die Clarissa für ein paar Momente von ihren sorgenvollen Gedanken um ihren Vater und Rudolf Muering ablenkte. Als sie zusammen mit ihrem Mann und ihrer Mutter in Uckerath ausstieg, war Clarissa beinahe traurig.

„Da wären wir schon. Ich bin mir sicher, wir sehen uns wieder, Fräulein ...?"

„Fuchs. Clarissa Fuchs."

Das Gesicht der jungen Dame nahm einen erstaunten Ausdruck an. „Ach, Sie sind ..." Verstehend fasste sie Clarissa bei den Händen und drückte diese mitfühlend.

„Elsa Brückmann", sagte sie schließlich und verabschiedete sich, da die Kutsche ihre Fahrt fortsetzen musste. „Machen Sie es gut, Fräulein Fuchs. Es hat mich sehr gefreut, Sie kennenzulernen! Ich wünsche Ihnen alle Kraft der Welt und Gottes Segen!"

„Danke, ich wünsche Ihnen das Gleiche!"

Mit dem Ausstieg der drei Fahrgäste in Uckerath kehrte die Schweigsamkeit in die Kutsche zurück, was Clarissa nicht unbedingt unrecht war. Noch eine Weile hing sie in Gedanken den Erzählungen von Elsa Brückmann nach, die ihr so lebensfroh erschienen war. Mit dem Dampfschiff nach Amerika fahren ... Clarissa lächelte sarkastisch. Sie hatte ganz andere Probleme. Und doch hatte ihr diese sonderliche Frau gutgetan. Genauso gut wie ihr Julia immer tat, die sie heute schmerzlich vermisste. Aber ihre Erinnerungen an gestern konnte ihr niemand nehmen und der Gedanke an das gemeinsame Bad mit ihr und Rudolf Muering ließ sie träumend die Augen schließen, während die Kutsche mit eintönigen Geräuschen über die Straßen holperte. Ein kalter Schauer lief ihr den Rücken herab. Sie mochte sich gar nicht vorstellen, was passiert wäre, wenn sie sich gestern noch mehr getraut hätte, als bloß ihre Oberbekleidung abzulegen ...

Viele Stationen später erschallte schließlich die durchdringende Stimme des Postillions, der sie mit einem einzigen Wort in die Wirklichkeit zurückholte: „Königswinter!“

Clarissa nahm ihren Koffer entgegen und wartete bis zur nächsten Häuserecke, ehe sie einen Blick hineinwarf. Erleichtert stellte sie fest, dass ihr etwas Metallenes entgegenblitzte. Eigentlich war ihr nicht wohl bei dem Gedanken, dass der Revolver einfach so im Koffer lag. ‚Ich hätte ihn zumindest in ein Kleidungsstück wickeln sollen‘, dachte sie. Glück gehabt. Sie klappte den Koffer zu und wandte sich intuitiv in Richtung der Rheinpromenade. Ein leichter Wind pfiff ihr um die Nase und trug den unverkennbaren Geruch des Wassers an sie heran, so wie sie ihn von der Sieg her kannte. Trotzdem empfand sie die Luft als drückend. Die Sonne hatte sich hinter ein milchiges Gewölk verzogen und in der Ferne türmten sich bereits Quellwolken auf. Clarissa bekam eine Gänsehaut, als sie sich vorstellte, dass es ihrem Vater ähnlich ergangen sein musste. Hatte er das aufziehende Unwetter unterschätzt? Sich nicht rechtzeitig in Sicherheit gebracht? Sie fühlte, dass auch heute ein Gewitter in der Luft lag, aber noch nicht so bald.

„Entschuldigen Sie, junge Dame, kann ich Ihnen behilflich sein?“

Clarissa schreckte aus ihren Tagträumereien und starrte einen jungen Herrn an, der mit sorgenvoller Miene auf sie herabschaute.

„Danke, ich ..." Nach kurzem Zögern nannte sie ihm die Adresse, die sie suchte.

„Da müssen Sie einfach nur bis ans Ende der Allee gehen, und dann auf der rechten Seite immer den Hausnummern nach. Ich kenne diese Dame nicht, aber in diese Richtung müssten Sie fündig werden."

„Habt Dank, edler Herr!"

„Dafür nicht." Der Mann zog seinen Hut und verneigte sich.

‚Ich muss auf die Leute wie eine Verirrte wirken', dachte Clarissa. Mit klopfendem Herzen schritt sie die Allee entlang, durch die Lindenbäume am Rhein, so wie der Mann ihr beschrieben hatte. Bislang hatte sie Linden immer als romantisch empfunden, als Symbole des Lebens, der Geselligkeit, der Liebe. Doch der Tod ihres Vaters hatte ihren Blick auf Bäume verändert. Bäume waren nicht nur Symbole des Lebens, sondern konnten auch den Tod bringen.

Sie bemühte sich, den Blick nach vorne zu richten und einen entschlossenen Eindruck auf die Menschen zu machen, die an ihr vorübergingen. Als sie das Ende der Allee erreicht hatte, hielt sie sich wie empfohlen rechts und fand eine prächtige Villa vor, die sie mit ihrem vorgelagerten Türmchen ein wenig an die Villa Lequis in Herchen erinnerte. Da sie die Hausnummer nicht einsehen konnte, wechselte sie nach rechts auf die Straße, die zum Eingangsportal der Villa führte. Noch war sie nicht am Ziel. Hinter der Villa folgten weitere Anwesen, die gleichzeitig erhaben und verlassen wirkten. Zwischen zwei Villen fand sie ein großes Stück unbebaute Wiese vor, auf der einige Bäume in wohl dosiertem Abstand voneinander wuchsen. Nur eine Stelle auf der Wiese war auffallend leer, und im nächsten Augenblick wusste Clarissa auch, weshalb. Dort, wo nun ein Stumpf aus dem Boden ragte, musste – der Helligkeit des Holzes zufolge – vor sehr kurzer Zeit noch ein gewaltiger Baum gestanden haben. Auf der Wiese rings um den Stumpf verteilt lagen noch kleinere Äste und jede Menge Blätter. Clarissa stockte der Atem. Sie ahnte, dass sie nicht weiter zu suchen brauchte, sondern ihr erstes Ziel erreicht hatte. Der Ort des Todes. Ein Ort des Todes, den man bereits weitgehend ordentlich hergerichtet hatte. Den Stamm oder größere Äste des Baumes konnte sie nirgendwo auf der Wiese erkennen; offensichtlich hatte der Besitzer alle Überreste, die auf ein Unglück hätten hindeuten können, sehr zügig nach dem Ereignis entsorgen lassen. Auf diese Weise war es Clarissa unmöglich nachzuvollziehen, warum der mächtige Baum umgestürzt war und ihren Vater begraben hatte. ‚Es muss doch irgendeine Möglichkeit geben, mehr über die Hintergründe des Unglücks zu erfahren', dachte sie und nahm sich vor, auf dem Rückweg einen Abstecher zur örtlichen Polizeibehörde zu machen. Doch zuvor wollte sie das Haus Greta von Salvys aufsuchen, das sich den Hausnummern zufolge nur einen Steinwurf von dieser Stelle befinden musste.

Tatsächlich stand sie nur etwa fünfzig Schritte weiter vor einer hübschen, zitronengelben Villa, deren Beschreibung genau auf das Anwesen Greta von Salvys zutraf. Vorsichtig näherte sie sich dem weißen Holzzaun, während sie die Fenster der Villa ins Auge fasste. Bis auf die Fenster des Turms waren alle Läden geöffnet, was ihrer Meinung nach weder einen Rückschluss auf eine An- noch auf eine Abwesenheit der Besitzerin zuließ. Sie konnte sich kaum vorstellen, dass von Salvy allein in der großen Villa wohnte. ‚Ich muss es herausfinden', dachte Clarissa und stellte ihren Koffer vor das Zauntor, um nach ihrer Waffe zu sehen.

„Das können Sie sich sparen!", donnerte plötzlich hinter ihr eine tiefe Männerstimme, die sie zusammenfahren ließ.

XXI

Knapp fünfhundert Kilometer weiter östlich in Berlin gab es dringenden Redebedarf, zu dem der Staatssekretär des Reichsamtes des Innern den französischen Botschafter in genau jenen Empfangsraum geladen hatte, dessen Wand ein großes Gemälde der Reichsgründer im Spiegelsaal des Schlosses von Versailles zierte. Beide Herren saßen kerzengerade auf ihren Stühlen, die sich in schrägem Winkel einem kleinen Rundtisch zuwandten, und starrten sich mit unbewegten Mienen an.

„Monsieur Baudin, es liegt mir nahe, nicht um den heißen Brei herumzureden. Wir fordern die französische Regierung eindringlich dazu auf, jegliche Beziehungen zu Vereinen französischer Mitglieder auf dem Reichsgebiet offenzulegen. Ein Mord wie der an einem unserer besten Künstler darf sich nicht wiederholen. Wir erwarten von Ihnen, dass Sie uns bei der Aufklärung und Bekämpfung dieser barbarischen Verbrechen zur Seite stehen."

Baudin rümpfte die Nase und spie eine so starke Wolke Zigarrenrauch aus, dass der Qualm das Gemälde der Reichsgründer für einen Augenblick verschwinden ließ.

„Ich glaube nicht, dass dies der Inhalt unseres Gesprächs sein kann, Herr Staatssekretär." Er legte eine kleine Pause ein, während der er wieder an seiner Zigarre zog. „Ich möchte diesen Termin dazu nutzen, um Ihnen die Forderung der französischen Regierung zu überbringen, dass sich die Ermittlungen der Polizei nicht länger gezielt gegen französische Vereine richten dürfen. Lassen Sie die französischen Bürger frei, die kein Verbrechen gestanden haben. Der französische

Staat hat mit dem ohne Zweifel bedauerlichen Mord an dem Künstler nichts zu tun. Wo sind Ihre Beweise, dass die Mörder Franzosen waren?"

„Ich darf Sie daran erinnern, dass das dem Mord zugehörige Geständnisschreiben die Signatur der Vinzenz-Konferenz St. Antonius in Düsseldorf trägt. Der Vorsitzende dieser Vinzenz-Konferenz ist Jean-Claude Bastian, ein Franzose. In dem Schreiben werden die Künstler aufgefordert, das Sedan-Spiel jetzt und in Zukunft zu unterlassen. Eine Haltung, die sicherlich auch im Interesse des französischen Staates liegen dürfte, nicht wahr?"

„Ich betone noch einmal, dass der französische Staat mit diesem Mord nichts zu tun hat. Unsere Demütigung nach der Niederlage bei Sedan ist zwar ungebrochen groß, aber einen Mord haben wir deswegen nicht in Auftrag gegeben, das kann ich Ihnen als Diplomat versichern. Es scheint mir eher der Fall gegeben, dass jemand versucht, uns etwas in die Schuhe zu schieben."

Der Staatssekretär nahm einen Schluck Wasser von dem kleinen Tisch und rückte seine Brille zurecht. „Wenn Sie nicht für den Mord und das Schreiben verantwortlich sind, sollten Sie auch keine Scheu haben, uns bei der Aufklärung zu unterstützen, indem Sie Verbindungen der französischen Vinzenz-Konferenz zu den deutschen Vereinen eingehend und kritisch untersuchen."

„Das ist unerhört. Wir sind erst dazu bereit, in konstruktive Verhandlungen einzutreten, wenn Sie unsere Landsleute unverzüglich freilassen und in französische Obhut geben."

„Wir sprechen uns wieder und ich kann in Ihrem Namen nur hoffen, dass unser erneutes Gespräch ein friedliches wird."

XXII

Als sie die erste Schrecksekunde überstanden hatte, wandte sich Clarissa vorsichtig um, bereit, um zu ihrer Verteidigung zum Revolver zu greifen. Vor ihr stand, noch ein paar Schritte entfernt, ein älterer Mann mit einem üppigen weißen Schnäuzer und einem schwarzen Zylinderhut. Clarissa wusste nicht, woher der Mann so plötzlich aufgetaucht war, doch seinen Worten zufolge musste er sie beobachtet haben. Schließlich machte er wenige Schritte vor ihr Halt, in einem Abstand, der Clarissa noch nicht die Waffe ziehen ließ, aber sie dennoch beunruhigte.

„Was wollen Sie hier, junge Dame?", fragte er unwirsch.

„Ich suche Fräulein Greta von Salvy", gab Clarissa knapp zurück, bedacht darauf, ihrem Gegenüber möglichst wenig Angriffsfläche zu bieten.

„So wie Sie um das Haus schleichen, sind Sie offensichtlich eine alte Freundin der Dame, die vor langer Zeit im Streit von ihr gegangen ist und schon lange nicht mehr hier war."

Clarissa stockte einen Augenblick. Sie musste nur noch ja sagen, um die Gelegenheit zur Lüge zu nutzen, die der Mann ihr bot. Doch in letzter Sekunde entschied sie sich dafür, auf eine Lüge zu verzichten. Von klein auf hatte sie gelernt, dass lügen nicht nur Sünde, sondern oftmals zwecklos war, da die Wahrheit früher oder später ohnehin ans Licht kam.

„Vielmehr wie eine Polizeibeamtin, die Fräulein von Salvy als Zeugin für einen Prozess gewinnen möchte."

Der Mann zog seine Augenbrauen hoch. „Sehr interessant. Nachher erzählen Sie mir noch, dass Sie auch die Schwester des Papstes sind. Wenn Sie nicht augenblicklich von hier verschwinden, lasse ich die Polizei rufen."

„Es ist mein gutes Recht, mich hier aufzuhalten. Können Sie mir nicht wenigstens sagen, ob ich Fräulein von Salvy hier finde? Und wer sind Sie überhaupt?"

„Fräulein von Salvy ist nach Düsseldorf verreist, das werde ich als ihr Nachbar wohl noch wissen. Von Nelles mein Name. Ich sagte Ihnen bereits, dass Sie sich das Öffnen des Tores sparen können. Ich wiederhole mich nur ungern: Wenn Sie nicht sofort von hier verschwinden, lasse ich Sie wegen Landstreicherei verhaften."

Clarissa sah ein, dass ihr nicht mehr viel Zeit blieb, um die unangenehme Situation möglichst geräuschlos zu lösen. Von Nelles wirkte für ihre Begriffe entschlossen genug, um seine Drohung wahrzumachen und die Polizei zu rufen. Dann aber würde es für sie unvergleichlich schwieriger werden, die Mitführung einer Waffe als Frau zu erklären. Darüber hinaus besaß der Mann möglicherweise tatsächlich genug Einfluss, um sie wegen Landstreicherei einzusperren.

Die Tochter eines Polizeibeamten der Landstreicherei zu bezichtigen war aus ihrer Sicht der Gipfel der Unverschämtheit. Gerne hätte sie ihren Revolver aus dem Koffer geholt und von Nelles offen gesagt, was sie von ihm hielt. Doch sie zwang sich, ihre Wut hinunterzuschlucken. Jetzt war noch nicht der Zeitpunkt, um ihre Waffe einzusetzen. Für den Moment schien es ihr klüger, den Rückzug anzutreten – zumal dieser überaus unfreundliche Herr ihr bereits die Information geliefert hatte, die sie benötigte. Auch wenn sich von Nelles taktlos und roh aufführte, zweifelte sie nicht daran, dass er die Wahrheit sprach und von Salvy mittlerweile in Düsseldorf residierte. ‚Warum ...?', schoss es ihr durch den Kopf. Sie verzichtete jedoch darauf, von Nelles noch eine Frage zu stellen. Es lag nun an ihr, das Warum zu beantworten.

Mit einem „Dann einen schönen Tag noch, Herr von Nelles“, verabschiedete sie sich rasch.

Auf dem Rückweg verflüchtigte sich ihr Ärger über von Nelles schlagartig, als sie die Burgruine auf dem Drachenfels und das etwas tiefer am Berg gelegene Schloss Drachenburg, erkannte, das sie bislang übersehen hatte. Diese sagenumwobenen Sehenswürdigkeiten der Rheinromantik versetzten sie einige Augenblicke lang in Staunen und ließen sie ihre Sorgen vergessen. Sehnsüchtig schaute sie hinauf zu dem markanten Gipfel des Berges, der nicht nur mit dem Ritt auf einem Esel, sondern seit ein paar Jahren auch in einer dampfbetriebenen Zahnradbahn erklommen werden konnte. Sie erinnerte sich daran, wie ihr Vater von dieser technischen Sensation geschwärmt hatte. Damals hatte er ihr sogar angeboten, mit ihr einmal in der Bahn auf den Drachenfels zu fahren, doch als Kind hatte sie sich wegen der Höhe nicht getraut und so war ihr gemeinsamer Plan bald in Vergessenheit geraten. Sie seufzte. Wenn ich irgendwann ein glückliches Leben habe, fahre ich gemeinsam mit den Lustreisenden in der Zahnradbahn hinauf zum Gipfel, lasse meinen Blick über das Siebengebirge, Bonn und den Rhein schweifen, und dann denke ich an dich, Papa.

Der Himmel hatte sich nun vollständig zugezogen. Ihre Gedanken wirbelten wie die Blätter im Wind, als sie ihren Weg durch die Lindenallee fortsetzte, und ersannen neue Pläne. Fest stand nicht nur, dass sie unbedingt nach Düsseldorf reisen musste. Sie war auch fest entschlossen, sich bei der Ortspolizeibehörde einen Bericht über das Unglück ihres Vaters geben zu lassen.

Den Weg zur Polizei wiesen ihr einige Passanten, die einen bedeutend gewogeneren Umgang mit ihr pflegten als Herr von Nelles. So stand sie nur wenig später vor dem Rathaus, einem hellen, villenartigen Putzbau, der sich auf elegante Weise in das Stadtbild Königswinters einfügte.

„Guten Tag, junge Dame, was kann ich Ihnen Gutes tun?", wurde sie von einem uniformierten Beamten freundlich begrüßt, der ihr im Flur des Gebäudes über den Weg lief.

„Guten Tag, mein Name ist Clarissa Fuchs, ich bin die Tochter des Polizeisergeanten Albert Fuchs aus Herchen, der letzte Woche Montag hier in Königswinter in einem tragischen Unwetter ums Leben gekommen ist. Man sagt, Sie hätten davon Kenntnis erlangt und den Unglücksfall untersucht ...?"

Der Beamte schaute sie mit betroffener Miene aus weiten braunen Augen an. Clarissa schätzte sein Alter in etwa auf das ihres Vaters. „Ja, dieser Fall wurde mir zugetragen. Zwei Zeugen meldeten sich bei mir, dass eine Person von einem im Sturm umstürzenden Baum begraben wurde. Leider konnten wir nur noch den Tod feststellen. Aufgrund der Papiere, die er bei sich trug, konnten wir seine Identität klären. Es tut mir aufrichtig leid."

„Halten Sie die beiden Zeugen für glaubwürdig? Immerhin sollten Sie wissen, dass mein Vater für Ermittlungen im Fall des in Herchen ermordeten Künstlers August Reben nach Königswinter gereist ist, um Fräulein Greta von Salvy, eine Bekannte Rebens, hier zu besuchen. Hinter dem Mord an August Reben steckt möglicherweise eine kriminelle Vereinigung, wie Sie sicher erfahren haben. Jedenfalls ist gewiss, dass nicht alle Menschen meinem Vater wohlgesonnen waren. Könnte es nicht sein, dass ein durch das Unwetter umgestürzter Baum eine willkommene Möglichkeit bot, um den gewaltsamen Tod eines ermittelnden Polizisten zu erklären?"

„Ich verstehe Ihre Bedenken, Fräulein Fuchs, doch einen absichtlich herbeigeführten Tod Ihres Vaters kann ich ausschließen. Ich persönlich habe mich am Tatort davon überzeugen müssen, dass Ihr Vater unter einem so gewaltigen Baum begraben lag, dass man ihn nicht nach einer möglichen Ermordung hätte unter diesen Baum legen können. Ein Unfall bleibt die einzige plausible Erklärung, so traurig das ist."

„Mit vereinten Kräften hätte man sicher auch einen Baum anheben können ..."

„In diesem Fall aber müsste es einen ganzen Komplott gegeben haben, der darüber hinaus noch auf Zufall beruht hätte, da sich ein im Unwetter umstürzender Baum schlecht vorhersehen ließe. Glauben Sie mir, die beiden Zeugen sind als Bürger in Königswinter bekannt und absolut vertrauenswürdig. Wenn wir einen Verdacht gehabt hätten, wären wir diesem nachgegangen. Auch die Polizei in Königswinter ist bestürzt über den Tod ihres Kollegen, das versichere ich Ihnen."

„Wissen Sie, ob der Baum seit längerem umsturzgefährdet war? Hätte man das Unglück voraussehen können?"

Der Beamte kniff die Augen zusammen. „Ich kann erahnen, wie schrecklich der Tod Ihres Vaters für Sie sein muss. Offen gestanden weiß ich nicht, wie umsturzgefährdet der Baum war. Es gab keine Anzeichen dafür."

Clarissa spürte, dass der Beamte die Wahrheit sprach und sie mit ihren Nachforschungen an ein Ende kam. Schließlich entschied sie für sich, es dabei zu belassen. „Ich danke Ihnen, Herr ..."

„Monheim."

„Danke, Herr Monheim. Es war wichtig für mich, dass ich diese Fragen stellen konnte. Allein unser Gott wird seine Gründe haben, warum er meinen Vater gerade jetzt zu sich gerufen hat. Darf ich Ihnen noch eine letzte, berufliche Frage stellen, Herr Monheim?"

Monheim lächelte. „Das habe ich doch gerne getan. Womit kann ich Ihnen noch helfen?“

„Könnten Sie mir sagen, wo genau sich Greta von Salvy in Düsseldorf aufhält? Ich habe gute Kontakte zu Rudolf Muering, dem Kriminalkommissar, der im Fall Reben ermittelt, und assistiere ihm dabei.“

Monheim legte die Stirn in Falten. „Soso ... Ich kann schauen, was ich für Sie tun kann. Aber dann kommen Sie herein. Ich würde Ihnen gern noch einen Kaffee anbieten, bevor Sie ... Reisen Sie zurück nach Herchen oder sind Sie hier in Königswinter untergekommen?“

„Ich reise heute Nachmittag zurück nach Herchen. Gegen einen Kaffee hätte ich nichts einzuwenden, wenn ich Ihnen keine Umstände bereite.“

„Ganz und gar nicht. Wissen Sie, der Tod eines Kollegen trifft mich immer besonders.“

Clarissa standen die Tränen in den Augen. Zum ersten Mal, seitdem sie hier an den Rhein gereist war, hatte sie das Gefühl, angekommen zu sein. Sie wusste nicht, ob es an der warmen Stimme Monheims lag oder daran, dass er ungefähr so alt war wie ihr Vater. Doch beim Kaffee öffnete sie ein wenig ihr Herz, nur einen Spalt breit, indem sie gerade so viel erzählte, dass sie sich in ihrer Verletzlichkeit nicht zu sehr auslieferte. Während sie ihre mittägliche Wegzehrung auf der Wache einnahm, hielt Monheim sein Versprechen und steckte ihr tatsächlich einen kleinen Zettel mit der Düsseldorfer Adresse von Salvys zu, die ihr, wie sie erfuhr, als Zweitwohnsitz diente. Schließlich musste sich Monheim wieder seiner Arbeit widmen, nicht jedoch, ohne Clarissa vorher noch darauf hinzuweisen, dass sie, wann immer sie nach Königswinter zurückkehrte, stets bei ihm willkommen sei.

Die übrige Zeit des Wartens auf ihre Kutsche ließ sie sich auf einer Bank am Rheinufer nieder, ehe pechschwarze Wolken heranzogen und sie ahnte, dass das Wetter sehr bald ernst machen würde. Gerade noch rechtzeitig erreichte sie einen Unterstand an der Post, als dicke Regentropfen auf das Pflaster prasselten. Doch der Schauer war nur von kurzer Dauer. Bald schon schien wieder die Sonne und ließ das Wasser auf den Steinen aufblitzen, sodass die Pferde der anrückenden Postkutsche zumindest nicht von oben nass wurden. Die Rückfahrt nach Herchen verlief in unauffälliger Eintönigkeit, was vor allem daran lag, dass Clarissa und offensichtlich auch die anderen Passagiere von den Erlebnissen ihres Tages müde geworden waren. Um kurz nach sieben erreichte Clarissa schließlich Herchen, ein wenig benommen von der anstrengenden Fahrt, aber nicht ohne Pläne für den Abend.

Da ihre Mutter sie ohnehin bereits vor ihrer Reise nach Königswinter für wunderlich gehalten hatte, wandte sie nichts gegen Clarissas Vorhaben ein, nach dem Abendbrot und einem kurzen Bericht ihrer Reise noch auf einen Besuch bei Julia vorbeizuschauen. Da Clarissa wusste, dass ihre Freundin zu allen Schandtaten bereit war, wenn diese nur genug Aufregung versprachen, stand sie tatsächlich nur wenig später mit ihr vor der Tür des Hotels Glasmacher.

„Herr Muering, Sie haben Damenbesuch", rief Fräulein Buchner, woraufhin Muering mit einem Gesichtsausdruck aus seinem Zimmer trat und die beiden Mädchen anstarrte, als sähe er zum ersten Mal in seinem Leben echte Menschen vor sich.

Clarissa zitterte vor Anspannung und war froh darüber, dass der Schein der Laterne so unruhig über den Boden und die Wände des Korridors tanzte, dass er diese äußerlichen Anzeichen ihrer Erregung ein wenig überspielte. Obwohl Muering nur ein weißes Hemd trug, sah er noch immer ausgesprochen gut aus.

„Bitte entschuldigen Sie die Störung, Herr Kriminalkommissar. Kommen wir ungelegen?", fragte Clarissa.

Als hätte er diese Art der Ansprache benötigt, wurde Muerings Miene schlagartig lebendiger. „Aber nein, ich bin nur ... etwas überrascht, dass Sie mich zu dieser Abendstunde noch aufsuchen. Ich hatte nicht mehr mit Besuch gerechnet, um ehrlich zu sein. Ich war gerade damit beschäftigt, meine Tagesgedanken zu Papier zu bringen ..."

„Vielleicht dürfen wir kurz mit Ihnen sprechen? Sie könnten uns Ihre Tagesgedanken mündlich überliefern und ich erzähle Ihnen dafür etwas von meiner Reise nach Königswinter." Clarissa bemühte sich darum, dem etwas frechen Stil ihrer Freundin nachzueifern, mit dem Julia offensichtlich Erfolg bei den Herren der Schöpfung hatte.

„Sehr gerne. Kommen Sie doch herein ... Ich dachte, Sie hätten mich schon vergessen ..." Muering machte eine einladende Bewegung, sodass Clarissa und Julia ihre Scheu verloren, ihm in sein Hotelzimmer zu folgen. Aus Platzgründen erhielten sie von Muering die Erlaubnis, sich ausnahmsweise auf sein Bett zu setzen.

„Wie ich hörte, ist August Reben heute beerdigt worden", bemerkte Clarissa. „Haben Sie teilgenommen?" Am liebsten hätte sie mit Muering über schönere Themen geredet, aber Julias Nachricht von vorhin und der Austausch über den Mordfall ließen ihr keine Wahl.

Muering nickte. „Ja. Nachdem ich ihn mir noch einmal angeschaut hatte, waren wir mit seiner Familie übereingekommen, ihn sehr bald und hier in Herchen beizusetzen, statt ihn nach Düsseldorf zu überführen. Das Ganze fand heute

Vormittag im engsten Familienkreis statt. Nur seine Mutter und sein Bruder waren angereist."

„Haben Sie irgendwelche neuen Erkenntnisse gewonnen, die Sie nach Düsseldorf melden konnten?"

„Sie sind wirklich neugierig, Fräulein Fuchs. Ich habe mittlerweile acht Verdächtige ausfindig gemacht, die alle rund um Rebens Todestag aus Herchen abgereist sind." Muering setzte sein überlegenes Lächeln auf, das Clarissa bereits kannte und das sie immer wieder provozierte.

„Nicht weniger als acht Verdächtige haben Sie gefunden? Wissen Sie schon, ob es sich um Mitglieder der Vinzenz-Konferenz handelt?" Sie legte ein wenig Spott in ihre Stimme, den Muering jedoch entweder nicht wahrnahm oder bewusst ignorierte – Clarissa war sich nicht sicher, welche der beiden Möglichkeiten zutraf.

„Das darf ich Ihnen noch nicht verraten. Ich möchte zunächst die Verhöre abwarten, dann werde ich Ihnen Genaueres sagen können, meine Dame."

„Verhöre? Wann und wo wollen Sie die durchführen?"

„Da die Herrschaften in Düsseldorf wohnhaft sind, werde ich morgen früh den ersten Zug nehmen."

„Sie reisen morgen früh schon nach Düsseldorf?", fragte Clarissa entgeistert.

Muering nickte.

„Dann komme ich mit!", rief Clarissa und schaffte es damit zum zweiten Mal an diesem Abend, Muerings Gesichtsausdruck vor Überraschung komplett einzufrieren. Selbst Julia starrte sie einen Moment lang etwas verwirrt an, als hätte sich ihre Freundin von einer auf die andere Sekunde in einen völlig fremden Menschen verwandelt. Dann jedoch verstand sie und setzte ein verschmitztes Lächeln auf, während Clarissa von ihrem Ausflug nach Königswinter und der Spur

Greta von Salvys zu erzählen begann. Obwohl Muering von dem Vorhaben Clarissas, den Aufenthaltsort von Salvys zu ergründen, wenig überzeugt klang, schien er doch an einer gemeinsamen Reise nach Düsseldorf sehr interessiert zu sein, was schließlich in einer Verabredung für den nächsten Morgen auf dem Weg zum Bahnsteig gipfelte.

„Wie schade, dass ich euch Turteltauben nicht nach Düsseldorf begleiten kann", seufzte Julia auf dem Heimweg. „Auch wenn ich noch so gern mitreisen wollte, müsste ich doch morgen arbeiten."

„Jetzt komm nicht wieder mit deiner Frage, ob er mir gefällt", fiel Clarissa ein. „Auch wenn wir in letzter Zeit ein wenig mit ihm zu tun hatten, ist und bleibt er doch ein arroganter Schnösel. Es gibt also keinen Grund dazu, eifersüchtig zu sein. Du hast doch gemerkt, wie wenig er von meinem Plan hält, von Salvys Aufenthaltsort herauszufinden. Aber weißt du was: Ich werde ihn trotzdem herausfinden. Und für die Fahrt nach Düsseldorf dient mir Muering immerhin dazu, meine männliche Begleitung zu mimen, was meine Mutter ungemein beruhigen wird."

„Meinst du denn, deine Mutter lässt dich so kurzfristig fahren?"

„Sie hat keine Wahl. Wenn sie es verbietet, fahre ich trotzdem. Diese Chance, für Gerechtigkeit zu sorgen, bietet sich mir nur einmal im Leben."

„Du bist ja schon genau wie ich", lachte Julia. „Rotzfrech."

XXIII

Mit klopfendem Herzen erwachte Clarissa am nächsten Morgen. Vorbei waren die Morgen, an denen sie es vor Schwermut und Traurigkeit kaum aus dem Bett geschafft hatte. Der heutige Tag würde ihr Unglaubliches bringen: eine Reise mit Rudolf Muering, eine Reise in das unbekannte Düsseldorf und die Jagd nach dem Mörder oder den Mördern von August Reben. Diese Pläne hallten so unwirklich durch ihre Gedanken, dass sie sich deren Umsetzung noch immer nicht vorstellen konnte, auch wenn sie sich tatsächlich mit Rudolf Muering verabredet hatte.

Dennoch gab es eine Sache, die sie belastete: Ihre Mutter hatte ihr zwar dank ihrer Überredungskunst die Reise nach Düsseldorf gewährt, aber dabei eine derart traurige Miene aufgesetzt, dass Clarissa bei dem Gedanken übel wurde, Johanna zum wiederholten Mal allein zurückzulassen. Für wie lange allein? Sie konnte unmöglich sagen, wie lange ihre Reise dauern würde. Obwohl sie mit der Eisenbahn fuhren, war die Entfernung von Herchen nach Düsseldorf ungleich weiter als nach Königswinter. Vieles würde von ihren Ermittlungen vor Ort abhängen, von denen sie ihrer Mutter natürlich nichts erzählt hatte. Stattdessen hatte sie ihr gegenüber ausführlich die Rolle Muerings betont und erklärt, dass Muering ihr schöne Augen gemacht habe und ihr nun seine Heimatstadt Düsseldorf zeigen wolle. Er sei ein hochanständiger Kavalier, der sich wohl zu benehmen wisse. Dabei hatte Clarissa nicht einmal gänzlich die Unwahrheit erzählt.

In Windeseile hatte Clarissa noch am Abend ihre Sachen zusammengesucht und erstmals Wechselkleidung für eine mögliche Übernachtung in Düsseldorf eingepackt. Am Morgen war die Versuchung groß, auch ein farbiges Kleid auf ihre Reise mitzunehmen. Doch die Unwürdigkeit, die sie ihrem Vater damit erweisen würde, hielt sie davon ab, ihren Gedanken in die Tat umzusetzen. Stattdessen legte sie ein schwarzes Kleid mit einer sehr körperbetonten Fasson an, das trotz seiner traurigen Assoziation einen attraktiven Eindruck machte. Eigentlich hatte sie dieses Kleid schon zur Beerdigung ihres Vaters tragen wollen und nur davon Abstand genommen, weil es ihrer Mutter zu gewagt erschienen war.

Draußen war es noch dunkel und kalt, als sie vor die Tür trat, sodass sie selbst unter ihrem Mantel fror, den sie über ihrem Kleid trug. Glücklicherweise erschien Muering pünktlich auf die Minute und sorgte bloß mit seiner Anwesenheit dafür, dass Clarissa ein warmes Gefühl aus dem Bauch heraus überkam. Ähnlich wie am Vorabend war sie froh, dass der flackernde Schein von Muerings Laterne das Zittern ihrer Beine kaschierte. Trotz des Zwielichts erhaschte sie einen bewundernden Blick auf Muerings Uniform und seine Frisur, die bereits zu so früher Stunde perfekt saß. Gedanken an seine nassen, wilden Haare während seines Bades in der Sieg kamen ihr in den Sinn und ließen sie schmunzeln.

Wenige Minuten später erreichten sie den Bahnhof. Obwohl Clarissa schon einmal mit der Eisenbahn nach Cöln gefahren war, schlug ihr Herz vor Aufregung höher, als sie das Herchener Bahnhofsgebäude vor dem dunkelblauen Hintergrund der Morgendämmerung erahnen konnte. Muering hatte das passende Kleingeld, um ihnen die Fahrkarten zu kaufen, mit denen sie den Bahnsteig betreten durften. ‚Was mache ich hier? Ist das wirklich Teil meines Lebens, was ich hier mache?‘, schoss es ihr durch den Kopf. Doch der Mann an ihrer Seite gab ihr Sicherheit. *Ihr* Mann? Noch immer gab ihr das Gefühl, das sie noch nie zuvor in ihrem Leben gespürt hatte,

Rätsel auf. Auf der einen Seite fühlte sie sich unglaublich zu ihm hingezogen, zu seiner Art, seinem Körper, seinem Duft. Von Zeit zu Zeit wehte der Wohlgeruch seines Rasierwassers zu ihr herüber, ein Aroma, das sie nicht kannte und das sie am ehesten als den Duft der „großen weiten Welt" bezeichnet hätte. Auf der anderen Seite hatte sie Angst. Angst vor dem Neuen, dem Unbekannten, aber auch davor, sich und ihre Gefühle einem für sie noch immer undurchschaubaren Mann auszuliefern. Der Stachel, mit dem Muering die Arbeit ihres Vaters an der Düsseldorfer Hütte mit einem Schwall Überheblichkeit herabgewürdigt hatte, saß tief, aber gerade dieser Stachel spornte sie an, es ihm zu zeigen. Sie wusste, dass er Interesse an ihr hatte, doch sie würde alles in Ruhe auf sich zukommen lassen.

Clarissa zuckte zusammen, als das laute Signalhorn der Dampflokomotive durch das Siegtal hallte. „Sie müssen nicht erschrecken, die Bahn fährt ein. Wenn Sie ein Stück vortreten, sehen Sie die Lichter schon", erklärte Muering.

‚Ich habe mich aber erschreckt', dachte sie trotzig, befolgte jedoch Muerings Hinweis, einen Schritt auf die Bahnsteigkante zuzumachen, sodass sie auf gleicher Höhe mit Muering stand. Es sah schon etwas gespenstisch aus, als sich drei helle Lichter aus dem Fastdunkel näherten. Augenblicke später fuhr die Lokomotive mit einem kraftvollen Schnauben in den Bahnhof ein. Fasziniert beobachtete Clarissa die gewaltigen Dampfwolken, die sich schwarzgrau über dem Gefährt auftürmten und auch aus den Seiten der Bahn hervorquollen, einem dichten Nebel gleich, bis der Zug schließlich zum Stillstand kam und sie einsteigen durften.

Sie staunte nicht schlecht, als der Schaffner ihnen den Wagen der Ersten Klasse zuwies und blickte Muering verwundert an. Dieser jedoch nickte nur bekräftigend und ließ ihr beim

Einstieg den Vortritt. „Hier gibt es ja rote Polster!", rief Clarissa begeistert und beeilte sich, ihren Koffer zu verstauen, um einen Platz am Fenster einnehmen zu können. Muering nahm in dem gegenüberliegenden Sessel Platz und drückte mit einem Lächeln aus, dass auch er mit der Situation offensichtlich zufrieden war.

„Wissen Sie, in der Ersten Klasse ist es meistens ziemlich ruhig und nicht so voll wie in den anderen Klassen. Sehen Sie, an diesem Tag und um diese Uhrzeit haben wir das ganze Abteil für uns. Als Kriminalkommissar darf ich übrigens auch mein geladenes Gewehr mitführen, was normalerweise in der Eisenbahn verboten ist", sagte Muering, während sich das Dampfross mit einem sanften Ruck in Bewegung setzte.

Clarissa stand der Schreck ins Gesicht geschrieben, als sie an ihren Revolver dachte, den sie in ihrem Koffer trug. Sie fragte sich, ob das Gesetz einen Unterschied zwischen Gewehren und Revolvern machte, hielt es jedoch für ungeschickt, mit Muering über dieses Problem zu reden und hoffte inständig darauf, dass niemand einen Blick in ihren Koffer werfen würde, bis sie in Düsseldorf ankamen.

Muering schien ihren Schreck bemerkt zu haben, deutete ihn zu ihrem Glück allerdings in eine andere Richtung: „Keine Sorge, ich werde Sie zu verteidigen wissen, sollte uns hier ein Bandit belästigen, der trotz des Verbots eine Waffe eingeschmuggelt hat. Das habe ich gleichwohl noch nie erlebt. Ich arbeite zwar meistens in Düsseldorf, aber das eine oder andere Mal bin ich nun auch schon mit der Eisenbahn gefahren."

Nachdem Muering bislang ziemlich schweigsam gewesen war, begann er während der Fahrt zunehmend aufzutauen und unterhielt Clarissa bestens mit einigen seiner Erzählungen. Es überraschte sie, wie viel Muering nicht nur über die Technik der Eisenbahn wusste. Darüber hinaus schien er sich mit der jüngeren Geschichte gut auszukennen und berichtete ihr, dass der französische Kaiser Napoleon III. nach der Niederlage seiner Armee bei Sedan vor zwanzig Jahren mit der Eisenbahn durch das Siegtal in sein Exil nach Kassel gebracht worden war. In den Pausen zwischen Muerings Erzählungen ließ Clarissa ihren Blick immer wieder durch die herrliche Auenlandschaft schweifen, die sie mit ihren nebeligen Wiesen im Dämmerlicht an ein Märchenland erinnerte.

Nach eineinhalb Stunden erreichten sie den Bahnhof in Cöln-Deutz, wo sie aussteigen und den Weg zum Cölner Centralbahnhof über den Rhein zu Fuß zurücklegen mussten, da dem Güterverkehr auf dieser Strecke der Vorrang eingeräumt wurde.

Die vielen Menschen am Bahnhof, die wie kleine Ameisen unruhig hin- und herliefen, ängstigten Clarissa, sodass sie sich nah bei Rudolf Muering hielt, dem der ganze morgendliche Trubel der Großstadt nichts auszumachen schien. Zum Ausgleich bot sich ihr jedoch ein überwältigender Ausblick auf den Cölner Dom mit seinen beiden gotischen Türmen, die vor wenigen Jahren endlich vollendet worden waren. Sie erinnerte sich daran, wie sie kurz nach der feierlichen Eröffnung mit ihrem Vater nach Cöln gereist war und die prachtvolle Kathedrale zum ersten Mal bestaunt hatte. Sie warf einen seitlichen Blick auf Muering und meinte, auch in seinen Augen, die den Dom auf der Hinreise schon bewundert haben mussten, ein ehrfürchtiges Blitzen zu erkennen.

Mittlerweile glänzten die Wellen des Rheins im Licht der aufgehenden Sonne, sodass sich Clarissa die Hand über das Gesicht halten musste, um überhaupt zu sehen, wohin sie lief. Während sie die Dombrücke in Richtung der Kathedrale überquerten, erzählte sie Muering, dass die Brücke wegen ihres an einen Käfig erinnernden Geländers im Volksmund auch

„Mausefalle“ oder auf Kölsch „Muusfall“ genannt wurde, womit sie ihm ein Lachen entlockte.

„Solange die Falle nicht zuschnappt, während wir hindurchgehen, sollen sie die Brücke nennen, wie sie wollen“, scherzte er.

„Das wäre in der Tat unvorteilhaft“, bemerkte Clarissa. „Aber ich glaube, so fies sind die Cölner nicht.“

Nachdem sie die Mausefalle erfolgreich überquert hatten, lotste Muering sie zu der richtigen Bahn, die ihnen die pünktliche Weiterfahrt nach Düsseldorf ermöglichte. Diesmal hatten sie die Erste Klasse nicht mehr für sich allein, sondern mussten mit dem genauen Gegenteil, nämlich einer Besetzung bis auf den letzten Platz, vorliebnehmen. Zu ihrem Glück waren die Mitreisenden jedoch sehr angenehme Zeitgenossen und untereinander in heitere Gespräche vertieft.

Vier Stunden nach ihrer Abfahrt in Herchen erreichten sie schließlich das Ziel ihrer Reise. Clarissas Aufregung stieg ins Unermessliche, als sie das Wagenabteil verließ und nach langem Rattern und Ruckeln endlich festen, unbekannten Boden unter sich spürte. Auch am Düsseldorfer Bahnhof herrschte reger Betrieb, sodass Clarissa sich möglichst eng an Muerings Seite hielt. Ihr wurde schwindelig, wenn sie daran dachte, dass sie sich für ihre Nachforschungen alleine in dieser Großstadt zurechtfinden musste. ‚Nur Mut‘, dachte sie. Doch genau das Gefühl, das sie in diesem Moment am dringendsten benötigt hätte, spürte sie nicht. Stattdessen ärgerte sie sich, dass sie Muering gegenüber so stur geblieben war und angekündigt hatte, Greta von Salvy eigenmächtig und ohne seine Hilfe besuchen zu wollen, da er sich allenfalls am Rande für ihre Ermittlungen interessierte. Nur Mut.

Vor dem Bahnhofsgebäude verstreuten sich die Menschen zumindest und ließen ihr ein wenig Platz. Ein wenig belustigt stellte sie fest, dass es auch in Düsseldorf diese merkwürdigen Straßenbahnen gab, die von Pferden auf festen Schienen gezogen wurden, so wie sie sie in Cöln schon einmal gesehen hatte.

„Schön, nicht wahr?", sagte Muering und lächelte ihr zu. „Sie müssen also in die Blumenstraße, sagten Sie mir? Das ist nicht weit von hier. Ich schlage vor, Sie trinken dort in Ruhe einen Kaffee und warten dort auf mich. Ich bringe Sie hin."

„Das ist sehr nett von Ihnen und ich weiß dies sehr zu schätzen, doch ich möchte nicht in ein Café, sondern zu Fräulein von Salvy."

„Haben Sie sich das gut überlegt? Ich kann Sie leider dort nicht beschützen, falls unerwartete Probleme auftauchen, da ich mich unverzüglich zur Lagebesprechung bei Herrn Polizeidezernent Winkler melden muss. Ich hatte Ihnen von dem Telegramm erzählt, das er mir gestern geschickt hat. Daher wäre ich Ihnen sehr verbunden, wenn Sie in einem Café auf mich warten würden."

„Ich dachte, Sie wären den ganzen Tag mit Ihren Verhören beschäftigt?"

„Ich könnte mir zwischendurch sicher ein wenig Zeit für Sie genehmigen, um Ihnen Düsseldorf zu zeigen. Heute Abend würde ich Sie gern zum Essen einladen und Ihnen eine Übernachtung im Hotel Breidenbacher Hof spendieren. Das ist die beste und teuerste Adresse der ganzen Stadt. Sie müssen sich also keineswegs beeilen ..."

Clarissa schluckte. Obwohl Muerings Offerte zweifelsohne verlockend klang, hatte sie andere Pläne für ihren Tag, die sie ihm bereits mehr als deutlich erläutert hatte.

„Sie wissen ebenso wie ich, dass ich Ihr Angebot unmöglich annehmen kann. Ich bin nur ein einfaches Mädchen vom Land und nach Düsseldorf gereist, weil ich für meinen Vater den Mord an August Reben aufklären möchte. Ich bitte Sie daher, mich zur Blumenstraße zu bringen, falls es Ihnen nicht zu viele Umstände macht."

„Wie Sie wünschen, Fräulein Fuchs", sagte Muering mit leidiger Stimme, und ein Ausdruck der Enttäuschung blitzte über sein Gesicht.

Die Strecke vom Bahnhof in die Blumenstraße erwies sich wie von Muering versprochen als nicht besonders weit, weshalb sie diese problemlos zu Fuß zurücklegen konnten. Clarissa staunte über den regen Verkehr der Soldaten auf dem Exerzierplatz und über die eleganten Kaufleute, die über die Königsallee eilten.

„Hier wären wir", sagte Muering schließlich, als sie die Straße erreichten, die von schicken, mehrgeschossigen Häuserfassaden und Geschäftsständen gesäumt wurde. „Das betreffende Haus finden Sie, wenn Sie einfach die Straße noch ein kleines Stück entlanggehen. Ich werde Ihren Wunsch respektieren und mich nun zurückziehen. Gestatten Sie mir jedoch noch die eine Frage, ob ich Sie heute wiedersehen darf?"

Clarissa nickte kaum merklich. „Das dürfen Sie. Könnten Sie einen Kaffee heute Nachmittag einrichten?"

Muering strahlte. „Die Zeit werde ich mir für Sie nehmen. Sehen Sie den Kirchturm am Ende der Straße? Dort liegt ein Platz, an dem sich ein wunderbares Café befindet. Ich würde Sie um drei Uhr an dieser Ecke hier abholen und Sie zum Café geleiten, wenn Sie einverstanden sind. Und bitte: Passen Sie auf sich auf, nicht alle Menschen in dieser Stadt sind gut. Sollten Sie Hilfe benötigen, finden Sie mich im Rathaus in der Altstadt. Lassen Sie sich am besten von der Pferdebahn dorthin fahren. Haben Sie genügend Kleingeld dabei?"

Clarissa nickte. „Gut, dann verbleiben wir so, Herr Kommissar." Sie zwinkerte ihm zu, ehe sie sich umwandte und ihr Ziel ins Visier nahm, das in Richtung des markanten Kirchturms vor ihr lag. Sie wusste, dass Muering ihr mit besorgtem Blick nachschaute, doch sie würde sich nicht umdrehen. Sie trug eine Waffe bei sich und würde diese im Notfall auch einsetzen.

Während sie die Straße entlangschritt, riss sie plötzlich eine helle Männerstimme aus ihren Gedanken. „Mord an Düsseldorfer Künstler: Französischer Botschafter in Berlin einbestellt! Spannungen mit Frankreich nehmen zu!" Clarissa benötigte einen Augenblick, bis die Worte den Weg in ihren Verstand fanden und ihr Blut schlagartig gefrieren ließen. Sie gehörten einem jungen Mann – Clarissa schätzte ihn auf kaum älter als fünfzehn Jahre – der einen Stapel Zeitungen in der Hand trug. Als sie sich wieder gefangen hatte, ging sie auf den Jungen zu und drückte ihm eine Münze in die Hand, woraufhin dieser ihr ein Exemplar anreichte. „Dankeschön!"

Clarissa überflog die Titelseite und konnte es nicht fassen, dass der Mord an August Reben mittlerweile derart hohe Wellen schlug, dass sich führende Politiker des Reiches höchstbesorgt über die Verschlechterung der Beziehungen zu Frankreich zeigten und bereits über einen neuerlichen bewaffneten Konflikt spekulierten. Man wolle keinen Krieg, so der einhellige Tenor, doch angesichts des „verschwörerischen Verhaltens" der französischen Regierung in dem Mordfall lägen alle Optionen auf dem Tisch. Clarissa erschauerte, als sie den Namen „Herchen" las, der ihr im Zusammenhang mit der sich zuspitzenden Krise in der Reichshauptstadt Berlin so unwirklich erschien wie ihre eigene Reise mit Rudolf Muering nach Düsseldorf. Plötzlich wurde ihr bewusst, dass sie sich selbst mitten in dieser Krise befand. Sie selbst konnte möglicherweise zur Aufklärung des Mordfalls beitragen und vielleicht sogar einen Krieg verhindern. Allein der Gedanke jagte ihr Schauer über den Rücken. Sie starrte die Menschen um sich herum an, die nichtsahnend an ihr vorübereilten. Nichtsahnend, dass sie, Clarissa Fuchs aus dem kleinen Dorf Herchen, einen Einfluss auf das Geschehen hatte. Gedanken schossen ihr durch den Kopf. Was, wenn die französische Regierung wirklich hinter dem Mord steckte? Was, wenn Greta von Salvy Verbindungen zur Vinzenz-Konferenz und zur französischen Regierung hatte? Konnte das wirklich sein? Egal, wer für den Mord verantwortlich war – Clarissa musste dafür Sorge tragen, dass die Wahrheit ans Licht kam. Nichts als die Wahrheit. Sie hatte keine Zeit zu verlieren. Hastig steckte sie die Zeitung in den Koffer, beäugt von dem verwunderten Blick des Knaben, der ihr die verhängnisvolle Nachricht verkauft hatte.

Dann wandte sie sich zum Gehen. Mit klopfendem Herzen folgte sie den Hausnummern, bis sie schließlich vor einem dreistöckigen Gebäude zum Stehen kam, das wie die anderen Häuser der Blumenstraße im historischen Stil erbaut war. Nichts deutete von außen darauf hin, dass sich hier vielleicht eine wichtige Zeugin im Mordfall August Reben aufhielt. Während sie den Türklopfer betätigte, hoffte Clarissa inständig, dass sie mehr Glück hatte als in Königswinter und Greta von Salvy antraf.

Ein Klicken von innen ließ sie zusammenzucken. Kurz darauf wurde die Tür geöffnet und eine junge Dame trat heraus.

„Guten Tag“, sagte sie überrascht.

Clarissa war ebenso überrascht von der Schönheit der Frau, deren mittelblondes glattes Haar zu beiden Seiten hinter ihrem Rücken verschwand. Mit ihrem farbenfrohen Blütenkleid bildete sie einen starken Gegensatz zu Clarissas Erscheinung.

„Guten Tag, mein Name ist Clarissa Fuchs, ich suche Fräulein Greta von Salvy ..."

„Steht vor Ihnen", sagte die junge Dame bestimmt, aber freundlich.

„Wunderbar. Ich komme von der Polizei Düsseldorf, es geht um eine wichtige Zeugenaussage im Fall des ermordeten Künstlers August Reben. In dem Zusammenhang würde ich mit Ihnen gerne über Herrn Reben sprechen. Darf ich eintreten?"

Das hübsche Gesicht von Salvys nahm eine besorgte Miene an. „Aber ja ... Natürlich ... Es ist sehr traurig, dass er sein Leben verloren hat. Ich weiß nicht, ob ich Ihnen helfen kann. Offen gestanden habe ich auch nicht damit gerechnet, dass eine *Frau* von der Polizei bei mir anklopft. Aber die Zeiten werden immer bunter, also warum nicht? Bitte, kommen Sie herein."

Von Salvy trat zur Seite und bedeutete Clarissa, ihr ins Haus zu folgen. Schon der erste Blick in die schmucke Eingangshalle verriet ihr, dass sie bei wohlhabenden Leuten gelandet sein musste. Greta von Salvy konnte sich aussuchen, welche der beiden Treppen sie für den Aufgang nutzen wollte und entschied sich dafür, Clarissa über die rechte Treppe nach oben zu führen. Ein köstlicher Duft nach gebratenem Fleisch schlug Clarissa schon zu dieser Vormittagsstunde entgegen. Doch ihre Anspannung verhinderte, dass ihr das Wasser im Munde zusammenlaufen konnte.

Nachdem sie den ersten Stock erreicht hatten, folgte sie von Salvy in einen Raum auf der rechten Seite des Flures, der offensichtlich eine Art Empfangszimmer darstellte.

„Bitte, nehmen Sie Platz“, sagte von Salvy freundlich und wies mit der Hand in Richtung eines ausladenden Sessels, dem ein zweiter Sessel auf der anderen Seite eines kleinen Tisches gegenüberstand. „Darf ich Ihnen etwas zu trinken anbieten?“

Von Salvy hatte einen merkwürdigen Singsang in ihrer Stimme, der Clarissa unbehaglich vorkam.

„Ich möchte keineswegs unhöflich erscheinen, doch ich werde Sie gewiss nicht lange aufhalten.“

„Wie Sie mögen“, erwiderte von Salvy und ließ sich in dem Sessel gegenüber nieder.

Clarissa musterte die Gemälde, die in dem Zimmer hingen. Sie zeigten allesamt historische Szenen, die ihr nicht viel sagten.

„Sie haben ein ganz prächtiges Haus“, begann sie. „Sie wohnen bestimmt nicht alleine hier, oder?“

„Nein, ich lebe hier bei meinem Lebensgefährten. Eigentlich komme ich von etwas weiter stromaufwärts, aber Düsseldorf ist so eine prächtige Kunststadt, hier lässt sich so viel erleben.“

Clarissa schluckte. Offenbar lebten die beiden ohne Trauschein unter einem Dach.

„Dann ist Ihr Lebensgefährte ein Künstler?“

Von Salvy kicherte. „Woher wissen Sie das? Ja, er ist in der Tat als Professor nicht nur an der Kunstakademie, sondern auch im Malkasten in Düsseldorf sehr aktiv. Die Gemälde hier an der Wand hat er gemalt.“

„Also kannte auch Ihr Lebensgefährte August Reben gut?“

Von Salvy nickte. „Ja, das stimmt. Sie waren Kollegen an der Akademie und im Malkasten. Es ist so traurig, was passiert ist.“

„Darf ich fragen, wie Sie zu der Bekanntschaft mit August Reben kamen?“ Clarissa achtete genau auf die Reaktion von Salvys. Sie war sich nicht ganz sicher, aber sie meinte, eine echte Traurigkeit in ihrem Gesicht zu lesen. Dennoch hatte sie Schwierigkeiten, die junge Bekannte Rebens richtig einzuschätzen. Von Salvy wirkte sehr freundlich, was natürlich nur ein Vorwand sein konnte, wenn sie etwas verbergen wollte.

„Wir haben uns im schönen Herchen an der Sieg kennengelernt, in einer kleinen Sommerfrische zwischen Bonn und Siegen. Ich habe ihn und seine Werke sehr bewundert und mich gut mit ihm verstanden. Als der Tag meiner Abreise näher rückte, hat er mir sogar ein Bild gewidmet. Wenige Tage später habe ich von der tragischen Geschichte um ihn gehört und davon, dass die Franzosen dahinterstecken. Deshalb sind wir alle sehr erleichtert, dass man die Verbrecher nun festgenommen hat.“

Clarissa lag es auf der Zunge, nach dem Verhältnis zwischen von Salvy und Reben zu fragen. Aus Gründen des Anstandes verkniff sie sich jedoch an der Stelle ein tiefergehendes Verhör und dachte sich ihren Teil.

„Darf ich das Bild sehen, das er Ihnen gewidmet hat? Haben Sie es im Haus?“

„Aber ja, ich kann es Ihnen gerne vorführen. Ich gehe es eben holen.“ Ohne zu zögern schwebte von Salvy aus dem Zimmer, sodass ihr buntes Kleid wie bei einer Tänzerin herumwirbelte. Es dauerte nicht lange, bis sie mit einem Bild zurückkehrte, das Clarissa sprachlos machte. Es handelte sich um ein stattliches Ölgemälde, das genau jene Stelle an der Sieg abbildete, an der sie noch vor zwei Tagen mit Rudolf Muering und mit Julia gebadet hatte. Im Vordergrund des Flusses erhob sich, umgeben von Schilfgras, eine schlanke, anmutige Frauengestalt, die über ihrem schwarzen Kleid ein nach außen golden und nach innen rot schimmerndes

Gewand trug. In ihrer linken Hand hielt sie einen goldenen Schild, auf den der doppelköpfige schwarze Reichsadler gemalt war, und in ihrer rechten ein Schwert, dessen Spitze in den Erdboden stach, als wollte es zeigen: Dieser Grund gehört mir! Dabei blickte die Frau entschlossen, aber nicht böse, sodass sie trotz ihrer wehrhaften Darstellung nichts von ihrer Anmut einbüßte. Clarissa bekam eine Gänsehaut, als sie Germania und Greta von Salvy in einer Person erkannte.

„Das ... sind ja *Sie*!", rief sie aus und starrte wechselweise auf Greta von Salvy und die Frau in dem romantisch verklärten Gemälde August Rebens.

Von Salvy lächelte. „So ist es."

„Dann müssen Sie ihm sehr viel bedeutet haben! Wie unerträglich muss Sie sein Tod schmerzen ..."

„Ja, es macht mich sehr traurig." Clarissa sah, wie sich Tränen in den Augen von Salvys bildeten. Es war eine echte Traurigkeit, die von Salvys zunächst recht unbefangenen Umgang mit dem Bild ablöste. Das Verhalten der jungen Dame spiegelte eine merkwürdige Zerrissenheit wider, die Clarissa Rätsel aufgab.

„Haben Sie eine Idee, wer dieses schreckliche Verbrechen an ihm begangen haben könnte?"

Bevor von Salvy etwas erwidern konnte, klopfte es an die Tür und ein großer, stämmiger Mann trat ein, dessen feine Gesichtszüge nicht zu seinem gewaltigen Körper passten. Auf der rechten Wange trug er eine lange, oberflächliche Wunde, die Schorf angesetzt hatte.

„Was ist denn hier los?", fragte er verwundert. Als sein Blick auf das Bild fiel, das von Salvy in der Hand hielt, nahm sein Gesicht eine verärgerte Miene an. Clarissa meinte sogar, Angst darin zu erkennen, doch sie konnte sich täuschen.

„Mein Geliebter! Das ist Fräulein Fuchs aus Düsseldorf, die uns einen Besuch abstattet", ergriff von Salvy hastig das Wort.

„Das glaube ich gern. Aber Liebling, du sollst doch nicht immer dieses Bild hervorkramen. Du weißt, dass es mich traurig macht." Die Stimme des Mannes schwankte unberechenbar zwischen Zärtlichkeit und Wut, dass Clarissa Angst bekam.

„Entschuldige bitte, mein Geliebter. Ich will es sogleich wieder wegbringen."

„Wer ist denn diese Dame? Ist sie eine Freundin von dir?"

Clarissa betrachtete es als äußerst unhöflich, dass der Mann sie noch immer nicht begrüßte, sondern in der dritten Person von ihr sprach. Sie spürte, dass sich eine Situation anbahnen konnte, auf die sie vorbereitet sein musste. Sie warf einen Blick auf ihren Koffer, den sie zur Sicherheit direkt neben den Sessel gelegt hatte. Im Zweifel musste sie schnell sein.

„Sie ist ... von der Polizei Düsseldorf, nicht wahr?" Von Salvy sah Clarissa fragend an.

Clarissa nickte. „Richtig, ich bin von der Polizei. Und Sie sind der Lebensgefährte von Fräulein von Salvy, richtig?"

Ohne auf ihre Frage zu antworten geschah das, was Clarissa insgeheim befürchtet hatte. „Sie wollen von der Polizei sein? Sie sind nichts als ein schäbiges Weibsbild, das sich unrechtmäßig Zutritt zu *meinen* Räumlichkeiten verschafft hat!"

„Nein, mein Herr, es ist ..."

„Raus!", schrie der Mann. „Verlassen Sie *sofort* mein Haus, ehe ich Ihnen Beine mache!"

Clarissa überlegte nicht lange, sondern griff nach ihrem Koffer. Ein vernünftiges Gespräch mit dem Mann zu führen schien ihr aussichtslos und der Gebrauch ihrer Schusswaffe unklug, zumal sie mit deren Umgang nicht vertraut war. Eilig, aber kontrolliert trat sie den Rückzug an, dicht gefolgt von dem Mann, der ihr mit drohenden Gesten nachstellte.

Als sie endlich draußen auf der Straße stand, schnappte sie nach frischer Luft, die sie dankbar keuchend einsog.

Es dauerte einige Momente, bis sich ihr Atem so beruhigt hatte, dass sie einen Blick auf ihre Taschenuhr werfen konnte, die kurz vor zwölf anzeigte. Was sollte sie jetzt tun? Rudolf Muering war sicher noch mit seiner Besprechung oder den Verhören beschäftigt. Sollte sie ihn bereits um diese Uhrzeit im Rathaus aufsuchen, wie er es ihr im Notfall empfohlen hatte? ‚Ja', dachte sie, ‚es ist ein Notfall!' Sie durfte keine Zeit verlieren. Während sie die Blumenstraße zurück in Richtung Königsallee lief, sah sie zufällig, wie eine der Pferdebahnen nur wenige Meter entfernt zum Stehen kam und eine Dame aussteigen ließ. „Halt!", rief sie und winkte dem Fahrer zu. „Bitte einmal zum Rathaus!"

Während die Pferde sie auf Schienen durch die malerische Düsseldorfer Innenstadt zogen, kam es Clarissa so vor, als führe sie durch ein Märchenland der großen, weiten und schönen Welt, von der sie nicht nur die Glasscheibe des Wagens, sondern auch ihr Gemütszustand trennte, der in völliger Entrückung das Erlebnis bei Greta von Salvy zu erfassen versuchte. Erst langsam begriff sie, dass sie soeben von August Rebens Mörder aus dem Haus gejagt worden war. Sie war sich sicher, dass sie in die blauen Augen eines Mörders geschaut hatte. Es konnte nicht anders sein. Der angstvolle Blick des Mannes, als er auf Rebens letztes Bild gestarrt hatte, ließ keinen Zweifel für sie zu. Und die lange Wunde auf der rechten Wange ... Konnte er sich diesen Schnitt beim Kampf zugezogen haben? Ihrer Einschätzung nach war das durchaus möglich, doch die Beschaffenheit der Wunde legte eine andere Vermutung nahe. Die Wunde war zwar lang, aber nicht besonders tief – ein Schnitt, den man sich auch im Gebüsch zuziehen konnte. Sie spürte, wie eine Eiseskälte ihren Körper durchflutete.

„Junges Fräulein, ist alles gut bei Ihnen?“, riss sie plötzlich die Stimme eines älteren Herrn aus ihrer Gedankenwelt. Der Herr saß ihr gegenüber und musterte sie mit besorgter Miene. „Sie zittern ja am ganzen Körper.“

„Was ... das ... schon gut ... Es ist nur ... Es ist ... nichts, es ist alles gut“, stammelte sie.

„Wollten Sie nicht zum Rathaus? Es sind nur wenige Meter bis dahin. Da vorne sehen Sie schon den Schlossturm am Burgplatz. Darf ich Ihnen beim Ausstieg behilflich sein?“

„Danke, es geht schon wieder“, sagte Clarissa und erhob sich, obwohl der Wagen noch keine Anstalten machte, seine Geschwindigkeit zu drosseln. Um ihr Gleichgewicht kämpfend schwankte sie zur Tür, begleitet von sorgenvollen Blicken der anderen Fahrgäste. ‚Nur raus hier‘, dachte sie, nur raus.

Endlich wurde der Wagen langsamer und kam schließlich mit einem Ruck zum Stillstand, der ihr Gleichgewicht erneut auf eine harte Probe stellte und sie im letzten Moment eine Haltestange ergreifen ließ.

Dann tat sie einen beherzten Schritt auf das Pflaster des Platzes, auf dem sich die Menschen tummelten.

„Zum Rathaus müssen Sie einfach in diese Richtung gehen, bis Sie Jan Wellem sehen, unser Reiterdenkmal“, erklärte ihr der ältere Herr, der wie die übrigen Fahrgäste mit ihr ausgestiegen war, und wies ihr mit dem Zeigefinger den Weg.

Wie angekündigt erreichte sie nach wenigen Metern den Marktplatz, der sich durch zahllose Stände und noch mehr Menschen ankündigte. Inmitten des Trubels thronte – unbewegt und einem Ruhepol gleich – das Reiterdenkmal Jan Wellems, den Clarissa seiner Ausschmückung mit einer kronenartigen Mütze und einem Herrscherstab wegen für einen Fürsten hielt.

Sie sehnte sich nach Ruhe. Zwar hatte sie den Ausstieg aus der Pferdebahn ohne einen Sturz bewältigt und stand aufrecht. Dafür jedoch breitete sich ein flaues Gefühl in ihrer Magengegend aus, das ihren Zustand kaum verbesserte. Sie musste so schnell wie möglich Rudolf Muering finden.

Das Rathaus mit seinem markanten Eckturm im Rücken Jan Wellems war nicht zu übersehen.

„Guten Tag, gnädiger Herr, können Sie mir sagen, wo ich hier zur Kriminalpolizei komme?“, hielt Clarissa einen Beamten auf, der gerade durch das wuchtige Eingangsportal nach draußen trat.

Der Mann beäugte sie kritisch. „Zur Kriminalpolizei? Was ist denn passiert?“

„Ich bin ... Ich assistiere Rudolf Muering, er arbeitet hier als Polizeibeamter. Ich bin mit ihm zum Kaffee verabredet.“

„Zum Kaffee verabredet? Das ist aber noch ein bisschen früh. Der Herr Muering ist gerade noch beim Mittagessen.“

„Ist er im Hause? Ich muss ihn in einer dringenden Angelegenheit sprechen.“

„Nein, er ist dort drüben ins Lokal gegangen.“ Der Mann deutete auf eine Gaststätte, die sich am anderen Ende des Platzes befand.

„Vielen Dank.“

„Sehr gerne.“ Der Mann schaute ihr kopfschüttelnd nach, als sie ohne zu zögern in die Richtung hastete, die er ihr genannt hatte.

Obwohl es nicht mehr so heiß war wie in den letzten Tagen, speisten einige Leute angesichts des sonnigen Wetters im Außenbereich vor der Gaststube. Clarissa verspürte nicht den Hauch von Appetit. Ohne einen Blick auf die Teller der Leute zu werfen, hielt sie Ausschau nach Rudolf Muering und entdeckte ihn schließlich an einem etwas abgelegenen Tisch im Schatten des Hauses, wo er mit einem anderen uniformierten Herrn sehr angeregt in ein Gespräch vertieft saß. Einen Moment lang zögerte sie, ehe sie sich ein Herz fasste und auf die beiden Männer zutrat.

„Guten Tag, die Herren", sagte sie und machte einen flüchtigen Knicks, „bitte entschuldigen Sie meine Störung."

Muering starrte sie zunächst überrascht, dann besorgt an. „Herr Winkler, das ist Fräulein Fuchs, eine Bekannte von mir. Fräulein Fuchs, das ist Herr Polizeidezernent Winkler."

Winkler reichte Clarissa seine wenig aufgewärmte Hand, deren Kälte sie zusammenzucken ließ. „Angenehm", sagte Winkler knapp.

„Fräulein Fuchs, ist Ihnen etwas passiert? Sie sind ja ganz bleich im Gesicht!", rief Muering.

„Dürfte ich Sie unter vier Augen sprechen, Herr Kriminalkommissar?"

„Herr Polizeidezernent ...?", wandte sich Muering an seinen Vorgesetzten.

„Ich verstehe, Herr Kommissar. Die Damen sind Ihnen schon einmal wichtig, das ist gut. Ich hoffe, dass Ihnen unser Fall ebenso wichtig ist. Wenn wir nicht bald ein Geständnis haben, müssen wir die Männer wieder freilassen. Die Presse macht uns bereits die Hölle heiß, unsere Uhr läuft ab. Ich erwarte Ihre Ergebnisse bis heute Abend."

Ohne ein weiteres Wort zu verlieren erhob sich Winkler und ließ Clarissa mit Muering allein.

„Fräulein Fuchs, bitte setzen Sie sich. Darf ich Ihnen etwas zu essen bestellen?"

Clarissa schüttelte den Kopf, nahm aber auf Winklers Stuhl Platz.

„Danke, mir ist nicht nach Essen. Ich bin mir sicher, den Mörder August Rebens zu kennen." Sie hielt kurz inne. „Ich habe Greta von Salvy angetroffen. Ohne zu zögern bat sie mich in das Empfangszimmer ihres Hauses, wo sie mir das Bild zeigte, das Reben ihr gewidmet hatte. Ich schauderte, als ich sie darin erkannte, verherrlicht in der Gestalt der Germania mit Schild und Schwert, dessen Spitze sie in den Boden am Siegstrand stach, als wollte sie sagen: Das ist mein Boden. Während ich von Salvy zu ihrem Verhältnis zu Reben befragte und dazu, ob sie eine Idee habe, wer als sein Mörder infrage käme, stürmte plötzlich ein Mann herein, der sich als ihr Lebensgefährte herausstellte. Die beiden leben offenbar ohne Trauschein unter einem Dach.

Er verhielt sich mir gegenüber äußerst unwirsch und sein Gesicht spiegelte blanke Angst wider, als er das Bild betrachtete, das von Salvy herbeigeholt hatte. Allein der Blick in seine eisigen blauen Augen verriet mir, dass er der Mörder August Rebens sein muss. Aber das ist noch nicht alles: Mitten auf seiner rechten Wange trägt er eine langgezogene Schnittwunde, über der sich Schorf gebildet hat. Die Wunde sieht aus, als käme sie von einem Ast im Gebüsch. Ein Schelm, wer dabei an den Tatort denkt."

„Um Gottes Willen, was machen Sie für Sachen?" Muering sah sich vorsichtig um in der Befürchtung, dass jemand an den Nachbartischen sie belauschen konnte. Doch die Tatsache, dass die anderen Gäste ihrerseits in muntere Gespräche verwickelt waren, beruhigte ihn etwas.

„Nachdem er uns mit dem Bild entdeckt und mit unfreundlichen Worten bedacht hatte, wies er mich unter unverhohlenen Drohungen dazu an, das Haus zu verlassen. Ich bin dann wie geraten mit der Pferdebahn zu Ihnen gekommen und möchte Ihnen hiermit meine Zusammenarbeit anbieten.“ Clarissa zwang sich trotz ihrer Übelkeit zu einem selbstbewussten Lächeln.

„Gut, dass Sie zu mir gekommen sind. Hat er Sie mit einer Waffe bedroht?“, wollte Muering wissen.

„Nein, eine Waffe hat er nicht gezeigt.“

„Wissen Sie etwas über das Verhältnis des Mannes zu August Reben?“

„Das konnte ich leider nicht mehr fragen. Der Mann hätte mir den Kopf abgerissen, wenn ich noch länger geblieben wäre. Ich weiß allerdings, dass er ebenfalls als Künstler im Malkasten und als Professor an der Kunstakademie tätig ist. Von Salvy hat Reben in Herchen kennengelernt und sehr bewundert. Es hörte sich so an, als ob die beiden eine, nun ja, wie sagt man ... Liebschaft gehabt hätten. Das dürfte ihrem Lebensgefährten natürlich nicht gerade gefallen haben.“

Muering zog die Augenbrauen hoch. „Das klingt in der Tat sehr erstaunlich. Nach allen Festnahmen in den letzten Tagen ist es jedoch schwer, mit Vermutungen allein zu arbeiten. Welche Beweise haben wir gegen ihn in der Hand?“

„Genügt Ihnen meine Aussage und die Schnittwunde auf der Wange nicht?“

„Sagen wir es offen und ehrlich: Dem Gericht wird das allein nicht genügen. Eine Schnittwunde kann er sich auch bei der Gartenarbeit zugezogen haben.“

„Oder beim Kampf auf Leben und Tod im Gebüsch“, sagte Clarissa grimmig.

„Ja, aber wir wissen es nicht. Ich schlage vor, dass wir Schritt für Schritt vorgehen.“

„Was bedeutet *Schritt für Schritt* für Sie?“

„Wir sollten von Salvy und ihren Geliebten weiter im Auge behalten und ihnen eventuell noch einmal einen Besuch abstatten."

„Wann genau möchten Sie das tun? Wir haben keine Zeit zu verlieren, sehen Sie die Titelseite der heutigen Zeitung ..." Clarissa öffnete ihren Koffer, zog die erworbene Ausgabe hervor und hielt sie Muering vor die Nase. „Der Mordfall weitet sich langsam, aber sicher zu einer diplomatischen Krise zwischen Deutschland und Frankreich aus. Mit anderen Worten: Es droht ein neuer Krieg, wenn wir nicht schnell und beherzt eingreifen!" Clarissa redete mit Verve und steigender Lautstärke, sodass die Leute der umstehenden Tische neugierig zu ihnen herübersahen und ihre Ohren auf Empfang stellten.

„Das ist mir bekannt", sagte Muering. „Sie haben Polizeidezernent Winkler gehört. Mittlerweile mischen sich sogar die Cölner in den Fall ein und drohen damit, einen eigenen Ermittler zu schicken, weil sie sich von uns übergangen fühlen. Winkler erwartet noch heute meine Ergebnisse. Das heißt, ich soll heute Nachmittag mit *sämtlichen* Verdächtigen sprechen, die wir inhaftiert haben, und ihm am Abend Bericht erstatten."

„Um welche Verdächtigen handelt es sich denn? Haben Sie eine heiße Spur?" Clarissa klang zunehmend verärgert, weil Muering die Bedeutung ihrer Nachforschungen herunterspielte.

„Zusätzlich zu den Angehörigen französischer Vereine gesellen sich nun einige der Personen, die um den Todestag Rebens herum aus Herchen abgereist sind. Jeder der Kandidaten könnte der Mörder sein ..."

„... oder auch nicht", ergänzte Clarissa. „Genau das ist das Problem. Ich denke, wir sollten die wirklich wichtigen Personen rund um seinen Tod vernehmen und von Salvy zuerst einen Besuch abstatten. Es macht einen besseren Eindruck, wenn Sie als Mann bei von Salvy und ihrem Geliebten vorstellig werden. Sein Verhalten, seine Angst, seine Augen können nicht lügen. Er hat etwas mit Rebens Tod zu tun, glauben Sie mir doch!"

„Ich werde dieser Spur nachgehen, wenn ich die übrigen Kandidaten verhört habe. Sie werden wieder auf freien Fuß gesetzt, wenn sie heute nicht vernommen werden. Wir können sie nicht länger warten lassen und ich kann mir in der jetzigen Situation keine Alleingänge erlauben. Die Nerven der Kollegen sind zum Zerreißen gespannt. Sie alle erwarten, dass wir Schritt für Schritt unseren Plan abarbeiten."

„Und Sie? Was erwarten Sie, Herr Muering? Wenn wir nicht bald handeln, wird es zu spät sein!", rief Clarissa enttäuscht.

„Morgen Mittag lasse ich von Salvys Haus durchsuchen und knöpfe mir diesen Mann vor, in Ordnung? Bitte, Fräulein Fuchs, Sie müssen mich verstehen. Morgen früh habe ich einen Termin mit dem französischen Gesandten hier in Düsseldorf, das kann sehr unangenehm werden. Bis dahin muss ich mich um die Franzosen hier gekümmert haben." Muering klang nun ebenfalls unruhig und hob seine Stimme.

„Morgen Mittag bin ich nicht mehr da", sagte Clarissa verbittert und musste ihre Tränen unterdrücken, die sich in ihren Augen sammelten. Am liebsten wäre sie vor Wut einfach davongerannt, doch wohin hätte sie laufen sollen? Sie befand sich mitten in einer fremden Stadt. Einen Augenblick lang überlegte sie, Winkler aufzusuchen und sich bei ihm zu beschweren. Allein der Glaube daran, den Polizeidezernenten von ihrer *Vermutung* – sie schnaubte verächtlich – zu überzeugen, fehlte ihr. Sie hatte es nicht einmal geschafft, Muering zu überzeugen.

„Ich bitte Sie, Fräulein Fuchs, haben Sie ein wenig Geduld mit mir. Ich spendiere Ihnen ein prachtvolles Zimmer im Breidenbacher Hof und Sie bleiben bis morgen hier. Ich glaube Ihnen ja, dass Sie eine gute Menschenkenntnis haben und sich von Salvys Geliebter verdächtig verhalten hat. Was uns fehlt, sind allein die Beweise."

„Offenbar glauben Sie mir nicht genug. Morgen früh suche ich von Salvy erneut auf, das ist mein letztes Angebot." Um ihrer Aussage Nachdruck zu verleihen, stand Clarissa auf und wandte sich zum Gehen.

„Ich bitte Sie, ich habe morgen früh um neun Uhr den Termin mit dem französischen Gesandten. Ich kann ihn unmöglich verschieben ..."

„Dann lassen Sie den Termin nicht zu lang werden. Um zehn Uhr hole ich Sie ab. Einem Zimmer in Düsseldorf bin ich nicht abgeneigt."

Muering lächelte. „Sie wissen wirklich genau, was Sie wollen. Darf ich Ihnen ans Herz legen, den Nachmittag hier in der Sonne zu verbringen und einen Kaffee zu trinken? Ich würde Sie gern für sechs Uhr zum Abendessen in den Breidenbacher Hof einladen. Ich würde mich wirklich sehr freuen."

„Bitte fragen Sie ihre Verdächtigen heute, ob sie Greta von Salvy kennen. Wenn Sie das erledigt haben, können wir zusammen Essen gehen." Clarissa lächelte, nur notdürftig milde gestimmt. Dennoch ließ sie sich langsam wieder auf ihrem Stuhl nieder, während Muering nun derjenige war, der sich rasch erhob.

„Nun denn, bringen wir es hinter uns", verabschiedete er sich nach Clarissas Zusage auffallend gut gelaunt.

Clarissa benötigte einige Momente, um sich zu fassen. Wieso verstand Rudolf Muering sie nicht? Wieso hielt er es für sinnvoller, zuerst seine Verdächtigen zu verhören, anstatt sich sofort um denjenigen zu kümmern, der ihrer Meinung nach der Mörder war? Sie spürte, wie die Zwiespältigkeit

Muerings weiter an ihren Nerven zerrte. Auf der einen Seite verhielt er sich wie ein Ehrenmann, der sie zum Essen und in ein Luxushotel einlud, während er sie auf der anderen Seite immer wieder vor den Kopf stieß. Auf der einen Seite wirkte er nüchtern, ernst und zugeknöpft, auf der anderen Seite konnte er unheimlich charmant sein, lachen und mit ihr – wenn auch ein wenig unfreiwillig – in der Sieg baden. Sie wusste, dass sie bei den Ermittlungen im Fall Reben auf ihn angewiesen war und er auf sie. Es ärgerte sie natürlich, dass sie von Salvys Geliebten nicht im Alleingang verhaften konnte. Der Gebrauch einer Waffe als einfache Bürgerin in einer fremden Privatwohnung ohne Durchsuchungsbeschluss konnte sie teuer zu stehen kommen. ‚Beweise, Beweise', dachte sie. ‚Ist meine Menschenkenntnis denn nicht Anlass genug, um sofort weitere Ermittlungen aufzunehmen und diese Beweise zu sammeln?'

„Verehrtes Fräulein, darf ich Ihnen unsere Speisekarte bringen?", unterbrach die zarte Stimme einer etwas beleibten Kellnerin ihre Gedanken.

„Nein danke, ein Kaffee genügt mir. Mit Milch, bitte!"

„Sehr gerne."

Der Kaffee schmeckte trotz Milch ungewöhnlich bitter, sodass Clarissa sich regelrecht dazu zwingen musste, ihn Schluck für Schluck auszutrinken und für die kleine Tasse eine halbe Ewigkeit brauchte. Nicht nur der Kaffee, sondern vielmehr ihr neuer Plan sorgte dafür, dass sie das Café wieder verließ, obwohl die Sonne noch recht hoch am Himmel stand. Ihr Weg führte sie zurück in die Blumenstraße. Auf eine neuerliche Fahrt mit der Pferdebahn verzichtete sie allerdings, um nicht an die Hinfahrt erinnert zu werden.

Dank freundlicher, hilfsbereiter Passanten hatte sie keine Probleme, ihr Ziel zu erreichen. Mit klopfendem Herzen warf sie einen Blick auf die Haustür, die zu von Salvys Haus führte.

Nein, sie würde nicht noch einmal auf eigene Faust anklopfen. Aber sie hatte sich zumindest vorgenommen, das merkwürdige Paar zu beobachten. Sie fragte sich, wie wohl von Salvy auf das Verhalten ihres Lebensgefährten reagiert hatte. Sie selbst schien überhaupt keine Probleme damit gehabt zu haben, über Reben und das Bild zu sprechen.

Clarissa schaute sich um in der Hoffnung, irgendwo in der Nähe des Hauses einen Platz zu finden, an dem sie verweilen konnte. Doch sie fand weder eine Bank noch eine andere Sitzgelegenheit. Stattdessen kam ihr der Zufall zu Hilfe: Sie traute ihren Augen kaum, als plötzlich die Tür des Hauses geöffnet wurde und von Salvys Lebensgefährte heraustrat.

Zu seinem etwas dunkleren braunen Mantel trug er einen etwas helleren braunen Hut und in seiner rechten Hand eine schwarze Aktentasche. Einen Augenblick lang hielt sie den Atem an, als könnte sie das bloße Atmen trotz der Umgebungsgeräusche der Straße verraten. So schnell sie konnte verschwand sie hinter zwei Passanten, die an dem Haus vorbeihasteten, und bemühte sich, so unauffällig wie möglich die Straße entlangzulaufen. Nach einigen Metern wagte sie vorsichtig einen Blick zurück und sah, wie der Mann eiligen Schrittes in die Richtung entschwand, aus der sie gekommen war. Sie überlegte nicht lange, sondern folgte ihm. Der Mann war schnell, sodass sie Mühe hatte, mit ihm Schritt zu halten. Sein Weg führte ihn zunächst aus der Blumenstraße an einem Platz mit einem Springbrunnen und anschließend an einer Gartenanlage vorbei. Ihre Befürchtung, er könnte den Garten betreten und einen engen, verlassenen Pfad einschlagen, bewahrheitete sich nicht. Stattdessen folgte er weiter dem Weg links an der Anlage vorbei, die mit einem großen Weiher aufwartete. Clarissa atmete innerlich auf, als der Weg in eine breit ausgebaute Alleestraße mündete, auf der ihnen einige Pferdekutschen entgegenkamen. Hinter einer Kreuzung bog der Mann schließlich nach links ein und verschwand in einem imposanten Gebäude, dessen sandfarbene Fassade einen im Sonnenlicht goldenen Glanz versprühte. Unschlüssig blieb sie hinter einem Baum stehen. Sollte sie dem Mann folgen? Auf jeden Fall musste sie herausfinden, um welches Gebäude es sich handelte.

Plötzlich vernahm sie hinter sich Stimmen. Reflexartig fuhr sie herum und erblickte zwei junge Herren in edlen schwarzen Anzügen mit weißen Kragen und grinsenden Gesichtern.

Ohne weiter zu überlegen fasste sie sich ein Herz. „Entschuldigen Sie bitte, meine Herren, Sie sind sicher auf dem Weg in dieses Gebäude, richtig?"

Die Männer sahen sie an wie eine Fremde und musterten sie neugierig.

„Aber ja, junge Dame."

„Darf ich fragen, um welches Gebäude es sich handelt? Wissen Sie, ich bin nicht von hier."

„Das sehe ich gleich, dass Sie nicht von hier sind. Wohl vom platten Land, was? Das Gebäude ist nichts Geringeres als unsere Kunstakademie. Möchten Sie mit uns studieren kommen?" Der Mann mit dem Milchgesicht musterte sie noch immer mit der gleichen Neugierde wie beim ersten Blick.

„Nein danke, ich habe nur einen Spaziergang gemacht und dieses Gebäude gesehen und da dachte ich ..."

„Kommen Sie, wir zeigen es Ihnen von innen. Wir haben gleich Vorlesung bei Professor Wolf."

„Professor Wolf? Ich glaube, der ist gerade vor Ihnen reingegangen. Da mag ich nicht stören. Auf Wiedersehen, meine Herren, und einen schönen Tag noch." Clarissa zitterte und spürte, wie ihr flaues Gefühl in der Magengegend allein bei dem Gedanken zurückkehrte, dass sie Wolf unvermittelt gegenüberstehen konnte, wenn sie den Studenten folgte.

„Tja, dann, meine Dame: Überlegen Sie es sich wohl. Sie dürfen jederzeit bei uns eintreten, wenn Sie wollen."

„Das ist sehr freundlich von Ihnen, vielen Dank. Eine Frage hätte ich tatsächlich noch an Sie: Ihr Professor ... Wolf ... Hat er sich in letzter Zeit etwas verändert?"

Die Studenten warfen sich fragende Blicke zu.

„Seine Trinksprüche haben etwas zugenommen, aber sonst: ganz der Alte!" Der Milchgesichtige lachte.

„Ist er Alkoholiker?"

„Ne, das würde ich so nicht sagen. Warum fragen Sie?"

„Das ... nichts ... danke."

„Also dann: Machen Se's gut, junge Dame!"

Verwundert sah Clarissa den Männern nach, bis sie wie Wolf zuvor in der Kunstakademie verschwanden. Sie fühlte sich mit einem Mal kraftlos und ließ sich notdürftig auf einem Stein in der Nähe nieder. Hinter dem sicheren Schutz der Bäume beobachtete sie weitere Studenten, die zu Wolfs Vorlesung gingen. Wolf – ein Mörder? In ihrem Kopf herrschte wieder einmal Durcheinander und sie wünschte sich einen Menschen an ihre Seite, mit dem sie wirklich über ihre Gedanken sprechen konnte. Einen Menschen, der das Durcheinander ordnete, ihm eine Struktur gab.

Sie mochte einige Minuten auf dem Stein gesessen haben, ehe sie einen Blick auf die Uhr warf. Halb sechs. Es wurde langsam Zeit für den Rückweg, zumal sie sich vorgenommen hatte, ihrer Mutter zumindest ein Telegramm zu schicken, dass sie gut angekommen war und die Nacht wohlbehütet in einem Einzelzimmer eines anständigen Düsseldorfer Hotels verbringen würde.

Ihr flaues Gefühl im Magen verflüchtigte sich zunehmend, je näher sie Rudolf Muering und dem Breidenbacher Hof kam. Immer die Königsallee entlang, hatten ihr die Passanten gesagt, die sie gefragt hatte. Da das Kaiserliche Telegraphenamt ebenfalls an der Königsallee lag, konnte sie ihr Vorhaben umsetzen und ihrer Mutter zuvor noch eine Nachricht zukommen lassen.

Eine halbe Stunde später saß sie nicht mehr auf einem Stein, sondern auf einem edel verzierten Stuhl im Speisesaal der besten Adresse der Stadt, in dem es nur so glitzerte und funkelte. Sie beobachtete keine Studenten mehr, sondern bemühte sich stattdessen, in der feinen Gesellschaft des Adels und der wohlhabenden Bürger möglichst nicht aufzufallen. Die Speisen, die hier serviert wurden, stellten alles in den Schatten, was Clarissa in ihrem bisherigen Leben im Elternhaus und im Lindenhof gehört oder gesehen hatte. Allein die Vorspeise hatte es in sich: Einer Steinpilzsuppe mit Kokosmilch folgte ein einheimischer bunter Herbstsalat mit Roter Beete an Himbeersoße, der mit Hirschschinken, Walnusskernen und Birnenspalten garniert war. Clarissa hatte nicht den Hauch einer Ahnung, wie sie mit dem ganzen Besteck umgehen sollte, das sie um ihren Teller herum vorfand, und wartete zu diesem Zweck immer ein wenig darauf, was Rudolf Muering ihr vormachte. Ihrer Aufregung geschuldet hatte sie ohnehin nur mäßigen Appetit, sodass sie nach der Vorspeise schon beinahe satt war. Als der Ober zum Hauptgang eine saftige Rehkeule mit Speck und Trauben auffuhr, wusste sie, dass sie unmöglich alles schaffen konnte. Das ungewohnte Essen schmeckte zweifelsohne gut, doch ihre Gedanken und Gefühle ließen sie ihren Geschmackssinn nur untergeordnet wahrnehmen.

„Erzählen Sie mir doch endlich, was Sie heute Nachmittag herausgefunden haben, Herr Kriminalkommissar“, forderte sie Muering auf, der ihre Probleme eines mäßigen Appetits offenbar ebenfalls kannte und sich in nachdenkliches Schweigen hüllte.

Muering seufzte. „Die Franzosen sind unglaublich zäh, man bekommt nichts aus ihnen heraus. Sie sitzen ihre Untersuchungshaft aus, bis sie freigelassen werden. Trotzdem haben wir das Geständnisschreiben aus Herchen, das die Vinzenz-Konferenz ausweist. Die Lage ist verfahren. Wir können es uns nicht länger leisten, die Männer ohne einen konkreten persönlichen Beweis ihrer Schuld festzuhalten, wenn wir keinen Krieg gegen Frankreich provozieren wollen. Die Staatsanwaltschaft prüft, ob zumindest ein Verbot der Vinzenz-Konferenz aufgrund des Schreibens möglich ist. Die Deutschen aus Herchen, die ich verhört habe, haben mit der Vinzenz-Konferenz nachweislich nichts zu tun. Winkler hat meine Ergebnisse zum Glück mit Fassung getragen und möchte mit mir morgen früh den französischen Gesandten empfangen. Es war schon richtig, dass ich heute genau das gemacht habe, was Winkler gefordert hat. Ich hoffe, Sie hatten einen besseren Nachmittag?“

„Ich weiß immerhin jetzt mit hoher Wahrscheinlichkeit den Namen von von Salvys Lebensgefährten. Er heißt Professor Wolf und arbeitet an der Kunstakademie.“

„Aha“, machte Muering. „Ich hätte da möglicherweise noch etwas, das Sie interessieren könnte.“

„Dann spannen Sie mich nicht länger auf die Folter.“

In diesem Moment trat der Ober an ihren Tisch. „Darf ich Ihnen noch einen Federweißen kredenzen?“

Muering nickte. „Sehr gerne.“

„Darf ich der Dame auch einen servieren?“ Der Ober blickte Clarissa erwartungsvoll an.

Sie zögerte einen Augenblick, dann nickte sie ebenfalls. „Ein kleines Glas würde ich probieren. Das ist sehr freundlich von Ihnen."

„Sehen Sie, dann bekommt Ihnen das Reh auch besser."

Clarissa fixierte Muering ungeduldig.

„Ich habe mit Elias Heuberger gesprochen, einem Künstler des Malkastens. Er weiß zwar nichts von Greta von Salvy, aber erzählte mir davon, dass es an der Kunstakademie wohl eine Art Konkurrenz unterschiedlicher Stilrichtungen gebe. So sollen die Landschaftsmaler mittlerweile neidisch zu den Historienmalern aufblicken, die in der Akademie und auch im Malkasten inzwischen eine prägende Stellung erreicht haben."

„Das bedeutet, es gab persönliche Rivalitäten, in die Reben verwickelt sein könnte?"

„Nun, bisher ist es reine Spekulation. Aber wir wissen zumindest, dass Reben ein Landschaftsmaler war, während Professor Wolf der Historienmalerei zu großer Popularität an der Akademie und im Malkasten verholfen hat. Von persönlichen Rivalitäten zwischen beiden wusste selbst Heuberger nichts."

„Hm, das ist alles sehr merkwürdig. Wieso sollte ein Historienmaler einen Landschaftsmaler ermorden, wo dieser doch sehr erfolgreich war? Meinen Sie, die Rivalität ging so weit?"

„Auch wenn Sie es nicht mehr hören können: Wir brauchen Beweise. Es bleibt dabei, ich werde Sie morgen nach dem Termin mit dem Franzosen zu Greta von Salvy und Wolf begleiten."

Clarissa lächelte und warf ihm einen vielsagenden Blick zu. Im schwarzen Sakko und mit Fliege gefiel er ihr sogar noch etwas besser als in Uniform. „Das ist sehr klug von Ihnen."

„Bei einer so charmanten Dame könnte ich doch gar nicht *nein* sagen."

Der Federweiße wirkte Wunder und entkrampfte sowohl Clarissa als auch Muering merklich, sodass die Anspannung des Tages zunehmend verflog. Muering schaffte es nicht nur, seine Rehkeule aufzuessen, sondern bestellte sich zum Nachtisch überdies eine Weincreme, die eine exotische gelbe Frucht namens *Ananas* enthielt, die Clarissa schon allein ihrer Benennung wegen interessierte.

„So ein lustiger Name. Woher kommt diese Frucht?"

„Aus Übersee. Amerika, nehme ich an. Möchten Sie einmal kosten?"

„Nein, danke. Ich schaffe ja meine Rehkeule gar nicht. Da wäre es nicht anständig, wenn ich von dieser teuren Südfrucht essen würde."

„Ihre Rehkeule können Sie sich gewiss einpacken lassen und morgen noch verspeisen. Dieses Hotel hat das beste Personal der Stadt, das sollte wirklich kein Problem sein."

„Na, wenn das so ist. Herr Muering, würden Sie mir einen Gefallen tun?"

Muering schaute sie fragend an.

„Sagen Sie doch bitte Clarissa zu mir, wenn es Ihnen nichts ausmacht. Fräulein Fuchs klingt immer so hochgestochen, aber wir kennen uns doch schon eine Weile."

„Mit dem größten Vergnügen. Nennen Sie mich dann umgekehrt bitte Rudolf, Clarissa."

„Mit dem größten Vergnügen, Herr Kriminalkommissar."

Obwohl sie große Lust hatte, sich weiterhin mit Rudolf zu unterhalten, überfiel Clarissa nach dem Essen und dem Wein, den sie nicht gewohnt war, eine unbändige Müdigkeit.

„Ich fürchte, ich muss mir langsam mein Schlafgemach anschauen, schließlich haben wir morgen viel vor."

„Ja, das ist eine gute Idee. Ich werde auch in diesem Hotel übernachten, damit ich morgen einen kürzeren Weg zur Arbeit habe. Ich wohne auf der anderen Rheinseite."

„Sie übernachten auch im Breidenbacher Hof, Herr Muering? Damit hatte ich jetzt nicht gerechnet ..."

„*Rudolf*, wollten Sie sagen. Sonst nenne ich Sie wieder *Fräulein Fuchs*."

„Oh, entschuldigen Sie bitte. Nein, das ist ganz schrecklich."

„Aber, um Ihre Frage zu beantworten: Ja, ich übernachte auch hier. Mein Zimmer befindet sich sogar direkt neben Ihrem."

„Sie haben es schon gebucht? Na, das kann ja heiter werden."

Bei dem Gedanken, dass Rudolf gleich nebenan übernachten würde, stellte sie sich vor, wie er sich entkleidete und seinen muskulösen Oberkörper, den sie während ihres gemeinsamen Bades in der Sieg erahnt hatte, vor dem Schlafen auf dem gemütlichen Hotelbett räkelte. Diese Vorstellung gesellte sich zu ihrer wilden Mischung aus Phantasie, die sie schließlich bis auf das Zimmer begleitete.

Nachdem sich ihre Wege auf dem Hotelflur getrennt hatten und sich Rudolf anständig in seine Kammer nebenan verabschiedet hatte, erschrak Clarissa schon beim Eintreten in ihr Zimmer, da sie von der anderen Seite durch die Wand die Schreie einer Frau hören konnte. Im ersten Moment durchfuhr es sie eiskalt, da sie dachte, dass die Frau Hilfe benötigte, bis sie feststellte, dass die immer gleichartig abgegebenen Schreie auf eine lustvolle Handlung zurückzuführen waren, die diese mit einem anderen Menschen vornahm. Sie spürte, wie das Gestöhne der unbekannten Frau in ihr eine ähnliche Erregung auslöste, wie sie sie schon beim Baden mit Rudolf in der Sieg gefühlt hatte. So hörte es sich also an, wenn ein verheiratetes Paar miteinander den Beischlaf vollzog.

‚Darf ich die Laute dieser entfesselten Lust Fremder überhaupt hören?', fragte sie sich. Wie auch immer die Antwort vor Gott ausfiel, sie konnte nichts dafür, dass die Wände in diesem Hotel offenbar solche Geräusche durchließen. Dieser Gedanke, dass sie unwissentlich in eine solche Situation geraten war, beruhigte ihr Gewissen ein wenig, sodass sie Gefallen daran entwickeln konnte, dem unbekannten Paar im Nachbarzimmer zu lauschen. Insgeheim hoffte sie darauf, dass sie irgendwann mit Rudolf in einer Kammer schlafen konnte.

Nach einigen Minuten ebbten die Geräusche ab, aber ihre Gedanken fanden noch lange keine Ruhe. Sie war froh darüber, dass sie diese Dinge erfuhr, über die sich die Erwachsenen immer so ausschwiegen. Düsseldorf war aufregend, auf allen Ebenen.

Schließlich jedoch zwang sie sich dazu, sich innerlich auf ihren Schlaf vorzubereiten, da der morgige Tag ihr alles abverlangen würde.

XXIV

Schweißgebadet schreckte Clarissa aus ihrem Schlaf. Ihr Blick fiel auf die durchscheinenden Vorhänge ihres Himmelbettes, die sich im fahlen Licht der Gaslampen abzeichneten, das von draußen in das Zimmer drang. Sie hatte von einer fürchterlichen Jagd geträumt, bei der sie ein Mann mit gezogener Waffe in einem verwinkelten Haus so lange verfolgt hatte, bis sie schließlich in einer Sackgasse angelangt war, aus der sich kein Ausweg mehr fand. Ein gezielter Schuss, dann war sie erwacht. Sie erinnerte sich nicht mehr an das Gesicht des Mannes, doch sie ahnte, wer hinter ihrem Alptraum steckte.

Vorsichtig öffnete sie zunächst den Vorhang und dann ihren Koffer, um sicherzugehen, dass ihr Revolver an Ort und Stelle lag. Nachdem sie sich davon überzeugt hatte, setzte sie sich aufs Bett und betastete ihren Körper. Sie hatte so stark geschwitzt, dass sie ihr Nachthemd wechseln musste. Am liebsten hätte sie ein beruhigendes Bad in der Badewanne ihres Zimmers genommen, doch heißes Wasser mitten in der Nacht war selbst in diesem Luxushotel eine Unmöglichkeit. So machte sie sich frei, rieb sich notdürftig trocken und zog ein frisches Hemd an. Dann legte sie sich zurück auf ihr Bett, während die Gedanken an Professor Wolf wie böse Geister in ihrem Kopf herumspukten.

Als sie am Morgen erwachte, erinnerte sie sich nicht mehr daran, wie lange sie wachgelegen hatte. Um Punkt sieben stand Rudolf wie erwartet vor ihrer Tür.

„Guten Morgen, Clarissa“, begrüßte er sie freundlich und mit bemühter Zuversicht, obwohl sie seinem Gesicht ansah, dass er alles andere als gelassen in diesen Tag startete. „Wie haben Sie geschlafen?“

„Es geht so. An diese fremde Umgebung musste ich mich erst gewöhnen. Und Sie?“

„Es hätte besser sein können. Dann lassen Sie uns etwas frühstücken.“

Obwohl in diesem Hotel alles glänzte und funkelte, spürte Clarissa ein Verblassen ihrer Sinne, während sie den Salon betrat, in dem ein viel zu üppiges Frühstücksbuffet auf sie wartete. Ihre Konzentration galt einzig und allein ihrer Aufgabe, die sie an diesem Tag erwartete.

„Rudolf, glauben Sie daran, dass es einen neuen Krieg geben wird?“, fragte sie und schaute ihrem Begleiter unentwegt in die Augen, als könnte sie darin ihre Zukunft lesen.

„Um ehrlich zu sein, hoffe ich darauf, dass es die Franzosen nicht darauf anlegen werden. Ich wünsche mir, ein glückliches Leben führen und meinem Vaterland im Frieden dienen zu können.“ Rudolf hielt ihrem Blick stand, was Clarissa ein wenig Mut machte.

„Bitte setzen Sie alles daran, dass es nicht zum Krieg kommt. Mein Vater hat immer gesagt, man solle den Frieden bewahren.“

„Das ist eine kluge Haltung. Unser Reich ist groß und stark, aber demütig vor Gott. Gebe er, dass die Franzosen keine Forderungen stellen, die wir nicht erfüllen können.“

„Bitte machen Sie dem Gesandten deutlich, dass wir am Frieden mit Frankreich interessiert sind. Auch wenn es uns die Freilassung der französischen Gefangenen kostet“, sagte Clarissa eindringlich.

„Ich werde deutlich machen, dass wir am Frieden interessiert sind. Aber klar ist auch, dass wir uns nicht zu Sklaven Frankreichs machen werden. Jeder im Deutschen Reich weiß, wie sehr Frankreich auf Revanche für Elsass-Lothringen aus ist. Sie warten nur auf den geeigneten Augenblick, um sich unser Land wieder unter ihren Nagel zu reißen. Ich blicke schwierigen Verhandlungen entgegen ... Bitte, nehmen Sie doch eine Kleinigkeit zu sich, Clarissa." Er lächelte ihr aufmunternd zu.

In diesem Moment konnte Clarissa nicht mehr an sich halten und weinte. Der Tod ihres Vaters, der Mordfall, die fremde Stadt, der drohende Krieg – alles war zu viel für sie. So schnell sie konnte zog sie ein Taschentuch hervor und hielt es schützend vor das Gesicht. Rudolf wartete geduldig, bis sie ihre Tränen getrocknet hatte, dann ergriff er ihre Hand und sagte: „Es wird alles gut, Clarissa." Er legte eine solche Überzeugung in seine Stimme, dass sie es glaubte.

Da die Zeit bereits drängte, verabschiedete er sich und steckte ihr einen kleinen Zettel mit der Adresse des Konsulats zu. „Am liebsten würde ich Sie mitnehmen, Clarissa. Sie sind ein guter Mensch. Bis später." Er blickte sich noch einmal zu ihr um, ehe er aus dem Salon entschwand.

Am liebsten wäre Clarissa ihm hinterhergelaufen und hätte ihm zugerufen: „Dann nimm mich doch mit!" Doch sie wusste, dass das nicht ging. Allein die Vorstellung, dass sie als kleines Landmädchen den französischen Botschafter treffen sollte, war für sie ein aberwitziger Traum. Etwas, das nicht sein durfte.

Dennoch vermochten Rudolfs Worte sie zu trösten. Sie spürte, wie die Tränen eine neue Kraft in ihr freigesetzt hatten. Da sie noch ein wenig Zeit und inzwischen auch Appetit hatte, füllte sie sich eine Schale voll mit fremdländischen Früchten, die sie verspeiste. Nachdem sie ihr Frühstück beendet hatte, trat sie den Weg auf ihr Zimmer an, um sich zu erfrischen. Ihre Sachen konnte sie dort lassen, da Rudolf ihren Aufenthalt im Hotel um eine weitere Nacht verlängert hatte.

Der Konsul von Frankreich hatte seinen Sitz in der Victoriastraße, die sich nicht weit entfernt von der Blumenstraße befand. Obwohl sie das Ende von Rudolfs Besprechung kaum hatte erwarten können, stand sie mit vor Aufregung klopfendem Herzen vor dem Gebäude. Auch wenn sie Rudolf gemahnt hatte, sie nicht länger als bis zehn warten zu lassen, behielt sie ihren Anstand draußen zu warten, als die Kirchturmuhr zehn schlug. Keinesfalls wollte sie Rudolfs Gespräch gefährden, das möglicherweise den Frieden im Zentrum Europas retten konnte. Unruhig lief sie vor dem Konsulat auf und ab, bis plötzlich die Tür aufschwang. Es war Winkler, der im Eiltempo an ihr vorbeilief, ohne sie eines Blickes zu würdigen. Verwundert sah sie dem Polizeidezernenten nach, wie er die Straße entlanglief, ohne sich nach links oder rechts umzudrehen. Kurz darauf trat Rudolf endlich aus der Tür.

„Und?", fragte sie nervös, da sie die Anspannung in seinem Gesicht sah.

„Er hat mir alles abverlangt und kein gutes Haar an unserer Ermittlungsarbeit gelassen. Er ist ein Schurke."

„Und der Krieg?"

„Der ist erst mal vom Tisch. Ich habe Ihnen versprochen, mich für eine friedliche Lösung einzusetzen. Ich hätte mich auch nicht von Ihnen trennen können, um in den Krieg zu ziehen, Clarissa."

Sie sagte nichts mehr, sondern fiel ihm stattdessen um den Hals, während ihr erneut Tränen in die Augen traten.

„Sind sie frei? Sind die französischen Gefangenen frei?"

Rudolf nickte. „Sie werden noch heute freigelassen. Es ist eine krachende Niederlage der Düsseldorfer Kriminalpolizei. Trotzdem bin ich nicht bereit, den Fall Reben ungesühnt zu lassen. Wir werden unsere Ermittlungen fortsetzen. Kommen Sie, wir knöpfen uns den Gefährten von Salvys vor!"

„Oh, Sie schon wieder ...“, begrüßte Greta von Salvy sie mit verunsicherter Stimme. Heute trug sie kein buntes Kleid, sondern einen weißen Morgenmantel und ungekämmte Haare. Wäre sie Clarissa nachts erschienen, hätte sie sie für eine übernatürliche Erscheinung halten können. „Was wollen Sie?“

„Das ist Herr Kriminalkommissar Muering von der Polizei Düsseldorf und mich kennen Sie ja schon. Wir tun Ihnen nichts, aber wir würden gern noch einmal mit Ihnen und Ihrem Lebensgefährten über den Mordfall August Reben sprechen. Dürfen wir eintreten?“, fragte Clarissa.

„Ich habe die Anweisung meines Lebensgefährten, dem dieses Haus gehört, niemanden ungefragt einzulassen.“ Die Stimme von Salvys schlug nun hörbar von Verunsicherung in Angst um.

„Dann wird Ihnen wohl nichts anderes übrigbleiben, als ihn zu fragen“, sagte Rudolf unaufgeregt. „Ist er zu Hause?“

Von Salvy nickte. „Wenn ein so schöner Polizist das sagt, gehe ich ihn holen ...“ Sie warf Rudolf einen lasziven Blick zu, ehe sie in den Hausflur verschwand.

Rudolf runzelte die Stirn und sah Clarissa hilfesuchend an. „Sie besitzt auf jeden Fall eine merkwürdige Persönlichkeit.“

Clarissa nickte und erwiderte flüsternd: „Sie ist noch ganz in Ordnung. Halten Sie Ihr Gewehr schussbereit, wenn Sie ihren Mann kennenlernen.“

Sie hatte ihren Satz keine Sekunde zu spät beendet, als sie aus dem Inneren des Hauses einen Fluch vernahmen, woraufhin jemand mit großem Getöse die Treppe herunterpolterte. Tatsächlich umfasste Muering sein Gewehr, um auf alle Fälle vorbereitet zu sein.

„Was wollen Sie hier?“, fuhr sie der Mann an, noch während er über den Flur zur Haustür lief.

„Guten Tag, mein Herr", sagte Muering weiterhin unaufgeregt, „hat Ihnen Ihre Frau nicht mitgeteilt, dass wir von der Kriminalpolizei sind, Professor ...?"

„Wolf", vollendete Clarissa.

Wolf baute sich vor ihnen auf. „Na wenn das so ist, kommen Sie mal rein. Aber seit wann sind Frauen bei der Polizei beschäftigt, Herr ...?"

„Muering. Nun, in allen Dingen brechen neue Zeiten an. Fräulein Fuchs steht mir heute assistierend zur Seite."

Wolf kräuselte die Stirn, trat schließlich zur Seite und machte eine theatralische Handbewegung, die Clarissa und Rudolf den Zutritt ermöglichte. Dann setzte er sich an die Spitze und führte beide in den Empfangsraum, der Clarissa bereits bekannt vorkam. Mit einem knappen Nicken gab Wolf ihnen zu verstehen, Platz zu nehmen.

„Meine Kollegin sagte, Sie würden wie Herr Reben auch an der Kunstakademie lehren und im Malkasten malen. Ich denke, die Frage erübrigt sich, ob Sie einander kannten?"

Wolf nickte. „Ich kannte seinen Namen und ich wusste ungefähr, was er malt, nichts weiter."

„Man sagt, dass es zwischen Historienmalern wie Ihnen und Landschaftsmalern wie Reben eine starke Konkurrenz innerhalb der Akademie gegeben haben soll ..."

„Das ist ganz normal, dass es auch mal zu Meinungsverschiedenheiten über die Kunst kommt. Die Landschaftsmaler hatten ihre große Zeit, nun müssen sie uns den Erfolg gönnen. Die Geschichte ist voller erhabener Momente, an die sich unsere Nachwelt erinnern sollte."

„Es kommt natürlich darauf an, wie diese Meinungsverschiedenheiten ausgetragen werden. Würden Sie im Zweifel dafür morden?"

Wolf hielt einen Augenblick inne, ehe er laut lachte. Dennoch meinte Clarissa, dass seine Gesichtsfarbe nach dieser Frage bleicher erschien als zuvor. ‚Ein lachender Geist', dachte sie und spürte, wie Ekel in ihr aufstieg.

„Also wir sollten die Landschaftsmaler nicht ermorden, weil sie Landschaften malen."

„Aber vielleicht dann, wenn sie statt Landschaften eine schöne Dame malen, die ihnen ebenfalls gefällt? Fräulein von Salvy, würden Sie die Güte besitzen und uns Rebens letztes Bild zeigen?"

„Bitte, schauen Sie sich das Bild doch an, es trifft meine Geliebte vorzüglich. Reben hat gute Arbeit geleistet", säuselte Wolf.

„Das hörte sich gestern aber noch anders an!", protestierte Clarissa, die durch Rudolfs betont ruhiges Auftreten Mut gefasst hatte.

„Sie sind eine Frau und sollten uns Männern nicht in die Parade fahren!", herrschte Wolf sie an, während sich von Salvy davonstahl, um das Bild zu holen.

„Ein bisschen mehr Achtung bitte vor meiner Kollegin", entgegnete Rudolf kühl.

„Oh ja, Achtung ist ein gutes Stichwort. Sie fallen hier am helllichten Tag in meiner Wohnung ein und wollen mir den Mord an einem Künstlerkollegen anhängen, den ich nur flüchtig kannte. Jawohl, man kann es nicht anders sagen: Sie wollen mir den Mord *anhängen*, weil Sie sonst niemanden finden, der es getan haben könnte!", brauste Wolf auf, sodass Clarissa und Rudolf von ihren Stühlen sprangen, um nicht von einem möglichen körperlichen Angriff des Professors überrascht zu werden. In diesem Moment kehrte von Salvy mit dem Bild zurück und legte es Rudolf behutsam in die Hand, als könne es bei einer unbedachten Bewegung in tausend Einzelstücke zerfallen.

„Sie sind gut getroffen“, sagte Rudolf, nachdem er das Bild ausführlich studiert hatte, und wandte sich von Salvy zu, die sich nervös durch die Haare strich. „Es ergibt Sinn, dass ein französischer Verein einen deutschen Künstler ermordet, weil dieser am Sedan-Spiel teilgenommen hat und derartige Bilder malt, die unsere Germania zeigen. Wann hat Reben Ihnen dieses Bild geschenkt?“

„Später, am Tag nach dem Sedan-Spiel.“

„Und am Abend des Sedan-Spiels in Herchen? Was ist dort passiert?“

„Es war ein wundervoller, milder Abend im September, der ganze Siegstrand war voller Leute. Die Künstler haben wie jedes Jahr lebendige Bilder, so genannte *Tableaux-vivants*, präsentiert, und wir haben Wein getrunken, bis wir alles um uns herum vergessen haben ...“

„Waren Reben und Sie, Professor Wolf, auch dabei? Haben Sie miteinander gesprochen?“

„Wir waren beide anwesend, aber wir haben nicht viele, recht belanglose Worte gewechselt. Er war sehr schweigsam“, sagte Wolf, der sich ein wenig beruhigt zu haben schien. „Bitte, sprechen Sie mich nicht länger darauf an. Sein Tod ist eine tiefe Wunde, die uns alle in der Akademie und im Malkasten sehr betroffen macht.“

„Haben Sie eine Idee, wer der Täter sein könnte, Herr Wolf? Sind Ihnen Kontakte zu Franzosen bekannt?“

„Bedauerlicherweise nicht, Herr Kommissar.“

Rudolf warf Clarissa einen Blick zu, als wollte er ausdrücken, wie genervt er mittlerweile von den sparsamen Antworten Wolfs war.

„Herr Wolf", begann Clarissa und schaute dem Professor tief in die Augen, „Ihre Geliebte erzählte mir, dass sie August Reben für dessen Künste bewunderte. Gegebenenfalls handelte es sich um mehr als nur Bewunderung zwischen den beiden, wenn Sie wissen, worauf ich hinaus möchte ... Was sagen Sie als ihr Lebensgefährte dazu? Sie können gewiss nicht sehr erfreut darüber gewesen sein."

Wolf wandte seinen Blick ab. „Das war ich auch nicht. Wir haben verabredet, dass wir das Thema nicht anschneiden. Dennoch bin ich nicht derjenige, der einem Kollegen dafür den Tod wünscht."

Clarissa sah, wie sich von Salvys Augen mit Tränen füllten und sie kurz darauf zu schluchzen begann. Sie sah, dass sie mit Fragen und Worten allein an dieser Stelle nicht weiterkam. Noch immer wusste sie nicht, wie sie die Gefährtin Wolfs einschätzen sollte, die ihr beinahe leidtat. Sie spürte die wachsende Ungeduld Rudolfs, den sie offensichtlich noch nicht davon überzeugt hatte, dass Wolf der Mörder war. Glaubte sie selbst daran? Hatte ihr das Gefühl, Menschen in Gut und Böse einteilen zu können, einen Streich gespielt? Es war an der Zeit, ihr Gefühl einer Überprüfung zu unterziehen. Dazu musste sie ihren höchsten Trumpf ausspielen.

„Kommen Sie, Rudolf", sagte sie plötzlich, „wir drehen uns mit unserer Fragerei im Kreis. Ich möchte Ihnen etwas zeigen."

Rudolf sah sie überrascht an. „Worauf möchten Sie hinaus, Fräulein Fuchs?"

Ohne weitere Erklärungen nahm sie ihn an der Hand, zum ersten Mal in ihrem Leben, und führte ihn eigenmächtig aus dem Empfangszimmer zur Treppe. Am Beginn der Treppe löste sich seine Hand aus der ihren und Rudolf zögerte, ihr zu folgen. „Kommen Sie!", rief sie energisch und stolperte beinahe die Treppe hinunter. Rudolf folgte ihr langsam.

Der untere Flur lag trotz der Helle des Vormittags im Dämmerlicht, das durch die schmalen Fenster der dunklen Gardinen einfiel. Der riesige Kronleuchter an der Decke schimmerte matt, statt zu glänzen. Doch Clarissa fand auch im Zwielicht, was sie suchte. Ein Paar schwarze Stiefel, das neben dem Eingangsportal vor einer kleinen Kommode stand, hatte es ihr angetan. Sie hörte Schritte hinter sich. Behutsam nahm sie einen Stiefel in die Hand, begutachtete kurz dessen Sohle, wandte sich um und reckte ihn Rudolf, Wolf und von Salvy, die ihr allesamt mit verwunderten Blicken gefolgt waren, wie eine Trophäe entgegen.

„Sind das Ihre Schuhe, Professor Wolf?"

„Was geht Sie das an, Sie unerhörtes Fräulein!"

„Eine ganze Menge, denke ich. Sie erlauben, dass ich mir Ihre Stiefel für einen Tag ausleihe, um an Ihnen Ihre Schuld zu überprüfen?"

„Sie haben mich lange genug gequält, aber Sie werden nicht auch noch meine teuren Stiefel mitgehen lassen, Sie Diebin, Sie ..." Wolf hob drohend seine geballte Faust und trat einen Schritt auf Clarissa zu. Clarissa benötigte keine Sekunde, um zu reagieren: Blitzschnell wich sie zurück, stellte den Stiefel ab, zog ihren Revolver und richtete ihn auf Wolf. „Keinen Schritt weiter, Herr Professor!"

„Sie Flittchen, Sie! Das ist Diebstahl!" Wolf zog seinerseits eine Pistole aus seinem Anzug hervor, die er auf Clarissa richtete.

„Clarissa ...!", rief Rudolf entsetzt und richtete ebenfalls den Lauf seiner Waffe auf Wolf. „Herr Professor, bleiben Sie ganz ruhig. Es passiert Ihnen nichts. Fräulein Fuchs wird nicht von ihrer Waffe Gebrauch machen und Sie werden bitte auch nicht schießen. Sehen Sie, wir sind alle erwachsene Menschen und sollten unsere Probleme auf eine andere Weise lösen. Es steht zwei zu eins: Ich fordere Sie auf, Ihre Waffe sinken zu lassen!"

Einige Momente herrschte angespannte Ruhe, während der Clarissa ihr Herz schlagen hörte.

„Ich lasse die Waffe nur dann sinken, wenn Sie mein Haus verlassen!", empörte sich Wolf.

„Ich verspreche Ihnen, dass wir Ihr Haus umgehend verlassen, wenn Sie die Waffe sinken lassen."

Rudolfs mit Ruhe vorgetragene Worte wirkten. Langsam, aber noch immer mit hasserfülltem Blick senkte Wolf den Arm, der seine Pistole trug. Von Salvy war inzwischen neben ihn getreten und fasste ihn beruhigend an den Arm.

Clarissa und Rudolf warteten noch einen Augenblick ab, ehe auch sie ihre Waffen einsteckten. Während Rudolf bereits die Haustür öffnete, um sein Versprechen in die Tat umzusetzen, griff Clarissa Wolfs Stiefel, ließ sie in einer flinken Bewegung in ihren Koffer verschwinden und folgte Rudolf nach draußen.

„Sie sind eine Diebin!", klangen die wütenden Proteste Wolfs hinter ihr her. „Wenn Sie das nächste Mal einen Schritt in mein Haus setzen, schieße ich Sie nieder!"

Als sie die Haustür endlich hinter sich zugeschlagen hatte, blieb sie stehen, um ihren keuchenden Atem zu beruhigen.

„Clarissa, sind Sie wahnsinnig?" Ihr Blick fiel in Rudolfs entsetztes Gesicht. „Um ein Haar wäre die Situation eskaliert!"

„Er hat mich bedroht und ich habe daraufhin gedroht, mich zu verteidigen. Es ist ja gutgegangen."

„Sie sind eine tollkühne Frau! Woher haben Sie die Waffe?"

„Ich habe eben eine Waffe, genau wie Sie auch." Clarissa wies seinen Vorwurf etwas schärfer zurück, als sie eigentlich wollte.

„Ach ja? Ich bin ein Kriminalkommissar, deshalb trage ich ein Gewehr bei mir. Ich denke aber nicht, dass Sie autorisiert sind, diese Waffe zu führen. So sehr ich Sie auch bewundere, Clarissa, aber Sie können nicht auf eigene Faust ermitteln, sich eine Waffe zulegen und damit fremde Menschen bedrohen. Sie wissen, dass das unter Strafe steht. Seien Sie froh, dass nur ich und keiner meiner Kollegen bei dem Vorfall dabei war. Aber ich halte Wolf trotzdem für intelligent genug, ihnen zu erzählen, dass Sie ein Gewehr gegen ihn gerichtet haben."

„Es ist ein Revolver, um genau zu sein. Sie haben Wolf doch gesehen, wie er mich bedroht hat. Wie können Sie sich dann darüber ereifern, dass ich mein Recht wahrnehme, um mich zu verteidigen? Wir sollten lieber zusammenhalten und sehen, wie wir Wolf dingfest bekommen."

„Was ohne Beweise schwer werden dürfte."

„Warten Sie ab, was ich Ihnen gleich zeigen werde."

„Es wäre schöner, wenn Sie mit offenen Karten spielen würden", sagte Rudolf beleidigt.

Den Rest des Weges zum Hotel legten sie in eisernem Schweigen zurück, sodass sie die unschönen Worte, die sie füreinander gehabt hätten, unausgesprochen blieben.

Trotz ihres Streits folgte Rudolf Clarissa auf das Hotelzimmer. Clarissa wusste, dass sie Rudolf als Verbindung in die Düsseldorfer Polizeiszene benötigte, während Rudolf danach gierte, nach der vollkommenen Demütigung seiner Ermittlungsarbeit doch noch ein Stück Ehre durch eine hilfreiche Entdeckung retten zu können. *Wir sind aufeinander angewiesen.* Clarissa war sich nicht sicher, ob sie der Gedanke eher fröhlich oder traurig machte. Dass man ihr als Frau kaum Glauben schenken würde, wenn sie den Fall allein aufklärte, ließ sie innerlich kochen vor Wut. Die Tatsache, dass Rudolf auch von ihrem Beweis abhängig war, erregte sie jedoch in einer seltsamen Art und Weise. ‚Er wird um mich kämpfen müssen', dachte sie, ehe sie das Schloss ihres Zimmertresors öffnete.

Im Tresor lag eine hölzerne Schatulle, die auf dem Deckel mit Eidechsen und an den Seiten mit Schwänen verziert war. Clarissa nahm die Schatulle heraus und legte sie auf den kleinen Tisch, an dem Rudolf Platz genommen hatte. Wortlos öffnete sie das Kästchen, woraufhin ein Fußabdruck aus Gips zum Vorschein kam. Mit zitternden Händen hielt sie die Sohle von Wolfs Stiefel daneben.

„Es ist, wie ich es mir dachte ...", murmelte sie, dann sah sie Rudolf an, der mit offenem Mund die Profile des Stiefels mit dessen Abdruck verglich.

„Was haben Sie da?", fragte er entgeistert.

„Einen Abdruck des Stiefels, der sich unweit des Tatortes befand."

„Woher haben Sie den?"

„Nun, ich hatte einen sehr professionell arbeitenden Vater."

„Das gibt es doch nicht! Wieso rücken Sie erst jetzt mit diesem Beweisstück heraus?"

„Ich wollte mir erst einmal Wolf anschauen und hören, welche Geschichte er zu erzählen hat. Außerdem musste ich die Schuhe im Haus natürlich finden."

„Das meine ich nicht! Wieso haben Sie *mir* nichts davon erzählt? Sie sagen mir, dass Sie Wolf für den Mörder Rebens halten, aber schweigen sich aus über das wohl wichtigste Beweisstück? Stattdessen nehmen Sie die Sachen selbst in die Hand und bedrohen Wolf mit einem Revolver? Woher haben Sie die Waffe, Clarissa?", rief Rudolf aufgebracht.

„Ich wollte erst selbst prüfen, ob die Abdrücke überhaupt zueinander passen, weil Sie mir nicht vertraut haben."

„Wenn Sie mich früher einweiht hätten, hätten wir die Wohnungen unserer Verdächtigen sofort nach Schuhen durchsuchen können, statt unsere fruchtlosen Verhöre zu vollziehen."

„Sie hätten von Beginn an mit mir kooperieren sollen. Stattdessen war ich für Sie als Frau interessant, aber niemals als Ermittlerin!"

„Und dann rächen Sie sich auf diese Weise an mir? Ich könnte Sie verhaften, Clarissa."

„Dann tun Sie es doch." Sie blickte ihn trotzig an.

In diesem Moment klopfte es an die Zimmertür.

Stirnrunzelnd erhob sie sich, um die Tür zu öffnen. Bei dem Anblick des Menschen, der vor ihr stand, erstarrte sie.

„Julia!", rief sie und legte ihre Verwunderung, ihre Besorgnis und ihre unbändige Freude gleichzeitig in ein einziges Wort – den Namen ihrer Freundin.

Julia fiel ihr zu Begrüßung um den Hals und sorgte dafür, dass Clarissa ein Stück Heimat in Düsseldorf spürte.

„Was machst du hier? Ist etwas passiert?", fragte Clarissa entgeistert.

Die furchtsame Miene ihrer Freundin trug nicht gerade zu ihrer Beruhigung bei.

„Komme ich ungelegen?", fragte Julia und warf einen Blick auf Rudolf, der hinter Clarissa an die Tür getreten war und sie ähnlich ungläubig musterte wie am Donnerstagabend, als sie ihn in seinem Hotelzimmer bei Glasmachers heimgesucht hatten. „Ich komme ungelegen", stellte sie fest.

„Nein, ganz und gar nicht", widersprach Clarissa vehement, „ich habe nur nicht damit gerechnet, dich hier zu sehen. Komm rein!"

Clarissa trat zur Seite und bot Julia den Stuhl an, den eben noch Rudolf innegehabt hatte. Weil der Raum mit keinem weiteren Stuhl aufwartete, blieben Clarissa und Rudolf stehen.

„Hat man dir schon etwas zu trinken angeboten?“, fragte Clarissa.

„Es ist alles bestens, mach dir darum keine Sorge. Ich habe dir allerdings etwas mitgebracht ...“ Sie zog einen kleinen, goldfarbenen Knopf aus der Tasche und reichte ihn Clarissa.

„Was ist das?“

„Diesen Knopf hat ein Bub beim Versteckspiel am Katzenstein gefunden. Er gehört wahrscheinlich an einen Mantel oder an eine Uniform. Ich wollte ihn dir zeigen, weil er dir vielleicht weiterhilft.“

„Danke“, sagte Clarissa und drehte den Knopf mehrmals herum, als könne sie auch nach mehreren Blicken noch etwas Interessantes daran entdecken, das sie bislang übersehen hatte.

„Deshalb hast du die Reise nach Düsseldorf auf dich genommen?“, fragte sie schließlich.

„Nein“, sagte Julia, „nur deshalb nicht. Das ganze Dorf ist mittlerweile in Sorge um dich und deine Mutter hat Angst, nach ihrem Mann auch ihre Tochter zu verlieren. Außerdem ist der Revolver deines Vaters verschwunden. Die Sergeanten des ganzen Siegkreises sind besorgt, weil du auf eigene Faust und ohne Polizeischein ermittelst. Am meisten aber habe ich Angst um deine Mutter. Das wollte ich dir nur sagen, um dich vorzuwarnen.“

Julia trug ihre Worte ernst, aber mit dem wohlwollenden Ton einer besten Freundin vor, die ihr keine Vorwürfe machte.

„Daher haben Sie Ihre Waffe, Clarissa“, sagte Rudolf befriedigt über die ungeplante Auskunft.

Clarissa schlug die Hände vor das Gesicht. „Ich glaube, wir sollten uns alle zusammensetzen. Es nützt nichts, wenn wir uns gegenseitig weiter Vorwürfe machen. Es gibt jetzt viel zu erzählen und zu entscheiden."

„Dann sollten wir zusammen eine Kleinigkeit zu uns nehmen, bevor wir noch alle umfallen. Ich lade Sie ein, meine Damen. Ich bin nun überzeugt davon, dass wir den gesuchten Mörder gefunden haben."

Während Julia der Mund vor Staunen offenstand, lächelte Clarissa Rudolf versöhnlich zu und vergaß für einen Moment ihren Ärger.

Aus dem Trinken und Mittagessen wurde für Clarissa lediglich ein Glas Wasser, um ihren von der Aufregung staubtrockenen Mund zu befeuchten. Die Speisen in dem hoteleigenen Restaurant mochten noch so klangvolle Namen haben, doch nach den sich überschlagenden Ereignissen des Morgens fand sie keine Ruhe, um etwas zu sich zu nehmen. Rudolf hingegen bestellte sich immerhin einen Salat mit Hähnchenbrust, während Julia sich sogar einen Rheinischen Sauerbraten vom Pferd mit Kartoffelklößen und Apfelmus schmecken ließ. Clarissa wusste nicht, ob es an Julias Erscheinung lag, dass Rudolf plötzlich begann, eine Lobeshymne auf ihre eigene Ermittlungsarbeit zu singen, statt ihr weiterhin Vorwürfe zu machen. Offensichtlich jedoch hatte er seine erste Enttäuschung über die Bewaffnung einer Frau und das vorenthaltene Beweisstück überwunden und erkannte nun die Möglichkeiten, die sich auch ihm eröffneten, um seine Laufbahn bei der Düsseldorfer Kriminalpolizei zu retten. „Für mich gibt es keinen Zweifel mehr an der Schuldigkeit Wolfs. Trotzdem sind für mich noch viele Fragen in diesem Fall offen. Wir müssen herausfinden, welche Rolle Greta von Salvy bei dem Mord spielte und ob sie von den Machenschaften ihres

Geliebten wusste. Wir müssen darüber hinaus klären, welche Verbindungen Wolf zur Vinzenz-Konferenz unterhält und ob es mögliche Mittäter gibt. Auch lohnt sich gewiss ein Blick auf Wolfs Mantel. Ich will herausfinden, ob ihm tatsächlich ein Knopf fehlt und wir damit einen weiteren Beweis seiner Anwesenheit am Tatort hätten", schlussfolgerte Rudolf.

„Offen ist auch die Frage, wie Wolf es anstellte, auf unverdächtige Art und Weise aus Herchen abzureisen. Warum stand er nicht auf Ihrer Liste der Herchener Gäste, Rudolf? Außerdem läuft Wolf noch immer frei herum", wandte Clarissa ein.

Rudolf schaute etwas beschämt zur Seite. „Sie sagen es, wir haben noch einiges herauszufinden. Zu diesem Zweck will ich sein Haus von meinen Kollegen durchsuchen lassen."

„*Wann* wollen Sie das veranlassen, Herr Kommissar?", schaltete sich Julia ein, die ein feines Gespür für die Fragen ihrer Freundin hatte.

„Heute Nachmittag. Jetzt", sagte Rudolf entschlossen und zeichnete beiden Damen Verwunderung in die Gesichter. „Ich werde Winkler sogleich zur Rede stellen." Auf ein Zeichen winkte er den Ober heran und beglich ihre Rechnung einschließlich eines üppigen Trinkgeldes.

„Was ist mit uns?", fragte Clarissa überrascht.

Rudolf zögerte einen Augenblick. „Nun, Sie können sich entweder die Stadt ansehen ... Oder Sie begleiten mich, ganz wie Sie wollen."

Clarissa dachte an die Begebenheit vor dem Konsulat zurück, als der Polizeidezernent aus dem Gebäude gestürmt war, ohne sie eines Blickes zu würdigen. Obwohl ihr eine solche Antwort von Rudolf als Anerkennung ihrer Arbeit guttat, bereitete ihr die Erinnerung an das wenig sympathische Auftreten Winklers Bauchschmerzen.

„Der Herr Polizeidezernent wird nicht erfreut sein, wenn Sie ihm zwei Damen auf seine Wache bringen“, wandte sie ein.

„Das lassen Sie nur meine Sorge sein.“

XXV

Tatsächlich staunte Winkler nicht schlecht, als Rudolf mit zwei Damen im Schlepptau bei ihm erschien.

„Na wenn Sie doppelt heiraten, sollten Sie sich aber bei Ihrer Arbeit etwas erfolgreicher schlagen“, sagte er und pustete so viel Zigarrenrauch aus, als müsse er einen gelungenen Scherz angemessen begehen. Dann lachte er.

„Ich habe leider nicht genügend Sitzplätze für alle.“ Winkler wies auf den freien Stuhl vor seinem Schreibtisch.

„Ich muss den Damen meine allerhöchste Wertschätzung zum Ausdruck bringen, da sie einen nicht unerheblichen Anteil dazu beigetragen haben, dass wir den Mörder August Rebens mit erdrückender Wahrscheinlichkeit seit heute Vormittag kennen“, sagte Rudolf, während er sich auf dem Stuhl niederließ. Gerne hätte er den Sitzplatz Clarissa zur Verfügung gestellt, doch in dem Fall hielt er es für überzeugender, wenn er seine Erkenntnisse selbst und an vorderster Front vortragen konnte.

‚Um genau zu sein haben wir den Fall mit meinem Vater beinahe im Alleingang gelöst‘, dachte Clarissa, schwieg aber, da ihr dieser Kommentar vor Winkler unklug erschien. Sie hielt es für klüger, wenn sie alle mit einer Stimme sprachen, wenn sie den Polizeidezernenten von einer Hausdurchsuchung überzeugen wollten.

„So?“, machte Winkler hellhörig. „Dann erzählen Sie mal.“

Während Rudolf erzählte, schritt Winkler in immer gleichen Bewegungen den Raum hinter seinem Schreibtisch ab und fuhr sich dabei nachdenklich durch seinen Bart, was Clarissa als ein gutes Zeichen wertete – offensichtlich nahm der Dezernent seinen Kommissar trotz des bisherigen Ermittlungsdesasters noch ernst. Als Rudolf schließlich zur entscheidenden Frage kam, setzte ihr Herzschlag für einen Moment aus.

„Wir schlagen daher vor, Wolfs Haus in der Blumenstraße durchsuchen zu lassen und Professor Wolf wegen dringendem Mordverdacht zu verhaften."

Winkler hielt in seiner Bewegung abrupt inne und ließ seine Finger vom Bart zu den goldenen Knöpfen seiner Uniform wandern, während sein Blick irgendwo zwischen Rudolf und Clarissa stehenblieb. „Sie sagten doch, Sie hätten einen Abdruck von Wolfs Stiefeln unweit des Tatortes gefunden. Darf ich den mal sehen?"

Eilig öffnete Clarissa ihren Koffer und holte den Gipsabdruck hervor, den ihr Vater offenbar in aller Heimlichkeit angefertigt hatte. Zusätzlich händigte sie Winkler einen Stiefel Wolfs aus.

Winkler musterte den Abdruck und die Sohle des Stiefels auffallend genau und langsam, als sei er sich der Tragweite der aus dem Abgleich resultierenden Entscheidung bewusst – was er vermutlich auch war. Weiteren Spott durch die Reichspresse konnte sich die Polizei in Düsseldorf wahrlich nicht leisten. Endlich, nach einer halben Ewigkeit, nickte er wie ein alter Mann im Schaukelstuhl.

„Eine Schwalbe macht noch keinen Sommer. Nach unseren bisherigen Misserfolgen mit dem Schreiben der Vinzenz-Konferenz, das wir letztlich keiner Person zuordnen konnten, bin ich nicht gerade euphorisch, was das weitere Vorgehen betrifft. Aber ich gebe zu, dass der Beweis durchaus zu etwas taugt. Erstmals können wir ein Beweisstück auch einer bestimmten Person zuordnen. In Kombination mit dem Knopf könnte man einen geeigneten Druck auf den Verdächtigen aufbauen, um im besten Fall ein Geständnis zu erwirken. Ich werde daher die Abteilung anweisen, unverzüglich eine Hausdurchsuchung und Verhaftung des Verdächtigen durchzuführen. Sie werden die Herren Kollegen anführen, Muering."

Während Rudolf vor Erleichterung lächelte, setzte Clarissa eine besorgte Miene auf. „Sie wollen Herrn Muering allein voranschicken, Herr Dezernent? Der Verdächtige ist gemeingefährlich und trägt eine Waffe bei sich."

„Einen müssen wir vorschicken, Fräulein ..."

„Fuchs."

„Fräulein Fuchs. Muering ist unser bester Mann. Und jetzt entschuldigen Sie mich bitte, ich habe zu tun. Halten Sie mich auf dem Laufenden, Muering." Winkler verschwand auf den Flur.

„Wenn alle Männer so arbeiten würden wie diese beiden Weibsbilder, hätten wir ein paar Erfolge mehr aufzuweisen. Eine Schande für unsere Polizei", murmelte er.

Zwanzig Minuten später nahm ein Trupp Polizeibeamter unter Rudolfs Führung und den verwunderten Blicken der Passanten vor Wolfs Haus Aufstellung.

Clarissa hatte darum gebettelt, Rudolf wie am Vormittag begleiten zu dürfen, jedoch letztlich einsehen müssen, dass sie sich als nicht gerade waffenerprobte Bürgerin nicht noch einmal einer solchen Gefahr aussetzen durfte. Dass Rudolf an der Waffe ausgebildet war, beruhigte sie jedoch keineswegs, wenn sie daran dachte, dass er sich an vorderster Front möglicherweise in Lebensgefahr begab. Mit zitternden Händen lief sie in ihrem Hotelzimmer auf und ab, bis sie es nicht mehr aushielt.

„Ich muss wieder auf die Straße und sehen, ob etwas passiert!", sagte sie schließlich zu Julia, nachdem diese ihr Gesicht mit einer Kanne voll Wasser über dem mondänen Waschbecken erfrischt hatte.

„Dann lass uns gehen und schauen, ob dein zukünftiger Verlobter schon jemanden verhaftet hat“, sagte Julia und lächelte ihr zu. „Es wird alles gut.“

„Und wenn nicht? Was ist, wenn dieser Wahnsinnige ihn abknallt?“

Rudolf bemühte sich um eine ruhige Hand. Er dachte an Clarissa und daran, was alles auf dem Spiel stand, wenn er sich auch nur einen kleinen Fehler erlaubte. ‚Stell dir vor, es wird ein ganz normaler Einsatz und Wolf lässt sich widerstandslos festnehmen', mahnte er sich selbst, obwohl er ein ungutes Gefühl dabei hatte. Aber seine Kollegen hinter ihm gönnten ihm keinen Moment des Zauderns und trieben ihn mit Entschlossenheit vor die dunkle, hölzerne Tür Wolfs. Mit einer ungelenken Bewegung zog er sein Gewehr aus der Seite. Dann betätigte er den Türklopfer, dessen kaltes Eisen seine innere Hitze für einen Augenblick kühlte, gleichzeitig aber eine abstoßende Wirkung auf ihn ausübte, als wollte es ihn warnen, das Haus lieber nicht zu betreten.

Die Tür knackte, dann öffnete sie sich. Diesmal wurde Rudolf nicht von Worten, sondern von einem Schrei begrüßt, der ihm durch Mark und Bein fuhr. Greta von Salvy, die inzwischen ihr Nachmittagskleid angelegt hatte, starrte die Polizisten mit hysterisch verzerrtem Mund an. Der Anblick der fünf Polizisten musste in hohem Maße verstörend auf sie wirken. Zwei seiner Kollegen gehörten zudem der Gendarmerie an, die für gewöhnlich die Ausführung von Verhaftungen vornahm, und verfügten dementsprechend über einen furchteinflößenden Körperbau.

„Keine Sorge, wir tun Ihnen nichts“, sagte Rudolf und senkte seine Waffe, da von Salvy nach seiner ersten Einschätzung keine unmittelbare Gefahr für ihn darstellte. Dennoch wich von Salvy eilig vor ihnen zurück und rettete sich auf die dritte

Treppenstufe, auf der sie ungefähr die Körpergröße der Polizisten erreichte.

Rudolfs Kollegen sprangen weniger rücksichtsvoll mit Wolfs Gefährtin um und nahmen mit gezückten Waffen Aufstellung im Vestibül. „Wo ist er?", rief Albrecht Schneider, ein stämmiger, aber kleinerer Kommissar mit Halbglatze, der für seinen militärischen, aber manchmal wenig durchdachten Umgang bekannt war.

„Er ... ist nicht hier", stammelte von Salvy. „Was wollen Sie von ihm?"

„Ihr Mann wird verdächtigt, August Reben heimtückisch ermordet zu haben. Uns liegen bereits Beweise vor. Die Abdrücke seiner Schuhe passen wunderbar zu den Abdrücken, die am Tatort gefunden wurden. Wir werden Ihren Mann daher jetzt festnehmen", rief Schneider mit lauter Stimme, die von den Wänden der Eingangshalle widerhallte.

„Nein, nein, nein! Das dürfen Sie nicht! Er hat niemanden ermordet!", schrie von Salvy verzweifelt.

„Das werden wir sehen. Wo ist er?"

„Er ist arbeiten."

Rudolf machte eine Handbewegung, die Schneider bedeutete, zu schweigen und ihm das weitere Vorgehen zu überlassen.

„Ist er in der Akademie?", fragte er.

Von Salvy nickte.

„Wir durchsuchen das Haus und marschieren dann zur Kunstakademie", ordnete Rudolf an.

„Nur über meine Leiche!", schrie von Salvy, zog blitzschnell eine Pistole aus ihrem Kleid und richtete sie auf ihren Kopf.

Rudolf stockte der Atem. „Nicht!", rief er. „Bitte, bitte, nicht. Seien Sie doch vernünftig. Ihnen wird nichts geschehen.

Wenn Sie mit uns zusammenarbeiten, werden wir Sie schützen." Während seiner Worte hatte er sich von Salvy bis auf wenige Schritte angenähert und stand kurz vor der ersten Treppenstufe. Von dort streckte er seine flache Hand zur ihr aus, um seine Hilfsbereitschaft zu signalisieren. „Finden wir gemeinsam die Wahrheit heraus. Lassen Sie die Waffe sinken." Er sah in ihre strahlend blauen Augen, die einen seltsam entrückten Eindruck machten.

Einen Augenblick lang fürchtete er, sie könnte die Waffe auf ihn richten. Stattdessen jedoch kam sie seiner Aufforderung nach.

„Der Mensch wird frei geboren, und überall liegt er in Ketten. Bitte, nehmen Sie mich fest", sagte sie und breitete ihre Hände mit einer theatralischen Geste aus.

Rudolf nutzte den Moment, löste ihren Daumen von der Pistole und entwendete ihr die Waffe. Dann wandte er sich zu seinen Leuten um. „Durchsuchen Sie nun das Haus. Wenn wir einen Grund finden, Fräulein von Salvy zu verhaften, werden wir zur Tat schreiten. Derzeit sehe ich diesen Grund aber nicht."

Eine Viertelstunde später gab es für Rudolf noch immer keinen Grund, Greta von Salvy zu verhaften. Stattdessen fanden die Polizisten bei ihrer Durchsuchung einen Mantel ohne Knopf, der Wolf stark belastete. Auch das mutmaßlich letzte Bild, das August Reben gemalt hatte und das Greta von Salvy als Germania zeigte, nahmen die Beamten sicherheitshalber in Beschlag.

Als sie sich schließlich wieder in der Eingangshalle versammelt hatten, deutete einer der Gendarmen mit dem Finger auf von Salvy. „Was ist mit ihr? Sollen wir sie mitnehmen?"

„Nein“, sagte Rudolf, der inzwischen mit ihr gesprochen hatte, „sie kommt freiwillig mit. Sie möchte eine Erklärung Wolfs zu den Vorwürfen gegen ihn anhören.“

Der Gendarm zog eine etwas enttäuschte Grimasse, wagte aber kein Widerwort.

Schon der Morgen hatte sich mit einer zugezogenen Wolkendecke von seiner dunklen Seite gezeigt. Nun aber, am frühen Nachmittag, prasselte ein heftiger Schauer auf die Pflastersteine der Düsseldorfer Innenstadt hernieder, und eine Windböe erfasste Clarissas schwarzen Schirm. Krampfhaft umfassten ihre Finger den Holzgriff und ließen ihre Knöchel weiß hervortreten. Der Sturm an sich aber war nicht das Schlimmste. Schlimm waren die Erinnerungen, die sie seit dem Tod ihres Vaters mit Unwettern verband. Trotz der kühlen Witterung trat ihr der Schweiß auf die Stirn, als wäre ihre Angst um Rudolf nicht schon genug Aufregung. Julia, die in Ermangelung eines eigenen Schirms an ihrer Seite ging, bemerkte den Schreck, der ihrer besten Freundin in die Glieder fuhr, und legte ihr schützend die Hand auf die Schulter.

„Es wird alles gut, meine Teure. Sieh mal, da vorne ist er doch!“

Clarissa konnte es nicht fassen, dass Julia Rudolf vor ihr entdeckt hatte. Rudolf kam gerade zur rechten Zeit, um sie aus ihren Erinnerungen an den Tod ihres Vaters zu reißen und sie vor einer drohenden Ohnmacht zu bewahren. Doch ihre Erleichterung währte nicht lange, als sie erkannte, dass die Beamten nur Greta von Salvy, nicht aber Professor Wolf, mit sich führten.

„Rudolf! Ich bin so froh, dass Sie noch leben! Aber wo ist Wolf?“

Rudolf setzte für genau einen Moment jenen verwunderten Blick auf, den sie mittlerweile schon zur Genüge kannte.

Einen Moment später hatte er verstanden, dass Clarissa ihn hier im Regen suchte.

„Clarissa, Sie sind hier ... Es gibt keinen Grund zur Beunruhigung. Wolf befindet sich in der Akademie und bereitet gerade seine Vorlesung vor. Er weiß noch nichts von seiner Verhaftung."

„Und jetzt ... gehen Sie alle dorthin?"

Rudolfs Kollegen musterten sie wie eine Aussätzige. Der Wind hatte eine Pause eingelegt, sodass Clarissa ihren Schirm ruhighalten konnte.

„Wir sind auf direktem Wege. Fräulein von Salvy wird uns begleiten." Er stockte. „Meine Herren, das ist Fräulein Fuchs aus Herchen, eine Sergeantentochter, die mich bei den bisherigen Ermittlungen sehr tatkräftig unterstützt hat. Ihr Vater hat den Fußabdruck von Wolfs Stiefel am Tatort gefunden."

Clarissa hätte damit gerechnet, dass die Beamten vielleicht ein knappes Wort der Anerkennung fanden oder ihr zumindest aufmunternd zunickten. Doch nichts dergleichen geschah. Ohne jede Gefühlsregung standen sie einfach da, als stellte sie ein ungeliebtes, lästiges Hindernis dar, das sie von der Fortsetzung ihrer Arbeit abhielt. ‚In gewisser Weise stimmt es', dachte sie plötzlich und schämte sich. ‚Ich halte sie von ihrer Arbeit ab.' Und sie? Was würde nun aus ihr? Mit Schrecken wurde ihr bewusst, dass die Gefahr noch nicht vorüber war: Wolf befand sich noch immer auf freiem Fuß und Rudolf an vorderster Front.

„Ja dann ... wollen wir den Fall beenden", sagte Schneider, dessen Stimme laut durch den Regen drang, und sah Rudolf erwartungsvoll an.

Rudolf ging auf Clarissa zu und sagte beinahe im Flüsterton: „Wir werden es gleich geschafft haben. Aber das Wetter ist nicht gut und ich möchte nicht, dass Sie sich wegen mir eine

Erkältung holen. Bitte, warten Sie noch ein paar Minuten drinnen im Trockenen auf mich, ja?“

„Rudolf, ich mache mir Sorgen um Sie. Und sollte ich nicht bei der Vollendung des Falls dabei sein? Wenn Ihnen wirklich etwas an mir gelegen ist, lassen Sie Julia und mich mitkommen.“ Sie sah ihm beinahe flehend in die Augen, während ihre Stimme zitterte.

Rudolf legte erst die Stirn in Falten, dann lächelte er. Er wusste, dass er ihre Bitte nicht abweisen konnte. „Ich habe noch nie eine so hartnäckige Dame wie Sie kennengelernt. Sie dürfen uns folgen, wenn Sie ausreichend Abstand halten. Clarissa, Sie wissen, wie Wolf reagieren könnte, wenn er Sie wiedersähe. Ich möchte unbedingt verhindern, dass Sie noch einmal in Gefahr geraten.“

Clarissa tauschte einen vielsagenden, jedoch keineswegs enttäuschten Blick mit Julia. „Einverstanden, Herr Kriminalkommissar.“

Der Wind rüttelte hin und wieder an ihrem Schirm, aber das große Unwetter blieb aus, während sie sich auf den Weg in Richtung Kunstakademie machten, den Clarissa schon kannte.

„Es ist offensichtlich, dass er dich mag“, sagte Julia. „Welcher Kavalier würde seiner Dame den Wunsch gestatten, bei der Festnahme eines Mörders dabei zu sein, obwohl diese nie den Umgang mit einer Waffe gelernt hat und zwar eine Sergeantentochter, aber noch lange keine ausgebildete Polizistin ist. Ich muss den ersten Eindruck, den ich von ihm hatte, wirklich korrigieren. Wenn ich nicht von Georg einen Heiratsantrag bekommen hätte, würde ich mir beinahe überlegen, ob ...“

„Du hast *was*?“, rief Clarissa entgeistert und war im nächsten Augenblick froh darüber, dass der Regen einen Teil der Lautstärke schluckte, mit der sie ihrer Überraschung Ausdruck verliehen hatte.

„Ich habe von Georg einen Heiratsantrag bekommen. Gestern Abend." Julia grinste breit.

„Das ist ja unglaublich, ich gratuliere. Wusste ich doch, dass du es bei den Männern zu etwas bringst. Und, was hast du ihm gesagt?"

„Dass ich seine Frau werden möchte."

Clarissa legte ihren freien Arm, mit dem sie den Schirm nicht hielt, um ihre Freundin. „Das freut mich sehr für dich. Wissen deine Eltern davon?"

Julia schüttelte den Kopf. „Nein, bislang noch nicht. Ich habe Angst davor, es ihnen zu erzählen. Aber früher oder später müssen sie es wissen. Heute habe ich mich erst einmal davongemacht, um nach dir zu sehen. Mein Herz zerspringt mir fast vor Aufregung in der Brust, wenn ich an Georg denke. Es ist beinahe *zu* viel der Aufregung ..."

„Wir werden einen Weg finden, es deinen Eltern mitzuteilen."

„Ich weiß bloß noch nicht, welchen."

„Uns wird schon etwas einfallen. Wer Mörder zur Strecke bringt, der kann auch Eltern davon überzeugen, dass eine Heirat aus Liebe mehr Glück verspricht als des schnöden Geldes wegen."

„Diesmal bist du diejenige, die mir Mut macht", sagte Julia anerkennend. „Irgendwie scheint dir der Tag in Düsseldorf gut bekommen zu sein. Du bist die geborene *Polizistin*."

„Ach, was zähle ich da schon als Frau? Außer Rudolf achtet mich niemand. Es ist mir allein wichtig, dass ich bei der Aufklärung dieses Falls und zum Frieden des Reiches beitragen kann."

„Du bist wie dein Vater. Hartnäckig, stur und mit einem großen Herzen für die Gerechten. Wenn du nicht die erste Polizistin des Reiches wirst, wer sollte es sonst werden?“

Clarissa schluchzte leise, weil die Erinnerung an ihren Vater als stechender Schmerz in ihr Herz traf.

„Wir sollten jetzt erst mal sehen, dass wir Wolf dingfest machen“, sagte sie, als sie sich wieder gefangen hatte.

Die Tür zur Kunstakademie stellte ihre Geduld auf eine harte Probe. Während Rudolf und seine Kollegen in das Gebäude eindrangen, ohne sich einmal zu ihnen umzudrehen, stoppte Clarissa abrupt. Kurz dachte sie an ihren Streich, als sie sich unbemerkt in das Herchener Rathaus geschlichen und den Revolver ihres Vaters gestohlen hatte, und spielte damit, den Männern in die Akademie zu folgen. Dann jedoch fiel ihr ein, wie anstandslos sie ein solches Verhalten gegenüber Rudolf gefunden hätte, da sie ihm versprochen hatte, einen Abstand einzuhalten, der ihre Sicherheit nicht gefährdete. Auch wenn es ihr schwerfiel, gehörte es sich, Rudolfs Ausbildung als Kommissar zu achten. Natürlich hatte er sie seinerzeit in Herchen sehr verletzt, als er – vielleicht unbewusst – durch seine Bemerkung die Arbeit ihres Vaters herabgesetzt hatte. Doch hatte sie seitdem einen anderen Rudolf Muering kennengelernt, einen Menschen, der nicht nur schick aussah und duftete, sondern darüber hinaus wie sie ein Herz für die Gerechtigkeit besaß, wenn es darauf ankam. Ein Herz, das unter dem Druck seiner Arbeit litt, obwohl es eigentlich das gleiche Ziel hatte wie ihres. Ein Herz, das sie erst in den letzten Stunden erfahren hatte. Ein Herz, das für den Frieden und gegen den Krieg schlug, wie nicht viele Herzen in dieser nationalistisch aufgeladenen Zeit. Nein, seinen Kommentar über ihren Vater würde sie ihm nicht vergessen – aber vielleicht verzeihen. Sie hatte kein Recht, seine Arbeit ebenfalls anstandslos zu behandeln, indem sie den Kompromiss, den sie mit ihm ausgehandelt hatte, ignorierte. In der Akademie würde sie Gefahr laufen, in einen Schusswechsel der Polizei mit Wolf verwickelt zu werden.

Plötzlich schämte sie sich für ihr eigenmächtiges Vorgehen heute Vormittag. Ja, sie hatte Rudolf den Beweis von Wolfs Stiefeln bewusst vorenthalten, um ihn dafür zu bestrafen, dass er auch ihre Arbeit bis gestern nicht ernstgenommen hatte. Ja, sie hatte zuerst eine Schusswaffe auf Wolf gerichtet und sie alle damit in Gefahr gebracht. Sie zitterte, wenn sie daran dachte, was ihr hätte passieren können. Der Streit mit Rudolf belastete sie sehr. Doch im nächsten Moment sah sie ihn vor sich, wie er mit ihr in der Sieg badete und vor Lachen prustete, und in diesem Moment konnte sie sich keinen anderen Mann für sich vorstellen als ihn. Was würde aus ihnen werden? *Würde* etwas aus ihnen werden?

Sie spürte einen sanften Stoß in ihre Seite. „Alles in Ordnung?“, fragte Julia besorgt.

„Ja, es geht schon.“

„Zwischen Rudolf und dir stimmt etwas nicht, oder?“

Clarissa nickte. „Ich denke, wir müssen uns einmal aussprechen, wenn das alles hier vorbei ist. Aber ich habe Angst um ihn. Was, wenn Wolf ihm etwas antut?“

Es waren nur wenige Minuten, die sie draußen warten mussten, doch sie fühlten sich für Clarissa an wie die Hölle. Einzig Julias warmer Händedruck hielt sie davon ab, in ihrer Angst ziellos über den Vorplatz der Akademie zu laufen. Schweigend sah sie zu, wie der Regen in die Pfützen tropfte, die sich vor ihr gebildet hatten. Sie dachte an das Meer der Tränen, in das der Tod ihres Vaters sie gestürzt hatte und hoffte inständig, dass in nächster Zeit kein auch nur annähernd so trauriges Ereignis mehr eintreten würde.

Das Öffnen der Akademietür ließ sie schlagartig zusammenzucken. Jede Faser ihres Körpers war bis zum Zerreißen gespannt und doch brachte Clarissa weder eine weitere Bewegung noch ein Wort zustande.

„Da ist Rudolf!", rief Julia erleichtert und deutete auf den Kommissar, der erhobenen Hauptes aus der Tür trat, gefolgt von zwei weiteren Kommissaren. Hinter den Kommissaren schließlich traten die beiden Gendarmen zusammen mit einer dritten Person, die sie in ihre Mitte genommen hatten, heraus. Es war Professor Wolf, den sie an den Armen gepackt hatten. Zuletzt folgte ihnen Greta von Salvy, die Zeter und Mordio schrie, dass es Clarissa eiskalt durchfuhr.

Clarissa starrte wie gebannt auf Wolf, während Rudolf nur Augen für sie hatte. „Wir haben es vollbracht", sagte er in ruhigem, beinahe feierlichem Ton, als er plötzlich vor ihr stand.

Erst jetzt wurde sich Clarissa bewusst, dass ihre seltsame Starre für ihre Abmachung bedrohlich werden konnte, da Wolf sie mit hoher Wahrscheinlichkeit innerhalb der nächsten Sekunden entdecken würde. Intuitiv versuchte sie sich hinter Julia zu verstecken. Doch Rudolf erkannte ihre Absicht.

„Es geht nun keine Gefahr mehr von ihm aus, wir haben ihm seine Waffe abgenommen. Wir bringen ihn gleich auf die Wache und kümmern uns um ihn. Sobald ich mich entschuldigen kann, werde ich zur dir kommen und dir alles erzählen, Clarissa." Um seinen Worten Wirkung zu verschaffen, ergriff er ihre Hand und strich mit seiner anderen Hand über ihren Handrücken.

„Ich ... weiß nicht, was ich sagen soll. Ich bin so erleichtert, dass dir nichts passiert ist."

„Nein, es ist alles gutgegangen. Er hat eingesehen, dass er gegen fünf Polizeibeamte keine Chance gehabt hätte."

„Das will ich meinen. Wir warten im Aufenthaltsraum des Hotels auf dich, Rudolf. Bitte beeil dich."

„Das mache ich. Versprochen." Er warf ihr einen beschwörenden Blick zu, dann kehrte er zu seinen Männern zurück.

XXVI

Während sie wartete, malte sich Clarissa das Wiedersehen mit Rudolf in den schillerndsten Farben aus. Was würde passieren, wenn der Mordfall August Reben endgültig gelöst war? Was würde aus Rudolf und ihr werden? Würde er ihr seine Liebe erklären?

Es war einmal mehr Julia, die ihr einen leichten Stoß in die Seite verpasste und sie damit aus ihren Vorstellungen riss. „Du träumst ja, meine Teure. Schau mal, wer da kommt!"

Das Wiedersehen verlief anders als gedacht. Statt einer frohen Miene machte Rudolf ein ernstes Gesicht und hielt seinen Kopf nicht, wie sonst üblich, hoch erhoben, sondern etwas tiefer geneigt, während er den funkelnden und blitzenden Aufenthaltsraum des Breidenbacher Hofs betrat. Clarissa spürte, wie Angst in ihr aufstieg.

„Ist etwas passiert?", fragte sie, noch bevor Rudolf sich zu ihnen gesetzt hatte.

„Nein", sagte er. „Aber ich würde gerne mit dir unter vier Augen reden." Er nahm seinen Helm ab und fixierte Clarissa mit seinen grünen Augen. Sein eindringlicher Blick verriet ihr, dass er es ernst meinte. *Sehr* ernst.

Vorsichtig schielte sie zu Julia herüber, die zustimmend nickte.

„Ist es schlimm?", fragte Clarissa, während die Angst ihr beinahe die Kehle abschnürte. War etwas mit Wolf geschehen, das nicht hätte passieren dürfen? Womöglich mit ihren Beweisen?

„Keine Sorge, Clarissa", versuchte Rudolf, sie zu beruhigen, wobei er selbst nicht sehr überzeugt klang. „Komm mit."

Er führte sie aus dem Aufenthaltsraum hinaus in eine ruhige Ecke des Hotelflurs unter der Treppe im Eingangsbereich, wo sie selbst außer Sicht- und Hörweite der Diener waren. Angstvoll versuchte Clarissa, etwas aus seinem Blick herauszulesen, doch mit den folgenden Worten Rudolfs hatte sie nicht gerechnet.

„Ich muss mich bei dir entschuldigen." Er legte eine Pause ein, offenbar, um seine Worte wirken zu lassen. „Ich muss mich für mein Verhalten bei dir entschuldigen, Clarissa."

„Wofür, Rudolf?", fragte sie überrascht.

„Dafür, dass ich heute Vormittag etwas heftiger reagiert habe, als es angemessen gewesen wäre. Du weist hoffentlich, dass ich dich niemals verhaften würde. Ich hätte das Wort niemals aussprechen dürfen."

Die Erinnerung an ihren Streit riss die noch frische Wunde wieder auf, doch Clarissa spürte, dass sich Rudolfs Worte sofort wie Balsam darauf legten.

„Ich denke, du *musstest* dieses drastische Wort aussprechen, um mir klarzumachen, dass ich nicht nach den Regeln und Gesetzen gehandelt habe. Ich hätte niemals im Alleingang handeln, die Waffe ziehen und uns in diese Lebensgefahr bringen dürfen. Und das alles nur, weil ich ein verletztes Herz hatte."

„Was ...?", fragte Rudolf bestürzt.

„Ist schon gut. Mein Ziel war es, den Mord an August Reben für meinen Vater und für die Gerechtigkeit in dieser Welt mit Ihnen zusammen zu lösen. Aber der Stachel, wie Sie über die Arbeit meines Vaters und über uns geredet haben, saß tiefer als ich ursprünglich dachte. Trotzdem kann ich nicht aufhören, Gefühle für dich zu empfinden, die mich ..." Sie stockte und hielt Ausschau nach unerwünschten Zuhörern in dem weitläufigen Raum, obwohl es die Geräuschkulisse der vielen Gäste zur besten Kaffeezeit beinahe unmöglich machte, Gesprächen von den Nebentischen zu lauschen. Doch die Tränen, die sich in ihren Augen bildeten, ließen ihr Sichtfeld zunehmend verschwimmen.

Rudolf reagierte sofort und reichte ihr ein Taschentuch. „Clarissa ...“ Er blickte beschämt vor sich auf den leeren Teller. „Auch für diese Torheit möchte ich um deine aufrichtige Entschuldigung bitten. Ich habe nicht gewusst, dass ich dir damit wehgetan habe. Dein Vater hat eine großartige Arbeit geleistet und maßgeblichen Anteil daran, dass wir Wolf verhaften konnten.“

Clarissa wischte ihre Tränen weg, als wollte sie schnellstmöglich die Kontrolle über ihre Gefühle zurückgewinnen. „Die Entschuldigung nehme ich an. Ich denke, dass ich nun Frieden mit dieser Sache schließen und nach vorne schauen kann. Hat Wolf gestanden?“

„Nein. Er sagt, weder etwas mit der Tat noch mit der Vinzenz-Konferenz zu tun zu haben und hat sich mit Vehemenz darüber beschwert, dass wir ihn verhaftet haben.“

Clarissa seufzte. „Das ist kein großer Fortschritt für uns.“

„Seine Beteuerungen werden ihm nicht viel helfen. Wir werden den Richtern die Beweise unter die Nase halten. Dass er sich unweit des Tatortes aufgehalten hat, gilt als sicher. Nun müssen wir die Details herausarbeiten. Es scheint sich aber eher um eine Tat aus Eifersucht zu handeln als aus einem politischen Motiv heraus. Wir werden Greta von Salvy eingehender zu ihrem Verhältnis mit August Reben befragen, sobald sich ihr Geisteszustand entwirrt hat. Die Staatsanwaltschaft wird sehr bald Anklage gegen Wolf erheben.“

„Hast du persönlich denn noch Zweifel an seiner Schuld?“

„Nein. dein Vater, Julia, aber vor allem du – du hast der Düsseldorfer Polizei wahrscheinlich ihren Ruf gerettet ... und Deutschland den Frieden.“

„Julia und ich müssen noch heute nach Herchen zurück. Meiner Mutter geht es nicht gut", sagte Clarissa unvermittelt. Der plötzliche Gedanke an den Abschied heute Abend, den sie bislang dank der Ereignisse rund um die Verhaftung von Professor Wolf verdrängt hatte, erfüllte ihr Herz mit Traurigkeit.

Auch Rudolf schaute betroffen. „Sie ist voller Trauer und vermisst Sie, nicht wahr?", fragte er verständnisvoll.

„Ja. Ihre ganze Welt ist wie ein Kartenhaus zusammengebrochen. Sie hat sich sehr in sich zurückgezogen und nun die unvorstellbare Angst, dass sie nach ihrem Mann auch ihre Tochter verlieren könnte. Ich muss noch heute zu ihr zurückkehren, bevor der Kummer sie umbringt."

Ein betretenes Schweigen breitete sich zwischen ihnen aus.

„Ich lasse dich nur ungern gehen, aber dann soll es wohl so sein", sagte Rudolf schwermütig.

„Weist du, wie sich deine Hand in meiner heute Morgen anfühlte, als ich auch weinen musste und du mir gesagt hast, dass alles gut wird?", fragte Clarissa.

„Sage du es mir."

„Sie war so warm, warm wie ein Ofenfeuer in einem kalten Haus. Sie fühlte sich gut an."

Rudolf lächelte, jedoch nicht frei von Abschiedsschmerz.

„Und heute wünsche ich mir zum Abschied noch mehr als deine Hand, Rudolf. Weist du, was?" Sie blickte ihn aus ihren verweinten Augen erwartungsvoll an und rückte ein Stück zu ihm, dass sie seinen angenehmen Duft riechen konnte.

„Nein", sagte er, obwohl er bereits ahnte, worauf sie hinauswollte.

„Ich wünsche mir einen Kuss zum Abschied." Eigentlich konnte sie ihre eigenen Worte nicht glauben, die sie soeben ausgesprochen hatte, doch die körperliche Nähe Rudolfs verbunden mit der Gewissheit, dass sie ihn möglicherweise sobald nicht wiedersehen würde, löste in ihr eine Mischung an Gefühlen aus, deren Wildheit sie ihre natürliche Hemmung vergessen ließ.

Rudolf verharrte einen Augenblick reglos, offenbar überrascht von ihrer Forschheit. Dann jedoch umspielte ein zaghaftes, aufgeregtes Lächeln seinen Mund, während er sich langsam auf sie zubewegte. Als seine Lippen auf ihren lagen, kam es ihr vor, als bauten nicht bloß ihre Münder, sondern auch ihre Herzen eine Verbindung zueinander auf, für die sie keine Worte kannte. Es war ihr erster Kuss und sie nahm ihn mit allen Sinnen auf. Sie wusste nicht, wie lange ihre Lippen sich berührten, aber sie wusste, dass sie sich bis in alle Ewigkeit an diese Momente erinnern würde. Es war mehr als ein Abschiedskuss für sie.

XXVII

Immer wieder fuhr Clarissa mit der Hacke durch den lockeren Boden des Ackers, als suchte sie darin etwas Wertvolles abseits der Kartoffeln, die sie schon längst geerntet hatte. Tatsächlich suchte sie nach etwas, das sie in der Erde ihres Gartens jedoch niemals finden konnte: Schon zwei Tage lang wartete sie auf eine Nachricht von Rudolf. Nachdem sie am Sonnabend spät von ihrer Reise aus Düsseldorf zurückgekehrt war, hatte sie den gestrigen Tag mit der Hausarbeit und Kartoffelernte verbracht, während sie die Ereignisse der letzten Tage gedanklich noch einmal durchlebt hatte.

Ihre Entscheidung, noch am Abend der Verhaftung Egon Wolfs mit Julia zurück nach Herchen zu reisen, kannte keine Alternative. Ihre Mutter befand sich in einem bedenklichen Zustand der Trauer, die ihr Herz langsam zerfraß. Clarissa wusste um den Ausspruch, dass man vor Kummer sterben konnte und machte sich große Sorgen um sie. Trotz ihrer unendlichen Traurigkeit hatte Johanna gelächelt, als sie Clarissa am Sonnabend wohlbehalten wiedergesehen hatte. Doch bereits am Sonntag war sie in ihre Lethargie zurückgefallen, die sie so seltsam teilnahmslos machte. Selbst auf Clarissas kurze Schilderung ihrer Reise, bei der sie nur die gefährliche Situation in Wolfs Haus ausgespart hatte, hatte Johanna ohne eine einzige Nachfrage reagiert.

Clarissa hingegen lief vor Gefühlen über und wartete sehnsüchtig darauf, dass Rudolf sich bei ihr meldete, wie er ihr zum Abschied versprochen hatte. *Ich werde von mir hören lassen, sobald ich etwas Entscheidendes weiß. Ich möchte, dass du als private Ermittlerin in dem Fall vor Gericht aussagst und den Beweis von Wolfs Fußabdruck dort vorträgst,* hatte er gesagt. Sie lächelte in sich hinein. Das Du, das er ihr angeboten hatte, wirkte so wunderbar vertraut.

Gestern hatte sie selbst ein Telegramm aufgegeben und ihn wissen lassen, dass sie gut in Herchen angekommen war.

Seitdem schwankte Clarissa zwischen Hoffnung und Verzweiflung, während sie vor dem Haus nach Gernot Schulte und der Post Ausschau hielt. Ein orangefarbener Schmetterling mit schwarzen Flecken gesellte sich zu ihr, was daran lag, dass sie ihre Hackbewegungen mittlerweile völlig eingestellt hatte. ‚Kannst du nicht zu Rudolf fliegen und ihn zu mir bringen?', fragte sie den Falter in Gedanken. ‚Bring ihn zu mir, solange du noch fliegen kannst, bevor der Winter kommt.' Sie erschauerte. Was, wenn sie den Winter allein verbringen musste? Was, wenn Rudolf sein Versprechen nicht hielt?

Noch war der Winter fern. Noch wärmte die Sonne mit ihren Strahlen die Flügel des Schmetterlings und die braune Erde des Ackers.

„Fräulein Fuchs", rief plötzlich eine schneidende Stimme, die den Schmetterling erschreckt davonstieben ließ. „Ich habe einen Brief für Sie!"

Clarissa fuhr zusammen. Als sie aufschaute, blickte sie in das milchige Gesicht eines halbwüchsigen Jungen. Diesmal hatte Gernot Schulte einen Boten geschickt, um ihr eine weitere Schicksalsnachricht zu überbringen.

„Ist er von Rudolf?"

„Er ist von einem Herrn Muering aus Düsseldorf."

„Liebe Clarissa,

ich hoffe, es geht dir gut.

Endlich bekomme ich die Gelegenheit dazu, dir zu schreiben. Die letzten Stunden waren sehr aufreibend für mich.

Wir haben immer noch kein Geständnis von Wolf. Dennoch konnte ich die Kollegen hier in Düsseldorf von der Richtigkeit unserer Schlüsse überzeugen, weil wir die Beweise haben. Das Schwurgericht Bonn will bereits am Donnerstag mit dem Prozess beginnen, und das entwickelt sich zum eigentlichen Problem. Ich habe mich sehr dafür eingesetzt, dass du mit Julia die Beweise vortragen darfst, weil du dir diese Lorbeeren für deine hervorragende Arbeit redlich verdient hast. Auch habe ich die Wogen glätten können, die durch Wolfs Aussage, du habest ihn mit einer Schusswaffe bedroht, hochgegangen sind. Trotzdem möchte das Gericht deine Aussage nicht akzeptieren, weil du durch die Aktion in Wolfs Haus gegen geltendes Reichsrecht verstoßen hast. Ob das Gericht die Beweise anerkennt und Wolf im Sinne der Gerechtigkeit verurteilen wird, ist ungewiss. Lass uns beten, dass alles gut wird. Ich wünschte, ich könnte dir eine bessere Nachricht überbringen oder wenigstens einen Blick in deine warmen Augen werfen, aber bis Donnerstag kann ich unmöglich nach Herchen reisen.

Sei versichert, dass ich dich unendlich vermisse. Ich sehne mich danach, dich in meine Arme schließen zu können, sobald der Prozess vorüber ist. Dann werde ich dich in Herchen besuchen und würde mich freuen, auch deine Frau Mama kennenzulernen.

In Liebe,

Dein Rudolf"

Clarissa faltete den Brief zusammen und legte ihr Gesicht in beide Hände. Nachdem sie Rudolfs sorgfältig mit schwarzer Tinte geschriebene Botschaft dreimal durchgelesen hatte, gab es keinen Zweifel für sie, dass sie wieder verreisen *musste*. Aber die Umstände waren mehr als ungünstig: Nicht bloß die Zweifel daran, dass das Gericht ein gerechtes

Urteil fällen würde, sondern auch die Tatsache, dass sie ihre Mutter in ihrem desaströsen Zustand für eine Reise alleine lassen musste, bereiteten ihr Kopfschmerzen. Eine Reise, die diesmal nach Bonn ging. Rudolf hatte nicht geschrieben, zu welcher Zeit die Verhandlung angesetzt war – wenn dies überhaupt schon feststand. Sie musste davon ausgehen, dass der Prozess bereits am frühen Morgen begann. Ähnlich wie nach Königswinter würde sie zunächst die Kutsche nehmen und anschließend mit der Fähre auf die andere Rheinseite übersetzen müssen, da es in Bonn noch keine Brücke über den Rhein gab. Nur wenn alles ohne Probleme vonstattenging, hatte sie die Chance, pünktlich zu Beginn des Prozesses vor Ort zu sein.

Die Tatsache, dass sie Wolfs Fußabdruck nicht vor Gericht präsentieren durfte, ließ zumindest ihre Teilnahme als Zeugin seines Verhaltens und seiner Aussagen offen. Darüber hinaus sorgte allein der Gedanke daran, dass sie Rudolf erst nach dem Prozess, womöglich erst am kommenden Wochenende, sehen konnte, für Magenschmerzen.

Seit ihrem Abschied aus Düsseldorf am Sonnabend hatte sich sein Kuss in ihrer Phantasie hunderte Male wiederholt. Noch immer konnte sie die Wärme, die Zärtlichkeit, aber auch seine stürmische Gier seiner Lippen spüren. Rudolfs Ankündigung, sie in Herchen besuchen und ihre Mutter kennenlernen zu wollen, ließen ihr Herz vor Freude springen.

XXVIII

Als Clarissa am frühen Donnerstagmorgen aus dem Haus trat, genoss sie die frische Morgenluft, die ihre innere Glut ein wenig kühlte. Obwohl es noch stockfinster war und sie den Weg nicht sehen, sondern nur erahnen konnte, verzichtete sie darauf, ihre Laterne zu entzünden, die sie für alle Fälle in ihrem Koffer mit sich führte. Sie wollte keine unnötige Aufmerksamkeit mit dem Licht erregen, obwohl der Weg zur Posthalterei nur ein paar hundert Schritte maß. Aber ohne Rudolf an ihrer Seite fühlte sie sich seltsam schutzlos und nackt. Julia hatte ebenfalls keine Gelegenheit gefunden, sie zum Prozess zu begleiten, sich aber dazu bereiterklärt, während ihrer Arbeitspausen nach Johanna zu sehen, was Clarissas Gewissen zumindest ein wenig beruhigte.

Auch den Revolver ihres Vaters hatte sie gestern in einem persönlichen Gespräch mit Hohnquad zurückgeben müssen. Dabei hatte Hohnquad ungewöhnlich viel Verständnis für ihr Handeln aufgebracht, weil sich mittlerweile herumgesprochen hatte, dass sie von der Düsseldorfer Kriminalpolizei für ihre Assistenz im Mordfall Reben ausdrücklich gelobt worden war. „Beim nächsten Mal machen Sie mir aber nicht so ein Theater“, hatte Hohnquad scherzhaft bemerkt. „Ihre Hartnäckigkeit steht in allen Ehren, davon sollte sich Kreisler eine Scheibe abschneiden. Hoffen wir, dass nun auch der richtige Übeltäter verurteilt wird. Ich drücke Ihnen die Daumen für den Prozess.“

Trotz des unheimlichen Gefühls, allein reisen zu müssen, verlief ihre Kutschfahrt planmäßig. Der Postillion hatte gute, ausgeruhte Zugpferde zur Verfügung, die er zur Höchstleistung antreiben konnte. Die Sonne stand noch sehr tief am Himmel, als der Wagen schließlich in Beuel am Rhein hielt. Von dort aus musste Clarissa wenige Minuten warten, ehe sie über eine Gierseilfähre, dessen Funktionsprinzip ihr ein zu früher Stunde ausgesprochen gut aufgelegter Fährmann vergeblich zu erläutern versuchte, auf das linke Rheinufer nach Bonn übersetzte. Sie wusste nicht genau, wo sich das Schwurgericht befand, vermutete es jedoch in Richtung der beeindruckenden Münsterbasilika in der Innenstadt. Tatsächlich bestätigten freundliche Passanten ihr Gefühl und erklärten ihr, dass das Schwurgericht im Rathaus direkt am Marktplatz tagte.

Auf den ersten Blick erkannte Clarissa den kleinen Brunnen mit dem weißen, majestätisch aufragenden Obelisk in der Mitte des Marktplatzes, um den sich Marktstände und Menschen tummelten, wieder. Mit etwas dunkler eingefärbtem Gestein lag das Rathaus am Rande des Platzes und wirkte trotz seiner adretten Fassade nicht ganz so auffällig wie der Obelisk, den die Bonner als Denkmal für den früheren Kurfürsten hatten erbauen müssen. Dennoch war das Rathaus der entscheidende Ort. Würden die Richter hier heute Geschichte schreiben? Falls sie Egon Wolf tatsächlich verurteilten, welche Strafe würde ihn erwarten? Sie wagte ihre Befürchtung in Gedanken kaum zu vollenden. Soweit sie informiert war, stand auf Mord nach dem Strafgesetzbuch die Todesstrafe. Eine martialische Hinrichtung, die mit dem Beil vollstreckt wurde. Clarissa zitterte. Was, wenn sie sich getäuscht hatte? Was, wenn Egon Wolf doch unschuldig war? Was, wenn ihr Vater auf einer falschen Fährte unterwegs gewesen war?

Einen Moment lang überlegte sie, ob sie das Rathaus überhaupt betreten sollte. Plötzlich überkam sie Angst, Wolf in die Augen zu schauen. Dann jedoch dachte sie an sein grobes, rabiates Verhalten ihr gegenüber, an seinen Fußabdruck unweit des Tatortes und an den Knopf seines Mantels. ‚Nein', dachte sie. ‚Die Richter werden kein unrechtes Urteil fällen. Sie *dürfen* kein unrechtes Urteil fällen. Auch von ihnen hängt nun ein Menschenleben ab.'

Unabhängig davon, was der Wahrheit entsprach, musste sie Zeugin dieses Prozesses werden, musste sie vor Ort sein, um im Zweifel einspringen zu können, notfalls auch Wolfs Leben mit zu verteidigen, wenn die Richter Zweifel an den Beweisen aufkommen ließen.

Dass an diesem Ort etwas Großes, Bedeutsames vonstattenging, bemerkte Clarissa an der Tatsache, dass auch abseits der Marktstände so viele Menschen, Ameisen gleich, über den Platz wuselten und sich – plötzlich wohlgeordnet – in eine der beiden Schlangen auf den Freitreppen einreihten, die nach oben zum Eingangsportal führten. Andere wiederum stellten sich in kleinen Gruppen auf dem Marktplatz zusammen, um über das Bevorstehende zu debattieren. Sie selbst reihte sich in die Schlange auf der linken Treppe ein. Die Rathaustür am Treppenabsatz wurde von zwei Wächtern in Uniform kontrolliert, die ziemlich grimmig dreinblickten.

Als sie selbst an die Reihe kam, sprach sie den linken Wächter von sich aus an, noch bevor er nach ihrem Ausweis verlangen konnte. „Clarissa Fuchs, ich bin eine Zeugin des Prozesses."

Der Mann musterte sie abschätzig. „Das kann ja jeder behaupten. Mir wurde nicht gesagt, dass eine Frau als Zeugin bei diesem Prozess zugelassen ist."

„Bitte, Sie *müssen* mir glauben. Ich war an den Ermittlungen gegen den Verdächtigen aktiv beteiligt." Clarissa bemühte sich, überzeugend zu wirken, während sie Mühe hatte, sich auf ihren wackeligen Beinen zu halten.

„Nein. Gesagt ist gesagt."

„Bitte fragen Sie Herrn Rudolf Muering, er ist Kriminalkommissar aus Düsseldorf und leitender Ermittler in dem Fall."

„Es tut mir leid, aber dazu haben wir nicht mehr die Zeit. Der Prozess beginnt in acht Minuten, und der leitende Ermittler hat sicher anderes zu tun, als so kurzfristig vor dem Prozess noch verspätete Zeugen zuzulassen. Sehen Sie doch hinter sich, hier wollen noch mehr Leute in den Saal."

„Ich *muss* bei diesem Prozess dabei sein. Wenn Rudolf erfährt, dass ich nicht da bin, haben auch Sie ein Problem." Clarissa konnte ihre Worte selbst kaum glauben, die da aus ihr sprachen.

„Ach ja? Das einzige Problem, das ich habe, ist eines mit aufmüpfigen Weibsbildern. Warten Sie hier." Der Mann drehte sich um und verschwand eilig im Inneren des Gebäudes. Die Menschen, die sich hinter Clarissa eingereiht hatten, murmelten ein paar abfällige Worte, die offensichtlich ihr galten.

Clarissa fragte sich, ob der Wächter schlechte Erfahrungen mit betrügerischen Frauen bei Gericht gemacht hatte, dass er ihr derart misstraute. Ihre Aufregung wuchs mit jeder Sekunde, die verstrich. Sie konnte nur hoffen, dass der Mann Rudolf noch vor Prozessbeginn erreichte.

Schließlich, eine gefühlte Ewigkeit später, kehrte er zurück, mit einem grobschlächtigen Mann im Schlepptau, der ein schütteres Haupthaar trug.

„Sie sind die Dame, die hier Probleme macht?", fuhr er Clarissa an.

„Guten Morgen. Ich beabsichtige sicher nicht, Ihnen Probleme zu machen. Ich habe Ihren Kollegen nur darum gebeten, als Zeugin an dem Prozess teilnehmen zu dürfen", antwortete Clarissa so ruhig und höflich, wie sie konnte, um den Mann nicht zu verärgern.

„Kommen Sie mal mit."

Clarissa folgte dem Mann die Freitreppe hinunter. Sie hielt es für ein gutes Zeichen, dass der Mann offensichtlich an schnellem Handeln interessiert war. Doch in seiner Stimme lag auch ein seltsamer Unterton, ein Unterton, aus dem sie beinahe etwas wie Schadenfreude heraushörte. Krampfhaft umklammerte sie den ledernen Griff ihres Koffers, während sie dem Mann durch die parterre gelegene Eingangstür in den linken Flügel des Gebäudes folgte. Innen herrschte eine unheimliche Stille, die durch das fahle Licht, das durch die schmalen Sprossenfenster einfiel, noch unheimlicher wirkte. Sie wusste, dass der Prozess oben im ersten Stock stattfand und wunderte sich über den Sonderweg, den der Mann einschlug. Ihr ungutes Gefühl wich spätestens zu dem Zeitpunkt der Angst, als der Mann sie über den Flur in einen kleinen Raum führte, der sie an eine Gefängniszelle erinnerte.

Der Raum enthielt nichts außer einem Tisch mit zwei Stühlen. Das einzige Fenster befand sich in unerreichbarer Höhe, doch es war so klein, dass sie bei einem Fluchtversuch ohnehin nicht hindurchgepasst hätte.

„Was haben Sie vor?", fragte sie in einem Anflug von Panik, da der Mann auf ihrem Weg bis hierhin kein einziges Wort gesagt hatte.

„Wir stellen erst einmal in Ruhe Ihre Identität fest und dann schauen wir, was wir mit Ihnen machen."

„Wie bitte? Sie können mich doch nicht hier festhalten, während oben im Saal der Prozess um einen Mord beginnt, den ich mit aufgeklärt habe. Bitte, führen Sie mich zu Rudolf Muering, er wird Ihnen ..."

Clarissa zuckte zusammen, weil der Mann die Tür ins Schloss krachen ließ. Sie war allein in diesem Raum mit diesem fremden Mann.

Nicht weit von dem Raum, in dem sich Clarissa befand, sprach der vorsitzende Richter seine wohl gewählten einleitenden Worte, während sein Blick streng durch die Reihen der Anwesenden wanderte. Er selbst saß zusammen mit den Berufsrichtern an dem Tisch, den man dem Publikum gegenübergestellt hatte, während die zwölf Geschworenen, die für die Verhandlung erwählt worden waren, ihre Plätze auf der linken Seite eingenommen hatten und wiederum dem Angeklagten gegenübersaßen, welcher zusammen mit seinem Verteidiger durch ein Geländer vom Rest des Saals abgetrennt war. Sein Blick war der eines Adlers, der seine Beute in jeder Ecke vermutete, und keineswegs nur auf der Bank des Angeklagten.

„Die Anklage lautet also auf Mord gegen Herrn Egon Wolf, Professor an der Kunstakademie in Düsseldorf und Mitglied des Künstlervereins Malkasten, wohnhaft in Düsseldorf, an Herrn August Reben, ebenfalls Professor an der Kunstakademie in Düsseldorf und Mitglied des Künstlervereins Malkasten, bis zu seinem Tode wohnhaft in Düsseldorf. Die Anklage lautet nicht auf Landes- oder Hochverrat, obwohl unmittelbar nach dem Verbrechen an Herrn Reben ein delikates Schreiben der Vinzenz-Konferenz zu Düsseldorf in einem Waldstück in Herchen an der Sieg gefunden wurde. Die Staatsanwaltschaft beteuert, dass es keine Hinweise darauf gebe, dass Herr Wolf etwaige Verbindungen zu der Vinzenz-Konferenz unterhalte. Nun meine Herren, das wird zu klären sein." Er legte eine kurze Pause ein und blickte die Geschworenen an, während das Publikum gespannt den Atem anhielt.

Schließlich begann er, die Ereignisse und Erkenntnisse rund um den Mord an August Reben zu schildern. „Das Schreiben der Vinzenz-Konferenz, in dem in radikaler Weise die sofortige Einstellung des Herchener Sedan-Spiels gefordert wird, konnte bislang trotz aller Bemühungen und Vernehmungen keiner Person zugeordnet werden. Die Mitglieder

der Vinzenz-Konferenz bestreiten, den Angeklagten auch nur zu kennen. Zweifelsfrei zuzuordnen hingegen sind dem Angeklagten ein Fußabdruck sowie ein verlorener Mantelknopf, beide Beweise wurden oberhalb des Steilhanges an der Sieg, von dem der Ermordete offensichtlich in den Fluss gestürzt wurde, gefunden. Dennoch hat der Angeklagte seine Schuld bis heute nicht eingestanden. Offensichtlich auf den Druck Frankreichs hin hat die Staatsanwaltschaft darauf verzichtet, trotz des verräterischen Schreibens der Vinzenz-Konferenz eine Anklage wegen Landes- oder Hochverrat einzureichen. Nun, zumindest vorerst. Ob es richtig ist, derart vor Frankreich auf die Knie zu fallen, müssen Sie mich nicht fragen. Sie kennen die öffentliche Meinung. Mit Frankreich wird noch ein ernstes Wort zu reden sein. Aber das Deutsche Kaiserreich ist ein fortschrittliches Reich, das weltweit in den Wissenschaften die Führung übernommen hat. Wir verurteilen nicht maßlos Menschen auf den bloßen Verdacht hin. Das haben wir nicht nötig. Entscheidend für die Wissenschaft vor Gericht bleibt der Beweis. Bevor Sie, verehrte Geschworene, über Schuld und Unschuld befinden, sollten Sie dies bedenken."

Der Vorsitzende machte eine Pause und wandte seinen Blick dem Angeklagten zu.

„Herr Wolf, ich beginne nun mit Ihrer Befragung in aller Öffentlichkeit. Sie haben die Anklage vernommen und die Gelegenheit, sich zu den gegen Sie erhobenen Vorwürfen zu erklären."

Clarissa konnte nicht fassen, was mit ihr geschah. Das Einzige, das sie in diesen Momenten spürte, war eine aufkochende Wut, die sie kaum im Zaum zu halten vermochte. Am liebsten hätte sie fest mit den Händen auf den kahlen Holztisch getrommelt – auf jenen Tisch, auf dem eben noch das Papier des Mannes gelegen hatte, der ihr nicht einmal seinen Namen verraten hatte. Doch sie wusste, dass das nichts half, sondern die Sache möglicherweise noch verschlimmern konnte. Ihre Wut war ohnmächtig. Voller Abscheu dachte sie daran, wie der Mann ihren Namen auf das Papier geschrieben und mit sardonischem Lächeln gemeint hatte: „Der Name steht nicht auf der Liste der Zeugen." Clarissas verzweifeltem Protest hatte er schließlich ein jähes Ende bereitet: „Ich habe gewiss nichts zu fürchten, wenn ich mich an meine Vorgaben halte. Ihnen hingegen rate ich dringend, Ihren Protest einzustellen, sonst könnten wir natürlich den Eindruck gewinnen, dass Sie selbst zu den Verdächtigen rund um den Mord an diesem Künstler zählen. Vorsorglich werden wir Sie daher hierbehalten, bis sich Ihre Nerven beruhigt haben." Dann hatte er Clarissa in diesem kalten Raum alleingelassen und von außen die Tür abgeschlossen. Ihr schlimmster Alptraum hatte sich bewahrheitet: Sie war in eine Situation geraten, aus der es für sie aus eigener Kraft kein Entrinnen mehr gab.

Wie konnte das sein, dass sie nicht auf der Liste der Zeugen stand? Sagte der Mann die Wahrheit? Konnte es sein, dass Rudolf sie tatsächlich vergessen hatte? Oder steckte etwas anderes dahinter?

„Verehrter Herr Vorsitzender, ich denke, es ist die Zeit gekommen, um mit Ihnen und mit mir selbst reinen Tisch zu machen", begann Egon Wolf seine Erklärung. „Die Beweise, die Sie nahe des Tatortes gefunden haben, lügen nicht. Ja, ich bin an jenem Abend in Herchen gewesen und habe darauf gewartet, bis Reben aus dem Hotel trat. Aus vorherigen Aufenthalten mit dem Malkasten wusste ich um seine Vorliebe, im Gegensatz zu den anderen abends noch einen seiner Lieblingsplätze aufzusuchen und in aller Ein- oder *Zwei*samkeit die Natur zu genießen. Da Greta jedoch bereits nach Königswinter gereist war, wusste ich, dass Reben diesmal allein seine Staffelei auspacken würde."

Ein überraschtes Raunen ging durch das Publikum. „Also bin ich ihm unauffällig gefolgt bis zum Katzenstein, habe ihn überwältigt und den Hang hinabgestoßen. Da er zunächst auf einen Ast fiel und ich die berechtigte Sorge hatte, er könnte seinen Sturz überleben, habe ich sein Leid mit dem Revolver beendet. Schließlich ist er in die Sieg gefallen und an einem Felsen hängengeblieben."

Rudolf konnte nicht glauben, was er hörte. Der Mann, der bislang so hartnäckig jede Schuld am Tod August Rebens zurückgewiesen hatte, hatte eben ein Geständnis abgelegt, mit dem wohl keiner der Anwesenden gerechnet hatte. Damit war jeder Zweifel zerstört. Ausgerechnet die Dame, die maßgeblichen Anteil an der Überführung Wolfs gehabt hatte, konnte das Geständnis nicht hören. In diesem Moment wäre er Clarissa am liebsten um den Hals gefallen und hätte ihr nicht nur einen, sondern tausend Küsse geschenkt. Er musste sofort nach der Verhandlung nach Herchen reisen, das war er ihr schuldig.

„Das sind ja interessante neue Erkenntnisse ..." Selbst der vorsitzende Richter, der vermutlich schon so manches Urteil gefällt hatte, schien überrascht von der Klarheit des Geständnisses. „Damit wäre die Frage nach Schuld oder Unschuld wohl beantwortet. Wie aber, Herr Wolf, erklären Sie sich das Schreiben der Vinzenz-Konferenz? Sie hatten doch gewiss Helfer ...?"

„Ich hatte keine Helfer", sagte Wolf kühl. „Jeder Mann, der Angst hat, die Liebe seines Lebens an einen Nebenbuhler zu verlieren, wird meine Beweggründe verstehen können. Als ich mit ansehen musste, wie Reben meine schöne Greta als Germania am Siegstrand malte, sprang mein Herz entzwei. Ich bitte Sie, verehrter Herr Vorsitzender, verehrte Richter,

Geschworene und Landsleute: Sehen Sie es als eine Tat an, um meine Ehre zu retten."

„Das war aber ein sehr ungleiches Duell, das Sie da ausgefochten haben", antwortete der Vorsitzende. „So wie Sie es schildern, hatte Herr Reben keine Waffe und auch keine Chance."

„Er hat ehrenhaft mit mir gerungen. Die Waffe habe ich doch nur eingesetzt, um ihn von seinem Leid zu erlösen, als ich ihn längst den Hang hinabgestoßen hatte."

„Ein Duell ohne Ehrenrat und Sekundanten nachts in Herchen? Auch wenn ich Ihre verletzte Ehre verstehe, bleiben doch erhebliche Zweifel, dass wir über Ihre Tat hinwegsehen können. Außerdem haben wir die Frage noch nicht geklärt, aus welcher Feder das Schreiben der Vinzenz-Konferenz stammt, und wer für die wüsten Zerstörungen in und an der Düsseldorfer Hütte zuständig ist. Können Sie uns darüber Auskunft geben, Herr Wolf?"

„Gewiss gebe ich Ihnen Auskunft darüber, Herr Vorsitzender. Das Schreiben und die Verwüstungen stammen von mir."

Das Raunen im Publikum wurde immer lauter. Auf vielen Plätzen wurde bereits hinter vorgehaltener Hand getuschelt.

„Also haben Sie doch Verbindungen zur Vinzenz-Konferenz, Angeklagter?", fragte der Vorsitzende mit scharfer Stimme.

„Nein. Ich allein habe das Schreiben verfasst, um den Verdacht auf die Vinzenz-Konferenz zu lenken. Sie war mir mit ihrer antipatriotischen Haltung schon immer ein Dorn im Auge und ich denke, auch das wird jeder ehrenhafte Deutsche verstehen."

Wolfs Worte brachten die Menge regelrecht zum Kochen. „Ist es frevelhaft, sich für Barmherzigkeit und Menschlichkeit einzusetzen?", rief ein Mann aus dem Publikum aufgebracht. „Ihre Worte werden im katholischen Bonn nicht auf Begeisterung treffen!“, rief ein anderer. „Sie wollen ein ehrenhafter Deutscher sein?“

„Meine Herren, ich darf um Ruhe bitten!“, fuhr der Vorsitzende dazwischen. „Wir wollen das Verfahren anständig zu Ende bringen. Der leitende Ermittler, Herr Kriminalkommissar Muering, hat nun das Wort.“

„Herr Wolf, wie haben Sie es geschafft, unbehelligt am Abend der Tat nach Herchen zu gelangen und wo sind Sie anschließend untergekommen? Auf den Gästelisten der Herchener Unterkünfte sind Sie nicht verzeichnet. Wo haben Sie nach der Tat geschlafen?“

„In den Unterkünften hätte ich auch nicht schlafen wollen“, sagte Wolf. „Nun, für die Hinfahrt mit der Bahn am gleichen Abend brauchte ich ein wenig Glück, da es noch hell war. Nach dem Duell bin ich in den Wald gegangen und habe vielleicht für ein oder zwei Stunden die Augen geschlossen. Noch im Schutz der Dunkelheit bin ich zum Bahnhof nach Eitorf gelaufen, was mir sicherer erschien, als von Herchen zu fahren. Von Eitorf aus habe ich die erste Bahn genommen und bin dann über Hennef nach Königswinter weitergereist.“

„Zu Fräulein von Salvy?“

Wolf nickte. „Noch am gleichen Tag konnte ich sie überzeugen, nach Düsseldorf zu fahren, weil ich meiner Tätigkeit an der Akademie nachgehen musste.“

„Und wo ist die Waffe, mit der Sie Herrn Reben umgebracht haben?“

„Die ist in Königswinter in der Villa.“

Rudolf schauerte es, wie sachlich und unbewegt Wolf den Hergang der Tat beschrieb. Da er genug gehört hatte, übergab er dem Vorsitzenden mit einem Nicken das Wort.

„Die Öffentlichkeit hat lange genug gelitten und auf die Verurteilung des Mörders gewartet“, verkündete dieser. „Ich werde nun Ihnen, verehrte Geschworene, den Fragenkatalog überreichen und Sie bitten, sich zurückzuziehen, um Ihre Entscheidung zu treffen."

Der Raum, in dem sich Clarissa befand, war zwar abgeschlossen, jedoch keineswegs mit so dicken Wänden versehen, dass sie den Tumult von draußen nicht hörte. Besonders die Schreie der Frauen gingen ihr durch Mark und Bein. Sie fragte sich, ob die Schreie tatsächlich aus dem Gerichtssaal zu ihr drangen. Auf alle Fälle musste etwas Schreckliches passiert sein. Zu ihrer Wut, dass man sie auf eine derart hinterhältige Weise von der Verhandlung fernhielt, gesellte sich nun die Angst, dass draußen vor der Tür ebenfalls etwas Hinterhältiges, Unrechtes geschehen war. Seit geschlagenen zwei Stunden saß sie hier in diesem Raum fest, den man zu einer Zelle umfunktioniert hatte. ‚Weil ich eine Frau bin, zähle ich weniger als *sie*', dachte sie verbittert.

Nervös lief sie immer wieder um den Tisch herum, bis sie den Entschluss fasste, an die Tür zu klopfen. Doch ihre Klopfgeräusche wurden von den Schreien draußen übertönt, die von ihrer Zimmertür aus noch deutlicher zu hören waren. „Mein Gott!", entfuhr es ihr immer wieder. Alleine war sie machtlos. Alleine konnte sie die Tür nicht aufbrechen.

Ein paar Minuten später beruhigte sich das Geschehen draußen und es wurde wieder still wie zuvor. Clarissas Glaube an eine baldige Freilassung schwand zunehmend und mittlerweile wünschte sie sich nichts mehr als ein Glas Wasser und ein Stück Brot, um ihrem ausgezehrten Körper neue Kraft zu verleihen.

Etwa zehn weitere Minuten vergingen, ehe ein neues Geräusch von außerhalb in ihre Zelle drang. Es war ein Geräusch, das ihr einen Schreck versetzte, aber gleichzeitig eine vage, kaum mehr für möglich gehaltene Hoffnung versprach: Sie hörte, wie der Schlüssel der Zellentür mit einem lauten Knacken herumgedreht wurde. Dann öffnete sich die Tür.

„Sie können gehen", sagte jene unliebsam vertraute Stimme des Mannes, der sie vor einer gefühlten Ewigkeit hier eingesperrt hatte.

Clarissa starrte ihn überrascht an. „Wie meinen Sie das ...?"

„So wie ich es sage", erwiderte der Mann barsch.

„Was ist passiert? Was waren das für schlimme Schreie da draußen?"

„Das hat Sie nicht zu interessieren. Gehen Sie, bevor ich auf andere Gedanken komme. Eine so hübsche Jungfer wie Sie lebt gefährlich. Der Raum hier eignet sich ziemlich gut für heimliche Stündchen." Der Mann lachte gehässig.

Clarissa erkannte den Ernst der Lage. Ohne länger zu zögern drückte sie sich an dem Mann vorbei nach draußen auf den Flur. Da er ihr unberechenbar schien, wartete sie nicht länger, sondern suchte schnell einen Weg aus dem Gebäude, das für sie längst zu einem Gefängnis geworden war. Sie wusste nicht, ob der Mann sie verfolgte. Sie lief, so schnell sie ihre Beine trugen, über den Flur, ohne einen Blick zurückzuwerfen. Die Ausgangstür wurde für sie das Tor zur Freiheit. Erst nachdem sie die letzten Schritte aus dem Rathaus hinaus auf den Marktplatz zurückgelegt hatte, gönnte sie sich eine kurze Pause und wandte sich um. Hinter ihr war keine Menschenseele mehr zu sehen. Es kam ihr vor, als wäre sie aus einem Alptraum erwacht – aus einem Alptraum, der noch schlimmer hätte ausgehen können. Sie hatte zwar den Prozess verpasst, aber dafür das Gericht immerhin mit körperlicher Unschuld verlassen. Sie schauderte, wenn sie an das Lachen des Mannes dachte. Nein, ihre empfindlichen Stellen sollte beizeiten der richtige Mann berühren.

‚Rudolf!', fiel ihr plötzlich ein. Suchend übersah sie den Platz, der sich beinahe vollständig geleert hatte. Nur ein Polizeibeamter stand auf etwas verlorenem Posten in der Mitte des Platzes, während vereinzelte Menschen an den Rändern des Platzes vorbeihuschten. Die Marktverkäufer hatten ihre Stände geschlossen. Clarissa bemühte sich, ihre Gedanken zu ordnen. Dabei fiel ihr Blick auf ein paar rote Tropfen auf den Pflastersteinen, die sie schlagartig zusammenzucken ließen. Blut, war ihr erster und wohl keineswegs falscher Gedanke, als sie sich hinunterbeugte, um die Tropfen genauer in Augenschein zu nehmen.

Das Blut vor dem Rathaus passte zu den Schreien, die sie in ihrer Zelle gehört hatte. Eine Gänsehaut überkam sie. An diesem Ort musste etwas Schreckliches geschehen sein. Sie überlegte kurz, den Polizisten auf ihren Fund anzusprechen, entschied sich jedoch instinktiv dagegen. Nicht noch einmal wollte sie sich in eine Situation bringen, die sie aus heiterem Himmel heraus die Freiheit kosten konnte. Am Ende würde sie vielleicht verdächtigt, einen Mord begangen zu haben.

Plötzlich hatte sie nur den einen Wunsch, nach Hause zu fahren, weg von diesem unheimlichen Ort.

So unauffällig und rasch wie möglich ließ sie den Platz hinter sich und schlug den Weg in Richtung Rheinufer ein. Rudolf würde ihr alles erklären, wenn sie ... ihn wiederfand. Sie würde ihm ein Telegramm schicken, sobald sie zu Hause war.

„Entschuldigen Sie bitte, meine Dame", sprach sie unvermittelt ein junger Herr an, während sie die Brüdergasse entlangging. Clarissa fuhr der Schreck in die Glieder, da die durchdringenden grünen Augen und die mittelblonden Haare des Mannes sie auf Anhieb an Rudolf erinnerten. ‚Jetzt fange ich an, Gespenster zu sehen', dachte sie.

„Hier soll sich irgendwo jemand erschossen haben. Wissen Sie etwas darüber?"

„Erschossen haben?", wiederholte Clarissa wie in Trance.

„Ja, vor dem Gerichtsgebäude dort drüben. Eine Frau habe sich dort die Kugel gegeben, erzählt man."

Clarissa spürte, wie Übelkeit in ihr aufstieg. „Nein ... Davon weiß ich nichts. Ich habe nur ... Blut gesehen. Wer hat sich erschossen?"

„Das weiß ich nicht. Ich dachte, Sie wüssten etwas darüber, weil Sie aus der Richtung kamen. Bitte entschuldigen Sie die Störung."

Der Mann machte Anstalten, weiterzugehen.

„Warten Sie!", sagte Clarissa. „Können Sie mir sagen, wo ich Herrn Rudolf Muering finde? Er ist Kriminalkommissar aus Düsseldorf."

Der Mann schüttelte den Kopf. „Es tut mir leid, ich kenne ihn nicht. Bitte entschuldigen Sie nochmal, ich wollte Sie nicht erschrecken." Nach diesen Worten setzte der Mann seinen Weg fort.

Clarissa fühlte, wie ihre Beine schwächer wurden. Die Situation in der Pferdebahn in Düsseldorf kam ihr in den Sinn, als sie der Ohnmacht um Haaresbreite entkommen war. Dass sie die Situation am Ende überstanden hatte, gab ihr neuen Mut. ‚Nach Hause', dachte sie und brachte ihre ganze Kraft auf, um ihre Beine für die letzten Schritte zur Fähre in Bewegung zu setzen.

Die vielen Menschen an der Bonner Rheinpromenade taten ihr nach der Einsamkeit der letzten Stunden gut und gaben ihr ein Gefühl von Sicherheit zurück. Auch wenn es unter ihnen Menschen wie den Mann im Gericht gab, passten doch die übrigen aufeinander auf, damit nicht in aller Öffentlichkeit weiteres Unrecht geschehen konnte.

Nachdem sie denselben gutgelaunten Fährmann wie auf der Hinfahrt bezahlt hatte, bestieg sie die „Fliegende Brücke" über den Rhein. In der ersten Hälfte dieses Tages hatte sie schon vieles erlebt, aber das Schicksal hielt eine weitere Überraschung für sie bereit. Sie war gutaussehend, groß, mit mittelblondem Haar und unerfindlichen und gleichzeitig so vertrauten grünen Augen.

„Rudolf?", fragte sie erschreckt, als wäre sie sich selbst nicht mehr sicher, ob ihr Verstand ihr einen neuen Streich spielte.

„Clarissa!" Rudolf lächelte über das ganze Gesicht, und Clarissa hatte keinen Zweifel daran, dass sie noch nie etwas so Schönes gesehen hatte.

Im nächsten Augenblick lag sie in seinen schützenden Armen. Der Stoff seiner Uniform in ihren Händen fühlte sich ganz weich an, während sich seine Wangen rau und warm an ihr Gesicht schmiegten. Sein Duft ließ ihr Herz schneller schlagen und sie die Welt um sich herum vergessen. Tränen rannen aus ihren Augen. Tränen der Erleichterung. Tränen des Schmerzes. Tränen der Freude. Alle Gefühle brachen auf einmal aus ihr heraus. Die Zeit stand still in diesen Momenten.

Erst das Rufen des Fährmanns holte Clarissa gedanklich zurück auf den Bahnsteig. „Alle Mann von Bord. Dat Scheff hät anjeleech!"

Mit einem Satz verließen sie die in den Wellen des Rheins schwankende Gierponte und betraten das rechte Rheinufer. Erschreckt stellte Clarissa fest, dass Polizeidezernent Winkler und die anderen Polizeibeamten, die sie von der Festnahme Egon Wolfs her kannte, plötzlich neben ihr auftauchten. Sie hatte gar nicht bemerkt, dass sie mit ihnen übergesetzt hatten, und schämte sich in Grund und Boden, dass sie ihren Gefühlen in aller Öffentlichkeit freien Lauf gelassen hatte – und das auch noch in den Armen eines Mannes, mit dem sie gar nicht verheiratet war.

„Guten Tag, Herr Winkler", stammelte sie.

„Guten Tag, Fräulein Fuchs. Wir wollten Sie gewiss nicht stören. Aber wie es aussieht, haben wir bald eine Hochzeit zu feiern?"

Clarissa erkannte eine ungewohnte Zufriedenheit in Winklers Stimme und auf seinem Gesicht, die sie verwunderte.

„Nun ja, ähm ..."

„Sie ist noch etwas aufgelöst von den Ereignissen. Wir wären dankbar, wenn wir noch einige Momente unter vier Augen sprechen könnten", fuhr Rudolf eilig dazwischen und nahm Clarissa zur Seite. Gemeinsam blieben sie einige Schritte hinter den Polizeibeamten zurück, die sich in Bewegung setzten.

„Wohin seid ihr des Weges?", fragte Clarissa verwirrt.

„Wir suchen uns eine Kutsche und fahren nach Königswinter hinunter."

„Nach Kö..." Sie fasste sich an den Kopf, als hätte sie Schwierigkeiten, Rudolfs Worte zu glauben. „Warum?"

„Wir wollen sehen, ob Fräulein von Salvy die Wahrheit gesagt hat."

Als Clarissa ihn fragend anstarrte, setzte er hinzu:

„Egon Wolf hat den Mord an August Reben für alle Beteiligten überraschend gestanden. Daraufhin hat Greta von Salvy auf dem Bonner Marktplatz eine Waffe gezogen und behauptet, sie habe August Reben getötet, bevor sie sich selbst mit einem Revolver erschoss. Ihre Tagebucheinträge in ihrer Villa belegten dies, rief sie, und deshalb ... Sag mal, warst du im Gerichtssaal? Woher kommst du, Clarissa?"

„Dann stimmt es! Dann stimmt es, was der Mann mir erzählt hat ... Sie hat sich umgebracht! Sie war es!" Clarissa durchfuhr es eiskalt.

„Nein, ich war nicht im Gerichtssaal", sagte sie traurig, ehe sie ihm von ihren Erlebnissen erzählte. Rudolf war erzürnt darüber, wie Clarissa von den Wächtern des Gerichts behandelt worden war.

„Ich werde sofort eine Beschwerde bei den Kollegen anbringen und dafür sorgen, dass diese missratenen Bediensteten ihres Amtes enthoben und angeklagt werden!"

„Meinst du, das ist möglich? Sie werden den Fall wahrscheinlich verharmlosen und behaupten, ich hätte mich aufrührerisch benommen."

„Das werden wir noch sehen. Ich lasse es nicht zu, dass man dich so behandelt! Es ist schon schlimm genug, dass du nicht als Zeugin im Saal angehört wurdest. Aber dass *er* dich auch noch eingesperrt hat, wird ihn teuer zu stehen kommen!" Rudolf nahm ihre Hand und drückte sie entschlossen. „Überall in dieser Welt müssen wir gegen die Ungerechtigkeit kämpfen!", sagte er grimmig.

„Kannst du mir sagen, wieso ich nicht auf der Liste der Zeugen stand?", wollte Clarissa wissen.

Rudolf schwieg etwas betreten und Clarissa ahnte, dass ihn irgendetwas quälte. „Weißt du, Clarissa, als das Gericht uns mitteilte, dass man deine Aussage und deinen Vortrag an Beweisen aufgrund des Vorfalls in Wolfs Haus nicht akzeptieren werde, war für uns alle klar, dass deine Anwesenheit im Gerichtssaal problematisch werden könnte, zumal Winkler in Erfahrung gebracht hatte, dass die Richter politisch leicht beeinflussbar seien. Ich habe mich sehr für dich eingesetzt, Clarissa, aber mehr konnte ich nicht machen. Es ist tatsächlich ein Glück, dass ich die Staatsanwaltschaft davon überzeugen konnte, dich nicht wegen unerlaubter Ermittlungen anzuklagen."

„Hat er dich gefragt, Rudolf? Hat er dich gefragt, ob ich in den Saal darf? Hast du ihm ..." Clarissa schnappte nach Luft und wagte nicht, ihren Satz zu beenden.

„Nein, niemand hat mich gefragt! Niemals hätte ich dir den Zutritt verwehrt! Ich wollte dir nur erklären, warum wir dich nicht auf die Liste der Zeugen geschrieben haben. Aber wenn ein Wächter mich direkt gefragt und ich gewusst hätte, dass du zu dem Prozess anreist, hätte ich dich auf jeden Fall in den Saal gelassen! Es tut mir sehr leid, was geschehen ist."

Clarissa schwieg eine Weile. Schließlich fand sie ihre Worte wieder, aus denen Verbitterung sprach. „Es ist, weil ich eine Frau bin. Wäre ich ein Mann, könnte ich ohne Weiteres meinem Vater nachfolgen und Polizist werden. Dann würde niemand danach fragen, ob ich mit einer Waffe umgehen kann oder nicht."

„Clarissa, ich bewundere dich! Ich bewundere dich und deine Leistung als Ermittlerin. Du hast die Düsseldorfer Kriminalpolizei vor einer großen Blamage gerettet und maßgeblichen Anteil an Wolfs Verhaftung und Verurteilung."

„Er ist verurteilt worden? Ich denke, von Salvy behauptet, sie habe Reben umgebracht!"

„Ja. Den Richtern und Geschworenen hat er die Tat gestanden und sie ihnen als ein Duell verkaufen wollen, um seine Ehre gegenüber August Reben zu retten, der offenbar eine Liaison mit Greta von Salvy hatte. Ein ziemlich ungleiches Duell, da Wolf Reben des Abends an einem Steilhang an der Sieg überrascht, überwältigt, den Hang hinuntergestoßen und sicherheitshalber erschossen habe. Es gibt keine Zeugen der unmittelbaren Tat. Alle Beteiligten waren unverheiratet, sodass zumindest kein Ehebruch vorlag. Wolf hat nach eigenen Angaben nicht nur mit blinder Zerstörungswut an und in der Düsseldorfer Hütte gewütet, sondern auch das Schreiben der Vinzenz-Konferenz aufgesetzt, um den Verdacht von sich auf die seiner Meinung nach unpatriotische Vereinigung zu lenken. Diese Ablenkung hat in diesen politisch aufgeheizten Zeiten gut funktioniert, bis du die Bühne betreten hast ..."

„Aber wenn von Salvy die Tat begangen hat, stimmt das doch alles nicht?“

„Das wissen wir noch nicht endgültig. Von Salvy schien sich in einem sehr verwirrten Zustand zu befinden, der zu ihrer merkwürdigen Erscheinung passt. Wir halten es für möglich, dass sie mit ihrem Lebensgefährten unter einer Decke steckte. Letztlich hat deine hartnäckige Arbeit aber im Ergebnis dazu geführt, dass uns die Spur der Wahrheit sehr nahegebracht hat.“

„Ich habe nur fortgesetzt, was mein Vater an Vorarbeit geleistet hat. Ihm verdanke ich alles.“ Sie spürte, wie sich ihre Augen wieder mit Tränen füllten, doch diesmal wollte sie nicht weinen.

„Auch dir bin ich sehr dankbar für deinen Einsatz“, sagte sie und drückte Rudolfs Hand.

„Aber Wolf wurde doch bereits verurteilt, weil er ebenfalls gestanden hat? Welche Strafe hat er bekommen?“ Vor dieser Frage hatte sich Clarissa lange gefürchtet, doch jetzt wollte sie alles wissen.

„Aufgrund seiner Ehrkränkung haben die Richter mildernde Umstände geltend gemacht und ihn nach Paragraph 213 des Strafgesetzbuches wegen Totschlags zu einer Gefängnisstrafe von drei Jahren verurteilt. Die Richter haben seine Tat letztlich als eine Art ungleiches und unfreiwilliges Duell gewertet. Wenn es stimmt, handelt es sich im Grunde um vorsätzlichen Mord, der eigentlich mit dem Tode bestraft werden muss. Schließlich ist Reben tot. Allerdings werden gerade diese Ehrensachen von Gerichten nicht selten gar nicht geahndet.“

Clarissa atmete innerlich auf, dass Wolf der höchsten Strafe entgangen war.

„Aber wenn er gar nicht der Mörder war ...?“

„... wird er dennoch eine Strafe bekommen. Dann hätte er nicht nur einen Meineid geleistet, sondern eine Strafverfolgung der eigentlichen Täterin vereitelt."

„Wieso hätte er das tun sollen?"

Rudolf zuckte mit den Schultern.

„Wolf ist geschockt vom Tod von Salvys. In einer ersten Anhörung sagt er aber, er habe seine Lebensgefährtin schützen und die Strafe auf sich nehmen wollen. Von Salvy habe schon länger unter einem kranken Geist gelitten, der laut den Ärzten auf eine Nervenschwäche zurückzuführen sei. Sie wäre nach seiner Verurteilung ihres Zustands wegen ohnehin in eine Anstalt eingewiesen worden, befürchtet Wolf. Dem wollte sie vermutlich durch ihren Freitod zuvorkommen. Manche Leiden kann nur der Tod heilen."

„Meinst du wirklich, Wolf hat aus reiner Nächstenliebe gehandelt, um von Salvy zu schützen? Was hätte es ihm gebracht, wenn sie nach seiner Verurteilung in eine Anstalt eingewiesen worden wäre?"

„Das hätte ihm nichts gebracht." Rudolf kratzte sich an seinem wohlrasierten Kinn. Inzwischen hatten sie sich ebenfalls in Bewegung gesetzt, um dem Polizeitrupp rund um Winkler zu folgen. Clarissa war sich nicht sicher, ob Rudolf sich dessen bewusst war, dass er sie geradewegs mit nach Königswinter führte.

„Aber sag mir, was hast du eben über Ehrensachen erzählt? Viele Richter verurteilen Mörder nach Duellen nicht?"

„Nein, diese Zweikämpfe, in denen Männer ihre Ehrenstreitigkeiten austragen, werden häufig sehr milde geahndet, wenn die Beteiligten überhaupt bestraft werden."

„Dann liegt es doch nahe, dass Wolf die Schuld auf sich genommen hat, um den heimtückischen Mord von Salvys als ein Duell unter Männern zu verkaufen. Auf diese Weise hatte er tatsächlich die Möglichkeit, um sich und seine Geliebte galant aus der Affäre zu ziehen. Der Tod eines Konkurrenten um seine Geliebte kam ihm darüber hinaus vermutlich nicht ungelegen."

„Das klingt plausibel. Allerdings verstehe ich nicht, wieso von Salvy August Reben umbringen sollte. Nach dem schönen Bild, das er ihr gewidmet hatte, muss sie sich doch geschmeichelt gefühlt haben. Immerhin hat sie uns bereitwillig das Bild gezeigt, was wiederum Wolf ein Dorn im Auge zu sein schien ..."

„Das verstehe ich auch noch nicht ganz. Auf alle Fälle war sie eine eigentümliche Persönlichkeit. Julia erwähnte schon gegenüber meinem Vater, dass sie ein verschrobenes Fräulein gewesen sein soll, immer schwankend zwischen Scheue und Lebhaftigkeit."

„Und wieso um alles in der Welt haben wir *Wolfs* Fußabdruck und den Knopf von *Wolfs* Mantel in der Nähe des Tatortes gefunden. Wenn von Salvys Worte wahr sind und sie Reben tatsächlich umgebracht hat, müsste doch zumindest ihr Geliebter mit ihr am Tatort gewesen sein."

„Du meinst, sie könnten Reben zusammen ..." Clarissa stockte der Atem.

Ein Gewitter war nicht in Sicht, als Clarissa von Salvys zitronengelbe Villa im Sonnenlicht aufleuchten sah. Sie hielt sich nah an Rudolf, was ihr ein Gefühl von Sicherheit verlieh.

Die Beamten hatten bereits Stellung vor dem noblen Anwesen bezogen und so dauerte es auch nicht lange, ehe Herr von Nelles, angelockt durch den Trubel, in Erscheinung trat. Clarissa konnte ein Schmunzeln nicht unterdrücken, als sich ausgerechnet Albrecht Schneider dem Nachbarn Greta von Salvys annahm. Von Nelles war derart aufgeregt in ein Gespräch mit dem Kommissar der Düsseldorfer Polizei vertieft, dass ihm Clarissas Anwesenheit entging.

„Ich glaube, wenn ich mit durch das Tor gehe, bringt mich ihr Nachbar um“, sagte sie zu Rudolf und deutete in von Nelles Richtung.

Rudolf schaute überrascht. „Ach, das ist dieser Herr, der dich so unfreundlich behandelt hatte?“

Clarissa nickte. „Herr von Nelles heißt er.“

Noch ehe Rudolf etwas erwidern konnte, vernahm er die durchdringende Stimme Winklers. „Muering, ich trenne Sie nur ungern von Ihrer ..., aber hätten Sie als unser Sonderermittler vielleicht die Güte, mir in das Haus zu folgen?“

Die Beamten hatten sich bereits Zutritt zur Villa verschafft und waren durch das offene Portal in das Innere verschwunden.

„Ich komme schon, Herr Winkler. Allerdings muss ich darum bitten, dass Clarissa mich begleitet. Ihr ist übel geworden, da sie sich nicht weit weg von dem Ort befindet, an dem Ihr Vater ... Sie wissen schon. Sie ist einer Ohnmacht nahe.“

„Dann kommen Sie beide mit, aber ein bisschen zackig! Wir wollen heute noch nach Düsseldorf zurück.“

Clarissa warf Rudolf einen dankbaren Blick zu, dass er ihr mit dieser kleinen List den Zutritt zum Ermittlungsort verschafft hatte. Der Gedanke daran, hier draußen mit Herrn von Nelles und dem für seinen uncharmanten Umgang bekannten Albrecht Schneider warten zu müssen, erschien ihr überdies keine gute Alternative zu sein.

Nachdem die Polizisten das Erdgeschoss durchsucht hatten, war es Kommissar Heinrich Brühl, der von Salvys Tagebuch in einer verschlossenen Schreibtischschublade fand, die sie aufgesägt hatten. Es war ein hübsches Tagebuch mit einem edlen braunen Ledereinband, der von einer Schleife zusammengehalten wurde.

Clarissas Fragezeichen wichen zunehmend aus ihrem Gesicht, als Rudolf ihr den Eintrag vom 14. September 1890 zeigte:

Am Freitag musste ich eine Nottat auf mich nehmen, um meine Seele von schwerer Sünde zu befreien. Es war nicht ich selbst, der mir befahl, mich von August zu lösen, sondern eine Stimme, die mir auftrug, ihn an der Sieg zu überfallen und in die Tiefe hinabzustoßen. Dabei kam mir zugute, dass Egon mich bisweilen mitgenommen hatte zum Schützenverein und mir der Umgang mit einer Waffe durchaus vertraut war. Ein paar Schüsse halfen mir, August zu erlösen. Egons Kleidung half mir, auch in Egons Sinne zu handeln.

Zu schlimm wäre es gewesen, wenn Augusts Verehrung für mich eine Fortsetzung gefunden hätte. Egon hätte mich dafür bestraft. Allein, dass mir das Bild gefiel, das für mich gemalt wurde, war Sünde genug. Augusts Tod macht mich traurig, aber ich weiß, dass er nun in einer besseren Welt fortlebt. Eine Entscheidung für Egon konnte nur so erfolgen.

Noch in der Nacht des Geschehnisses reiste ich nach Königswinter zurück und erzählte Egon von meiner Tat. Zunächst war er ziemlich schockiert und wollte wissen, was zwischen August und mir vorgefallen war und ob ich Gefühle für August hege. Ich sagte Egon, dass ich für ihn die meisten Gefühle hege, da ich für ihn zum Mörder geworden sei. Augusts Tod war gewiss in seinem Sinne.

Ich verabredete mit ihm, dass wir über den Abend des Geschehnisses schweigen und uns einreden wollten, es habe ein Ehrenduell zwischen Egon und August stattgefunden.

Ich schreibe diese Zeilen nieder, damit die Welt von der Wahrheit der Ereignisse Kenntnis hat, sollte ich selbst nicht mehr sein. August ist durch mich gestorben, aber durch den Willen einer anderen Stimme!

Leben kann ich nur noch mit meinem über alles geliebten Egon und ohne ihn wäre mein Leben dem Tode geweiht. Zu viele Leute wollen mich von ihm getrennt sehen. Doch ich schwöre es dir, meinem lieben Tagebuch: Niemals werde ich lebend in eine Anstalt gehen!

Mein Herrgott habe Erbarmen mit mir.

Clarissa warf noch einmal einen Blick auf das Datum des letzten Eintrags. Auch wenn sie von Salvy für eine brüchige Persönlichkeit hielt, hatte sie keinen Zweifel an der Echtheit dieser Zeilen. Als sie zurückblätterte, fand sie einen Eintrag vom 2. September, dem Sedantag – offensichtlich hatte von Salvy ihr Tagebuch nur unregelmäßig geführt.

„Warum hat sie ihr Tagebuch nicht mit nach Düsseldorf genommen und dort weitergeführt?", wunderte sich Clarissa.

„Vielleicht war es für sie zu einem Ballast geworden, den sie abwerfen wollte", mutmaßte Rudolf.

„Auf alle Fälle sollten wir uns die vorherigen Einträge rund um den Sedantag noch einmal genau ansehen. Vielleicht enthalten sie weitere Informationen über die Wolf und Reben."

„Das werden wir von der Polizei Düsseldorf schon übernehmen", sagte Winkler und nahm Clarissa das Tagebuch aus der Hand. „Wir müssen in Kürze aufbrechen!"

„Wir sollten auch nochmals mit Wolf über seine Rolle sprechen. Möglicherweise hat er Greta von Salvy vor der Tat unter Druck gesetzt oder sie zumindest von ihm abhängig gemacht", gab Rudolf zu bedenken.

„Und die ganzen Beweise … ihren Einträgen zufolge hat sich Fräulein von Salvy die Schuhe und den Mantel von Wolf ausgeliehen, um in Wolfs Sinne zu handeln. Die Schuhe könnten ihr natürlich eine bessere Trittfestigkeit am Tatort gegeben und der Herrenmantel ihr zur Tarnung gedient haben. Nur mit dem Kratzer in Wolfs Gesicht habe ich mich offenbar geirrt", schloss Clarissa.

Als sie wieder ans Tageslicht traten, blieb Rudolf bei Winkler stehen und tauschte einige Sätze mit ihm, die Clarissa nicht verstand. Schließlich kehrte er zu ihr zurück.

„Was wirst du nun tun? Wirst du zurück nach Düsseldorf reisen?", fragte sie Rudolf mit bangem Blick.

Rudolf lächelte sie an. „Nein. Ich kann eine so hübsche Dame doch nicht allein reisen lassen. Außerdem hatte ich dir versprochen, dass ich dich in Herchen besuchen werde, sobald der Prozess vorbei ist. Die Kollegen werden Wolf nach der Durchsicht des Tagebuchs nochmals vernehmen. Eines aber ist sicher: Einer Strafe wird er nicht entgehen können. Und was mich betrifft, genügt es, wenn ich morgen nach Düsseldorf reise."

Clarissa wusste nicht, was sie sagen sollte. Dass Rudolf sein Versprechen noch heute wahrmachte, sie mit nach Herchen zu begleiten, rührte sie zutiefst.

Erst als Rudolf ihr sanft seine Hand auf ihre Schulter legte, löste sich ihre Starre und sie strahlte mit der Sonne um die Wette. „Dann lass uns eine Kutschfahrt nach Herchen bestellen."

Epilog

Im ersten Moment versetzte es ihr einen Stich ins Herz, als sie die frischen, violettfarbenen Astern sah, die ihre Mutter auf das Grab ihres Vaters gestellt hatte. Vier Wochen nach dem Tod ihres Vaters war ihr Schmerz noch frisch. Und doch hatte Clarissa Hoffnung mit an das Grab gebracht. Es war Rudolf, der schweigend neben ihr stand und sie allein durch seine Gegenwart stützte. Er war der richtige Mann für ihre Zukunft, für die guten und die schlechten Zeiten.

Sie schmunzelte, als sie daran dachte, wie er ihr vor zwei Tagen einen Heiratsantrag gemacht hatte. Nicht im Breidenbacher Hof in Düsseldorf, nicht in der Ersten Wagenklasse der Eisenbahn, sondern barfuß im rauschenden Wasser der Sieg hatte er gestanden und sie kurzerhand mit wilden Küssen an sich gedrückt, während der leichte Nieselregen des Oktobers sie auch von oben nassgemacht hatte. Eigentlich hatte er sie bei einem gemeinsamen Bad in der Sieg fragen wollen, angesichts des schaurigen Herbstwetters aber zumindest von einem Vollbad abgesehen. Herausgekommen war schließlich eine nicht ganz so kalte Zwischenlösung in Ufernähe, wo das Wasser ihnen nur bis zum Knie reichte. Clarissa konnte sich nichts Schöneres vorstellen, als mit Rudolf und den Elementen allein zu sein. Für diese Momente hatte sie ihre schwarzen Strümpfe abgelegt und freute sich, durch das Wasser auf ihrer nackten Haut ein Stück Freiheit zu spüren, Freiheit von gesellschaftlich vorgeschriebener Ordnung. Obwohl Rudolf ein Städter war und an der Oberfläche auch so auftrat, hatte er ihr Herz erobert, indem er ihr sein sanftes Inneres offenbart hatte.

Auch der Zustand ihrer Mutter hatte sich deutlich verbessert, seitdem Rudolf Johanna und sie regelmäßig besuchte. Ihre Mutter freute sich, dass Clarissa wieder einer hoffnungsvollen Zukunft entgegenblickte. In den Tagen nach ihrer Rückkehr aus Bonn hatte sie sich ihres schlechten Gewissens wegen mehr als sonst um ihre Mutter gesorgt. Doch als sie sich schließlich getraut hatte, sich bei ihr für ihre drei Reisen kurz nach dem Tod ihres Vaters zu entschuldigen, hatte Johanna sie angestrahlt, und mit einem Mal schien ihre Lethargie vergessen: „Das Wichtigste ist mir das Glück meiner Tochter, Clarissa. Ich bin sehr stolz darauf, dass du deinem Weg gefolgt bist und den Fall aufgeklärt hast. Manchmal im Leben bekommen wir die Möglichkeit, unserem inneren Kompass zu folgen."

„Dein Papa sieht vom Himmel herab und ist immer bei dir. Er ist sehr stolz auf dich. Da bin ich mir ganz sicher."

Clarissa zuckte beinahe zusammen, da die letzten Worte nicht ihren Gedanken entsprangen, sondern Rudolf gehörten, der direkt neben ihr stand. So sehr sie sich vorgenommen hatte, hier nicht zu weinen, so schnell spürte sie, dass sich dieses Vorhaben nicht in die Tat umsetzen ließ. Eine Träne lief ihre Wange hinab, während sie Rudolfs kräftige, warme Hand ergriff.

„Ja, ich habe geholfen, das zu vollenden, was Herr Papa begonnen hat. Herchen kann des Nachts wieder ruhig schlafen." Sie dachte an die richtige Spur, die sie unbeirrt verfolgt und die letztlich zur Aufklärung des Mordes an August Reben geführt hatte. Das Geständnis und der Freitod Greta von Salvys hatte sie zwar überrascht, letztlich jedoch war auch ihr Geliebter Egon Wolf als schuldiger Mann verurteilt worden, da er einen Meineid vor Gericht geleistet und die Tat von Salvys verschwiegen hatte. Den Tagebucheinträgen Greta von Salvys zufolge bestand darüber hinaus kein Zweifel daran, dass er seine Geliebte durch Drohungen zu ihrer wahnsinnigen Tat getrieben hatte. Er musste seine gerechte Strafe im Gefängnis absitzen.

„Wir werden uns alle nach unserem Tod wiedersehen. Dann werden wir gemeinsam ein großes Fest feiern und ich werde deinen Herrn Papa, wie du ihn immer liebevoll nennst, kennenlernen und ihm sagen, dass du eine sehr gute Ermittlerin bist.“

Clarissa stellte sich auf ihre Zehenspitzen und gab Rudolf einen leidenschaftlichen Kuss.

„Aber bevor wir sterben, möchte ich noch mit dir diese Welt hier sehen. Auf meiner Reise nach Königswinter bin ich einer Dame begegnet, die nicht nur von Dampfross und Heißluftballon, sondern auch von diesem verrückten Automobil erzählte, das mancherorts im Land bereits gesichtet wurde. Sie sagte, sie träume davon, einmal im Leben mit dem Dampfschiff nach Amerika zu fahren. Oder stell dir vor, Rudolf, wir würden zusammen nach Paris reisen, in die Stadt, in der letztes Jahr die Weltausstellung stattfand, für die man extra dieses Eisenmonstrum erbaut hat, der jetzt der höchste Turm der Welt ist. Zu den höchsten und tiefsten, zu den weitesten und engsten Orten dieser Erde will ich nur mit dir!“

Rudolf lachte. „Das hört sich gut an. Ich schlage vor, wir beginnen mit unserer Tändelwoche in Berlin ...“

Seine Kollegen der Kriminalpolizei in Berlin hatten ihn als Belohnung für die Aufklärung des Falles in die Hauptstadt eingeladen und Rudolf hatte nur unter der Bedingung zugestimmt, dass er seine Frau ebenfalls mitbringen und ihr die Räumlichkeiten vorführen dürfe. Nach anfänglichen Vorbehalten hatte er letztlich die Genehmigung dafür erhalten.

„Berlin ist gut und bietet sich sicher für einige schöne Tage und Nächte an.“ Clarissa lächelte schelmisch. Sie war nur allzu neugierig, selbst zu probieren, was verheiratete Menschen im Bett miteinander austrugen.

Rudolfs Wangen röteten sich. „Aber bis dahin sind wir schön sittsam und brav." Er grinste, immer noch peinlich berührt.

„Auf alle Fälle nehmen wir ein gemeinsames Bad in der Sieg, wenn wir verheiratet sind", setzte er hinzu. „Aber im Sommer, wenn es wärmer ist. Herchen ist doch auch ein guter Ort zum Leben."

„Unser Leben kann gar nicht lang genug sein für das, was wir alles vorhaben. Fangen wir es an!"

Clarissa lächelte und zog Rudolf weg vom Grab. ‚Papa, ich nehme dich überall mit, wohin ich auch gehen werde', dachte sie.

* * *

Nachwort

Liebe Leserinnen, liebe Leser,

ich hoffe, Sie haben Ihre Zeitreise in die „Belle Époque" genossen und sind wohlbehalten in das Hier und Jetzt zurückgekehrt.

Für mich war die Entwicklung dieses historischen Krimis auf jeden Fall eine spannende Erfahrung. Während meiner umfassenden Recherche habe ich viel dazugelernt, hatte ich doch den Anspruch, auch die Details möglichst präzise und anhand verlässlicher Quellen mit der Handlung zu verweben.

Ich habe über die Politik des deutschen Kaiserreichs gelesen, das im Jahr 1890 nach Otto von Bismarcks Entlassung als Reichskanzler unter Leo von Caprivi ein neues Kapitel aufschlug, und über die schwierigen deutsch-französischen Beziehungen. Die Spannungen zwischen Deutschland und Frankreich blieben in einer nationalistisch aufgeheizten Stimmung noch lange bestehen und konnten leider erst nach dem 2. Weltkrieg überwunden werden.

Neben der „großen Politik" wollte ich in diesem Krimi jedoch bewusst einen Teil der lokalen Geschichte meines Heimatdorfes Herchen aufgreifen, der bislang noch keinen Eingang in eine erdachte Geschichte gefunden hatte: Die Tradition berühmter Künstler des Düsseldorfer Malkastens, die um die Jahrhundertwende des 19./20. Jh. regelmäßig im Sommer an der Sieg zu Gast waren. Noch heute ist in Herchen die „Düsseldorfer Hütte" nach diesen Künstlern benannt. Seit einigen Jahren können Wanderer auf dem „Künstlerweg“ in die Herchener Vergangenheit eintauchen.

Neben den Künstlern habe ich mich mit dem Alltag der Menschen, mit Reisen, Technik, Mode, Wohnen und Einrichtung, lokaler Geschichte der bergischen Uhrmacher in Windeck-Stromberg oder der Pulvermühle in Dattenfeld beschäftigt. Der Einbruch in die Dattenfelder Postagentur im Jahr 1888 ist z. B. eine historisch belegte Tatsache.

Ein Krimi wäre allerdings kein Krimi, wenn man die Gegebenheiten von Polizei und Justiz außer Acht ließe. Besonders fasziniert war ich von der Entwicklung der Kriminalpolizei, die in Berlin ihren Anfang nahm: 1872 erfolgte dort erstmals die organisatorische Trennung zwischen Schutz- und Kriminalpolizei.[1] Die Berliner Kriminalpolizei brachte es später, vor allem zur Zeit der Weimarer Republik unter Ernst Gennat, zu großer Berühmtheit. Gennat erkannte als einer der ersten Kriminalbeamten die Wichtigkeit der genauen Spurensicherung am Tatort. Bis dahin wurde am Tatort nicht selten einfach „klar Schiff gemacht“, wobei wichtige Spuren natürlich verlorengehen konnten oder übersehen wurden. In der Fernsehserie „Babylon Berlin“ wurde Gennat als Leiter der Zentralen Mordinspektion ein Denkmal gesetzt.[2]

Aber zurück ins ausgehende 19. Jahrhundert: Wann genau in der Großstadt Düsseldorf zum ersten Mal zwischen einer Schutz- und Kriminalpolizei unterschieden wurde, ist nicht bekannt – vermutet werden jedoch die 1880er Jahre [Fleermann, B. (2018). *Die Kommissare.* (1. Aufl.). Droste].

---

1 https://www.krimi-homepage.de/Kripo/Geschichte_der_Kripo/geschichte_der_kripo.php, Abruf 28.09.2022

2 https://www.daserste.de/unterhaltung/serie/babylon-berlin/darsteller/udo-samel-als-ernst-gennat-staffel-3-100.html, Abruf 28.09.2022

Bis in die Zeit nach dem 1. Weltkrieg war die Polizei in Düsseldorf Angelegenheit der Kommune. In dem oben genannten Buch „Die Kommissare" heißt es: „... die Polizisten, die in der Stadt und in den über das Stadtgebiet verteilten Wachen Dienst taten, waren hingegen Beamte oder Angestellte der Stadt. Sie unterstanden dem Oberbürgermeister und einem ihm beigeordneten Wahlbeamten (Polizeidezernent) und waren, was Etat, Uniformen und Ausrüstungen anging, abhängig von den Entscheidungen der kommunalen Selbstverwaltung in Gestalt der Stadtverordnetenversammlung."

1926 wurde das staatliche Polizeipräsidium in Düsseldorf geschaffen.[3]

Für das Jahr 1890 fand ich dank des Düsseldorfer Stadtarchivs im „Adreßbuch der Oberbürgermeisterei Düsseldorf" ein „Polizeiamt" am Marktplatz 4. Es sind verschiedene Polizeibezirke benannt, die in Reviere unterteilt waren. Für einen Bezirk war ein Polizeikommissar, für ein Revier ein Polizeisergeant zuständig.

Einen speziellen „Düsseldorfer Denkverein" habe ich bei meinen Recherchen nicht identifizieren können. Jedoch ist die Entstehung von Denkvereinen als Orte philosophischer und politischer Debatte in der Tradition aufklärerischer Ideale allgemein bekannt.

Ein zentrales Element zur Zeit des Kaiserreiches stellten aber zweifellos die Rolle der Frau und erste emanzipatorische

3 https://www.polizeigeschichte-infopool.de/virtuelles-polizeimuseum/orte/d%C3%BCsseldorf-polizeipr%C3%A4sidium/, Abruf 28.09.2022, so wie https://www.duesseldorf.de/medienportal/pressedienst-einzelansicht/pld/die-geschichte-der-duesseldorfer-kriminalpolizei.html, Abruf 28.09.2022

Bestrebungen dar. Es ist kein Zufall, dass ich die Hauptrolle dieses Krimis daher Clarissa eingeräumt habe.

Ich habe mich gefragt, wie es gewesen wäre, wenn ich nicht als junger Mann in den 1990er und 2000er Jahren, sondern als junge Frau etwa einhundert Jahre früher in Herchen aufgewachsen wäre. Diese Vorstellung erfordert natürlich eine Menge Einfühlungsvermögen. Inwieweit mir die Charakteristik Clarissas gelungen ist, vermögen Sie, liebe Leserinnen und Leser, besser zu beurteilen.

Clarissa hat es alles andere als leicht – aber sie kämpft und wird am Ende zumindest teilweise belohnt.

1865 wurde in Deutschland der Allgemeine Deutsche Frauenverein gegründet, der das Recht von Frauen auf gleiche Bildung und Chancengleichheit auf dem Arbeitsmarkt einforderte.[4]

Anfang des 20. Jahrhunderts konnten immer mehr Frauen ein Studium an einer Universität aufnehmen. Der große Meilenstein eines Wahlrechts für Frauen wurde jedoch erst nach dem 1. Weltkrieg 1918 erreicht.

Als erste Polizistin Deutschlands gilt übrigens Henriette Arendt, die 1903 in Stuttgart immerhin Polizeiassistentin werden konnte, allerdings in der „Männerdomäne“ der damaligen Polizei keinen leichten Stand hatte und schon nach wenigen Jahren aus dem Dienst ausschied.[5]

Ein Blick in die Vergangenheit kann helfen, um nachzuvollziehen, wie sich eine Gesellschaft (zum Glück!) verändert hat. Die Dimension dieser Veränderungen im zeitlichen Kontext zu erkennen kann auch dazu beitragen, an zukünftige Ver-

---

4 https://www.digitales-deutsches-frauenarchiv.de/akteurinnen/allgemeiner-deutscher-frauenverein-adf, Abruf 28.09.2022

5 https://www.stadtlexikon-stuttgart.de/article/a9421d0e-e9c3-45ff-b37b-799203a2e2b3/Henriette_Arendt_(1874-1922).html, Abruf 28.09.2022

änderungen zu glauben, auch wenn diese nicht selten Jahre, Jahrzehnte oder gar Jahrhunderte auf sich warten lassen.

Der Kampf für Gerechtigkeit kann sich immer lohnen!

Mutige Frauen von damals ebneten den Weg dorthin, dass Frauen heute in unserem Land wie selbstverständlich Polizistinnen werden können – und das ist auch gut so.

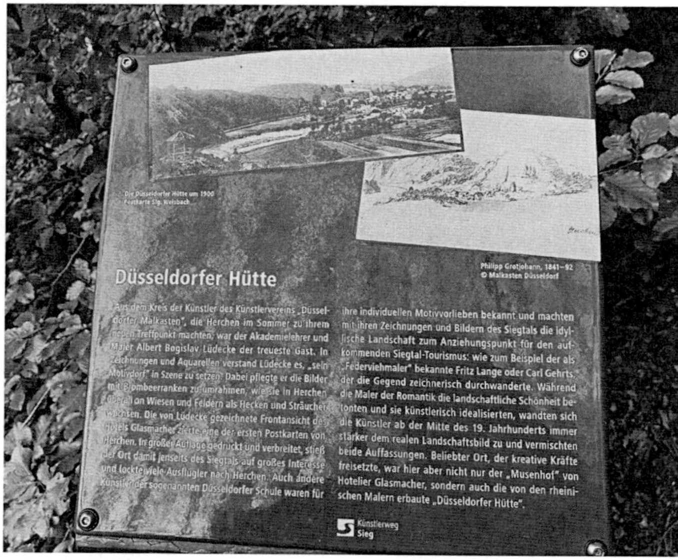

Die Düsseldorfer Hütte:

Auf dem „Künstlerweg" kann man heute auf den Spuren der Vergangenheit wandeln. Der Weg führt auch an der Düsseldorfer Hütte vorbei, die früher ein beliebter Aufenthaltsort der Künstler war. (eigene Aufnahme)

Text der Informationstafel:

„Aus dem Kreis der Düsseldorfer Künstler des Künstlervereins „Düsseldorfer Malkasten", die Herchen im Sommer zu ihrem neuen Treffpunkt machten, war der Akademielehrer und Maler Albert Bogislav Lüdecke der treueste Gast. In Zeichnungen und Aquarellen verstand Lüdecke es, „sein Motivdorf" in Szene zu setzen. Dabei pflegte er die Bilder mit Brombeerranken zu umrahmen, wie sie in Herchen überall an Wiesen und Feldern als Hecken und Sträucher wuchsen. Die von Lüdecke gezeichnete Frontansicht des Hotels Glasmacher zierte eine der ersten Postkarten von Herchen. In großer Auflage gedruckt und verbreitet, stieß der Ort damit jenseits des Siegtals auf großes Interesse und lockte viele Ausflügler nach Herchen. Auch andere Künstler der sogenannten Düsseldorfer Schule waren für ihre individuellen Motivvorlieben bekannt und machten mit ihren Zeichnungen und Bildern des Siegtals die idyllische Landschaft zum Anziehungspunkt für den aufkommenden Siegtal-Tourismus: wie zum Beispiel der als „Federviehmaler" bekannte Fritz Lange oder Carl Gehrts, der die Gegend zeichnerisch durchwanderte. Während die Maler der Romantik die landschaftliche Schönheit betonten und sie künstlerisch idealisierten, wandten sich die Künstler ab der Mitte des 19. Jahrhunderts immer stärker dem realen Landschaftsbild zu und vermischten beide Auffassungen. Beliebter Ort, der kreative Kräfte freisetzte, war hier aber nicht nur der „Musenhof" von Hotelier Glasmacher, sondern auch die von den rheinischen Malern erbaute „Düsseldorfer Hütte".

Blick auf Herchen

Von der Düsseldorfer Hütte aus bietet sich heute ein wunderschöner Ausblick auf Herchen und das Siegtal.

(eigene Aufnahme, Oktober 2021)

Blick auf Herchen um 1905. Das Foto wurde freundlicherweise von Dr. Wolf-Rüdiger Weisbach bereitgestellt. (Dr. Wolf-Rüdiger Weisbach)

Danksagung

Zunächst danke ich Ihnen, liebe Leserinnen und Leser, für Ihr Interesse an meiner Geschichte! Wenn sie Ihnen gefallen hat, sagen Sie es gerne weiter!

Ich danke Franz König, Inhaber der Verlage ratio-books und Rheinlandia, für seine Bereitschaft, meine Geschichte zu veröffentlichen. Die Zusammenarbeit auf dem Weg dorthin habe ich als sehr angenehm und konstruktiv empfunden.

Ganz herzliche Dankesworte möchte ich auch an jene Menschen und Institutionen richten, ohne die mein Krimi in dieser Form sicher nicht realisierbar gewesen wäre:

- Ich danke meiner Freundin Nele Wiethege für ihre tolle fachliche wie moralische Unterstützung – und nicht weniger für die Zeit, die sie mir für dieses Projekt eingeräumt hat.
- Ich danke Dr. Wolf-Rüdiger Weisbach, der das Dorfarchiv in Herchen gegründet hat und mir mit seinem ungeheuren fachlichen Erfahrungsschatz rund um die bewegte Herchener Geschichte in allen Fragen hilfreich zur Seite stand.
- Ich danke Bernadette Floer für die großartige Buchumschlagsgestaltung. Sie selbst stammt aus dem Herchener Nachbarort Röcklingen und ist mit dem im Roman beschriebenen (fiktionalen) Tatort persönlich vertraut.
- Ich danke Andreas Lutz vom Heimatmuseum Windeck für die Beantwortung meiner Fragen zur Polizei- und Eisenbahngeschichte im Siegtal.
- Ich danke Kay-Marten Harms vom Archiv des Rhein-Sieg-Kreises für seine fachlich kompetente Hilfe bei der Lite-

ratursuche über Polizei und Eisenbahn, die ich vor Ort in Sankt Augustin durchführen durfte.

- Ich danke der befreundeten Studentin der Rechtswissenschaften, Vanessa Stombrowsky, für ihre fachliche Einschätzung zu meinen Fragen rund um die Rechtsgeschichte.
- Ich danke Kerstin Früh vom Stadtarchiv Düsseldorf für ihre Hilfe bei der Beantwortung meiner Fragen zu den Standorten von Polizei und französischem Generalkonsulat.
- Ich danke Dr. Frank Kawelovski, Kriminologe und Polizeiwissenschaftler, der mit dem Info-Pool zur Polizeigeschichte eine fantastische Homepage geschaffen hat und mir mit seinen Antworten auf meine Fragen zur Strafprozessordnung sowie zur Geschichte der Kriminalpolizei weiterhelfen konnte.
- Ich danke Michael Dybowski, Vorsitzender des Vereins „Geschichte am Jürgensplatz e. V." (eine ebenfalls sehr informative Homepage, Link unter „Empfehlungen"!), der mir meine Fragen speziell zu den Anfängen der Düsseldorfer Kriminalpolizei beantworten konnte.
- Ich danke Mirja Renout vom Heimatverein Eitorf e. V. sowie Helmut Salz aus Windeck-Dattenfeld für ihre sachkundigen Auskünfte zur Postgeschichte in der Region. Die von Helmut Salz verfasste Broschüre „500 Jahre Post in Deutschland – 155 Jahre Post in Eitorf" (1990) hat mir bei meiner Recherche sehr weitergeholfen.

Empfehlungen

Wenn Sie auf der Suche nach guten Büchern sind, schauen Sie doch gerne auf der Internetseite von ratio-books vorbei. Hier finden Sie auch weitere bei Rheinlandia erschienene Bücher aus der Region: https://ratiobooks.de/

Abschließend möchte ich Ihnen noch eine Zusammenstellung der in der Danksagung erwähnten Institutionen geben, die mir bei der Recherche zu diesem Buch geholfen haben und die ich sehr empfehlen kann, wenn Sie Lust haben, sich weitergehend mit den angeschnittenen historischen Themen zu beschäftigen:

- Dorfarchiv Herchen des Bürger- und Verschönerungsvereins Herchen an der Sieg e. V.: www.bvv-herchen.de
- Heimatmuseum Windeck: www.heimatmuseum-windeck.de
- Kreisarchiv des Rhein-Sieg-Kreises: www.rhein-sieg-kreis.de/vv/produkte/Amt_17/Kreisarchiv.php
- Stadtarchiv Düsseldorf: www.duesseldorf.de/stadtarchiv.html
- Polizeigeschichte Info-Pool: www.polizeigeschichte-infopool.de
- Geschichte am Jürgensplatz e. V., Verein zur Aufarbeitung der Düsseldorfer Polizeigeschichte: www.geschichte-am-jürgensplatz.de
- Heimatverein Eitorf e. V.: https://heimatverein-eitorf.de/

(Für die Aktualität der Links kann ich leider keine Gewähr übernehmen. Wenn die Seite nicht mehr verfügbar ist, kann auch die Eingabe der Institution in eine Suchmaschine weiterhelfen.)

Stefan Läer, im September 2022